世界文學
經典名作

人面獸心

LA BÊTE HUMAINE
ÉMILE ZOLA

左拉 著

U0084499

前言

《人面獸心》是法國著名作家左拉的一部描繪人與人性的寫實小說，它佈局場面宏大、氣勢磅礡、故事情節迭宕起伏、人物錯綜複雜的驚險愛情小說。

本書故事圍繞在警方調查西方鐵路公司董事長被殺一案，向讀者展示一幕幕撲朔迷離、驚心動魄、殺氣騰騰的陽剛場面；但也有嫵媚動人、沉迷色慾、追逐晝夜的男女纏綿情事……讀來令人喘不過氣，十分過癮，是一部不宜錯過的絕對佳作！

埃米爾·左拉（一八四〇～一九〇二）是十九世紀後半期法國最重要的批判現實主義作家之一，也是法國自然主義文學的主要倡導者。

左拉出生在一個工程師家庭，幼年喪父，隨寡母在貧困中掙扎度日，中學畢業後就到社會上做事，養家糊口。他在高中時期就顯露了卓越的文學才華。他最愛讀浪漫主義詩人拉馬丁和雨果的作品，十分崇拜巴爾札克的《人間喜劇》。在思想上，左拉受文藝哲學家泰納的《決定論》和生理學家貝爾納的《遺傳學說》的影響很大，爲他倡導自然主義文學提供了理論基礎。

左拉迷信生物學的決定論，企圖用遺傳學來代替社會和階級分析學說，在某些作品中過分從生理學角度去強調人性的善惡，有些作品對當時社會的批判也不夠深刻。但左拉的著作卻十分眞實地反映了十九世紀後半期法國的社會狀況。

左拉的作品場面宏大，氣勢磅礡，擅於使用誇張手法，擅長細節描寫。他的作品已被譯成多國文字，近百年來在世界各國廣爲流傳，盛況不衰。在法國的大、中學生中，左拉是擁有讀者最爲廣泛的作家之一。

左拉一生勤奮寫作，爲後人留下了衆多的作品，其中流傳範圍較廣、影響較大的有《盧貢・馬卡爾家族》20卷、《三大名城》3卷和《四福音全書》4卷等。

《盧貢・馬卡爾家族》是左拉受到巴爾札克《人間喜劇》的影響而創作的一部長篇小說。他要將這部巨著寫成「第二帝國時代一個家族的自然史和社會史」，「研究一個家族中的血統和環境問題」的著作，「要用事實和感覺勾劃出這個時代的社會風貌，用無數的風俗和細節描寫來刻畫這個時代」。爲寫這部巨著，左拉專門攻讀了生理學，繪製了盧貢・馬卡爾家族的家譜圖。從28歲到53歲，他花了整整二十五個年頭才寫成這部共20卷的文學巨著。

《盧貢・馬卡爾家族》一書共計近六百萬字，出場人物上千個。有工人、農民、商人、店員、交際花，也有銀行大亨和上層顯貴。這部書涉及的社會生活十分廣泛，有政治、經濟、軍事、文化、科學、宗教、藝術，乃至家庭瑣事，無所不有。它是法國文學史上繼《人間喜劇》之後又一罕見的文學巨著。

按照出版順序，《盧貢・馬卡爾家族》一書20卷的題名分別是《盧貢家族的命運》、《貪欲》、《巴黎之夜》、《普拉桑的征服》、《莫雷教士之過》、《盧貢閣下》、《酒店》、《愛情之頁》、《娜娜》、《家務瑣事》、《女性福利公司》、《生活的歡樂》、《萌芽》、《作品》、《土地》、《夢》、《人面獸心》、《金錢》、《崩潰》和《巴斯卡爾醫生》。

《人面獸心》是《盧貢・馬卡爾家族》系列的第17卷，曾於一八八九年十一月十四日到一八九〇年三月二日，在《人民生活》報上連載，一八九〇年三月正式出版發行。書中主人公雅克是盧貢家族的第四代，其母熱爾韋絲是《酒店》第7卷的女主角；其弟艾蒂安是《萌芽》第13卷的主人公。《人面獸心》是《盧貢・馬卡爾家族》系列叢書中故事性和可讀性最強的一卷，類似偵探小說或探案作品。左拉撰寫這部小說的目的是想來證明他對人性的一種觀點：「一切的一切都來源於衝動、情愛和金錢。由愛情發展到嫉妒。」左拉想用遺傳學來解釋書中兇殺現象的原因。但這部作品爲我們詳盡地展示了法蘭西第二帝國搖搖欲墜的現實，有力地抨擊了當時政治腐敗和上層荒淫無恥的事實。它逼眞、生動地描繪了廣大勞動者，特別是鐵路工人的貧困生活，也反映了勞動人民的民主要求和鬥爭。

這部小說是法國由資本主義走向帝國主義過渡時期的眞實寫照，同時也反映了科學技術迅猛發展對人類在心理上所造成的失調影響。《人面獸心》出版之後，評論界衆說紛紜，有人說這是一首遠古時代的史詩，也有人說這是現實生活的寫照。

《人面獸心》在寫作技巧上有如下特點：首先是對材料的忠實，這是左拉在創作《盧貢．馬卡爾家族》時的一大特點。爲撰寫《人面獸心》，左拉搜集了大量有關鐵路方面的知識和資料，並親自登上機車同司機、司爐聊天，對鐵路職工的日常生活也做過深入細緻的調查。書中一些重要情節，如雅克同佩克在機車上搏鬥，最後雙雙死於車輪之下，這一情節就是根據一件眞實案件加工而寫成的。由於作家擁有了大量第一手材料，作品內容才顯得眞實可信。其次，本書在刻畫人物方面採用了對比和反襯手法，使人物形象更爲完整。

《人面獸心》故事曲折驚險，出版後深受廣大讀者歡迎，當年就印刷了五萬五千萬冊。至一九七二年，總印數已達六十六萬八千萬冊。在《盧貢．馬卡爾家族》這部叢書中，《人面獸心》的印數名列第四。

第一章

盧博走進房間，把一塊一磅重的麵包、一張餡餅和一瓶葡萄酒放在桌上。早上上班時，維克圖瓦大嬸往爐子裡加了許多煤粉，屋裡顯得特別熱。盧博是副站長，他打開窗子，靠在窗台上。

這是阿姆斯特丹鐵路終點，馬路右邊最後那座高樓裏，住著西方鐵路公司幾個職員。在六層一間縮到裏面的復折式屋頂拐角，朝向衝火車站有個小窗。寬大的路基橫穿歐洲區，再過去是地平線。時值二月中旬某天的下午，灰濛濛的天空潮濕、溫和。陽光下，視野開闊，可以看得很遠很遠。

對面是羅馬大街。陽光下，房屋顯得模糊不清，好似罩著一層輕紗。左邊，在火車站大廳的棚廊下是被煤煙熏黑的玻璃門，那是幹線候車室，寬敞高大，視野廣闊。在它同阿爾讓特伊、凡爾賽、森蒂雷等較小的站台之間，沒有路口看守小屋和小吃店。左方是歐洲橋，鋼質橋架橫跨在路基之上。路基穿過橋孔繼續延伸，直達巴蒂涅勒隧道。窗下，三條雙軌鐵道穿過橋孔，在田野上呈扇狀分開、擴散，變成無數條鐵軌，通到站台廊棚下。拱橋前有三所小房子，是供道口看守居住的，三個小院都是光禿禿的。鐵軌上，車輛來往穿梭，十分繁忙。蒼白的天空下，掛著一盞紅色信號燈。

盧博興致勃勃欣賞了一會兒，拿勒阿弗爾車站同這裏進行比較。他每次來巴黎，總要到維克圖瓦大嬸家來一下。由於工作關係，他經常到巴黎來。此時，從芒特開來一列火車，廊棚下的月台上立刻熱鬧起來。盧博盯住一輛調車使用的機車（即俗稱的「火車頭」），那是一輛裝有三個相連矮輪的煤水機車。它熟練地摘下車皮（貨車車廂），把車皮送到備用軌道上。還有一輛馬力大的機車，裝有兩個大輪子，那是快車牽引機車。它孤零零地停在一旁，煙囪冒出黑煙，慢慢飄向平靜的高空。接著，盧博把全部注意力集中在3點25分開往卡昂去的列車上。車廂裏坐滿了乘客，只等機車來牽引。

橋另一側也有一列火車，盧博無法看見，但可以聽見它那急促的汽笛聲，它迫不及待地要進站。通行信號發出之後，它短促地鳴叫一聲，表示回答。短暫的寂靜，排氣閥打開，白色蒸氣貼著地面衝出，一股雪白氣團從橋下冒出，從橋架下升起，白茫茫一片。另一台機車的黑煙有增無減，黑煙騰空。後面隱約傳來長長的汽笛聲、指揮聲和轉盤的震動聲。接著一陣轟鳴，兩列火車在遠方錯開，一列是從凡爾賽開來的，一列開往奧特伊。

盧博正要離開窗台，忽聽下面有人喚他。他俯身一望，原來第五層陽台上有人招呼他。那人名叫亨利．多韋涅，卅來歲，是列車長，和父親及兩個妹妹住在一起。亨利父親是幹線副站長。兩個妹妹都是金髮女郎，討人喜歡。一個叫克萊兒十八歲；一個叫蘇菲二十歲。一家四口靠父子二人的六千法郎工資生活，寬裕幸福。盧博聽見亨利的大妹妹在屋裏嘻笑，小妹妹在唱歌兒，還聽見鳥籠子裏的鳥兒啁啁亂叫。

「喂，盧博先生，您到巴黎來了！喔，對了，是爲那位副省長的事兒吧？」

盧博伏在窗口，解釋說，他是今天早上乘6點40分的快車離開勒阿弗爾的。營業部主任召他來巴黎，狠狠批評了他一通，幸運的是並沒有免去他的職務。

亨利問：「您太太呢？」

盧博夫人也來了，她到市場採購去了。她讓丈夫在這裏等她。盧博夫妻一來，維克圖瓦大嬸就把房間鑰匙交給他們使用。大嬸在樓下打掃衛生，讓盧博夫婦安靜地在她家裏吃午飯。他倆在芒特只吃了一塊小麵包，準備辦完事兒再吃午飯，可是現在三點已過，盧博早已饑腸轆轆。

爲討好對方，亨利又說：「今晚您就不回去了吧？」

不，他們要乘晚上6點30分的快車趕回勒阿弗爾。什麼，休假？那敢情好！可人家叫你來的目的是爲了訓斥你，訓完就催你回去！

盧博和亨利點頭對視片刻。突然傳來瘋狂的鋼琴聲，兩人誰也聽不清誰了。大概是姊妹倆在一起彈鋼琴，嬉笑聲很大似乎驚動了籠子裏的小鳥。亨利說了句笑話，打個手勢回屋去了。盧博又在那裏佇立了一下子，目視樓下。從那裏傳來女孩們的嬉笑聲。然後，他舉目遠望，見那台機車已經關上排氣閥，扳道工把它掛在去卡昂的列車上。等天空巨大的黑色煙團和白色蒸氣消散之後，盧博轉身回到房裏。

掛鐘指向3點20分，盧博做了個無可奈何的手勢。該死的塞芙麗娜，爲什麼還不回來？她一鑽進商店就不想離開。盧博肚子餓得難受，只好去布置餐桌，以轉移注意力。他十分熟悉這間小屋，它有兩個窗子，它是臥室，也是廚房兼飯廳。對那胡桃木家具、鋪有紅布打褶床罩的床、裝滿餐具的碗櫥、圓形飯桌和諾曼第式衣櫃，他都瞭如指掌。他從碗櫥裏拿出餐巾、盤子、刀叉和兩只酒杯。這些餐具十分乾淨，盧博一向關心家務瑣事。他在自己家吃飯也是如此，特別喜歡潔白的桌布。

他很愛妻子，一想到妻子一進門就會笑嘻嘻的，他不由得先笑了。他把餡餅放進盤子裏，把葡萄酒放在一旁。他忽然感到不安，瞪起眼睛像在找尋什麼。然後，他從口袋掏出兩個小包，裏面裝著一小盒沙丁魚罐頭和一塊格律耶爾起司。剛才他忘了它們。

三點半，盧博在房間裏踱來踱去，豎著耳朵傾聽著樓梯上的聲音。他無事可幹，便走到鏡子前照了一下。他年近四旬，但一點也不顯老，油亮的棕髮還沒有變灰，金黃色鬍子既濃又密。他中等身材，長相精神、小平頭、低前額、肥脖頸、圓臉蛋、大眼睛。盧博十分欣賞自己的長相，神態得意。他的兩道濃眉連在一起，橫在額頭下方，一看就是位愛嫉妒的男性。由於妻子比他小十五歲，老夫少妻，所以他經常照鏡子。

聽見腳步聲，盧博忙到門窗，把門推開一條小縫，原來是住在隔壁的女報販回來了。他只好回頭欣賞碗櫥上的那盒貝殼。那是塞芙麗娜送給奶媽維克圖瓦大嬸的禮品。一看見這個小玩藝兒，他就想起了結婚時的情形。他結婚已經快三年了。他生在法國南部的普拉桑，父親是馬車夫。他本人原是憲兵隊的上士，後來多年在芒特火車站當郵差，後來晉升為巴朗唐火車站郵差主任，他是在那裏遇見塞芙麗娜的。塞芙麗娜是陪董事長格朗莫蘭的千金貝爾特小姐從杜安維爾去那裏坐火車。她後來就成了他的愛妻。塞芙麗娜．奧布里的父親是格朗莫蘭家的園丁，早已去世，所以格朗莫蘭就成了塞芙麗娜的教父和監護人。他很愛塞芙麗娜，讓她同自己的女兒一起到魯昂一所寄讀學校讀書。塞芙麗娜也自視出身高貴，在很長一段時間，盧博只敢在遠處望著她，就像文雅的工人在欣賞珍貴的首飾。

盧博一生只有這麼一段羅曼史，為了把塞芙麗娜弄到手，他一分錢的嫁妝也沒敢要。他大膽追求她，誰知夢想竟變成了現實。他不僅得到塞芙麗娜一萬法郎的嫁妝，還得到了格朗莫蘭董事長的保護。董事長現在已經退休，但仍是西方鐵路公司董事會成員。婚後第二天，盧博就升為勒阿弗爾火車站副站長。盧博一求婚就得到應允，並很快晉升為副站長，這可能是因為他人緣好，工作認眞負責，為人正直等優點。他雖不十分聰明，但為人十分豪爽。但盧博明白，他自己的一切都是妻子給他的，所以他十分鍾愛妻子。

盧博打開沙丁魚罐頭之後，感到有些不耐煩了。他倆約好三點鐘吃飯。她到哪兒去了呢？買一雙高筒皮鞋和六件衣衫怎麼會用一天的時間呢？他又走到鏡子前，發現自己雙眉緊鎖，額頭上有道深溝。在勒阿弗爾，他從來沒有對妻子產生過疑心。但在巴黎，他擔心妻子出危險，擔心她誤中圈套或一時失足。一股熱血湧上腦門，他那雙常握機車制動器的大手捏得緊緊的。他又變成了莽漢，變成了不能控制自己的粗人。他無名火起，異常憤怒，眞想把妻子撕成碎片。

塞芙麗娜推門進來。她長相嬌嫩，神色愉快。

「喂，我回來了！你以爲我把自己給弄丟了，對吧？」

她芳齡廿五歲，細高條兒。由於骨架小，所以略顯肥胖，但身腰靈便。乍一看她並不漂亮，長臉、大嘴，一口白牙，但愈看愈耐看，愈感到她嫵媚無比，一雙大而亮的藍眼睛，秀髮漆黑，十分迷人。

丈夫沒有吱聲，只是盯著她。她熟悉這種目光，這是一種恍惚又猶豫不定的目光。

塞芙麗娜又說：「喂，我是跑著回來的，你知道嗎？我根本找不到馬車，又捨不得坐出租汽車，就步行回來。你看我這一身汗！」

盧博厲聲說：「得了吧！我才不信妳會從平價商場一直走回來！」

她立即像孩童一般，上前親熱地摟住丈夫的脖子，用漂亮的小手捂住他的嘴。

「你壞，你眞壞！別往下說了，你明明知道我愛你嘛！」

她顯得是那麼誠懇，丈夫相信了，認爲她仍是那麼單純和直率，便狂熱地一把把她抱住。他每次產生疑心都是這樣消散的。妻子似乎有些忘情，任憑他愛撫。他連連吻她，但她不肯還吻，這一點叫他擔憂。她總是很被動，像少女那樣天眞多情，但毫無戀人的情調。

「怎麼，妳又到平價商場搶購去了？」

「對，這事回頭再告訴你。現在還是先吃飯，我的肚子都餓癟了！喔，我給你買了一樣東西。你說：『我的可愛的禮物！』」

她望著丈夫的臉發笑，右手從口袋掏出一件東西，但不肯亮出來。

「快說：『我的可愛的禮物！』」

盧博不由也笑了，並且打定了主意。

「我的可愛的禮物！」

原來她爲丈夫買來一把小刀。半月前，盧博丟了一把小刀，心裏十分難過。這是一把嶄新的刀子，象牙刀柄，刀刃閃亮。盧博不由高興地叫起來，他又有小刀可用了。妻子見丈夫高興，心裏也很愉快。她又開玩笑似地向丈夫討要了一枚硬幣，以表示他倆的情誼沒有一刀兩斷。塞芙麗娜連聲說：「快吃飯，快吃飯！」她又對丈夫說：「別關窗子，我太熱！」

她走過去和丈夫一起站在窗口，靠在他肩上望著樓下廣闊的火車站。煙塵已經消散，褐色的太陽掛在羅馬大街房屋後面的薄霧裏。窗下，一輛機車開過來牽引一列車廂。這是4點20分開往芒特去的列車。機車把車皮拉到廊棚下月台旁才走開。環行路口車棚下傳來緩衝器的碰撞聲，這說明那裏正在編掛車廂。鐵軌上停著一列慢車，顯得很孤單。笨重的機車懶洋洋地喘著粗氣，蒸氣不時從閥門噴出。由於旅途勞累，司機和司爐都是一臉髒污。他們在等候綠燈，以便把車開進巴蒂涅勒停車場。紅色信號燈一滅，機車便開走了。

盧博離開窗子，說：「多韋涅家的女孩多快活！妳聽見她們彈鋼琴了嗎？剛才看到亨利了，他要我向妳問好。」

塞芙麗娜叫道：「吃飯，吃飯！」

說著她叉起沙丁魚，大口吃起來。喔，在芒特吃的小麵包早就消化掉了。她很高興到巴黎來，幸福得渾身抖動，因爲她可以上街觀景，可以到便宜市場採購。她每年春季都要到平價商場採購一次，把一冬的積蓄花銷掉。她的全部東西都從平價商場買的。她說這樣可以把路費省出來。她邊說邊吃，在說到一共花銷了三百多個法郎時，她感到不好意思，小臉有些發紅。

盧博聽後不由一驚：「見鬼！幸好妳是副站長的老婆！可是，妳不是說只買一雙皮鞋和六件襯衣嗎？」

「喔，朋友，機會難得呀！我還買了一塊漂亮的條格綢布，一頂典雅的帽子，這是我早就夢寐以求的東西。我又買了幾件繡著花邊的襯裙。這些東西都十分便宜，要在勒阿弗爾，得付雙倍的錢！耐心等著吧，他們很快就會把東西給我寄來的！」

塞芙麗娜既高興又羞澀，顯得更加嫵媚，盧博止不住也笑起來。況且他們並未料到會在這裏用餐。在這裏比在飯館強多了。塞芙麗娜平時只喝水，這天也不知不覺喝了一杯白葡萄酒。沙丁魚罐頭已經吃完，他們開始用漂亮的小刀切餡餅。小刀很鋒利，這是塞芙麗娜的勝利。

妻子問：「你的事兒怎麼樣了？你問了我半天，但對副省長那邊的事兒，你一點也沒有談，結果如何呢？」

盧博詳細介紹了營業部主任接見他的經過。喔，一場不折不扣的訓斥！他自我辯解，講明了事實眞相。他指出副省長十分蠻橫，一定要把他的獵狗帶進頭等車廂，而旁邊就是供獵人和獵狗乘坐的二等車廂。結果雙方發生口角，對罵了幾句。營業部主任承認盧博執行規定的作法是對的，但批評他不該對省長說：「我不相信你能永遠是主人！」盧博承認自己講過這話。結果人家就疑心他是共和黨人。由於剛開幕的一八六九年議會大辯論和下屆議會普選，政府對此十分憂慮。要不是格朗莫蘭董事長據理力爭，盧博早就被調走了。在董事長的勸告下，盧博才在董事長爲他起草的道歉信上簽上了名字。

塞芙麗娜打斷他，大聲說：「是不是在你去挨訓之前，我給他寫了封信，並領你一起去拜訪他，我這樣做對了吧！我知道他一定會幫我們擺脫困境的！」

盧博說：「對，他很喜歡妳。他在公司裏又權高勢大！唉，當個好職員又有什麼用！公司經常表揚我，我雖建樹不多，但行爲正直、服從領導，又很勇敢。一句話，我是個大好人！然而，親愛的，要是沒有妳這個妻子和格朗莫蘭替我辯護，當然他替我辯護是看在妳的份上，那我就完蛋了。他們一定會懲罰我，把我調到小站上去工作。」

妻子凝視著天空，像是自言自語，喃喃地說：「喔，當然了，他是位有權勢的人物！」

一陣沉默。塞芙麗娜瞪著大眼睛，望著遠方，連飯也忘了吃。她大概想起了在杜安維爾城堡度過的童年。城堡離魯昂四法里（一法里等於四公里）。她從來沒有見過生母，父親奧布里是花匠，把她帶到十三歲，也去世了。當時董事長妻子已經過世，他便將小塞芙麗娜收留，將她同女兒貝爾特一起交給妹妹博納翁太太撫養。博納翁太太原是廠長夫人，但那時已成孀婦。她後來就成了杜安維爾城堡的主人。貝爾特比塞芙麗娜小兩歲，在塞芙麗娜出嫁後半年，嫁給了魯昂法院推事德拉什納耶先生，一位又瘦又小的黃臉男子。去年，董事長在魯昂法院任首席法官時，德拉什納耶就退休了，他一生順利，功名顯赫。

董事長生於一八〇四年，自一八三〇年起，他先後在迪涅、楓丹白露和巴黎擔任代理檢察長；後來到特羅瓦擔任檢察長，在雷恩任總律師，最後是魯昂法院的首席法官。他家境富足，有萬貫家產，從一八五五年起就是董事會成員，退休那天，他被授予國家榮譽勛章。塞芙麗娜從遙遠的回憶裏，想起了董事長的長相：五短身材，體魄健壯，一頭金髮過早地蒼白了；他留著小平頭，短短的絡腮鬍子，大鼻頭，藍眼睛，方正的臉膛顯得很嚴厲。他是位不易接近的人，周圍的人都怕他。

盧博高聲連問兩句：「喂，妳在想什麼？」

塞芙麗娜不由一哆嗦，像是害怕，又像是吃驚似地說：「我什麼也沒有想。」

「妳怎麼不吃，難道妳不餓了？」
「不，你看我這不是還在吃嗎？」
她喝乾白葡萄酒，又吃完盤裏的餡餅。這時他們才發現，那一磅麵包已經全部報銷，吃起司時就沒有麵包了。他倆說著笑著，翻遍了各個角落，最後才在碗櫥的一個角落找到了一塊乾麵包。窗子雖然開著，屋裏照舊很熱，年輕的妻子靠在火爐旁更熱，加上剛吃罷午飯，她的小臉興奮得紅撲撲的。
從維克圖瓦大嬸，盧博又想到了格朗莫蘭，他也是大嬸的恩人。大嬸是個喪子後又遭人誘姦過的女性。塞芙麗娜生母過世後，就由大嬸撫養。後來大嬸嫁給公司的一位司爐工人。由於丈夫貪杯，她的生活十分艱辛，在巴黎靠做針線糊口。後來她遇見自己撫養大的塞芙麗娜，並同她恢復了來往，這樣她也就成了董事長的保護對象之一。董事長爲她找了個工作——看守車站豪華的女廁。這是個美差。公司每月只給她一百法郎，但她的總收入（包括工資）可達一千四百法郎，外加這間有取暖設施的住房。總之，她現在的生活是寬裕的。盧博計算了一下，要是大嬸的丈夫佩克如果不將司爐工資和獎金（共計一千八百法郎）揮霍掉，他們每月收入可達四千法郎，比他這個副站長在勒阿弗爾的收入多了一倍。
最後盧博說：「當然，願意照看廁所的女性不多。不過，工作並無高低貴賤之分！」
肚子塞飽之後，再吃就顯得有點兒沒精打采了。他們把麵包切成小片，說話的速度也慢多了，目的是在延長吃飯時間。
盧博高聲說：「我忘記問妳，妳爲什麼不願意陪董事長到杜安維爾小住兩、三天？」
酒飽飯足，盧博很興奮，不由想起了上午拜訪董事長的情形。董事長住在火車站附近羅歇大街。盧博被領到那莊嚴而寬敞的辦公室裏。董事長說次日將去杜安維爾。他像是忽然想起了什麼，要盧博夫婦和他乘晚上6點30分的快車到他妹妹家去，他妹妹早就想見見塞芙麗娜。但塞芙麗娜說出了一大堆理由，說自己不能前往。

盧博繼續說：「我不明白，妳去一下有什麼不好呢？妳可以在那兒一直住到星期四，我自己可以照料自己。我們這樣的人是需要他的幫助。妳說是不是？拒絕董事長的善意邀請是不明智的，況且妳拒絕後他好像很難過。所以我一再勸妳答應。由於妳拽我的上衣，我只好同意妳的意見。但我對妳的作法委實不理解。哎，妳爲什麼要拒絕呢？」

塞芙麗娜目光迷離，作了個不耐煩的手勢。

「我不能把你一個人扔在家裏呀！」

「這根本不是理由。我們婚後三年，妳曾兩度去杜安維爾小住，一住就是一星期。那爲什麼不可以再去小住幾天呢？」

塞芙麗娜越來越顯得不安，忙把腦袋扭向另一側。

「反正我不樂意去，你總不能強迫我吧？」

盧博雙手一攤，表示他當然不會那樣做。但他說：「瞧，妳似乎有什麼事兒瞞著我！難道妳上次在那裏小住時，博納翁太太待妳不好？」

喔，不對！她每次去，博納翁太太對她都十分熱情。博納翁太太是位可愛的女性，身材高大，體魄健壯，一頭金髮，十分漂亮，她雖已五十五歲，但風韻不減當年。據說，她守寡後，（甚至丈夫在世時也一樣）一直十分繁忙。在杜安維爾，大家都喜歡她，她把城堡裝飾成樂園，魯昂的上層人物，特別是法律界人士常去城堡拜訪她。她在司法界的朋友也頗多。

「那就是德拉什納耶一家人對妳太冷淡？」

塞芙麗娜一直顯得冷漠，現在又有些不耐煩了。

「你想到哪裏去了？他們怎會惹我不高興？」

她有些緊張，話語簡短。近來董事長很少露面。他在公園有幢小屋，門對著一條僻靜胡同，他出門回家，外人很少看見，連他妹妹有時也不清楚他是什麼時候回去的。有時晚上他從巴朗唐坐汽車回到杜安維爾，在小屋連住數日，外人都不知道。喔，他是不會惹別人生氣的。

「我提到董事長，是因爲妳多次講過，說妳在小時候十分怕他。」

「噢，十分怕他？你總喜歡誇大事實！當然了，他不愛笑，大眼睛總是死盯著你，叫你不得不低下頭。他叫人敬畏，以嚴厲聰明著稱。我可眞看見過有人在他面前侷促不安，以至於講不出話來！不過，他從來沒有責罵過我，我感到他很喜歡我。」

她把目光轉向別處，講話速度慢了下來。

「我還記得，小時候同女孩子在小路上玩耍時，一見他，她們便趕忙躲起來。他女兒貝爾特也是如此，害怕得發抖。只有我安詳地望著他。他走過去朝我一笑，並在我臉上吻了一下。十六歲時，貝爾特想要什麼，總讓我替她去求董事長。我去找他，他盯著我，我一點也不迴避。我知道他一定會滿足我的要求。是這樣的，我記得很清楚。在那個地方，公園裏的每棵樹、城堡裏的每道走廊和每所房間，我閉著眼睛也能想起來！」

她閉上眼睛不再說話，豐滿的臉蛋在發燒，似乎還掠過一陣回首往事的恐懼，而這類往事她從來沒有對別人講述過。她停頓片刻，嘴唇抖動，是痛苦的抽搐，難以控制。

盧博點上菸斗說：「他待妳一定很好！他不僅把妳當小姐一樣養大成人，還替妳保管零用錢。我們結婚時，他把它們湊成了整數。他還告訴我，他將留給妳一筆遺產。」

塞芙麗娜低聲說：「對，他要把德莫法十字架那所房子，即被鐵路穿過去的那塊地盤留給我。我不是有時還到那裏小住幾日嗎？我不抱什麼希望，因爲德拉什納耶夫婦會設法奪走他留給我的遺產。況且，我什麼也不想要，我什麼也不要！」

講最後這句話時，她聲音變得很大，這可把盧博嚇了一跳。

盧博從嘴邊拿開菸斗，瞪大眼睛望著妻子。

「妳這個人眞怪！董事長有萬貫家資，妳是他的乾女兒，留給妳一份又有什麼不可以？別人不會說什麼，而這對我們卻大有益處。」

盧博不知想起了什麼，一個人自顧笑了起來。

「假如妳是他女兒，妳不會害怕吧？妳知道，儘管董事長一本正經，但仍有人說他的壞話，有些話不堪入耳。據說他夫人在世時，他就換過好幾個保姆。一句話，他是個放蕩的傢伙，就是現在，他有時還去撩女人的裙子。天哪，算了，要是妳去作他的女兒，那——」

塞芙麗娜猛地站起來，小臉緋紅，濃密的黑髮，藍眼睛裏閃動著恐懼的光亮。

「他的女兒？你要知道，我可不喜歡開這種玩笑！我能是他的女兒嗎？我長得像他嗎？算了，談點別的吧！我不願意去杜安維爾，因爲我不樂意，我想和你一起回勒阿弗爾。」

盧博點點頭，打手勢安撫妻子。既然這些事讓她生氣，那就不談吧！他從來沒有見她如此地緊張，不由笑起來，以爲是她喝了白葡萄酒的緣故。爲取得妻子的諒解，盧博拿起小刀欣賞著，擦拭著，爲表明小刀同刮臉刀一樣鋒利，他用它削起指甲來。

塞芙麗娜望著掛鐘說：「已經四點一刻了，我還要去買點東西，別誤了火車！」

在收拾房間之前，她想平靜一下，便轉身倚在窗口。盧博也放下小刀和菸斗，離開飯桌走到妻子身旁，從背後將她輕輕抱住，下巴壓在妻子肩上，頭靠著她的頭。兩人都沒有動，靜靜凝視著窗外。

窗下，牽引機來來往往，不肯停息，像忙碌中的家庭婦女，輕手輕腳。悶聲悶氣的輪胎聲和悄悄的汽笛聲剛能聽見。一輛機車馳過，消失在歐洲橋下，把剛從機車上摘下來的一列車廂拖進車場。這趟列車是從特魯維爾開來的。在橋的另一側，一輛機車開過來，同牽引機車逆向而來。它的鋼板和銅器零件擦拭得潔明發亮。它停下來，發出短促的鳴叫，向扳道工要路。扳道工馬上把它引到另一條軌道上。在那裏的廊棚下停著一列已經編掛好的車廂。那是4點25分開往迪埃普去的列車。旅客擁擠，行李車滾動，工人把一個個熱水爐推到車廂裏。機車悶聲悶氣地撞在行李車上，列長親自擰緊掛鉤螺絲。巴蒂涅隧道一帶的上空灰濛濛的。黃昏已悄悄爬上樓房，散在扇形路基上。遠方，郊區列車和環行車你進我出。再過去有幾間大候車室，色調昏暗，看不真切。橙黃色的煙團在昏暗的巴黎上空飄搖而上。

「不，別這樣！快放開我！」塞芙麗娜悄聲地說。

在年輕妻子溫暖身軀的刺激下，盧博沒有吱聲，而是把妻子抱得更緊。妻子身上的香氣叫他陶醉。塞芙麗娜挺起腰想擺脫丈夫。這一來盧博慾火更烈，他猛地把妻子抱起，用胳肘關上窗子，把嘴貼在她嘴上，緊緊吻著她的嘴唇，把她抱到床頭。

塞芙麗娜央求說：「別這樣！這不是在咱們家裏。求求你，別在這裏……」

她酒飽飯足，昏昏欲睡，加上在城裏採購的餘興未消，顯得有些醉意。溫暖的房間、桌上的餐具和丈夫在公務方面的順利使她感到熱血沸騰、感情衝動、肌肉發抖。但她竭力控制著自己的感情，身體緊貼床板，拒絕丈夫的要求。她心頭恐懼，反抗著。至於爲什麼反抗，她自己也說不清楚。

「不要，不要，我不要！」

盧博慾火難耐，但也只好收住粗壯的胳膊。他身上抖動，真想一手把妻子掐死。

「傻瓜，這事誰能知道？完事後我們再把床鋪整理好不就得了！」

在勒阿弗爾他們家裏，丈夫值夜班時，每當午飯過後她就順從地答應他。她對那種事兒似乎並不感興趣，但照舊滿足他的要求，並佯裝愉快和溫順。現在叫他入迷的是，她顯得十分熱情，十分肉感，黑髮下她那青蓮色的眼睛顯得更爲深邃，鮮紅的大嘴巴嵌在溫柔的橢圓小臉上。他幾乎認不出她了，她爲什麼要拒絕呢？

「喂，妳爲什麼不想要？時間很足夠啊！」

塞芙麗娜心頭憂慮，但又感到莫名其妙。她內心鬥爭激烈，但又不明白爲什麼，似乎忘記了自己是誰。她痛心地大叫一聲，盧博才安靜了。

「不，不，求求你，放開我！我也不明白爲什麼現在一想到那種事就透不過氣來，這樣一來可不會令人滿意的。」

兩個人都坐在床邊上。盧博用手摸著臉蛋，似乎想把臉上的熱氣趕走。塞芙麗娜見丈夫老實了，便親切地在丈夫臉上吻了一口，表示她仍舊愛他。他們就這樣坐在那裏，沒有再說話，也沒有站起來。他握著她的左手，撫摸著她那枚嵌著寶石的蛇形金戒指。這枚戒指同結婚戒指戴在同一個手指上。她一直就是這麼戴的。

「我的小蛇戒指，這是我十六歲時，他在德莫法十字架送給我的生日禮品。」塞芙麗娜以爲丈夫在看她的戒指，認爲必須講一句，便夢囈似地吐了這麼一句。

盧博大吃一驚，猛地抬起頭來。

「他是誰？是董事長？」

兩人目光相遇，她清醒了，感到雙頰發冷。她想回答說是，但吐不出口，似乎癱軟了。

盧博又說：「可是過去，妳一直說這是妳母親留給妳的呀！」

在這一刹那，她本可以把剛才緊張時遺忘的話講出來。她只要笑一下，裝裝傻就可以搪塞過去。但她不知不覺失去了理智，脫口而出：「親愛的，我從來沒有說過戒指是母親留下的呀！」

盧博馬上盯住她，臉色變得十分蒼白。

「什麼？妳沒有說過？妳至少講過二十次！董事長贈給妳一只戒指這沒有什麼不行。他不是還給過妳別的東西嗎？可是妳爲什麼要瞞我？爲什麼騙我，說是妳母親留給妳的呢？」

「親愛的，你記錯了，我沒有說過是母親留給我的。」

塞芙麗娜這麼固執是愚蠢的！她發現自己失策了，被丈夫看透了隱情。她想改變主意，收回前言，但爲時已晚。她一時失態，無意中承認了這件事兒，感到臉上的涼氣傳遍全身，嘴唇緊張地抽搐著。

盧博呢，他神態嚇人，滿臉通紅，似乎血液把血管衝破，冒了出來。他抓住妻子的手腕，死死盯住她的臉，想從她那驚魂未定的眼神中發現她心頭的秘密。

盧博結結巴巴地說：「媽的！見鬼！」

塞芙麗娜在戒指一事上一時忘記了撒謊，幾個回合就露出馬腳了。她害怕，擔心丈夫打她，忙低下頭，用手捂住臉。盧博愣了一下，便猛地把妻子推倒在床上，左右開弓狠揍了她一通。婚後三年，他從沒有動過她一根毫毛，而今天他像瘋子似醉漢如野人，要用火車司機的粗壯大手置她於死地。

「媽的！臭婊子！原來妳陪他睡過覺！陪他睡覺，嗯！」

盧博發瘋似地重複這句話，講一句就打一拳，下手很重，似乎要讓拳頭砸進對方的肌肉裏。

「一個老色鬼，一個臭婊子，妳和他睡覺，和他睡覺！」

他吼聲狂怒。而她只有喘息聲，說不出話來。她否認此事，被動地挨打。她只有這個辦法，想以此保住性命，求丈夫手下留情。她的哀叫和固執對丈夫是火上加油。

「快承認吧！妳是不是陪他睡過覺？」
「不，沒有，我沒有……」
塞芙麗娜想把臉藏到被子下，盧博卻將她揪起來，雙手架住她，逼著她望著自己。
「說實話，妳是不是陪他睡過覺？」
她往下一滑，掙脫開丈夫，想奔向門口。盧博一個箭步衝過去，鐵拳高高舉起，在飯桌旁一拳將她打倒在地。接著他撲上去，抓住頭髮把她按在地上。他倆這樣面對面停了片刻，誰也沒有動彈。可怕的寂靜，只有樓下多韋涅家兩位小姐的歌聲、笑聲和狂亂的鋼琴聲。幸虧這些聲音蓋住了樓上的毆打聲。克萊兒在唱輪舞曲，蘇菲彈著鋼琴伴奏。輪舞曲是小女孩最愛唱的舞曲。
「說，妳陪他睡過覺！」
塞芙麗娜不敢再否認，只好閉口不言。
「說，妳同他睡過覺！媽的，不然我就捅破妳的肚皮！」
她從丈夫的眼神發現，他眞敢殺死自己。在她倒下時，曾看見刀子放在桌面上，鋒利的刀刃閃著寒光。她以爲他要伸手去拿刀子。她一陣恐懼，改變了主意，想儘早了卻此事。
「那好，我說，這是事實，放我走吧！」
眞糟糕！他想用武力得到供詞，現在供詞卻像洪水猛獸，向他迎面撲來。盧博永遠不能容忍這種可恥行爲，他揪住妻子的頭髮向飯桌腿撞去。塞芙麗娜要掙扎，盧博就抓住她的頭髮在地上拖來拖去，把椅子撞得東倒西歪。她每次想站起來，盧博就把她壓到瓷磚地上。他喘著粗氣，咬緊牙關，像個莽漢。他們撞倒飯桌時，幾乎把爐子撞翻。碗櫥角上黏有塞芙麗娜的頭髮和血跡。後來盧博打累了，只好停下喘口氣。一個打人打累了，一個被打得暈頭轉向，兩人都感到恐懼。他們回到床邊，她躺在地上，他蹲在一旁，抓著她的肩頭。他們喘息著，樓下傳來音樂之聲。女孩的朗朗笑聲在空中回盪。

盧博用力架起塞芙麗娜，讓她爬在床上。他自己跪在地上，歪身靠在妻子身上。他不再打她，而是連珠炮似地向她提問題，他需要馬上弄明眞相。

「妳眞陪他睡過覺，嗯，婊子？妳再說一遍，說妳陪老傢伙睡過覺！妳在幾歲時陪他睡覺的？很小很小的時候吧，嗯！」

突然塞芙麗娜嚎啕大哭起來，無法開口回答丈夫的問話。

「媽的！見鬼！妳不願意講，是不是？當時妳還不到十歲，老東西就看中了妳，是吧？爲此，他才收養了妳。他收養妳是爲了他自己，對不？好的，快說！不然我就再揍妳一通！」

她哭著，說不出話來。他舉手又狠狠打了她一拳。他連打三拳，她還是不肯吱聲。他又用力揍了她一耳光，厲聲問道：「說，在妳幾歲時——快說，婊子！」

她爲什麼還要抗拒呢？塞芙麗娜感到自己的靈魂已經脫殼。丈夫本可以用工人那粗壯的手把她的心肝扒出來。他又審問了一會兒，她才全部招認。由於羞躁和恐懼，她的聲音很低，剛能聽見。盧博心頭燃燒著嫉妒之火，妻子所講叫他痛苦難忍。他從來沒有料到妻子有那麼多的事情瞞著他。他威嚇妻子，讓她把細節和事實全講出來。他高舉拳頭，耳朵貼在妻子嘴邊。他威脅她，假如她不肯坦白，他就繼續揍她。聽著妻子的懺悔，盧博心頭沉重，痛不欲生。

塞芙麗娜的童年和青少年時光是在杜安維爾度過的。一幕幕往事一起湧現在她心頭，歷歷在目。那是發生在大花園樹叢深處，還是發生在城堡走廊上？父親死後，董事長就將她收留，把她同自己的女兒一起撫養，難道董事長當時就心存邪念？看來確是如此。別的小女孩一見董事長就趕忙躲開，惟有塞芙麗娜卻笑著伸出嘴巴等候他的親吻。從那時起，老東西就打定了主意。後來，還敢直接同董事長講話，向他要這要那，難道她當時就意識到她是他的情婦？老淫棍用玩弄保姆的手法，向塞芙麗娜獻殷勤，而對別人則是一本正經，十分嚴肅！啊，可恥，卑鄙！老傢伙像爺爺那樣看著小塞芙麗娜慢慢長大，親她、吻她，而骨子裏卻覬覦小女孩的美色，一步一步勾引她，不等她成年就對她下了毒手。

盧博喘息著問：「到底在妳幾歲上？快說，在妳幾歲那年？」

「十六歲半。」

「妳說謊！」

說謊？天哪，她爲什麼要說謊！塞芙麗娜輕輕一聳肩，顯得十分懶散疲憊。

「第一次是在什麼地方？」

「就在德莫法十字架那所房子裏。」

盧博猶豫片刻，嘴唇抖動，雙眼冒火。

「講出來！他同妳幹的什麼勾當？」

塞芙麗娜沒有吱聲。盧博又舉起拳頭。

她害怕了，說：「說出來你也不會相信！」

「說下去！他沒有得逞，是不是？」

妻子點了點頭，果眞如此。但盧博急於了解當時的情況，想把事情徹底弄明白，所以他不惜使用粗魯言詞，向妻子提出十分下流的問題。她羞於開口，只用點頭或搖頭表示回答。她把實情全盤托出之後，盧博和她也許就會感到輕鬆。她講了不少細節，想以此來減輕自己的責任，而這些細節卻叫盧博十分痛心。假如塞芙麗娜源源本本把經過講出來，丈夫也許還不至於如此痛心。淫蕩行爲像一把有毒的嫉妒之刀，捅進盧博心臟，使他疼痛難忍。現在，一切全完了，他無顏再留在人世，因爲他不願意想起那個可憎的場面。他不由抽噎起來。

「媽的，不能就這麼便宜了他！不，不行！這也太過份了！不能就這樣忍下去！」

突然，他惡狠狠地罵道：「媽的，臭婊子！那妳爲什麼還嫁給我？難道妳不知道欺騙我是可恥的嗎？牢房裏的女賊也不至於像妳這樣沒有良心吧？過去，妳瞧不起我，也不愛我，可是妳爲什麼要嫁給我？」

塞芙麗娜做了個含混的表示。難道她現在明白了？她嫁給他，感到幸福，希冀從此與另一位一刀兩斷。人生在世往往會違心去做某件事情，因爲只有那樣做才是明智的。是的，她根本不愛盧博，要是沒有前面所講的事情，她絕對不會成爲他的妻子。但她沒有把話講出來。

「他想給妳掛個婆家，對不對？結果就看中了我這個善良的傻瓜，嗯？他讓妳嫁給我，以便繼續同妳來往。妳兩次去他那裡小住，就是爲此。今天他要帶妳去也是同一原因，對不？」

塞芙麗娜作手勢，承認了。

「這次，他請妳去還是爲了那種事兒？你們想永遠如此，直到死亡！看來我不掐死妳，你們還會來往！」

盧博痙攣著伸手去掐妻子的脖子，她馬上表示抗議：「行了，你這樣做太不公正！是我拒絕再到他那裏去，你忘記了嗎？你逼我去，我還對你發過火。你該知道，是我不同意再幹了！我同他之間的那種關係結束了，永遠結束了。況且一開頭我就不樂意。」

盧博感到妻子所講的是實話，但他並未感到輕鬆，痛苦猶如刺入胸膛的刀子叫他無法忍受。看來老淫棍同妻子之間的事情已無法挽回。他爲自己的無能而痛心，因爲他無法阻止他們來往。他貼近妻子的臉，手仍然抓著她不放。他像是著了魔，被她吸住了，似乎要從她那纖細的血管中去尋找她剛剛承認的事情。

盧博心神不定，神色恍惚，低聲說：「就在德莫法十字架那所紅屋子裏？我知道那個地方。

窗子對著鐵路，窗子對面就是床。就在那裏，就在那所房間裏……嗯，我明白他爲什麼要把那所房子留給妳。那是妳賺來的。他還替妳照料錢財，送妳一份嫁妝。這値得呀！況且他是大法官、百萬富翁，是位有涵養、受人尊敬的上層人物！是的，妳是有些神魂顚倒……哼，妳說，他是不是妳父親？」

塞芙麗娜身體單薄，被丈夫一陣毒打早已毫無力氣，但現在不知哪兒來了一股力量，她猛地站起來，把丈夫推開，氣沖沖地反駁說：「不，不是，你不能這樣講！別的事情你怎麼說都可以。打我，殺我全由你，但你不能說這種話，你這是信口雌黃！」

盧博雙手抓住妻子的手。

她又說：「你是否聽到了什麼風聲？你早有疑心，所以才發這麼大的火！」

妻子往外抽手，手指上的戒指碰著丈夫的手。那是一枚蛇形寶石金戒指，她仍戴在手上。盧博把戒指拔下，扔在地上用腳去踩，怒火再度湧上心頭。然後，他一聲不吭地在房間踱來踱去，一副失魂落魄的樣子。塞芙麗娜則跌靠在床沿上，睜大了眼睛盯著丈夫。室內一片沉寂，可怕的沉寂。

盧博怒氣未消，剛想平息的怒火又熊熊燃燒起來，猶如在發酒瘋，一陣強似一陣。他難以克制自己的感情，氣得暈頭轉向。盛怒之下，他雙手在空中飛舞，亂抓亂打，盡情發洩心頭的狂怒。這是一種生理需要，急不可待。就如同渴望復仇的人，在大仇未報之前、激憤會一直煎熬著他的心，一刻也不能叫他平靜。

他邊走邊拍打自己的太陽穴，煩得結結巴巴地說：「我……該怎麼辦呀？」

身旁這個女子，他剛才沒有殺死她，現在更不能殺她了。可是讓她活下去，那是軟弱的表現，是儒夫的行爲。想到這裡，他更爲生氣。他沒有掐死她，是因爲他捨不得臭婊子那條命。但他又不能這樣留下她。怎麼辦？把她趕走，趕到大街上，永世不再見她？他感到連這一點也做不到，他不由又痛苦起來，感到周身難受。那，到底該怎麼辦呢？看來只有忍氣吞聲，把她帶回勒阿弗爾，繼續同她平靜地生活在一起，就像根本沒有發生過什麼事情似的。不，不行！他寧可死掉，寧可和她同歸於盡，也不願意再這樣生活下去了！

盧博又大動肝火，狂怒地吼叫著：「我該怎麼辦呀？」

塞芙麗娜仍坐在床上，瞪著眼睛盯著丈夫。她曾經冷靜地把盧博當成終生伴侶，一見丈夫如此痛苦，她不由動了惻隱之心。假如不是丈夫狂怒使她迷惑不解（因爲她一直不明白丈夫怎麼會知道那件事兒），她準備原諒丈夫，包括對她的拳打腳踢和粗野的辱罵。塞芙麗娜一向是個溫順、馴服的女性。情竇初開，她就屈從了老色鬼的淫慾。後來老淫棍答應她嫁人，她就想結束那種關係。她從來沒有料到丈夫會如此大發醋意，並大動肝火。

這些已經成爲過去，是她少女時代一時失足，她早已有悔改之意。她毫無邪念，身心雖有創傷，但她仍不失爲一個貞潔、溫柔的女子。她昏昏沉沉，望著丈夫憤怒地走來走去。她感到自己置身在一頭野狼，一頭野獸身旁。他這是要幹什麼？過去他從來沒有發過這麼大的火呀！塞芙麗娜心頭恐懼，三年來她一直擔心這頭畜生發狂，今日他終於狂暴起來，像猛獸，似乎要把她一口吞下肚去。要想避免悲劇，她應該對他講點什麼呢？

盧博往返一次就要經過床頭一次，從她眼前走一次。這次等丈夫又來到眼前時，塞芙麗娜壯著膽子說：「聽我說……」

盧博根本不聽，像鬥敗的公雞又走遠了，並自言自語地說：「我該怎麼辦呀？怎麼辦？」

後來，她抓住他的手，攔住他說：「既然是我拒絕到他那裏去，我今後絕不會再去，絕對不再去！我愛的是你！」

塞芙麗娜裝出溫柔多情的樣子，拉住丈夫，抬頭伸嘴，等對方來吻。但丈夫倒在她身上，厭惡地把她推開。

「婊子，這會兒妳倒主動了！可是剛才妳爲什麼拒絕？這說明妳根本不愛我。妳現在願意是想把我控制住，是不是？靠這個把男人拴住，而且要拴牢！但現在和妳辦那種事兒，我感到噁心！這是實話，就像喝毒藥，渾身難受。」

盧博想到把妻子壓在下面。他想到床邊的溫存，不由慾火上升，渾身發抖。此時此刻，他肢體抖動，淫心蕩漾，不由起了殺機。

「告訴妳，要想叫我活著同妳一起生活，那就必須讓另一位死掉！我要殺死他，殺死他！」

他提高嗓門，重複著這句話。他站在那裏，似乎身材更爲高大。他像是打定了主意，心裏平靜了一些。他沒有吱聲，慢慢走進飯桌，看見了那把張開的刀子。刀刃在閃閃發亮。他順手把小刀合上，裝進口袋。他晃動雙手，遙望遠方，似乎在盤算著什麼。他似乎想到了困難，不由皺起了雙眉。爲尋求克服困難的方法，他轉身推開窗子，佇立窗前。黃昏中，冷風吹來，吹拂著他的面頰。塞芙麗娜再度感到恐懼，在丈夫身後悄悄站起來。她不敢吱聲，而是悄悄揣測丈夫在想什麼。她站在一旁，面對著無垠的蒼穹。

夜幕徐徐降落，遠方的房舍開始模糊起來，寬闊的站台也罩上了一層淡紫色薄霧。巴蒂涅勒隧道一側，長長的鐵路路基，像是蒙上了一層灰塵。歐洲橋的鋼架也變得影影綽綽。朝著巴黎的方向，夕陽的餘輝映照在候車室那寬大的窗玻璃上。樓下，天色昏暗，火光閃亮，是有人在點燃站台上的煤氣燈。開往迪埃普去的列車已擠滿乘客，車門已經關上。車燈發出白亮的光，正在等候值勤副站長的發車命令。一輛小型機車開過來，把留在路軌上的車皮拖走，它占住了路軌，扳道工趕忙打開紅燈。夜色愈來愈濃，列車一輛又一輛通過結構複雜的網狀軌道，把等候在軌道上的一列列車廂甩在身後。一輛開往阿爾讓特伊，一列開往聖·日耳曼，還有一長列火車是從瑟堡開來的。

紅綠信號燈變來變去；哨子聲、喇叭聲此起彼落；紅、綠、黃、白各色燈光時隱時現。在這分不清狼和狗的時刻，到處是一片混亂，似乎所有的東西都在互相碰撞、磨擦，在昏暗中爬行。紅燈熄滅，開往迪埃普的列車鳴著汽笛，啟動了。灰色的天空落下幾滴雨，稀稀疏疏。看來又是一個潮濕的夜晚。

盧博回轉身來，臉色陰沉，態度固執，像是受到了夜色的感染。他此時決心已下，主意已定。他借著昏暗的天光望了望掛鐘，高聲說：「5點20！」他不由一驚，剛剛過去一個小時，在這一個小時裏卻發生了這麼多複雜的事情，他感到剛才那場搏鬥是數週以前的事情！

「5點20分，還來得及。」

塞芙麗娜沒敢多問，只是焦慮不安地望著丈夫。她見丈夫到衣櫃找出幾張信紙、一瓶墨水和一支筆。「來，我說妳寫！」

「寫給誰？」

「寫給他！坐下！」

她不知要寫什麼，本能地離開椅子，但他一把將她拉住，用力按在桌子前，她只好坐下。

「妳寫：『請你乘今晚6點30分的快車，到魯昂下車。』」

塞芙麗娜拿起筆，但手指發抖。她不知這句話會帶來什麼後果，所以倍加恐懼。她鼓起勇氣抬起頭，懇切地問：「你這是要幹什麼？請告訴我！」

盧博毫不動情，大聲說：「快寫！快寫！」

然後，他盯住妻子的眼睛。這次他沒有動怒，也沒有罵人。但他那固執的口氣叫她受不了。

「我要幹什麼，回頭妳就會知道的！聽著，這件事情妳必須和我一起幹！只有這樣，我們今後才能繼續生活在一起，家庭生活才會牢固。」

他恫嚇她，她往後退著說：「不，不行，我要知道幹什麼。你不告訴我，我就不寫！」

盧博沒有吱聲，他上前抓住妻子那孩童般纖細柔弱的手腕，鐵鉗一般用力夾住，似乎要把她的手腕指斷。他是故意折磨她，讓她屈服。塞芙麗娜尖叫一聲，難以忍受，只好投降。她生性逆來順受，只好聽從丈夫的擺布。她是他發洩情慾的工具，也是他的殺人工具。

「寫，快寫！」

她用疼痛的手，艱難地寫下那句話。

盧博拿起短信說：「很好，這樣很好！他一定能收到。現在，妳把房間收拾一下，把東西準備好。我回頭來接妳。」

盧博十分沉著冷靜，在鏡子前繫好領帶，戴上帽子走了出去。他從外面把房門連鎖兩道，帶著鑰匙走了。天愈來愈黑。塞芙麗娜坐下，側耳細聽外面的動靜。隔壁女報販在低聲抱怨，似乎有人把一條小狗忘在了她家裏。樓下多韋涅家，鋼琴聲已停，接之而來的是鍋碗瓢勺的碰撞聲。兩位小姐正在廚房忙著做飯，克萊兒在燉羊肉，蘇菲在摘生菜。塞芙麗娜感到精疲力竭，聽到女孩們的歡笑聲，她更感到痛苦。

六點一刻，開往勒阿弗爾的快車機車穿過歐洲橋，掛在車廂上。由於線路擁擠，車廂沒有停在幹線的廊棚下，而是露天停在一條像防波堤一樣的長形月台下。夜，漆黑一團，只有人行道上有幾盞瓦斯燈，排成一行。陣雨過後，冰冷的潮氣彌漫在站台上，似輕霧向遠方擴散，一直伸延到羅馬大街住宅樓門前的燈亮處。那片地域遼闊、荒涼，水色汪汪，血紅的燈光星星點點，圓形機車和車廂在停車道上這裏一節，那裏一節。那裏猶如一個黑黝黝的湖泊，充滿了聲響。有粗喘

塞芙麗娜勉強一笑。亨利要去值班，使高興地走了。他一直想把塞芙麗娜當作情婦，而且認爲她

車門大開著。亨利和藹地表示歉意，並說那個包廂是公司董事會在開車前半小時才通知加掛的，

涅的兒子亨利，他認出了頭戴面紗的塞芙麗娜。他忙拉了她一把，使她免遭車門撞擊，因爲當時

車。匡噹一聲，車廂向後退了數米，原來是機車又增掛了一節包廂，是293號包廂。列車長是多韋

困在了勒阿弗爾。盧博裝作泰然自若的樣子同他們聊天，有說有笑，他妻子則站在車廂前準備上

兩天。利松號的司機雅克．朗蒂埃是盧博的同鄉，司爐佩克是維克圖瓦大嬸的丈夫，他們二位被

據電報上講，週二和週六牽引6點30分那趟快車的利松號機車在進站時傳動杆斷了，要修理

在勒阿弗爾車站發生的一起事故。

他們問到副省長一事。現在這個案子總算結束了，而且各方都比較滿意，接著他們談到早上

同他們寒暄幾句。

長發現了，旁邊站著著幹線副站長多韋涅。他們正背著手檢查新加掛的一節包廂，盧博只好站住

否掛好了。盧博終於找到了一間空車廂。他正要推塞芙麗娜上車，卻被在站台巡視的旺多爾普站

來，搬運工把一車車行李送到車上；一位列車員正幫一家老小找座位；值班副站長在檢查掛鉤是

一群乘客湧上站台，盧博夫婦被夾在人潮裡，去尋找自己的甲等票車廂。站台上馬上熱鬧起

猶豫不決，精疲力盡的樣子。

嬸。丈夫推著妻子快走，像是擔心誤車，態度粗暴急躁，把帽子撩在腦後。妻子頭戴面紗，一副

6點20，盧博和塞芙麗娜出發了。在經過候車室女廁門口時，他們把鑰匙交給維克圖瓦大

黑暗中形成氣團，凝成白色水珠，飄灑在茫茫夜空裡。

近處，街道上人聲嘈雜。有人命令加掛車皮。快車機車打開閥門，一股蒸氣噴出，直衝雲霄，在

急促的火車飛馳聲，有汽笛的尖厲鳴叫，就像女性遭到強姦時的叫聲那樣。遠方，喇叭聲淒涼；

一定會成爲叫他滿意的情婦。

6點27分，離開車只有三分鐘了。盧博一面同站長等人寒暄，一面盯著遠方候車室的門口，然後轉身回到妻子身旁。列車已經滑動，他們小跑幾步之後，盧博一推妻子，用力將她送上車。塞芙麗娜惶惶不安，不知出了什麼事兒，本能地向身後望了一眼。原來有一名姍姍來遲的乘客拿著一條毛毯向列車走來。他身穿肥大的藍色外套，衣領高豎，圓型禮帽帽沿拉在眉上，只露出一綹白鬍子。在煤汽燈的晃動下無法看清他的面孔。他雖然不願被人認出，但站長旺多爾普和多韋涅還是迎了上去。他們陪他走過三節車廂，最後來到加掛的包廂前。那人向他倆打個招呼就匆匆上了車。

原來是他！塞芙麗娜身上發抖，癱坐在位子上。丈夫用力抓住她的臂膀，就像從背後擁抱她那樣。盧博感到高興，因爲他的計畫馬上就要實現了。

離六點半只差一分鐘了，報童還在叫喊著賣晚報，有幾名乘客還在月台上抽菸、漫步。等衆人都上車之後，列車員關上車門。盧博原以爲那個車廂隔間是空的，他上去一看，在角落裏有個灰色身影，一動不動，不聲不響，是個身穿孝服的女子。盧博十分不快。接著列車員又塞進一對夫婦，一對大胖子，累癱了一樣直喘粗氣。盧博火冒三丈，難以壓抑。列車啓動了，毛毛細雨淅淅瀝瀝又下起來。

黑暗中廣袤的原野雨濛濛一片。列車穿過田野，從明亮的小窗子才能看出一排排活動著的小房子。綠燈亮了，幾盞馬燈在地面上閃動。兩旁只有一團漆黑，看不見任何東西。在瓦斯燈的蒼白燈亮下可以看見幹線上的廊柵。接著所有的東西全都消失了，聲音也似乎沒有了，只能聽見機車的轟隆聲。機車打開閥門放出團團白汽，猶如旋轉的雲團一般升起，又似舒展開的布塊。不知從什麼地方冒出一股巨大的黑色煙柱，穿過雲團，升入高空。天色愈加黑暗。一片烏雲籠罩著巴黎的夜空，但城裏仍是燈光明亮。

值勤副站長提起馬燈，讓司機要路。兩聲汽笛一響，扳道房的紅燈熄滅，亮起白色信號燈。列車長站在行李車上等候發車信號，然後再轉告司機。司機拉響汽笛，打開制動閥，列車啓動了。開始，車速很慢，然後就飛奔起來，穿過歐洲橋，飛向巴蒂涅勒隧道。列車像閃動著的傷口，只有三盞紅色尾燈可以看見。它們組成了一個三角形。數秒鐘之後，列車就駛入隧道。它在飛奔，任何力量也無法阻攔，最後消失在遠方。

第二章

在德莫法十字架有座大花園，鐵路穿園而過。花園裏有所房子建在斜坡上，緊貼路基。每當列車通過，房子都要震動幾下。過往的乘客都能記住那所房子，但由於它一直關閉著，誰也弄不明白它是幹什麼用的。那裏景象淒涼，氣氛蕭條，由於多年受雨水的侵蝕，百葉窗已變成霉綠色。由於那是個荒涼去處，周圍一法里之內人跡罕至，那所小屋就更顯得孤獨淒殘。

那附近只有道口看守的小屋，看守小屋位於通往杜安維爾公路與鐵路的交叉點上，離杜安維爾有五公里之遙。看守小屋十分低矮，牆壁上裂痕斑斑，屋頂上長著青苔。它同別的窮人住宅一樣，周圍有個小院，院裏種有蔬菜，四周綠籬環繞。院中有一口水井，井台和房子一般高。道口正好位於馬洛內和巴朗唐兩個火車站中間，離兩站都是四公里遠。經過那個道口的行人甚少，主要是攔阻採石工的板車，因爲在半法里之外就是貝庫爾採石場。那裏的偏僻程度實難想像。它遠離人煙，因爲在馬洛內一側有一條長隧道，切斷了所有的通道。要去巴朗唐，只有沿鐵路旁的小路步行。小路高低不平，十分難走，所以很少有人到那裏去。

這天晚上，天色陰霾，氣候溫和。日落時，從勒阿弗爾來了一位客人，大步流星行進在德莫法十字架小路上。他剛從巴朗唐下車。那一帶地勢起伏，是連綿不斷的坡地和峽谷，鐵路時而停在坡地上，時而下到溝塹裏，兩旁地勢時高時低，十分難走。那是一片白茫茫的荒野，寂寞、貧脊。山丘上長著幾株小樹，小溪順著峽谷在柳蔭下流淌。其餘部分是白堊土的山包，光禿禿，一個接一個。眞是一塊不毛之地，荒蕪死寂，毫無生機！來人是位體魄健壯的青年男子，他步履匆匆，似乎想躲避這溫暖的黃昏和那裏的荒涼景色。

在道口看護的小院裏，有位女孩正在井邊汲水。她芳齡十八，身高體壯、金髮披肩、嘴寬唇厚、一雙碧眼，低低的額頭上垂著一縷髮髻。她長相並不漂亮，但臀部豐滿，一雙手臂粗壯有力，不輸給男性。她見客人從小路走來，連忙放下水桶，奔向綠籬門口。

她高聲叫道：「是你，雅克！」

小伙子抬起頭來。他今年廿六歲，身材高大，一頭棕髮，圓圓的臉龐，五官端正，相貌堂堂。他的下巴有點兒大，捲曲的濃髮和又濃又黑的鬍鬚襯托得小臉略顯蒼白。由於工作關係，他的手被潤滑油染成了黃色。否則從他那細嫩的皮膚、潔淨的臉龐和細小靈活的雙手，都會認爲他是位紳士先生。

來人簡短地回答說：「晚安，芙洛兒！」

雅克那雙又大又黑的眼睛放著金光，但似乎被火煙黑著了有些窘迫，失去了先前的光彩。他低垂眼簾，望著別處，窘迫、不適，甚至有些痛苦，身體不由自主地往後退了一步。

芙洛兒則紋絲不動，死死地盯著雅克。雅克每次同女性接觸總會不由自主地顫抖幾下，他雖一再努力控制，但辦不到。一見此情，芙洛兒變得嚴肅、憂鬱起來。雅克明知芙洛兒媽媽生病在家，但仍問她媽媽是否在家。她只是點點頭，以掩飾窘迫的心理。她讓開路，放雅克進去，再沒有吱聲，高傲地挺起胸膛向井台走去。

雅克疾步穿過小院，走進屋裡，來到第一個房間。那是一所大房間，是廚房兼飯廳，又是臥室。法齊姑媽（雅克從小就這麼稱呼她）坐在桌旁草墊椅子上，腿上蓋一塊破舊的披肩。法齊是雅克父親的堂妹，朗蒂埃家族成員，也是雅克的教母。六歲時，雅克父母在巴黎失踪，姑媽就收留了他。他們當時住在普拉桑，雅克就是在那裏攻讀工藝學校。所以雅克十分感激姑媽，他說自己能有今日全靠姑媽的幫助。他在奧爾良鐵路上工作了兩年之後，成了西方鐵路公司的第一流司機。他在這裏找到教母，那時教母已另嫁他人。丈夫是個道口看護，名叫米薩爾。教母帶著前夫的兩個女兒搬到了德莫法十字架這個偏僻地方。姑媽年輕時長相漂亮，身材高大健壯，可是如今她剛剛四十五歲就像花甲之人，體瘦面黃，走起路來顫顫悠悠。

姑媽高興地叫道：「喔，是你啊，雅克！我的孩子，我可眞沒有想到。」

雅克低頭吻著姑媽的蒼臉。他說由於自己駕駛的利松號機車的傳動杆壞在勒阿弗爾，要修理兩天，他抽空來看看姑媽。第二天晚上他才上班，去開6點40的快車。他準備在這兒過夜，翌日一早乘7點26分的列車離開。雅克握住姑媽乾裂的老手，說收到姑媽上封信之後，他一直替老人家擔心。

「是呀，孩子，我怕是不行了，眞的不行了。你能明白我想見見你的心意，眞是個好孩子！我知道你很忙，不敢打擾你，可是你還是來了。我很難過，難過啊！」

她停住嘴，神色驚恐地望著窗外。天色慢慢黑下來。鐵路一側有間道房小木屋，她丈夫米薩爾就在那裏値班。這類小道房沿鐵路每五、六公里就有一所，互相用電報聯繫，以確保列車正常運行。法齊原來在那裏看守道口，現在由女兒芙洛兒接替她，而米薩爾則成了巡道工。

姑媽似乎擔心丈夫聽見，哆嗦著低聲說：「我擔心他想毒死我！」

雅克聽後大吃一驚，抬頭望著窗外。他的眼睛暗淡下來，黃眼球上的黑色亮光也不見了。

雅克低聲說：「喔，法齊姑媽，妳怎麼能這樣想呢！他長相和氣，是個心慈面善的人呀！」

一列火車通過，是開往勒阿弗爾去的。米薩爾從道房鑽出，關閉身後的路口。他升起信號杆，掛上紅燈。雅克一直盯著他。米薩爾五短身材，身體瘦弱，鬚髮稀疏斑白，面頰消瘦，令人生憐。他不善談吐，默默無聞，對同事從不動怒，對上司巴結奉承。米薩爾走出木屋，把列車通過的具體時間記在登記本上，然後按動兩個電鈕。一個是通知上一個道房，說明道路暢通；一個通知下一個道房，說列車馬上要通過。

法齊姑媽說：「喔，你不了解他的爲人！我知道，他一定讓我吃了毒藥！過去我多麼強壯，可以一口吃掉他，可是如今他這個一文不值的矮個子卻要吃掉我！」

在仇恨和恐懼心理支配下，法齊姑媽盡情傾訴，她總算找到了一個肯聽她訴說的人。她比丈夫大五歲，當時身邊還有兩個女兒，一個六歲，一個七歲。她爲什麼要嫁給他這個身無分文、既陰險又吝嗇的人呢？十年過去了，她一直感到後悔。她不僅生活貧窮，而且住在嚴寒的北國，地方偏僻，無人聊天又沒有鄰居，眞是煩死人！丈夫過去是鋪路工，現在改作巡道工，每月工資一千二百法郎。她過去看道口，每月能掙五十法郎，現在把工作交給了女兒芙洛兒。這就是他們的現在和未來，沒有別的希望，只能在這渺無人煙的地方生活到死。姑媽有些話沒有講。這就是患病之前她的生活還是滿意的。當時丈夫在道碴採石場上班，她領兩個女兒看守道口，來往於魯昂和勒阿弗爾的鐵路員工都知道她這個漂亮女性，有些巡道工路過這裏還登門拜訪她，直至發展到爲她爭風吃醋。監工員只好在附近加強巡視。對這些事情，丈夫並不干涉，他尊重別人，總是裝作一無所知的樣子悄悄離開。這些風流趣事早已成爲歷史，如今她整月整月地坐在椅子裏動彈不得，孤苦零仃，每況愈下。

後來，姑媽下結論似地說：「告訴你吧！他是偷偷給我下的毒，別看他個子小，小個子卻想要我大個子的命！」

一陣鈴響，兩人同時吃驚地望了望窗外，原來是前面道房通知米薩爾，開往巴黎的列車快到了。玻璃窗前道路指示器上的箭頭指向火車開去的方向，米薩爾關住鈴，走到門口吹了兩聲喇叭，通知行人，火車到了。芙洛兒趕忙放下攔路橫杆。米薩爾身穿皮革上衣，直挺挺地站在路旁。一列火車從山坡後面開來，聲音愈來愈大，如雷鳴，似閃電，狂風一般震撼著、威脅著小矮屋，幾乎要把小屋捲走。芙洛兒回去繼續洗菜。火車過後，米薩爾關閉上行道，放下信號杆，摘下紅燈，打開下行道。因為又響起一陣鈴聲，另一個箭頭升起，說明五分鐘前那趟車已經越過了下一個道房。米薩爾走回小屋，先通知左、右兩家道房，再把列車經過的時間記下來，然後就坐著等下一班車。他每天上十二個小時的班，工作總是那一套。他終日守在那裏，吃在那裏，一天連三行報紙也懶得看，傾斜的顱骨裏似乎什麼也不考慮。

過去，教母曾讓一些巡道工為之神魂顛倒，雅克就為此曾同教母開過玩笑。現在他又不由自主地笑著說：「也許他吃醋了！」

姑媽憐憫地一聳肩，蒼白無神的眼睛止不住閃出一絲笑意。

「喔，孩子，你在說什麼呀！他會吃醋？只要不向他要錢，別的事兒他才不在乎呢！」

接著，她又哆嗦著說：「不，不，他不管這些，他只重金錢！你知道，他同我嘔氣就是因為我沒有把爸爸留給我的一千法郎交給他。所以他才威脅我、折磨我，使我病倒了。從那時起，病魔就沒有再離開我。」

雅克明白了，他以為是姑媽在病中是悲觀的想法，便試圖勸說姑媽，但她根本不聽，固執地搖著頭。

雅克說：「這事不是很好解決嗎？妳把那一千法郎交給他不就結了！」

姑媽十分激動，吃力地站起來，生氣地說：「一千法郎？不，我永遠不會把那一千法郎交給他！我寧可死掉，也不交出來！我把錢很嚴密地藏了起來。他就是把屋子翻個底朝天也找不到。他很狡猾，已經仔細搜查過。夜間我聽見他輕敲牆壁，到處尋找。哼，他的臉拉得愈長，我愈高興，心裏愈紮實。看我倆誰先服輸！我對他有疑心，所以凡是他經手的東西，我一概不吃。即使我死掉，寧願讓那一千法郎埋在地下，他也別想弄到手！」

姑媽已精疲力竭，又坐到椅子上。一陣喇叭聲攪得她心神不寧，是米薩爾在道房門前吹喇叭，宣布開往勒阿弗爾的列車馬上要經過那裏。姑媽很固執，不肯交出遺產，但心裏又怕丈夫，恐懼心理與日俱增，就像巨人擔心被小昆蟲吃掉似的。一列火車開來，是12點45分由巴黎開來的慢車，低沉的轟隆由遠而近。列車鑽出隧道，汽笛聲顯得更爲響亮，車輪如雷鳴，車廂似閃電，急駛而過。

雅克抬頭望著窗外，映在方形玻璃窗上的乘客側影從他面前飛過。他想讓法齊姑媽分分心，便開玩笑似地說：「教母，妳總抱怨這個鬼地方連貓都見不到一隻，可是妳卻能看見這麼多的人呀！」

法齊似乎沒有聽明白，抬起頭問：「這麼多人，在什麼地方……喔，你是說路過這裏的乘客呀，他們是過路神仙，一閃而過，既不能結識他們，也不能同他們聊天！」

雅克笑著，繼續說道：「可是妳不是認識我嗎？我也經常路過這裏呀！」

「對，這是實情。我認識你，也知道你開的那列車常經過這裡。我每次都仔細盯著你的機車。可惜車速太快呀！昨天，我發現你朝著我打了個手勢，但我來不及回答。不，這樣的接觸不能算數。」

然而，每天都有南來北往的列車，運送大批乘客。看到他們，她會在寂寞之中默默望著鐵軌，想入非非。天色已晚。過去她身強力壯時經常進進出出，有時還手拿小旗站在攔路橫杆旁，那時她從來沒有想過這類事情。她病倒之後，終日被困在椅子上，思想變了，總考慮如何同丈夫明爭暗鬥。她心緒煩亂，理不出頭緒來。她住在這荒漠裏，找不到說貼心話的人，每日裏只有疾駛的列車來來往往。車上坐滿乘客，列車震得她的小屋搖搖晃晃。她感到這樣很有意思。全世界的人都從她眼前飛過，不僅有法國同胞，也有外國人。有的人從遙遠的國度趕來，因爲誰也不願意總關在家裏。有人說，不久的將來，全世界各民族將融合成一個民族。這就是進步，所有的兄弟都奔向生產白蘭地的地方！

她曾試圖統計一節車廂有多少乘客，但由於乘客太多，她數不過來。有時她似乎從乘客中能認出個把人來。有一位黃鬍子先生，可能是英國佬，每週都要去巴黎一次；一位小個子棕髮太太，每星期三、六都要路過這個地方。但由於他們一閃就過去了，她無法肯定自己的想法是否正確。她感到乘客們的面孔相似，模糊、重疊，一個個一閃而過，像奔瀉而下的激流，不留痕跡。但令她傷心的是，車聲隆隆，旅途舒適昂貴，來去匆匆的乘客並不知道她在這裡，更不知道死神正在威脅著她。即使夜間她被丈夫殺死，列車照舊從她屍體的旁側南來北往，對這所孤單小屋裡的兇案不聞不問。

法齊望著窗外，把自己的模糊想法講給雅克聽。

「啊，這個發明了不起，沒什麼可說的，人類在飛快前進，愈來愈聰明。然而，野獸依舊是野獸，不管人類發明什麼先進機器，野獸照舊存在。」

雅克點頭表示同意姑媽的看法。此時，採石場一輛馬車拉著兩塊大石頭經過路口，芙洛兒升起攔路杆放馬車過去。雅克盯著芙洛兒。由於那條路只通採石場，即使把攔路杆鎖住，也很少有人來打擾芙洛兒。芙洛兒正同一位棕髮年輕採石工聊天。

雅克驚叫道：「怎麼，難道卡布希眞病了？拉車的是他的表弟路易！可憐的卡布希！教母，妳能經常看見卡布希嗎？」

姑媽雙手一舉，長吁一聲，沒有回答。因爲去年秋天那件事兒，法齊的身體一直未能康復。姑媽的小女兒路易塞特原在杜安維爾博納翁太太家當侍女。一天晚上，路易塞特從主人家逃出，滿身傷痕，神色驚恐，躲進了好友卡布希家裡。卡布希住在密林深處。不久路易塞特就咽了氣。謠傳不經而走，眾人議論紛紛，指責主人格朗莫蘭對侍女施暴，但誰也不敢公開表態。法齊當然明白其中的奧秘，但不願重提舊事，她只是說：「不，我很少看見他。他再也不到我這裏來了，眞正變成了狼。可憐的路易塞特！她生得嬌小可愛、皮膚白嫩、性格溫順！她十分孝敬我，要是她活著，她一定會照料我的！可是芙洛兒，天哪！我不埋怨她，她一定有什麼心事。她喜歡我行我素，脾氣暴躁，有時一連幾個小時看不到她的影子！眞叫人傷心，叫人難過！」

雅克耳朵聽著姑媽，眼睛望著馬車，馬車在過鐵路時，輪子卡進鐵軌裏，車夫揚鞭催馬，芙洛兒也幫著吆喝。

雅克叫道：「眞見鬼！現在不會來火車吧？火車一來，準會把他們碾成肉醬！」

法齊說：「喔，沒關係，不會出危險！芙洛兒雖然脾氣不好，但在工作上是個好手，認眞負責，五年來從未出過事故。謝天謝地！以前在這裡壓死過人，我上班時壓死過一條牛，那次列車幾乎出軌。唉，那牛死得眞慘，身子在這裡，頭被帶到了隧道的另一邊。有芙洛兒值班，我們儘可放心！」

馬車穿過鐵道，車輪在轍道溝裡發出嘎吱聲，愈去愈遠。姑媽又把話拉到侄兒的健康狀況上。她一向關心他人和自己的身體健康。

「喂，現在你的身體結實吧？還記得在家裡時，你得過的病嗎？連醫生都講不出個所以然來呢！」

雅克眼睛裏閃過一絲憂鬱。

「教母，我的身體很好。」

「眞的嗎？過去你耳後經常發痛，痛得腦殼幾乎要裂開！有時你也發高燒，還有憂鬱症，就像躲在洞裡的動物。這些病全都好了嗎?」

聽姑媽一講，雅克感到心緒煩亂、十分難受。他生硬地打斷姑媽:「我向妳起誓，我身體很好，什麼病也沒有!」

「這就好，孩子，太好了!絕不是因爲你生病就能治好我的病!在你這個年紀，正是身強力壯的時候。唉，有個好身體，這比什麼都重要。你沒有去別處消遣，專門跑來看我，你眞好，對不?回頭咱們一起吃晚飯，夜裏你就住在這裏，到芙洛兒隔壁穀倉裏去睡覺。」

又一聲喇叭打斷了她的話。天色已經很黑。他倆的身影對著窗口，模糊地看見米薩爾正同一名男子在聊天。六點剛過，他在向夜班員交班。他已在那簡陋的小屋裏工作了十二個小時，現在總算自由了。小屋裏只有一張床、一張小桌，桌上放著一台電報機。此外還有一張小凳子和一個爐子。爐子裏的火很旺，他只好整天開著窗子。

「喔，他下班了，要回來了!」法齊喃喃地說，不由又害怕起來。

一列又長又笨的火車開來，轟隆聲由遠而近，雅克只好低下頭同姑媽交談。他對姑媽的遭遇表示同情，安慰道:「聽我說，教母，要是他眞敢對妳使壞，妳就說，我雅克絕不會袖手旁觀。這樣他也許就不敢怎麼樣對妳了。可是妳那一千法郎，交給我是否更穩妥些?」

姑媽照舊不幹。

「那一千法郎，不給他，也不給你!我寧願死掉，也不會交出來!」

列車狂風一般奔駛而過，似乎要摧毀沿途的一切。小屋像在風口的小物體，一直顫抖不停。這是開往勒阿弗爾的列車，車廂裏擠滿了乘客，因爲次日是星期天，在勒阿弗爾要爲一艘輪船舉行下水典禮儀式。儘管車速很快，但透過有燈亮的窗玻璃可以看到裏面擠滿了人。但只能看見他們的側影和腦袋，一排又一排，一閃而過。人可眞多，沒完沒了。在車輪的滾動聲裏，在機車的鳴叫聲中，在電報機的咯答聲中，無休無止的乘客一起湧向勒阿弗爾。列車猶如橫臥在地上的巨人，頭在巴黎，腳和手在勒阿弗爾或其他終點站。脊椎是幹線路基，伸開的四肢是支線。機車順利地通過那裏，奔向遠方，而對路邊每時每刻都在發生的罪惡活動和情慾，卻不予置理。

芙洛兒先到家，她點上無罩煤油燈，放好桌子，瞥了雅克一眼，沒有吱聲。雅克轉過身，站在窗前。爐子上燒著白菜湯，米薩爾一回來，芙洛兒就開始盛湯。看見雅克，米薩爾並未感到驚訝，既沒有問他什麼，也沒有顯得怎麼好奇，剛才他可能看見雅克進來了。他同雅克一握手，簡單寒暄了兩句就不吱聲了。雅克只好解釋說，由於機車傳動杆出了毛病，他決定來看望教母，並準備在這裏過夜。米薩爾輕輕地一點頭，似乎是說這樣很好。於是，大家入席，無聲無息地開始慢慢吃飯。

從早上到現在，法齊姑媽一直盯著菜鍋，她要了一碗菜。長頸大肚玻璃瓶裏泡著幾根鐵釘。芙洛兒忘了把含鐵質的水端給媽媽，米薩爾站起來把水遞給妻子，但法齊根本不碰那只水杯。米薩爾出身低下，身體瘦弱，連聲咳嗽，根本沒有注意到妻子正在不安地窺視他的一舉一動。桌上的鹽吃光了，姑媽要人去取鹽，米薩爾勸她少吃鹽，她的病根就是因爲吃鹽太多。他起來用小匙取來一點鹽，法齊毫無疑心，馬上接了過來。她說鹽能淨化萬物。接著大家議論近日來天氣太暖和，又談到火車在馬羅默出軌一事。雅克感到矮子米薩爾樣子殷勤，二目恍惚，毫無異常舉動，所以他估計是教母多心了。晚飯吃了一個多小時，其間響過兩次喇叭，芙洛兒只好離開飯桌。列車一過，震得飯桌上的玻璃杯晃來晃去，但誰也不去理睬它們。

芙洛兒剛收拾完餐具又傳來一聲喇叭，她這次出去後就再沒有回來，讓媽媽同兩個男子繼續喝蘋果酒。他們又坐了半小時。米薩爾用搜尋的目光盯著牆角，然後他拿起帽子，道了聲晚安就出門了。他要到附近一條小溪旁偷釣鰻魚，那裏的鰻魚很多，個頭也大。每晚上床前，他都要去檢查一下撒在那裏的魚網。

米薩爾走後，法齊望著教子說：「喂，你相信我的話了吧？你沒有發現他一直盯著那個牆角嗎？他可能認為我把錢藏在那裏的黃油油罐後面了。啊，我了解他，今夜他肯定會到油罐後面去尋找哩。」

法齊頭上冒汗，四肢抖動。

「瞧，我又犯病了！我的嘴很苦，像是吃了黃蓮，這肯定是他給我下的毒。可是，上帝知道，凡是他接觸過的食品，我是一樣也沒有吃呀！對，對泡鐵釘的水也應當心。今晚我寧願乾著嗓子睡覺也不喝他端來的水！孩子，明早7點26分，你就得動身，對我那太早了。那就再見吧！你還會來的吧？但願你下次來時，我還能活在人世！」

雅克把姑媽送回臥室。她十分疲勞，一躺下就睡著了。雅克考慮是否要去穀倉草堆裏休息，但八點還差十分，睡覺太早。雅克信步走出來只留下孤燈空房。火車一來，小屋就被隆隆聲震得發抖。

來到外面，雅克感到空氣十分溫和。無疑，這是下雨的徵兆。天空有團乳白色雲朵在擴散，一輪圓月躲在雲層後，把天穹照得粉紅一片。月光下，他可以清楚地分辨出原野上的一切，包括周圍的土地、山丘和樹木等。勻稱的月光，死寂寧靜，宛如一盞路燈。雅克在菜園裏轉了一圈，然後朝杜安維爾的方向走去。那裏坡度較小，但路軌旁邊那所孤單小屋吸引了他的注意力。由於夜間道口的橫杆關閉，他只好從柵欄門那裏穿過鐵路。他對那所小屋十分熟悉，每次開車路過那裏，他都能看到它。但不知為什麼，這所小屋總縈繞在他心頭，給他一種神秘莫測之感。他每次路過這裏，先是擔心看不到它，及至看見它，心裏又會不舒服。他發現這所小屋的門窗一直關閉著。據說，這所房子是董事長格朗莫蘭先生的。這天晚上，一種難以抗拒的力量使他決心到近處看看這所房子，以便進一步了解它。

雅克面對柵欄門，佇立在路邊。他時而前移，時而後退，有時還踮起腳尖，想看得更清楚一些。鐵路橫穿小院，只在門口台階下留有一小塊花圃。花圃四周是圍牆，屋後有一片較爲寬闊的地帶，圍著綠籬。在茫茫夜霧下，小屋冷寂淒涼、死氣沉沉。他剛要走開，突然發現籬笆上有個洞，不由打了個冷顫。他認爲不進去看看是懦夫的表現，便從洞裏鑽了進去。他心驚膽跳，順著荒蕪的溫室往前走，忽然他看到門口蹲著一個黑影，便急忙收住腳步。

雅克發現的黑影原來是芙洛兒。他驚叫道：「喲，原來是妳？妳在這裏幹什麼？」

芙洛兒不由一驚，愣了一下，她平靜地說：「我在解繩子。這裏扔著一團繩子，都霉爛了，沒有人要。我需要繩子，就來拿一些。」

芙洛兒坐在地上，手拿大剪刀，正在解繩結，解不開時就用剪刀剪開。

雅克問：「難道屋主人不回來了？」

芙洛兒咧嘴一笑。

「嗯，自從出了路易塞特那件事兒，董事長就不敢再來德莫法十字架了。好了，這些繩子歸我了。」

雅克想到芙洛兒所講的那個悲慘故事，感到難過，沉默了片刻。

「妳相信路易塞特所講，認爲董事長眞想霸占她，她在掙扎時受了傷？」

芙洛兒收住了笑臉，生氣地大聲說：「路易塞特從不說謊，卡布希也不會撒謊。卡布希是我的朋友。」

「說不定他現在已經是妳的情人了。」

「他？那我得是個摔跤選手才行！不，他只是我的朋友。我沒有情人，也不想找情人。」

她抬起了頭，厚厚的金髮捲曲在額頭，她那健壯、靈巧的身體透出一股堅定剛毅的野氣。在當地流傳著一些傳說，說她曾勇敢地搶救過別人的性命。有一次她把一輛卡在路軌上的馬車推開；還有一次，一節車廂從巴朗唐斜坡滑下來，像猛獸一般向快車衝去，她衝上去把那節車廂攔住。她眞是力大無窮，叫人瞠目，也使一些男性想占有她。有些人以爲她容易弄到手，因爲她在空閒時常到野外遊逛，專找偏僻地方。她躺在土坑裏，眼睛望著天空，一聲不響，一動不動。可是不管是誰，碰她一次就再也不敢去碰第二次了。她常脫光身子到附近溪流中去洗澡，一洗就是好幾個小時。同齡小伙子去偷看，她顧不上穿襯衫就抓住一個，把那人治得死死的，從此再沒有人敢偷看她洗澡了。還有一則傳聞，是說她同一名扳道工的故事。扳道工名叫奧齊勒，在隧道另一側的迪埃普支線工作。他年約三旬，爲人正派。在一段時間裏，芙洛兒似乎對他有點兒意思。他想把她弄到手，便在一天晚上去找她，結果被芙洛兒一棍子趕了出來，幾乎送命。她是個女孩，卻生性好鬥，討厭男人。爲此，有人認爲她精神失常。

她說自己不需要情人，雅克又開玩笑似地說：「怎麼，妳同奧齊勒的婚事吹了？可是我聽人說妳天天晚上到隧道那邊去會他！」

芙洛兒一聳肩，說：「喔，婚事，呸！我喜歡鑽隧道。裏面黑燈瞎火，要摸黑走兩里半，不小心還可能被火車軋死。在隧道裏聽著火車的奔跑聲，很有意思！可是我討厭奧齊勒，我所喜歡的男子不是他那樣的人！」

「那妳喜歡的男子是另外一種類型了。」

「喔，我也不知道。啊，天哪！不，不是他！」

芙洛兒又笑起來，羞躁地低下頭去解繩結。她裝作忙於活計，沒有再抬頭。

「你呢，你有情人了嗎？」

雅克也嚴肅起來，眼睛不再望她，而是盯著遠方的黑夜。他簡短地回答：「沒有。」

芙洛兒又說：「喔，對了，聽說你厭惡女性。我早就認識你，但從未發現你對我講句動聽的話，這是爲什麼呢？」

雅克沒有吱聲，芙洛兒放下手裏的繩子，定睛望著他。

「難道是因爲你太喜歡機車？你知道，有人就是這麼說你的。說你一天到晚總擦洗你的機車，把它擦得潔明發亮，似乎你的心全在機車身上。我把此事告訴你，是因爲我是你的朋友。」

在灰濛濛的天光下，雅克也定睛望著她，童年的芙洛兒又閃現在他眼前。芙洛兒自幼就脾氣暴躁，性格倔強，對人熱情，雅克一去，她就摟住他的脖子，十分親熱，眞像個瘋丫頭。後來由於他們不再經常相見，他每次見到她，總感到她又長高了一些，她依舊同過去一樣熱情地摟抱他，歡迎他，那雙明亮熾熱的大眼睛望著他，叫他發窘。在那個時刻，她是女性，是位漂亮可愛的少女。她愛雅克，從情竇初開，她就愛上了他。雅克心慌意亂，突然意識到自己可能就是芙洛兒夢寐以求的如意郎君。他一陣心慌，熱血上湧。焦慮之中，他的第一個想法就是逃走，每提到肉慾這件事兒他就會發瘋，不由漲紅了臉。

芙洛兒又說：「你還站在那裏幹什麼？請坐吧！」

雅克猶豫不決，最後，品嘗愛情滋味的思想占了上風，他雙膝一軟，跌坐在芙洛兒身旁的繩堆上，他感到口乾舌燥，沒有吱聲。而一向高傲自負的姑娘芙洛兒卻口若懸河，滔滔不絕地講起來。她十分興奮，眞有點兒飄飄然了。

「你知道，媽媽的錯就是不該嫁給米薩爾。這次改嫁給她帶來了不幸。而我已經無心再管她的事情，因爲我已感到厭倦，你說對不對？況且，我每次想勸說她兩句，她就催我回屋睡覺。她自己看著辦吧！我經常不在家，也多次考慮過自己的未來。你知道嗎？今晨我坐在荊叢中望著你開車路過這裏，但你從來不肯看我一眼。我有心事同你談，但現在不談，等將來我們成爲好朋友之後，我再告訴你。」

她手中的剪刀滑脫到地上。雅克一直沒有吱聲，此時卻上前抓住她的手。她很高興，沒有動彈，任他抓著。但當他用發燙的嘴去吻她的手時，處女的羞躁使她一驚。她清醒了，剛烈好鬥的秉性被男子的初次親吻激怒了。

「不，不！放開我，我不……請你安靜地坐著，咱們聊聊……男人總想那種事兒！唉，假如我把那天路易塞特在卡布希家咽氣時所說的話講出來……其實我早就了解董事長的爲人。他和女孩們到這裏來幹那種事兒被我看到了。其中一位，誰也不會想到會和他有那種關係，後來他把那個女孩嫁了出去。」

雅克沒有聽她講些什麼，而是猛地抱住她，用力吻她的嘴。她輕輕叫了一聲，是出自肺腑的抱怨，十分溫和，把久埋在心頭的柔情蜜意一下子傾倒了出來。出於好鬥本性，她掙扎了一下，以示反抗。她喜歡雅克，但想讓他主動來占有她，所以才掙扎了幾下。他們再沒有吱聲，胸脯對著胸脯，氣喘吁吁，試圖把對方壓下去。她曾一度占了上風，要不是他一怒之下掐住她的脖子，說不定她眞會把他壓倒。她的內衣被扯下，微弱的天光下，她那對乳白色乳峰裸露出來。由於她用力掙扎，乳頭顯得堅挺、飽滿。她躺在地上仍在掙扎，最後才認輸，順從了他。

雅克突然收住手腳，氣喘吁吁地望著芙洛兒，並沒有去占有她。一股無名火起，雅克在狂怒的支配下，定睛四下張望，似乎在尋找武器，如石塊或其他東西，以便殺死芙洛兒。他忽然看見那把剪刀在繩堆上閃亮，便一把抓起剪刀。他準備把剪刀刺入芙洛兒胸口，刺進她那對白色的乳房中間。但他突然感到身上一陣發冷，神智清醒了，便扔下剪刀瘋狂地跑走了。而芙洛兒卻閉著眼睛沒有動，她認爲雅克跑開是因爲自己剛才反抗過他。

在這令人憂傷的夜色裡，雅克跑呀跑，他奔上山坡的小路，又走進一條狹窄的山谷。腳下石塊亂飛，令他毛骨悚然。他先來到左邊的荊叢裏，再向右轉彎，來到一片空蕩的高地上。接著，他順陡坡滑下去，滑到鐵路邊的籬笆下。一列火車噴雲吐霧，隆隆地開過來。開頭，他並沒有弄明白這是什麼東西，繼而嚇了他一跳。別人乘車前進，而他卻要死在這裡。他站起來走到斜坡上，然後又下來。現在他總算可以看見路軌了，深淵裡，鐵軌蜿蜒曲折，躺在堆高的路基上。這個地方到處是山丘，十分荒涼，猶如一座迷宮，找不到出口。雅克就瘋狂地在這一帶跑來跑去。他在斜坡上爬了很久，忽然眼前閃出一個圓形洞口，原來是隧道。一列火車正在爬坡，呼嘯著，鳴著汽笛鑽入隧道，震得兩旁的地皮發顫，久久不息。

雅克感到兩腿發軟，跌倒在鐵路旁，痙攣地抽搐起來。他弓著腰躺在地上，把臉藏在草叢中。天哪，難道這是他舊病復發？可是他認爲那種病早就痊癒了呀！剛才他不是就想殺死那個女孩嗎？他要殺死一位女性！在青春期，隨著性器官的成熟，他就一直有這種想法。別的青年在青春期盼望得到女性，而他卻瘋狂地想殺死女性。

剛才，在他看到芙洛兒那潔白的肉體和發燙的胸脯時，他的確想把剪刀刺進她的肌體裡。但這並非是因爲她反抗，而是他高興那樣做。他需要這樣，一種十分強烈的需要。假如他不趴在草叢裡，他就會返回去刺透芙洛兒的胸膛。天哪，他是看著她長大的，一個野性十足的丫頭，剛才他發現她是真心愛自己！雅克把手指插進土裏，絕望地放聲大哭，哭得口乾聲啞。

雅克努力使自己鎮靜下來，以便考慮發生了什麼事情。他同別人有什麼不同呢？當年在普拉桑，他就經常考慮這個問題。確實，母親生他時，年紀尚幼，剛剛十五歲半。他是第二胎，哥哥克洛德出世時，母親只有十四歲。但哥哥克洛德和弟弟艾蒂安並沒有因爲父母年紀輕而留下什麼病根兒。他父親叫朗蒂埃，長相英俊，但心臟有點兒毛病，爲此母親熱爾韋茲哭過多次。也許弟兄們都有這種毛病，只是他們不肯講罷了。特別是大哥，他一心想當畫家，苦苦追求，被人說成是半瘋子。雅克的家庭並不安寧，不少人患有輕重不一的精神分裂症。

有時雅克明顯地感到自己身上也有這類症狀。這不是因爲他體質差，而是由於他擔心犯病，羞躁得發瘦。他有時會突然失去心理平衡，似乎他的靈魂飛走了，剩下一片煙霧靄靄，一切的一切都變得影影綽綽，模糊不清。在這種時刻，他就會感到身不由己，聽憑肌肉和獸性的支配和左右。他一向滴酒不進，因爲只要一接觸酒精，他就會發病。他知道這是在代替別人吃苦，在代替父母、祖父母以及祖宗們受罪，他們都是酒鬼。雅克作爲他們的後代十分不幸，祖上遺傳給他的酒精毒素，使他變得十分野蠻，猶如在森林裏專吃女性的野狼。

雅克用胳肘支著頭，若有所思地望著隧道口。一陣痛苦的抽噎從下腹衝上來，一直湧到頸部。他只好再次撲倒在地，痛苦地在地上打滾。剛才那位女孩，他曾想殺害的那個女性，他又想到了她，感到恐懼和痛心，似乎那把剪刀刺進了自己的肌體裡。他無法平靜，眞想殺死她，假如她仍舊袒胸露體地躺在那兒，他肯定會殺了她。

雅克還記得，十六歲時，他第一次犯病。那是一天晚上，他同親戚家一個小女孩在一起玩耍，女孩比他小兩歲。女孩不愼跌倒，露出了赤條條的大腿。雅克一見，趕忙躲開了。第二年，雅克準備了一把小刀，準備扎死一位金髮小女孩。那個女孩天天從他家門口經過，粉色脖頸十分豐腴，雅克都選好了下刀的部位，在女孩耳後的褐痣上。類似的事情還有，使他動過殺機的女性很多。有的是偶爾在街上同他擦肩而過的女子，有的是偶然同他坐在一起的女孩。還有一位新娘，看戲時，她坐在雅克旁邊，哈哈笑個不停。雅克擔心一時性起把她殺死，只好中途退場。

這些女性，雅克根本不認識她們，無冤無仇，但一旦發起病來，他就會失去理智，埋在心底的復仇感左右著他的行動。至於他對女性有什麼仇恨，他自己也說不清楚。這只能追溯到遠古時代，追溯到那個時期女性對男性的壓迫，追溯到穴居時代女人對男人的欺騙。這種仇恨代代積累，直至今日。雅克一發病，就想用暴力征服女性，用武力馴服女性，甚至想殺死她們，棄屍路旁，就像從別人手中奪過一頭獵物，要使牠永遠歸自己所有。由於思維過度，他感到頭痛難忍，似乎要裂開一般。他認爲也許是自己知識貧乏，頭腦簡單，無法解答這個問題。他感到失去了自制力，思想不能支配行動，不明白爲什麼要去幹蠢事。爲此，他十分恐懼。

又一列火車開來，燈火明亮，一閃而過，轟隆著鑽進隧道，馬上就消失了。乘客與雅克素不相識，神態冷漠，形色匆匆。但雅克認爲他們會聽見自己的叫聲，趕忙站了起來，不再抽噎，裝作沒事的人一樣。在發病時，他一聽到響動，就像幹了壞事被抓住時那樣心驚膽跳。這種情況發生過多少次。他只有坐在機車的駕駛室裏才感到坦然、愉快，那裡是他的世外桃源。車輪滾滾前進，他手握操縱杆，全神貫注地盯著路基和信號燈，大口呼吸著迎面撲來的新鮮空氣，什麼也不想，什麼也不考慮。所以他十分厚愛機車，把機車視爲可以給他帶來幸福和溫存的情婦。

雅克天資聰明，但從工藝學業畢業後，他選擇了火車司機這個職務，其目的就是要一個人昏昏沉沉地生活。他只希望能清靜地生活，別無他求。他是一等司機，已工作四年，月收入二千八百法郎，外加煤火費和擦車補貼，他的收入共計四千多個法郎。對此，他已心滿意足。他的同事，如公司培養的三等司機和招聘的鉗工學員，他們幾乎都是娶妻、工作、生子。他們的妻子們很少露面，只在丈夫出車時來給丈夫送一次飯。那些有雄心壯志的同事，特別是從學校出來的同事，他們成家較晚，要等當上倉庫主任才結婚。他們的妻子多是有家業、戴帽子的女性。只有雅克，他總迴避女性，她們與他何干呢？他將終身不娶妻，他只想開火車，一直開下去，永不停歇，此外，他別無所求。他不貪酒色，上司們一致稱頌他是位出類拔萃的司機。但喜歡花天酒地生活的同事卻取笑他，說他太老實，過頭了。一旦發病，他就會雙目無神，臉色發青，默不吱聲。這種時候，好心的夥伴才會暗暗替他擔憂。他住在卡迪內街一間小屋裡，從那裏可以看到巴蒂涅停車場，他駕駛的機車就停放在那裏。他的全部空閒時間幾乎都是在那裏消耗掉的。加在一起該有多少時日呀！他像僧人，把自己關在小屋裏，用睏倦來壓抑心頭的衝動，用趴臥的睡姿來抵銷內心深處的慾望。

雅克想用力站起來。在這輕霧彌漫的溫和的冬天裡，他趴在這草叢中幹什麼呢？四野一片漆黑，只有天空一絲亮光，迷濛的夜霧籠罩在天邊之間，蒼穹像塊巨大的毛玻璃。月亮躲在後邊，為天空灑上了一層昏黃。昏黑的地平線，死一般寂靜。算了，大概九點了吧，該回去休息了！恍惚中，他發現似乎回到了米薩爾家，登上穀倉樓梯，躺在乾草堆上。那裡只同芙洛兒一板之隔。她肯定已經回去，他可以聽見她的呼吸。他也知道，她睡覺從來不插門，他可以自由自在地去會她。雅克一想到芙洛兒赤條條躺在那裏，四肢伸開的酣睡神態，不由渾身打起哆嗦來。他再度撲倒在地，失聲慟哭。他曾想殺死她，天哪！他想，假如他回去，他會把芙洛兒殺死在床頭。

想到這裏，他感到心口發悶，喘不過氣來，就像即將咽氣的人那樣難受。他知道，即使身上不帶武器，即使用力抱住腦袋，他也無法控制雄性的衝動，在這種本性和復仇心理的支配下，他一定會推開芙洛兒的房門，去殺死她。不，不能回去！還是在野外熬過這一夜吧！雅克站起來，開始跑動。

雅克在昏黑的原野奔跑了半個小時，似乎身後有一群被驚嚇的獵犬在瘋狂地圍追他。他時而奔上高坡，時而跳入狹谷。他涉水穿過兩條小溪，溪水一直沒過腰部。一個灌木叢擋住去路，叫他大動肝火。他現在只有一個想法，勇往直前，一直走下去，愈遠愈好，以便脫掉附在他身上的獸性。然而，那隻附在他身上的野獸卻和他一起奔跑。七個月以來，他以為自己的瘋癲症已經治癒，可以同別人一樣去過正常生活了。誰知今日他又舊病復發，他不得不設法控制，以免傷害無辜的女性。

幸運的是，寂靜的原野和冷寂的夜晚使他冷靜了一些，他希望離開衆人，躲到杳無人煙的地方去默默生活，他希望就這樣一直走下去，永遠別見到人跡。他不知不覺繞了一個圈，又回到了原地。他爬坡、鑽荊叢，在隧道上轉了一個大圈，從另一側又回到了鐵路旁。他擔心撞見乘客，急忙回頭走開。當他想從一座小山崗後抄過去時，迷了路，來到了鐵路邊的籬笆牆下。那正是隧道洞口，就在他剛剛哭泣過的草地對面。雅克感到失望，呆立在那裏。恰在此時，一列火車轟隆著從遠方飛來，愈來愈近，擋住了他的去路。這是6點30從巴黎開往勒阿弗爾的列車，經過這裏的時間是9點25分。雅克就是這列火車上的司機，每隔兩天開一次，往返一次也是兩天。

漆黑的隧道口一亮，接著像是爐子往外噴火一般，列車轟隆一聲衝了出來。車頭的大燈猶如一隻又圓又亮的大眼睛，射出耀眼的光芒，刺破黑暗的原野，照耀著前面的鐵軌。鐵軌亞賽兩根冒火的繩索伸向遠方。機車如閃電急馳而過，後面是車廂。隔著車窗的方玻璃，雅克發現裏面擠滿了乘客。

列車閃過之後，雅克不敢相信自己剛才所見是否屬實。在那四分之一秒的瞬間裏，他發現在一間燈光明亮的包廂裏，一個男子壓在另一男子身上，把一把小刀刺向對方咽喉，還有個黑東西壓在被害者抽動的雙腿上，不知是人還是從行李架上掉下來的東西。列車走遠，消失在德莫法十字架那個方向。夜色裏，只有三盞尾燈組成的三角形尚依稀可見。

原野上很寂靜，雅克佇立在那裏，望著隆隆聲已經消失的火車。他看清楚了嗎？他有些遲疑，無法肯定方才所見是否屬實，連那兩個人的長相，他都毫無印象。壓在死者身上的褐色物體可能是條旅行毛毯。可是雅克似乎還看到一團散亂的頭髮和一張細嫩蒼白的面孔。但這一切似夢非夢，混雜在一起，模糊不清。他時而突然想起那人的側影，但瞬息間側影又會消失，他認爲這可能是幻覺。這一切如此離奇，叫他心頭發涼。他只好認爲是幻覺，認爲剛才所見是病發時的幻覺。

雅克又走動了一小時左右，心煩意亂，理不出頭緒。他走得精疲力竭，心頭平靜了一些，加上夜間的涼氣使他清醒了。他不知不覺回到了德莫法十字架。經過道口看守小屋時，他本無意進去，而是想徑直走向山牆下小棚子裏去睡覺。由於他發現門縫裏射出一道燈光，便不由自主地推開了房門。意外的景象使他在門口收住了腳步。

米薩爾移開屋角的黃油油罐，燈籠放在一旁，趴在地上輕敲牆壁，像在尋找什麼東西。聽見開門聲，米薩爾忙站起來。他毫不驚慌，口氣十分自然地說：「我把火柴掉到了地上。」

他把油罐放好之後，又補充說：「剛才我看見路邊躺著一個人，我相信他已經死掉，所以回來取燈籠。」

雅克明白，米薩爾是在尋找法齊姑媽的那一千法郎，被自己撞見了。現在他相信姑媽所說並非無稽之談。當他聽說路邊有具屍體，不由一驚，忘記了眼前的事情。車上包廂裏那一幕，他在瞬間所看到的那個男子和被殺的那位一起閃現在他眼前。

雅克小臉蒼白，問道：「路邊躺著一個人，在什麼地方？」

米薩爾本想告訴雅克，他從魚鉤上摘下兩條鰻魚，回來放魚時發現的。但他又一想，這件事兒何必告訴雅克呢？於是，米薩爾含混地回答說：「在那邊，大約有一百米遠，但要先去看清楚才能知道。」

此時，他們頭上傳來一聲猛烈的撞擊聲，嚇了雅克一跳。

米薩爾說：「別怕，是芙洛兒在上面折騰！」

雅克聽出是芙洛兒赤腳走在地板上的聲音。她可能在等他，正在虛掩的房門後偷聽。

雅克說：「我和您一起去！您能肯定那是一具屍體？」

「天哪，我看像是屍體！帶著燈籠就可以看清楚了。」

「您估計會是怎麼一回事兒，難道是死於車禍。」

「有此可能。被火車軋死或跳車摔死。」

雅克不由發起抖來，催促道：「快，快走！」

他從來沒有如此著急過，他急於去看看現場，急於去了解情況。來到屋外，米薩爾不慌不忙順鐵路前進。他手提燈籠，燈籠的圓形光斑在鐵軌上晃來晃去。雅克走在前面，心急火燎，總嫌夥伴行走太慢。他像是去會情人，心頭燒著一團火，急不可待。他擔心是剛才自己看見的事件，便運足力氣飛也似地奔向出事地點。來到那裏，他差一點絆倒在一個黑東西上，那個東西就躺在下行道的道軌旁。雅克收住腳步，從頭到腳打了一個冷顫。現在他什麼也看不見，不由咒罵米薩爾行動太慢。米薩爾離他有三十多步遠，仍是慢吞吞的，不慌不忙。

「媽的，您快點吧！他要是還有氣，我們還可以搶救一下！」

米薩爾仍是無動於衷，搖搖晃晃地走了過來，用燈籠在屍體上照了一下，說：「喔，已經完蛋了！」

那人可能是從車上栽下去的，腹著地背朝天，臉貼在地上，離路軌只有五十公分遠。他頭上是濃密的白髮，雙腿分開，右臂像是折斷了，橫在那裏，左臂彎曲壓在胸下。他穿著講究，寬大的藍呢外套，漂亮的高腰皮鞋，內襯細布襯衫。他身上不見被車輪軋傷的痕跡，只有喉部有片淤血，衣領上血跡斑斑。

米薩爾靜靜看了一會兒，平靜地說：「是個有錢的主兒，被殺掉了。」

他轉身對著雅克，張開嘴巴說：「您留下，我去通知巴朗唐站長。您不要移動屍體，法官不准破壞現場！」

他舉起燈籠看了一下路程標杆。

「好，正好在153號標杆下。」

他把燈籠在屍體附近的地上，慢慢向遠處走去。

雅克一個人留在那裡，他一動不動地盯著眼前那堆東西。它癱在那裡，一動不動，在昏暗的燈光下顯得模糊不清。剛才他急匆匆趕到這裏，現在卻呆立在那裏不知所措。他剛才那種尖刻想法又浮現在腦海，那位手握鋼刀的男子完成了他想幹但不敢幹的事情！殺了一個人，把他的願望變成了現實！那人不是懦夫，用刀子實現了自己的願望！而他，這個想法在頭腦中已存在了十個年頭！狂熱中，他蔑視自己，敬佩另一位。

他十分想看見這種場面，這個願望在心頭蠕動，難以壓抑。眼看著有人用刀子把另一位殺死，使之癱軟在地上，變成肢體不全的東西，多愜意！他想幹而未能幹成的事情，別人卻幹成了，現實就是如此！假如他殺死一個人，地上也會出現這麼一堆東西。雅克感到心口怦跳，似乎胸膛要裂開，眼前的景象使他那行兇的願望變得更為強烈。他跨前一步，靠近屍體，就像被嚇呆了的兒童那樣忘記了什麼是害怕。對，他也敢這樣做，他也敢去殺人！

突然身後傳來轟隆之聲，雅克趕忙躲開，一列火車飛奔而來。剛才他陷入沉思之中，要不是聽見響聲，要不是機車的排氣聲和尖叫聲把他從遐想中喚醒，他肯定要被輾成肉餅。列車風馳電掣一般，轟鳴而過，黑煙沖天，燈光閃爍。車上滿載乘客，運往勒阿弗爾出席翌日的慶祝活動。一位兒童把鼻子貼在窗玻璃上欣賞漆黑的夜景；一位清晰的男子身影；一位年輕女性推開窗玻璃，把一團沾有黃油和糖粒的紙團扔到窗外。列車迅速趕路，對路旁的屍體不聞不問。屍體依舊躺在那裏，在燈光下影影綽綽，四周則是靜得怕人的黑夜。

雅克忽然想看看死者的傷口，但又擔心移動屍體被人發覺。他考慮著，三刻鐘之內，米薩爾和站長趕不回來。他就這樣站在那裏，心裏想著瘦子米薩爾，別看他神態安詳、動作遲緩，但他也敢若無其事地下毒害人。看來殺人並非難事，對不對？大家都在殺人。他再度靠近屍體，一心想看看死者的傷口，他想知道那人是怎麼被殺的，血是如何流出來的，那個血紅的刀口是什麼模樣，然後再悄悄把屍體放回原地，那別人是難以察覺的。但他仍然猶豫不決，因爲他還有一種恐懼沒有說出口，那就是他怕看見鮮血。他就是這麼一個人，願望同恐懼總是相伴並存。時間緊迫，只有一刻鐘了，他正要下決心，旁邊一聲響動，嚇了他一跳。

原來是芙洛兒站在那裏。她和他一樣死死盯著屍體。芙洛兒特別好奇，只要聽說火車出軌或軋死了人或動物，她準會跑去觀看。她穿上衣服剛剛趕來。她看見屍體一點也不害怕，彎腰拿起燈籠，用另一隻手把死者的頭翻了一下。

雅克悄聲說：「小心，不能動他！」

芙洛兒只是聳了一下肩。昏暗中，他們看出那是一個老頭子特大鼻頭，原來的金黃眼球變成了藍色，瞪得很大。刀口在下巴下面，血淋淋十分嚇人。刀口很大，已把氣管切斷，似乎是把刀子揮進之後又轉動了幾下，然後才把刀子拔出。右胸上全是瘀血。外套左側鈕釦中間掛有一枚玫瑰勛章，猶如一塊紅寶石。

芙洛兒不由輕叫一聲：「喔，是老傢伙！」

雅克想看得清楚一些，學著芙洛兒的樣子，彎下腰向前移動兩步。他倆的髮梢碰到了一起。雅克望著那血淋淋的屍體，有些喘不過氣來。他自言自語地重複道：「老傢伙……老東西！」

「對，正是格朗莫蘭老頭，董事長。」

芙洛兒又看了看那張沒有血色的老臉，歪斜的嘴巴和嚇人的大眼睛。她把死者腦袋照舊放回原處，臉朝下，遮住了傷口。屍體已經開始變僵硬了。

芙洛兒說：「他完了，再也不能同女孩們調情了！我看準是由哪個女孩引起的。啊，可憐的路易塞特！哼，這條老狗，您是罪有應得！」

長時間的沉默。芙洛兒把燈籠放在地上，盯著雅克，等待著。雅克站在屍體另一側，紋絲不動，似乎靈魂被剛才的景象嚇跑了。其時大約是十一點鐘。由於晚上那件難堪事件，芙洛兒不便先開口。遠方傳來腳步聲，原來是米薩爾同站長趕來了。芙洛兒怕被他們看見，說：「你不回去休息嗎？」

雅克戰慄一下，思忖片刻，鼓起勇氣說：「不，我不回去！」他絕望地後退了一步。

芙洛兒沒有動，但雙臂下垂，說明她心裏難過，爲求對方原諒自己晚上的反抗動作，她低聲下氣地說：「那，你不回去，我就再也見不到你了呀！」

「不，我不回去了！」

腳步聲越來越近，她沒有同他握手，也沒有撲向他的懷抱，因爲他似乎有意讓屍體攔在他倆中間。她只是像孩提時那樣友好地望了他一眼就告辭。她可能哭了，聲音哽咽，消失在夜色裏。

轉眼間，站長和米薩爾已經趕來，後面還跟著兩個人。站長認出死者正是格朗莫蘭董事長。因爲董事長到杜安維爾妹妹家去，每次都在巴朗唐站下車。站長讓隨從把一件大衣蓋在屍體上，讓屍體暫留原地。他已派人坐車去魯昂通知皇家檢察官，但檢察官在五點，甚至六點之前不可能趕來，因爲他還得去找預審法官、法醫和書記官。因此站長決定派人守屍，幾人輪流，提燈守候在那裏，直到天亮。

雅克決定去巴朗唐車站貨棚下睡一覺，等7點20乘車去勒阿弗爾。但他並沒有走開，而是著了魔似的又在那裏等了很久。後來他擔心預審法官到來後，把他當成嫌疑犯，有些不安。他從快車上看到的那件事情要不要講出來呢？他認爲應該講，以盡自己的義務，況且自己沒有什麼可擔心的。但轉念一想，感到講與不講關係不大，因爲他無法提供任何重要事實，也說不出兇手的特徵，一旦牽連進去，勞心費力，對查明眞相又毫無裨益，豈不是自討苦吃！對，還是不講爲好！

他回頭又望了一眼燈光下的屍體，終於離開了現場。濛濛天空灑下一片涼意，灑在荒漠上，灑在乾裂的坡地上。列車不時奔馳而過。去巴黎的長列車回頭也要經過那裏，列車交錯而過，開足馬力奔向遠方。但對路邊的屍體，誰也不予理睬……

第三章

第二天是星期日。早上，勒阿弗爾的鐘樓剛響五下，盧博就從車站廊棚下來接班。天還沒有亮，海風吹得很猛，驅趕著晨霧。從聖·阿德雷斯到圖爾納維爾的高地，全都籠罩在迷霧之中。西邊大海上閃出一抹亮光，閃爍著幾顆晨星。廊棚下，瓦斯燈還在閃亮，在陰冷潮濕的晨曦裏眨著蒼白的眼睛。在夜班副站長指揮下，工人正爲開往蒙蒂維利埃的頭班列車掛車頭。候車室尚未開門，繁忙的時刻尚未到來，月台上冷清寂靜。

盧博的住宅在站台候車室上面，他下來時遇見出納員之妻勒布樂太太，她正一動不動地站在職工宿舍對面的中央走廊上。近幾週以來，這位太太常在半夜三更爬起來，監視售票員紀杏小姐，她疑心這位小姐同站長達巴迪先生在一起鬼混。她總是悄悄監視，不驚動任何人，使人不見其身，難聞其聲。

今天早上亦是如此，她一閃就鑽回自己家裡。恰好那時盧博開門出來，剎那間，她瞥見漂亮的塞芙麗娜已梳洗打扮停當，等候在餐廳裏。勒布樂太太感到吃驚，因爲平時塞芙麗娜天天都要睡到九點才起床。勒布樂太太回到家，把這一發現告訴了丈夫。前一天，11點5分從巴黎來的快車進站時，勒布樂夫婦尚未入睡，他們急於了解副省長那件事情的結果。他們發現盧博夫婦的神態同往日一樣，沒有看出什麼破綻。勒布樂夫婦一直豎著耳朵聽到十二點，這是實情。但隔壁無聲無息，似乎盧博夫婦一上床就睡熟了。今晨塞芙麗娜起得這麼早，說明他們巴黎之行結果不佳。出納問塞芙麗娜臉色如何，妻子便著力描繪了一番：緊繃著臉、面色蒼白、藍眼睛在黑髮下閃動，一動不動地站在那裏，恰似夢遊症患者。不過他們過一會兒就會知道盧博此行的結果了。

在樓下，盧博遇見夜班副站長穆蘭。交接班之後，穆蘭又在那裏同他邊走邊聊了幾句，把前一天發生的幾起小事故對他講了一下：幾名流浪漢妄圖闖進行李房，結果被有關人員發現；三名工人因違紀受到批評；在編掛去蒙蒂維利埃的那趟列車時，斷了一個掛鈎。盧博仔細聽著，神色平靜安詳，但他的臉色略顯蒼白，並罩著黑眼圈，這可能是疲勞尚未消失的緣故。穆蘭講完之後，盧博似乎還想問點什麼，或者說他仍在等候對方講什麼新聞，但僅此而已。接著盧博低頭望了一下地面。

兩位副站長順月台走去，來到一個大棚子的一端。右手是車庫，停放著機動車皮，這是前一天開來的，供第二天編組使用。盧博抬起頭，盯著一節掛有一個甲等包廂的車皮，編號是293。一盞瓦斯燈照在車皮上，燈光搖曳。

穆蘭叫道：「啊，我差一點忘記……」

盧博那蒼白的臉漲紅了，身體不由自主地抖動了一下。

穆蘭說：「我差一點忘記，這節車廂先別開走，別把它掛到早上6點40分的快車上！」

短暫的寂靜。然後，盧博口氣自然地問：「喔，爲什麼呢？」

「因爲今晚的快車需要一間包廂，但不知今天包廂能否運到，所以要把它先留一下。」

盧博依舊盯著對方，回答說：「那當然了！」

另外一件事兒，引起了盧博的注意，他生氣地說：「眞叫人噁心！瞧他們是如何擦洗車廂！這車廂像是有一週沒有擦洗過！」

穆蘭說：「喔！凡是晚上11點以後進站的列車，他們都不會好好擦洗，檢查工作也是如此。有一天夜裏，一位乘客在車廂睡到第二天上午，檢查人員都沒有發覺。」

穆蘭想打哈欠，但忍住了。他正要上樓休息，突然又想起了什麼，好奇地問盧博：「同副省長那樁公案完結了吧，嗯？」

「對，完結了。這次巴黎之行十分順利，我十分滿意。」

「這太好了！請記住，把293車廂留下！」

穆蘭走後，盧博站在月台上，然後慢慢走向開往蒙蒂維利埃的列車前。此時，候車室的大門已經打開，旅客走出，其中有幾位獵手還帶著獵犬，有幾個商人趁星期日外出拜客訪友，一句話，旅客寥寥無幾。由於這是當日第一趟車，盧博只好忙乎著指揮工人編掛5點40分開往魯昂和巴黎的慢車。早上，車站上人手較少，值班副站長對每件事情都必須多加關照。他先監督列車編掛工作，工人像推小車一樣把車皮從車場推出來，放在廊棚下。然後，盧博還要到售票處檢查售票工作和行李托運情況。一群大兵同一名車站職工發生口角，要他去解決。在這半個小時之內，在刺骨的晨風裏，在擁擠的人群裏，盧博忙得不可開交，無暇去想私事。人們睡眼惺忪，凍得發抖，怨天尤人。等這列慢車開走之後，盧博得到扳道房檢查一下，看那裏的工作是否一切正常，因為從巴黎開來的直達車馬上就要進站，它已經晚點了。然後他還要檢查乘客下車，旅客接客的車子停在站台前用柵欄和鐵道隔開的廊柵下。要等潮水般的乘客交出車票，坐上旅店的汽車開走，那時站台上車少人稀，盧博才能休息一下。

六點，盧博悠閒地從站內走出。外面十分空曠，他抬頭吸了一口氣，發現天色已經大亮。晨霧已被海風吹散，是一個晴朗的早晨。他舉目朝北面的坦古維爾方向望去，一直能看見公墓上的樹木，在濛濛無際呈現出一抹淡紫色。接著，他又朝南方和西方瞧了一眼。海面上，殘存的白雲在慢慢飄動，猶如一支前進的艦隊。東方，寬闊的塞納河入海口被旭日映得一片通紅。

盧博像是要讓額頭在涼爽的晨風中涼快一下，有意無意地摘下了銀邊帽子。他對這一帶的環境十分熟悉。那裡有龐大的附屬建築：左手到達站的停車場，右邊是始發站月台。這使他心頭平靜了一些。這種工作天天如此，他早已習以爲常，當然會感到平靜。在夏爾．拉菲特街道上方，廠房裏的煙囪冒著黑煙；沃邦煤場，堆著許多煤山。別的煤場裡傳來響動，還有貨車的汽笛聲和喧嘩聲，及隨風飄來的海腥味兒。他猛然想起，今天是一條輪船的下海儀式。他能想像出那艘下水的巨輪和圍在周圍的人群。

盧博再次進車站時，發現工人正在編掛6點40分開出的快車。他以爲工人想把珊號車廂拉走，他那平靜的心頭頓時升起一股無名怒火。

「媽的，不准掛那節車廂！別動它，要到晚上才掛它！」

編組班長解釋說，他們要掛的是293號後面那個車廂。但盧博根本不聽，異常憤怒地吼叫道：

「笨蛋，聽見了嗎，不准動它！」

後來，他雖然明白人家不是要掛那節車廂，但怒氣未消，轉而咒罵車站地方太小，連放車皮的地方都沒有。其實，勒阿弗爾站原是那條線上最好的車站之一，但現在已經不適用，同勒阿弗爾市的地位極不相稱。車場框架陳舊，月台的廊棚是木架錫皮頂，機車調頭處彎度太小，房屋也顯得陳舊土氣，裂痕斑斑，很不推觀。

「這簡直是公司的恥辱！我眞不明白爲什麼還不把它拆掉？」

工人們定睛望著副站長，他一向十分遵守紀律，如今怎麼也亂發表起議論來了？他們感到驚訝。盧博發現後，便不再吱聲了。他緊繃著臉，一言不發地望著工人在編掛列車。他神態不滿，眉頭緊鎖，紅潤的圓臉上佈滿了棕色鬍鬚。看得出，他在竭力克制著內心的激動。

從此時起，盧博鎭定了，忙碌地照料快車的編掛工作，不放過任何一個細節。他發現車廂沒有掛好，命令工人馬上返工。一位母親帶著兩個女兒，求盧博把她們安頓到女客車廂裏。這位母親同塞芙麗娜有過交往。在發放開車信號之前，盧博又檢查了一遍列車的編掛情況。他是行家，知道稍有疏忽就有可能斷送乘客的性命。然後，他急忙穿過鐵路去迎接從魯昂開來的列車，那列火車正要進站。在那裏他遇見一位郵遞員，他倆每天見面時總要聊幾句，互通情報。在繁忙的早上，只有這一刻鐘他可以喘口氣，因爲在這個時刻沒有急件要辦。他同往日一樣，捲上一支紙菸，高高興興地同郵遞員聊起來。天色愈來愈亮，月台的廊棚下，瓦斯燈剛剛熄滅，但那裏還比較昏暗，因爲廊棚的窗玻璃太髒。而廊棚外衝天空的一角，一輪紅日升起，把天空映成了粉紅色。冬天的早晨，在晴朗的天底下，一切都清晰可辨。

照老習慣，每天早上八點，站長達巴迪就會從樓上下來，聽取副站長匯報工作。達巴迪是個棕髮美男子，身體保養得很好，像位經商的經紀人。他對客運情況不甚關心，而十分重視港口的吞吐情況，以及與勒阿弗爾和世界各地大商行有關的貨運狀況。這天，他遲到了，盧博兩次到他辦公室都未能找見他。他辦公桌上的信函還沒有啓封。盧博發現信函中夾有一份電報，似乎有什麼東西吸引著他，他不肯離去，眼睛不由自主地望著桌上的信函。

八點十分，達巴迪先生才露面。盧博坐在那裏沒有吱聲，等候站長拆閱電報，但站長一點也不著急。他很器重助手盧博，和顏悅色地說：「那，此次巴黎之行一定很順利了？」

「是的，先生，謝謝！」

站長拆開電報，但並不急於看電文，卻朝向盧博笑了笑。由於盧博忍著不讓下巴抖動，聲音含混不清。

站長說：「讓您繼續留在這裏工作，我十分高興。」

「我也一樣，先生，願意繼續與您共事。」

在達巴迪讀電報時，盧博臉上滲出了細細的汗珠，定睛望著站長。他估計站長讀罷電報定會大吃一驚，但站長毫無驚訝之色。他平靜地讀完電文，順手把電報扔在桌面上。看來電報是涉及工作上的問題。站長拆閱信函，照習慣作法，副站長向站長匯報夜間和早上所發生的重大事件。今天早上，當盧博照夜班副站長所說，提到夜間有人去行李房閒逛時，他口齒不清，吞吞吐吐。他倆又閒聊了兩句，此時一名港務副主任和一名慢車副主任進來。站長打手勢讓盧博先走，這兩位副主任也是來匯報工作的。他們帶來了一份電報，是一名員工剛在月台上交給他們的。

達巴迪發現盧博站在門口，又說：「您可以走了！」

但盧博不肯離去，瞪著大眼睛望著站長，直到站長無動於衷地把紙條扔在桌子上，他才邁步離去。盧博在月台的廊棚下踱來踱去，心緒煩亂，茫然不知所措。時針指向8點35，在9點50的慢車發車前，沒有要發的車次了。平日他總利用這段時間到站台上轉轉。他踱了幾分鐘，不知該往何處去。他一抬頭，發現自己正站在293號車廂前，他馬上轉身朝停車場走去，但到那裏並沒有什麼事情可幹。太陽已經從地平線上升起，金光燦爛，灑滿乳白色的天空。盧博無意欣賞清晨的大好風光。他忙走幾步，裝作十分忙碌的樣子，以便不再考慮那件揪心的事情。

突然有人叫他：「早安，盧博先生！您看見我老婆了嗎？」

原來是佩克。佩克是機車司爐，四十三歲，雖然瘦骨嶙均，但性格活潑，他的臉孔被爐火黑得紅裏透黑。他前額低，眼球發灰，大嘴巴，尖下巴，終日像個花花公子，嬉笑不停。

盧博一驚，收住腳步說：「喔，原來是您？對，我忘記您的機車出了毛病。你們今晚才能走，對吧？讓您白休息廿四小時，這是件好事，對不對？」

對方回答：「對，是件好事！」佩克前一天出席親友的婚禮，醉意尚未完全消失。

佩克生在魯昂附近的農村，很小就到鐵路公司當鉗工。三十歲時，他不願再在車間當鉗工，要求當司爐，想進而熬成司機。就在那個時候，他和同村的維克圖瓦結成了夫妻，但多年過去了，他還是司爐，沒能當上司機。由於他品行差、貪杯好色、不守紀律，恐怕這輩子也當不上司機了。假如不是董事長格朗莫蘭的保護以及他的脾氣不錯、經驗又豐富，否則他早就被解雇了。他只是酗酒時才叫人害怕，一旦喝醉，他就成了瘋子，什麼事情也幹得出。

佩克又問了一句：「您看到我老婆了嗎？」說罷他哈哈大笑，嘴巴咧得很大。

盧博回答：「對，我們見到她了，我們還在你們房間吃了頓午飯。唉，佩克，您妻子很正派，您不該對她不忠呀！」

佩克風趣地說：「喔，您可以這麼講。只是，是她讓我這麼做的！」

這是實情。維克圖瓦比佩克大兩歲，十分肥胖，她連走路都很困難，所以她經常悄悄地塞給丈夫5個法郎硬幣，讓他到外面尋歡作樂。對這類事情，她並不計較。佩克呢，出於生理上的需要，常去低級下流的地方消遣。現在，他的生活基本趨於規律，他有兩個老婆，一個在始發站巴黎，一個在終點站勒阿弗爾。在到站後和返回之前，他可以消遣幾個小時。維克圖瓦爲人節儉，生活艱辛，她對丈夫的作爲一清二楚，但她仍像慈母那樣對待他。她說，她不會讓丈夫受另一個女子的欺凌。丈夫每次出車，她都檢查他的襯衣是否乾淨，要是另一個女人批評她沒有把丈夫照顧好，她會傷心的。

盧博說：「這雖然關係不大，但終究不太好吧！我妻子十分愛她的奶媽，她會責怪您的。」

盧博看到一位又高又瘦的女人從後面庫房走出，便沒有再說下去。她叫菲洛梅內．索瓦尼亞，是車場主任的妹妹，一年前她就成了佩克在勒阿弗爾的臨時妻子。佩克來見盧博之前，曾同情婦在庫房聊天。她已卅二歲，但依舊顯得很年輕。她身材高大，瘦巴巴地，扁平的前胸十分性感。她雙目明亮，腦袋細長，像一匹愛嘶叫的良種瘦馬。

據說，她貪杯嗜酒，站上的男子幾乎都同她有過來往。她哥哥在車場旁有間小屋，結果被她弄得亂七八糟。哥哥是奧弗涅人，生性固執，遵守紀律，頗受上司青睞。但妹妹的作爲叫他頭痛，他威脅說要把她送回老家去。別人讓她留下也是礙於她哥哥的面子，而哥哥沒有趕走她也是基於兄妹之情。但他每次看見妹妹同男子鬼混，就拳打腳踢，打得她死去活來，躺在地上動彈不得。菲洛梅內和佩克倒是一對活寶，她能在他懷裏得到滿足；而他，家中有個胖老婆，這裏又有個瘦妻子，他玩笑似地說自己用不著再找別的女人了。但塞芙麗娜一直瞧不起菲洛梅內，總是回避她，即使對面相遇也不同她打招呼。塞芙麗娜這樣做一是想報答奶媽的恩情，二是出於高傲的本性。

菲洛梅內氣咻咻地說：「佩克！我先走了，因爲盧博先生要替他太太教訓你一通。」

佩克樂哈哈地笑著說：「妳別走，他這是在開玩笑。」

「不，我得去給勒布樂太太送兩粒雞蛋，是我家的雞生的。我已答應了勒布樂太太。」

她有意兩次提到勒布樂太太，因爲她知道勒布樂太太同盧博妻子有仇，她同前者套近乎，以便激惱後者。但當她聽到佩克問及副省長一事時，她突然發生了興趣，收住了腳步。

「聽說全解決了，您很滿意，是吧？」

「對，我太滿意了！」

佩克狡黠地眨著眼睛。

「喔，其實您根本用不著擔心，因爲有大人物作您的後台！喂，您明白我是指誰吧！我妻子也十分感激他。」

盧博明白對方是指格朗莫蘭董事長，忙打斷他，問道：「看來你們要到晚上才走？」

「對，利松號機車馬上就會修好的，傳動杆已經調好，我正在等司機，他去散心了。您認識他吧？他叫雅克·朗蒂埃，和您是同鄉。」

盧博愣了一下沒有吱聲，似乎心不在焉。然後，他似乎突然清醒了，說：「喔，雅克．朗蒂埃，火車司機……當然，我認識他。但您也知道，我們只是見面打個招呼而已。我是在這兒遇見他的。他比我小，在普拉桑時，我從沒有見過他。去年秋天，他幫過我妻子一個忙，給她表姊往迪埃普帶過一封信，聽說小伙子很能幹。」

盧博滔滔不絕說了一通後，突然告辭了。

「再見，佩克，我去那邊看看。」

這時菲洛梅內才邁開母馬般的大步走開。佩克則雙手插在口袋站在那裏。他高興地笑著，這天上午無事可幹，他十分高興。盧博副站長到庫房轉了一圈馬上就回來了。佩克有些奇怪，副站長這麼快就回來，能發現什麼呢？

盧博來到廊棚下時，已經快九點了。他到頂頭的郵件房看了一眼，但並不像要找什麼東西。他神色焦慮地走回來，逐一檢查各個辦公室的情況。那時那刻，車站上寧靜、冷寂，只有他一個人忙乎。他擔心大禍臨頭，故意用疲勞折磨自己。他發現車站裏如此寧靜，便十分生氣，他甚至盼望災難及早降臨，因爲他的忍耐已經到了極限，難以再堅持下去。他盯著掛鐘，9點，9點5分……平日他要等9點50那趟列車開走後才回家吃飯，可是今天他提前上樓了，認爲塞芙麗娜可能正在樓上等他。

盧博來到走廊，正遇見勒布樂太太開門接菲洛梅內。菲洛梅內是來串門的，沒戴帽子，手上拿著兩粒雞蛋。她們站在那兒，盧博只好從她們眼前走回自己家。他有鑰匙，迅速開門、關門，但在這一剎那間，兩位女性照舊看見了塞芙麗娜。她端坐在飯廳的一把椅子上，面色蒼白，雙手低垂，呆坐不動。勒布樂太太把菲洛梅內拉進屋裡，順手關上房門。她說塞芙麗娜從早上就一直這麼呆坐著，看來副省長那樁事兒結果不佳。菲洛梅內卻說並非如此。她剛從副站長盧博那裏聽到的，特來告訴朋友。接著兩個女性就七猜八猜起來，越猜越糊塗。這兩個人每到一起，講起話來就沒完沒了。

「上司嚴厲訓斥了他們一通，我的乖乖，我敢發誓。別看他們有後台，但這一來他們的地位恐怕不那麼穩固了！」

「喔，我的好太太，要是能把他們趕走，那我可要謝天謝地了！」

爲了住房問題，勒布樂與盧博家的矛盾日趨尖銳。候車室上面全是職工宿舍，旅館式的走廊把房屋分在兩邊，全是棕色小屋。右側的房間，窗口對著進站口小院，院子裏栽著老榆樹，透過樹頂可以看到坦古維爾海岸秀麗的風光。而左側的房子，拱形窗子既低又矮，正對廊棚，廊棚的斜坡屋頂很高，錫皮屋頂和髒玻璃正好擋住住戶的視線。所以誰都想住在右側，可以觀賞院子裡的繁忙景象，還有蔥綠的樹木和遼闊的原野。而住在左側，只能看到一點天光，像住在監牢裏，悶得要死。二樓前半部住的是站長、穆蘭副站長和勒布樂；後半部住著盧博和售票員紀杏小姐；另有三間是客房，留給過往的檢查員。本來兩位副站長應是隔牆鄰居，但盧博前任爲討好勒布樂，把自己的住房讓給了她，所以勒布樂一家就夾在兩位副站長中間了。

盧博前任是個老鰥夫，又無子女。實際上那套房子應歸盧博，對不對？他有權利住到前邊，結果只好屈尊住在後半部，這合理嗎？兩家和睦相處時，塞芙麗娜總是採取忍讓態度。勒布樂太太長她廿歲，年老體虛，十分肥胖，總是喘粗氣。後來由於菲洛梅內從中挑撥，兩位主婦互有不滿，矛盾日趨尖銳。

菲洛梅內說：「您知道嗎，他們有可能利用巴黎之行要上面逼你們搬家？聽說他們給局長寫了一封長信，要求恢復他們的權利！」

勒布樂太太喘息著說：「無恥！我知道他們正在拉攏那個售票員。紀杏小姐有兩個星期不怎麼答理我了。哼，這位紀杏小姐也不是個乾淨貨！我一直在悄悄監視著她。」

勒布樂壓低聲音，用肯定的語氣說，紀杏小姐天天夜裏到站長臥室去。她同站長正好是對門，站長達巴迪是個鰥夫，只有一個女兒在寄讀學校唸書，女兒和他一樣高。紀杏小姐是被站長勾引過去的。紀杏現年三十歲，是位金髮女郎，一朵開始凋謝的花朵，她不善言談，身材瘦小，一副水蛇腰十分靈活。聽說她從前是小學教師。紀杏從很窄的門縫就能擠進去，而不會發出絲毫響動，所以很難抓住她。紀杏本人無足輕重，但假如她同站長相好，那就非同小可了。所以要想戰勝盧博就必須把紀杏拉過來，那就必須抓住她的把柄。

勒布樂太太繼續說：「喔，遲早我總會發現她的秘密。我不能被他們吃掉，我要住在這所房子裏，一直住下去。我相信，所有的正派人會替我們說話的。您說是不是，小乖乖？」

實際上，全體車站職工對這場房屋之爭都十分關心，因爲兩家不和攪得四鄰不安。只有另一位副站長穆蘭對此不聞不問。他在前半部，心滿意足。他妻子是個小個子女人，神色羞躁，身體瘦弱，很少公開露面，每隔一年八個月就給他生一個孩子。

最後菲洛梅內說：「總之，如果說他們的地位不及先前牢固，他們絕不會就此一蹶不振。他們同許多有影響的人士有來往，你們還是要小心爲妙！」

菲洛梅內把手中那兩粒雞蛋送給對方，說那是當天早上的新鮮雞蛋，她剛從雞屁股底下揀來的。勒布樂太太連聲道謝。

「您眞熱情，待我太好了！請常來坐坐。您也知道，我丈夫整天在帳房，我腿腳有毛病，動彈不得，心裏煩得很。要是這對無恥之徒再把我觀景的地方搶走，那我可怎麼辦？」

她把客人送到門口，拉開門，把手指放在嘴上：「噓，您聽！」

她倆屏住呼吸，靜靜在走廊上站了五分鐘，豎起耳朵，探頭靜聽盧博飯廳裏的動靜。但那裏靜悄悄，不聞任何聲息，死一般寂靜。爲防別人發現，她倆沒有道別，只互相一點頭就分手了。一個踞著腳尖走遠，一位躡手躡腳回屋關門，動作很輕，連門門時都沒有弄出響聲。

9點20分，盧博又到樓下廊棚，監督9點50分慢車的編掛工作。他雖竭力克制，但焦慮的心情時有流露。他在原地走來走去，不時回頭望望月台，從這頭望到那頭。月台上空無一人，他的手不由哆嗦起來。

當盧博回頭望著車站時，突然發現一位電報員氣喘吁吁地跑過來：「盧博先生，您看到站長和車站監督了嗎？有他們的電報，我找了十分鐘也沒有找到他們……」

盧博轉過身來，身體繃直，面部肌肉一動不動，兩眼死死盯著電報員手上的兩份電報。從電報員的焦慮神態中，他知道禍事終於來了。

盧博不靜地說：「剛才達巴迪先生到那邊去了。」盧博從來沒有如此平靜、安詳和清醒，他已成竹在胸，滿有把握，準備全力以赴地保護自己。

他又說：「瞧！達巴迪先生來了！」

站長迅步趕來，讀罷電報，他驚叫道：「鐵路上發生了兇殺案，這是魯昂站的監督發來的電報。」

盧博問：「怎麼，公司有人被殺？」

「不，不是，是一位坐包廂的乘客，屍體被拋出車外，就在馬洛內隧道口第153公里的里程牌下。被害人是我們公司的頭頭之一，格朗莫蘭董事長。」

盧博不由驚叫道：「董事長？那我妻子一定會十分傷心的！」

他這樣一叫對他十分有利，可以爭取別人的同情。達巴迪不由一愣，接著說：「對，對，您認識他。他爲人很正派，是吧？」

站長望著另一份給車站監督的電報，說：「這可能是預審法官發來的，大概是爲辦理手續事宜。現在是9點25分，科希先生還沒有上班。快派人去找他，去拿破崙大街『商人咖啡店』，他肯定在那兒。」

五分鐘之後，一位工人把科希找來。他過去是軍官，當車站監督跟玩一樣輕鬆，所以每天十點以後才來上班，轉一圈後又回咖啡店去消遣。今天這件兇殺案發生在兩個車站轄區之間，叫他大吃一驚，因爲他過去經辦的案件全是小事情。電報是魯昂的預審法官拍來的，現在離發現屍體已有十二個小時了，這表明法官已經給巴黎拍過電報，向巴黎火車站站長了解遇害者動身的情況，如乘坐哪次車，在幾號車廂，然後才給他們這裏發報。電報說，假如293號包廂還在勒阿弗爾，命令監督速速檢查該包廂。開始科希有些不滿，認爲此事無須打擾他，但由於這是他經手的第一個案子，他馬上變得認眞起來。

他擔心撈不到這一案件的調查工作，憂慮地叫道：「那節車廂怕是不在這裏了吧？上午就該拉走了！」

盧博平靜地說：「不，請包涵，由於包廂要留給晚上用，那節車廂還停在車場裏。」

盧博頭前走，站長和監督後面跟，向那節車廂走去。消息不經而走，職工們悄悄離開崗位，跟了過來。各部門的辦公室門口，職員們陸續走出，不一會兒，那裏就圍攏了一群人。

來到車廂前，站長達巴迪大聲說：「可是，昨晚已經檢查過車廂，要是有什麼異常，檢查報告上應該有所記載呀！」

科希說：「先看看再說吧！」

科希打開車門，走進包廂，他馬上叫嚷起來，高聲大罵：「他媽的，這裏跟宰豬場一樣！」

圍觀者發出輕輕的驚訝聲，都伸著脖子想看個究竟。達巴迪在最前，他也想看個究竟，忙站在車廂的腳蹬上，同身後的盧博一起朝前伸著脖子。

包廂裏秩序井然，玻璃窗關著，各種物品都在原地未動。但從開著的一扇小門裏衝出一股腥臭，一個座位前有一灘污血，地毯上有一大片血跡，猶如從噴泉裡湧出的泉水，座墊上到處血跡斑斑，但僅此而已，別無其他異常。

站長不由大動肝火，叫道：「昨晚是誰檢查的列車，把他們叫來！」

那些人就在那裏，他們走上前結結巴巴地說著，夜裏天黑看不清楚，他們把各處都檢查了一遍，什麼也沒有發現。

科希在包廂裏用鉛筆作記錄，準備起草調查報告。他招呼盧博說：「盧博先生，請您上來幫我一把！」他倆素有來往，閒暇時經常一起在月台上抽菸。

盧博怕污血弄髒鞋子，大步跨了過去。他說：「看看那個座墊下有沒有東西！」

盧博掀起座墊，看了一下，不敢動手亂摸。他瞪著好奇的眼睛說：「什麼也沒有。」但他發現椅背軟墊的絨布上有塊血跡，他指給監督，問那是否是個血手印？不，最後他們斷定那是濺上的血跡，不是手指印。圍觀者望著他們如何檢查現場，看他們能否發現一點與犯罪有關的蛛絲馬跡。他們擠在站長身後。站長感情脆弱，厭惡地堵在門口，不敢進去。

站長突然叫道：「喂，盧博先生，您也是坐這趟車回來的，是不是？您是昨晚乘快車回來的，說不定您能爲我們提供點什麼情況呢！」

監督應聲說：「對，對！您是不是發現過什麼異常情況？」

盧博停了三、四秒鐘沒有吱聲，低頭盯著地毯，但他馬上抬起頭，嗓門粗大自然地說：「當然，當然，聽我告訴你們。由於我和妻子一起乘車回來的，要是想把我的話寫進報告裡，那最好把她也叫下來，我們倆一起回憶一下。」

科希認爲這樣做合乎情理。剛趕到現場的佩克先生自告奮勇去叫盧博太太，立刻大步走遠。同佩克一起趕來的菲洛梅內對他的作法十分不滿。她見勒布樂太太移動著發腫的雙腿走過來，趕忙過去攙扶她。她倆把手一揚，高興地叫起來，爲發現這樁十惡不赦的罪行而幸災樂禍。衆人對案情尙一無所知，但卻你一言我一語，紛紛議論起來。菲洛梅內無中生有，硬說盧博太太看見了兇手。她嗓門很大，壓倒衆人，並以自己的名譽擔保，說盧博夫人肯定看見了兇手。佩克陪盧博太太到來之後，衆人才平靜下來。

勒布樂太太悄聲說：「瞧她那個德性，副站長的妻子卻打扮得像個公主！今天早上，天還沒亮她就是這副尊容了，忙著梳洗打扮，似乎要去誰家作客！」

塞芙麗娜邁著小碎步，慢慢走來。月台兩旁擠滿了人。在衆目睽睽之下，她毫不膽怯，只是用手帕捂著眼睛。當她聽說被害人是董事長時，顯得十分痛心。她身穿黑色毛料連衣裙，十分漂亮，似乎在爲她的保護人穿孝。她那濃密的黑髮在陽光下閃亮，天氣雖然較冷，但她來不及包頭巾就跑了下來。她那溫和的藍眼睛，充滿憂傷，飽含淚水，叫人望而生憐。

菲洛梅內低聲說：「她當然會哭，保護神叫人給殺死了，他們也就完蛋了！」

塞芙麗娜來到了人群中間，站在包廂門口。科希和盧博從車上下來，盧博開始介紹他所知道的情況。

「親愛的，昨天上午咱們一到巴黎就去拜會格朗莫蘭先生，對不對？那時是十一點一刻，對吧？」

丈夫凝視著妻子，妻子溫和地回答說：「對，是十一點一刻。」

塞芙麗娜盯著沾滿黑血的座墊，身上一顫，喉嚨裏發出了陣陣抽噎聲。站長深受感動，走出來說：「夫人，我們理解您的心情，這種慘況叫您受不了。」

監督說：「喔，我只問您兩句話，然後就送夫人回去。」

盧博迫不及待地又說：「我們隨便聊了幾句，格朗莫蘭先生說次日他要去杜安維爾妹妹家。我們當時交談的情形，我仍記憶猶新，我坐在這兒，我夫人坐在那兒，他坐在辦公桌後面。親愛的，他是說第二天動身吧？」

「對，他是說第二天動身。」

科希一直用鉛筆迅速作著記錄。他抬起頭來問道：「什麼，第二天？他不是當晚就動身了嗎？」

盧博說：「請聽我講完！他聽說我們要在當晚動身，便說假如我妻子願意同他一起去杜安維爾他妹妹家小住幾日，他準備和我們乘同一趟車。這種情況在過去也有過。由於家裏有許多事情要辦，我妻子沒有答應。對吧，妳是沒有答應吧？」

「對，我沒有答應。」

「董事長很熱心，很關心我，一直把我們送到辦公室門口。是這樣的吧，親愛的？」

「對，他一直把我們送到門口。」

「我們在當天晚上就乘車返了回來。在上車時我還同站長旺多爾普聊了幾句。我當時什麼也沒有發現。我原來以爲那個車廂隔間裏只有我們夫婦二人，誰知角落裏還有一位太太。開始我並沒有看見她，所以感到很掃興。開車前又跑來一對夫婦，更叫人掃興。一直到魯昂，我沒有發現任何異常情況。但在魯昂車站，當我下車活動腿腳時，卻看見格朗莫蘭站在包廂門口，他的包廂和我們的車廂中間隔著三、四個車廂，我當時感到很奇怪？我說：『董事長先生，怎麼您也坐這趟車？我們沒有料到會和您乘同一次列車！』他說他收到一封信，恰在此時開車鈴響了，我們趕忙回到車廂裡。我在這裡補充一句，我們上車後，車廂裏就沒有別的乘客了，同路的旅客可能在魯昂下車了。我們對此當然不會不高興，這就是全部經過。是這樣的吧，親愛的？」

盧博這番話雖然簡單，但給聽衆留下了深刻印象。衆人聽後目瞪口呆，想方設法解開這個謎。監督停止記錄，神色驚愕地問：「你們能肯定格朗莫蘭先生的包廂裏沒有別人？」

「對，絕對肯定。」

「對，就是這樣。」

衆人不由心頭一震，對這個不解之謎感到害怕，感到腦後有一股寒氣。假如董事長是一個人坐在包廂裏，那別人怎能殺死他？並棄屍路旁，把他的屍體扔到離車站三法里之處呢？

沉默中，菲洛梅內別有用心地說：「不管怎麼說，這件事情太離奇了！」

盧博感到菲洛梅內在盯著自己，便白了她一眼，點點頭，意思是說他也感到此事離奇。他發現站在菲洛梅內旁邊的佩克和勒布樂太太也點了點頭。衆人把目光集中到盧博身上，等候他繼續往下講，想從他一時遺忘的某個細節中弄明眞相。這些目光雖好奇，但並無指責之意。不過盧博總感到衆人在懷疑他。他知道只要一疏忽，一句話，一件小事就可能把衆人的疑心變爲現實。

科希低聲說：「這可眞蹊蹺！」

站長達巴迪也說：「的確蹊蹺！」

盧博補充說：「還有一點可以肯定，這就是火車行進在魯昂和巴朗唐中間時，車速完全符合規定，我沒有感到任何異常。由於當時車廂裏只有我們夫婦二人，我打開窗玻璃抽了一支菸，望著窗外的景色，感到車輪滾動聲均勻、正常。在巴朗唐車站的站台上，我看見了我的繼任貝西埃站長，我同他打了個招呼，聊了兩句，他還登上腳踏板同我握了一下手。親愛的，要是找來貝西埃，他也會這麼講，對不對？」

塞芙麗娜一直站在那裏沒有動彈。她臉色蒼白，細嫩的小臉上布滿陰雲。她再次爲丈夫作證說：「對，他也會這麼講。」

現在看來，任何指控都無法加到盧博夫婦的身上了，因爲他們在魯昂站回到了自己車廂，在巴朗唐站又同朋友打過招呼。剛才盧博從衆人目光中看到的那一絲疑慮已經煙消雲散。但案情卻變得更爲神秘，衆人的驚訝程度也越來越大。

車站監督科希說：「那，在魯昂車站，你們離開格朗莫蘭先生之後，肯定沒有別人鑽進他的包廂裏？」

很明顯，這個問題出乎盧博所料，他第一次顯得侷促不定，不知如何回答。他望著妻子，猶豫地說：「對，我不相信會有人進去。哨聲一響，列車員要關車門，我們就趕忙回到我們車廂裏去了。況且包廂是他一個人包下的，別人是不能進去的呀！」

盧博發現妻子睜大了眼睛，睁得很大。他猶豫起來，話鋒一轉，含混地說：「不過，這事我說不清楚。當時乘客擁擠，也許會有人擠進包廂……」

他似乎有所發現，聲音又變得清晰了。

「你們知道，勒阿弗爾有重大活動，乘客很多，那些買二等或三等車票的人也往甲等車廂裏擠，我們不得不攔阻他們。況且那時車站上燈光昏暗，什麼也看不清。開車前，人聲嘈雜，你擁我擠，有呼有叫。天哪，那可眞叫亂！也許有的乘客一時找不到座位，趁混亂之機在最後一刹那擠進了包廂。」

盧博停了一下，又說：「喂，親愛的，大概是這麼回事兒吧！」

塞芙麗娜神色疲憊，用手帕捂著憔悴的眼睛重複說：「對，肯定是這麼回事兒。」

這樣，案情似乎初見眉目。車站監督和站長都沒有吱聲，只是會意地交換了一個眼神。圍觀的人群活躍起來，認爲調查已經結束，該發表一下議論了。於是，你一言我一語，誰有誰的觀點，誰有誰的故事。車站上的工作已經癱瘓，大家都圍聚在那裏，被這起慘案迷住了。

直到發現9點30分的列車進站了，他們才大吃一驚，慌忙跑過去開車門，旅客如潮水一般湧出，但多數好奇的圍觀者仍站在監督周圍。監督像個有條不紊的人，想做到一絲不苟，最後再仔細檢查一下血跡斑斑的包廂。

佩克站在勒布樂太太和菲洛梅內中間指手畫腳。他忽然看見他的同車司機雅克・朗蒂埃。雅克剛下火車，站在遠處向這裏張望。佩克揚手招呼雅克，但雅克沒有理睬他。過了一會兒，雅克才慢慢走過來。他問司爐：「出了什麼事兒？」

雅克心裏明白，心不在焉地聽衆人講述案情和紛紛討論。他感到驚訝，感到震動，怎麼調查工作偏偏讓他趕上了。夜色裏從他面前飛過的那個包廂就在他眼前。他伸長脖子，望了一下座墊上的淤血，兇殺的場面又浮現在他眼前。他似乎又看到咽喉被割、橫陳路邊的那具屍體。他一轉身正看見盧博夫婦，佩克則在他耳邊介紹盧博夫婦是怎樣被捲進這一案件中去的。他們從巴黎和被害人坐同一趟車，在魯昂還同被害人聊了幾句。

雅克認識盧博，自從他在這條線上開車之後，他還不時同盧博握一下手。對於盧博妻子，雅克總躲著她，因爲他有病，對女性都要躲避。但此時此刻，雅克發現塞芙麗娜那雙淚眼，那張蒼白的小臉，那黑髮下的藍眼球，溫柔又微帶驚恐之狀。他驚呆了，死死盯住她。雅克有些心猿意馬，茫然地想到自己怎麼同盧博夫婦都站在那裏。盧博夫婦是昨晚從巴黎回來，而他則是剛從巴朗唐回來，他們都被吸引到發生慘案的車廂前，這是爲什麼呢？

雅克大聲打斷司爐佩克：「噢，我知道。我當時正站在隧道口，列車經過時，我看到有些情況異常。」

衆人一聽，立即嘩然，馬上把他圍了起來。一見此景，雅克不由發起抖來，驚慌失措。他原來打定主意什麼也不講，可是現在爲什麼又講了出來呢？保持緘默對他是有好處的。但他一看見塞芙麗娜，心不由己，那句話就順口吐了出來。塞芙麗娜則移開手帕，痴痴地望著雅克。

車站監督科希走到雅克身邊。

「怎麼，您看見了什麼？」

塞芙麗娜一直盯著雅克。雅克說，當時列車在全速前進，包廂裏燈火明亮，兩個男人的身影從他眼前閃過，一個跌倒，另一個手上拿著刀子。盧博站在妻子身邊，仔細聽著，大而機靈的眼睛望著雅克。

科希問雅克：「那，您能認出殺人犯是誰嗎？」

「噢，這個我可認不出來。」

「兇手身穿套服，還是工作服？」

「我無法肯定。您想，當時的車速是每小時60公里！」

塞芙麗娜不由自主地同丈夫交換了一個眼色。

盧博鼓起勇氣說：「對，那要有一雙好眼睛才行！」

科希下結論似地說：「這無關緊要，重要的是他的證詞。預審法官會幫您查明這一切的。朗蒂埃和盧博先生，請說出你們的全名，以便我在報告中引用。」

調查工作告一段落，圍觀者紛紛離去，車站上又恢復了正常工作。盧博跑去照料9點50分的慢車，乘客已經開始上車了。他同雅克握了一下手，力氣比以往要大一些。雅克陪著塞芙麗娜跟在勒布樂太太、佩克和菲洛梅內身後，他們三人邊走邊竊竊私語。雅克決定把塞芙麗娜送到廊棚下職工宿舍的樓梯口。路上他找不出適當話語，只是默默走在一旁，似乎在他倆之間建立了某種聯繫。其時天已大亮，太陽衝破晨霧掛在蔚藍潔淨的天空。海風在漲潮推動下，吹得更兇，送來陣陣帶著鹽味的涼意。分手時，雅克又望了望塞芙麗娜的大眼睛，它們溫柔中帶著驚恐，又似有乞求之意，雅克一時之間深受感動。

一陣輕輕的哨子聲傳來，是盧博發出了開車信號。機車長鳴一聲，9點50分的慢車啓動了，車速愈來愈快，最後消失在耀眼的金色陽光之中。

第四章

三月份第二週某一天，預審法官德尼澤先生再次把格朗莫蘭案件的主要人證，召到魯昂法院他的辦公室裏。

三週以來，此案在法國引起很大轟動，特別是在魯昂城，震動甚大。在巴黎，反對派以此爲藉口，掀起了一場聲勢浩大的反對帝國政府運動。由於大選在即，一切爲大選服務成了政府的當務之急，這又爲這場鬥爭起了推波助瀾的作用。議會舉行了幾場辯論，爭論十分激烈。一次是辯論兩名皇帝親信議員的資格問題；一次是抨擊塞納省長干預財政工作一事，要求選舉市參議委員會主管財務工作。格朗莫蘭一案來得正是時候，爲辯論火上加油，奇談怪論廣爲流傳，滿城風雨，報紙上天天都有咒罵政府的文章。有的文章暗示，格朗莫蘭生前是杜伊勒利皇室成員、老法官、榮譽勛章獲得者、百萬富翁，實際上他卻是個荒淫無恥的酒色之徒。另一方面，由於預審工作至今仍不見眉目，有人指控警方和法院被人買通；還有人取笑說，殺人犯是一位無法尋覓的傳奇人物。在這些攻擊性言辭中，有許多情況屬實，所以更叫當局惱火。

因此，德尼澤先生深感責任重大。他野心勃勃，早就希冀辦理一件大案，以顯示自己的敏銳洞察力和毅力，所以對受理此案感到很高興。德尼澤是大牧場主之子，原在卡昂學法律，很晚才當上法官。由於他來自農村，加上後來父親破產，這對他都十分不利，晉升無門。他先在貝爾內、迪埃普和勒阿弗爾擔任代理檢察長，十年之後晉升爲蓬·奧德梅皇家檢察長，然後又到魯昂任代理檢察長。他在這裏當了十八個月的預審法官。他年已五旬，沒有家產，只靠微薄的工資難以應付各種開銷。像他這類收入低微的法官，只有平庸之輩才肯幹；而聰明者則在相互吞食，互相出賣。其實，德尼澤聰明絕頂，目光敏銳。他為人還算正直，熱愛本職工作，陶醉於法官那至高無上的權力之中。在他的辦公室裏，他是主宰，對人犯的自由權，他說一不二，但只有對他有利時，他才會積極工作。他早就希冀得到一枚勛章或者能被調到巴黎去任職。第一次審問，基於對眞理的追求，他曾大動肝火。而現在，他變得十分謹愼，擔心一著不愼影響自己的前程。

德尼澤先生本應明白此案的利害關係，因為在調查之初，有位朋友勸他去巴黎司法部跑一趟。他同司法部秘書長卡米．拉莫特先生聊了很久。秘書長位高權大，同皇宮關係密切，握有人事任免大權。秘書長是個美男子，原先同德尼澤一樣，也是代理檢察長。由於靠拉關係和妻子之力，他當上了議員並榮獲了法國榮譽勛章。為此，這一案件當然就轉到了他的手裏。魯昂的皇家檢察長感到格朗莫蘭一案太棘手，便呈報到司法部，部長就把此案交給秘書長辦理。

也是無巧不成書，原來卡米．拉莫特同格朗莫蘭是老同學，拉莫特略小幾歲。他倆的關係親密無間，拉莫特對格朗莫蘭的為人很清楚，知道他的不良習氣。他一聽說老同學被殺，十分痛心，他希望德尼澤先生儘早將兇手緝拿歸案。但他同時又表示，對社會上的傳言，皇宮深為不安。他要求德尼澤在審理時注意分寸。總之，德尼澤心裏明白，他不得魯莽從事，沒有上司允許不要去冒風險。回到魯昂之後，德尼澤就認定秘書長肯定已派便衣調查案情。秘書長調查案情的目的是為了在必要時設法掩飾眞相。

然而，歲月如梭，時間一天天過去了。德尼澤雖一再忍耐，但報界的流言蜚語叫他難以忍受。還有警方，他們也出動了，像獵犬一樣把鼻子伸得很長，急於尋找眞正線索，急於搶到頭功。假如上司同意，德尼澤打算放棄此案。他一方面等待司法部的來函、建議或者暗示，但遲遲不見上頭的文件；另一方面他只好邊等邊審理。他們拘捕了兩、三個人，但都不是兇手。他從格朗莫蘭的遺囑中發現一個疑點：盧博夫婦有可能是兇手。格朗莫蘭在遺囑中把遺產分贈給許多人，令人感到奇怪，其中有一條，就是把他在德莫法十字架的房產贈給塞芙麗娜。法官從這裡找到了謀殺動機。盧博夫婦了解到遺囑內容之後，爲及早繼承那片房產，便下手殺害了恩人。這個想法早就在法官腦海裏盤旋。拉莫特秘書長就對他提到過塞芙麗娜。在她還是小女孩時，秘書長在格朗莫蘭府上見過她，但這一疑點又似乎不足爲信，因爲不論從物質利益、還是從道義上講都說不通。德尼澤沿著這條線索調查時，每前進一步都會發現同傳統的調查思維悖行的事例。事已至今，毫無收效，主要線索不清楚，犯罪因由也找不到。

當然還有一條線索，德尼澤也沒有忘記。這就是盧博提供的那條線索：有人可能趁上車時的混亂擠進包廂。反對派報紙就利用這一點開玩笑，說兇手是個難以尋覓的傳奇人物。調查工作就先從那人的相貌特徵著手。那人應從魯昂上車，到巴朗唐下車，但找不到任何其他細節。有人認爲根本不會有人鑽進包廂，其他證人的話又矛盾百出。看來沿這條線索調查下去，恐怕也不會有什麼結果。法官在詢問道口看守米薩爾時，無意中發現了卡布希和路易塞特那齣悲劇。路易塞特在被董事長施暴之後，躲到朋友家死去。這可眞是柳暗花明又一村。預審法官馬上構思了一份起訴書，主要內容有：採石工卡布希行爲不端，曾揚言要殺死格朗莫蘭，然後再捏造一個假證人。接著他在前一天派人到密林深處把卡布希抓來，並從他家搜出一條沾有血跡的長褲。德尼澤在爲自己這一作法辯解的同時，也沒有放棄盧博夫婦。他感到自己嗅覺靈敏，首先抓到了兇犯，不由洋洋自得，喜形於色。爲進一步證實自己的推理，他才在次日再次把一些犯人召來。

預審法官的辦公室坐落在貞德大街一所舊樓上，緊挨著諾曼第公爵官邸。公爵官邸已改爲法院辦公處。法官的辦公處同公爵府邸相比，那可眞是相形見絀。他的辦公室位於底層，很寬大，但光線不足，十分昏暗。冬季一到，下午三點鐘，室內就要點燈。牆上糊著綠色被牆紙，但早已褪色。室內只有兩把沙發椅、四把普通椅、法官的辦公桌和書記官的小辦公桌，此外再無其他家具。冰冷的爐台上放著兩只青銅高腳杯，杯子中間是個黑色大理石座鐘。辦公桌後有一道小門通向裏間屋，法官有時就把要用的人員暫時安頓在那裏。正門對著走廊，走廊寬大，放著長凳，供證人等候時就坐。

傳訊定在兩點鐘，但盧博夫婦一點半就來了。他們從勒阿弗爾趕來，由於時間緊迫，他們在大路街小飯店匆匆吃罷午飯就趕來了。他倆都是一身黑裝。盧博是黑禮服，塞芙麗娜像貴婦人那樣穿著絲質連衣裙。他倆像剛剛失去親人，神色嚴肅，疲憊不堪，又憂心忡忡。她坐在長凳上默默無言；他則雙手背在腰後，在妻子面前踱來踱去。他每次靠近她時，四目相望，憂慮的陰影就會悄悄爬上他們冷漠的面頰。他們能得到德莫法十字架的房產既高興又不安，因爲董事長的家屬，特別是他女兒十分生氣。她沒有料到父親會把相當於二分之一分家產留給塞芙麗娜。她揚言要對遺囑提出異議，加上丈夫從旁煽動，德拉什納耶夫人對孩提時代的好友塞芙麗娜十分氣惱、十分懷疑。此外還有一個物證，盧博原來忽略了它。現在想起它，盧博坐臥不寧。這就是爲引誘格朗莫蘭動身，他讓妻子給董事長寫的那封短信。假如董事長沒有銷毀那封信，那遲早會被別人發現的，從信上就可以查出是誰的筆跡。可是幸運的是這麼多天過去了，還沒有人提及那封信的事情，看來那封信可能燒掉了。預審法官每次傳訊他們，他們表面沉著，像繼承人和證人一樣，可是實際上他倆都會嚇出一身冷汗。

兩點剛過，雅克來了。他是從巴黎趕來的。盧博馬上走過去，熱情地伸出了雙手。

「喲，您來了！您也被驚動了。唉，這件討厭的事情沒完沒了，眞叫人心煩！」

雅克見塞芙麗娜默默坐在那裏，便收住腳步。最近三週以來，他仍是每隔兩天開車去勒阿弗爾一次，他每次去，盧博副站長都要對他大獻殷勤。有一次，盧博還請他吃午飯，他只好接受。

雅克站在塞芙麗娜身旁感到身上發抖，侷促不安。難道他想占有她？他感到心頭發跳，手掌發燙，呆呆盯著女性那露在緊身內衣外面的白脖頸。雅克暗下決心，今後一定要躲開塞芙麗娜。

盧博問道：「在巴黎，大家是如何議論這一案件的呢？也沒有什麼新鮮東西吧？是呀，我們什麼也不知道，永遠無法知道！來，去向我妻子問個好！」

他推著雅克。雅克只好過去同塞芙麗娜打個招呼。塞芙麗娜顯得有些扭捏，像個靦腆的小孩，微微一笑。雅克儘量說些雞毛蒜皮的小事兒，但盧博夫婦卻一直盯著他，似乎想從他的表情中尋找他自己也還不清楚的想法。他爲什麼這樣冷淡，似乎有意迴避他們？難道他的記憶甦醒了？難道法官傳訊他倆是要他們同雅克對質？雅克是他們最爲擔心的證人。盧博夫婦想同雅克建立親密的兄弟情誼，把他拉過來，使他不講對他們不利的事情。

盧博心頭苦惱，不由又談到了案情。

「那，您也不知道爲什麼傳訊我們了？哎，也許他們發現了新情況？」

雅克作了個冷漠的手勢，說：「剛才在火車站，我聽到一則新聞，據說抓了一個人。」

盧博夫婦大吃一驚，感到十分不安和困惑。怎麼，有人被抓了？但沒有人對他們提過這事兒呀！已經抓走了，還是準備抓呢？他們向雅克提了一連串問題，可惜雅克所知有限，並不比他們知道得多。

此時，走廊響起腳步聲，引起了塞芙麗娜的注意。她喃喃著說：「貝爾特和她丈夫也來了。」

來者正是德拉什納耶夫婦。他們從盧博夫婦眼前走過，冷若冰霜。貝爾特對兒時的夥伴看都不看一眼。看門人馬上把他們領進預審法官辦公室裏。

盧博說：「這可好，我們只有耐心等待，至少得再等兩個小時。請坐下吧！」

他坐到塞芙麗娜左側，讓雅克坐到她右側。雅克猶豫了一下，他見塞芙麗娜用溫柔驚恐的目光望著他，只好坐到長凳上。她坐在他倆中間，顯得十分纖弱。雅克感到她十分溫順，一副任人擺布的神態。由於等待時間較久，女性身上的香氣慢慢令他感到麻木。

在德尼澤辦公室，審訊即將開始，調查材料很多，足有好幾綑，全裝在綠色文件夾裏。他們把被害人從巴黎動身後的情況幾乎全部搜集到了。據巴黎火車站站長旺多爾普的證詞說，快車是6點30發車，第293號車廂是在最後一刻加掛的。他曾同盧博交談數語，格朗莫蘭董事長到達之前，盧博就鑽進了車廂。董事長到來後，便鑽進自己包廂，包廂裏絕對沒有旁人。據列車長亨利．多韋涅的證詞說，列車在魯昂停車十分鐘，他沒有發現有什麼異常。他只看見盧博夫婦在包廂前同包廂裏的人聊過天，他認爲後來盧博夫婦又回到了自己車廂裏。他認爲是一位車站監督關的車廂門，但由於當時乘客擁擠，車站上燈光又昏暗，他無法斷定關門人到底是什麼人。當問他開車時是否有人（就是指那位難以尋覓的兇犯）鑽進包廂，他說可能性不大，但也不能完全排除。據他所知，此類事情已發生過兩起。在盤問魯昂站其他職員時，他們的回答互相矛盾，不僅無助於澄清事實，反而使問題更爲複雜了。但有一點得到了證實，這就是盧博在車廂裏同站在腳踏板上的巴朗唐車站站長握過手。該站站長貝西埃確認了這一事實。他還證實，當時盧博同妻子都在車廂裏，盧博夫人似乎在安靜地睡覺。法官曾派人尋找同盧博夫婦坐同一車廂的乘客。最後一刻上去的那對胖夫婦是小皇冠鎮的居民。他們說一上車就睡著了，什麼也不知道。至於坐在角落裏的黑衣女子，她像一陣風一樣消失了，無處尋覓。當然還有不少其他證詞，但都毫無價值。通過檢票員（那晚他一直站在巴朗唐車站檢票口），把那晚在巴朗唐下車的乘客都找到了，但只有一人例外。那是個高個男子，頭上包著藍手帕，至於他的衣著，有人說是短外套，有人說是工作服。他像幻影一般消失了，怎麼也找不到。光爲找這個人就調查了310名證人，但證詞混亂，矛盾百出，你否定我，我又否定他。

檔案中也有法院的文件，如現場記錄等。這是皇家檢察長和預審法官帶著記錄員在現場寫下的現場記錄，上面詳細記錄著屍體附近的情況，屍體的臥姿、衣著打扮，以及死者口袋裡的雜物。通過死者口袋裡的東西，證實了死者的身分，另外還有法醫所作的現場記錄。有份材料科學地詳細介紹死者喉部刀傷情況。那是死者身上唯一的傷口，是用利器，如尖刀之類捅開的，那個傷口叫人望而生畏。還有一些別的記錄材料和文件，如把屍體從魯昂送到醫院的詳情記錄，屍體在醫院停留的時間，直至擔心屍體腐爛而交給其家屬埋掉等，每個過程都有詳細記錄。在這堆廢紙中，只有三份材料有些價值。一是在死者口袋裏沒有發現懷錶和錢夾。錢夾裏有十張一千法郎的票子，這是格朗莫蘭還給妹妹博納翁夫人的錢，博納翁太太正等著這筆錢。假如不是死者手上的戒指沒有丟，完全可以認爲是強盜殺人，那一來又可以引出許多假想。可惜查不到被盜鈔票的號碼。至於懷錶，大家都見過，那是一塊大個上弦錶，錶殼上交錯刻有董事長姓名的頭兩個字母，中間是出廠號驗；二是兇器問題，就是兇手所用的刀子。爲尋找兇器大費周章，把鐵路兩旁的草叢都找了個遍，因爲兇手很可能把兇器棄在草叢裡，但毫無結果。看來兇手把兇器、錢和懷錶都藏了起來。在距巴朗唐一百米處發現了死者用過的毛毯。估計兇手怕毛毯露餡，就把它隔窗扔出，現在這條毛毯就成了物證之一。

德拉什納耶夫婦進去時，德尼澤正在辦公桌前閱讀一份記錄，是最早的傳訊記錄之一，記錄員剛從檔案裡找出來。德尼澤是個矮胖子，鬍子刮得很乾淨，頭髮已有些花白。他大腮幫、方下巴、寬鼻樑，臉色冷漠蒼白。上眼皮下垂把大而明亮的灰眼球遮住了半邊，使那張蒼老的臉更爲蒼白。他自以爲聰明過人，有洞察秋毫的本領。他的智慧全在那張嘴上。他的嘴十分靈巧，善於向市民表露感情，猶如一位喜劇演員。在他情緒高漲之際，他的舌頭就靈如彈簧。他辦事精細，判斷敏銳，在一些簡單事件上往往頗費心機。照他們職業的理想說法，他的工作是靈魂分析員，需要高度的敏銳和超群的才智。況且，德尼澤也確實不是笨蛋。

法官馬上客氣地同德拉什納耶太太打招呼。他是個善於交際的法官，同魯昂一帶的上流社會素有來往。

「請坐，夫人！」

他親自爲年輕太太拉了一把椅子。德拉什納耶太太是位身體嬌弱的金髮女郎，其貌不揚，令人噁心。她身穿一身孝服。法官對德拉什納耶先生只是禮貌地客氣了一下，臉色依然高傲。德拉什納耶也是一頭金髮，他身體瘦弱，卅六歲就在法院當推事。德尼澤認爲德拉什納耶的勛章是靠老丈人的威望和父親的功勞。德拉什納耶父親原來在混合委員會工作，也是法官，頗有建樹。在德尼澤眼裡，德拉什納耶屬於得寵的富有法官，雖然才能平庸卻職位顯赫，靠關係或財產可以青雲直上。而他本人屬於既窮又沒有保護人的法官，他們困難重重，晉升無望，只好永遠等待下去。所以他感到有必要讓對方明白他在這間屋子裏的絕對權威。在這裡，他對來人的自由擁有絕對權，只要他高興，他的一句話就可以使證人變爲被告，可以立即逮捕他。

德尼澤說：「請原諒，夫人，我不得不把您請來，這又要讓您傷心了。我知道，您和我一樣強烈希望儘早查明眞相，緝拿兇手。」

他作手勢告訴書記官，訊問已經開始。書記官是個瘦高個兒黃臉膛青年。

法官剛開始提問，德拉什納耶坐在一旁見法官不理睬他，便主動開口替妻子回答。他甚至把對岳父遺囑的不滿情緒也統統傾吐了出來。岳父把那麼多東西留給別人，數量之大幾乎占去全部遺產三百七十萬法郎的一半，這叫人如何理解呢？受贈之人五花八門，竟全是他們素不相識的女性！其中一位是在羅歇街擺攤賣紫羅蘭的小個子賣花女。所以他無法接受這份遺囑，希望在刑事訴訟案結束後，廢除這份不合情理的遺囑。

德拉什納耶恨得咬牙切齒，怒氣衝天。這表明他是個大笨蛋，是個鑽進錢眼兒的頑固鄉巴佬。法官眯縫著灰色的大眼睛盯著德拉什納耶，他既嫉妒又蔑視這位低能兒，他得了二百萬遺產仍然不滿足。有這麼多錢財，他遲早會官運亨通，會到皇宮去任職。

法官開口說：「我認為您這樣做是不妥的，因為只有在饋贈部分超過遺產半數時，才能對遺囑提出異議，而現在的情況並非如此。」

法官轉身對書記官說：「喂，洛朗，這些話沒有記上吧？」

書記官是個老手，微微一笑，叫法官放心。

德拉什納耶尖刻地說：「但我相信，誰也不會認為我會把德莫法十字架那份房產讓給盧博夫婦。她是僕人之女，為什麼給她如此貴重的禮品？又是以什麼身分送給她的？況且，要是一旦查明他們與此案有牽連……」

德尼澤又把話題拉到案情上來。

「說實話，您相信此說？」

「當然！假如他們事先知道了遺囑內容，就會盼望我岳父早死，這個道理很簡單呀！況且他們是在他生前最後同他聊過天的人，這一切的一切都令人生疑。」

法官發現自己的新方案被打亂，有些不耐煩。他轉身對貝爾特說：「太太，您呢？您相信自己孩童時代的夥伴會犯罪嗎？」

貝爾特在回答之前，望了丈夫一眼。婚後不久，他們兩人的壞脾氣和冷漠態度就相互影響、滲透，越變越壞，是丈夫把她推到了塞芙麗娜一邊。要是依著她，為收回房地產，她主張馬上逮捕塞芙麗娜。

貝爾特終於開口了，她說：「天哪，法官先生，她從小就是個壞孩子。」

「怎麼，難道在杜安維爾時，她就行爲不端嗎？」

「噢，這倒不是，先生。但父親本來就不該收留她！」

她那假正經的資產階級本性在這句話中暴露無遺。她們這種人永遠不允許別人挑自己的毛病。她以「魯昂最賢惠的女子」而自豪，在魯昂城誰敢不尊敬她，誰敢不歡迎她。

她接著說：「但是，人一旦養成輕浮放蕩習氣之後……總之，有許多我本來不相信的事情，今天卻變成了事實。」

德尼澤又做了個不耐煩的手勢。他早已放棄這條線索，誰再堅持誰就是他的敵人，就是向他的聰明才智挑戰。他高聲說：「但我們可以進行推理呀！盧博夫婦不至於爲及早得到遺產就對令尊下毒手吧！否則我們或多或少總能發現一點蛛絲馬跡吧！我一直在調查，看看有無跡象表明他們急於占有那筆遺產。所以要懷疑他們，這個作案動機不充分，我們應該另尋原因，但又找不到，你們也提供不出什麼情況。再者，請你們回顧一下，難道你們沒有發現他們不具備作案的物質條件嗎？沒有人看見他們鑽進包廂，相反卻有人證明他們回到了自己車廂裏。要是他們作案，那就必須在他們的車廂同包廂之間往返一次，而在兩個車廂中間還隔著三節車皮。列車在全速前進，幾分鐘就能跑完那段路，他們怎麼能往返一次呢？我找司爐和司機了解過，他們認爲只有老手才能那麼沉著冷靜。一句話，幹這種事兒，女性根本不可能，而沒有妻子陪同，丈夫單獨去幹又太冒險。況且，他們爲什麼要行兇殺人呢？去殺害剛剛幫助他們擺脫了困境的恩人？不，這肯定不會。這一假設站不住腳，所以必須另尋線索。嗯，對了，要是有人從魯昂上車，然後就在第一站下車，這個人倒有作案可能，而且他又在最近講過要殺死董事長。」

法官一時高興，就把自己的新設想全盤端了出來。他正想繼續講下去，有人把門推開一條縫，是看門人。看門人尚未開口，一隻戴著手套的手就把門推開，進來了一位金髮太太。她年約五旬，體態漂亮，身穿典雅的孝服。她身上肌肉豐滿、健壯，像位年老的女神。

「親愛的法官先生，我來遲了，想您會原諒我的吧？這段路太難走，從杜安維爾到魯昂只有三法里遠，但所需時間相當於走六法里的路程。」

德尼澤忙起身相迎，獻媚地說：「太太，從上星期三分手以後，您身體一向可好？」

「很好。您呢，親愛的法官，我的車夫沒有嚇著您吧？小伙子說，他送您回家途中，在離城堡兩公里的地方差一點把您翻到車底下。」

「嗯，只是車子顛簸了一下，我早就忘記了。請坐，太太！剛才我已對德拉什納耶夫人說過，為這件可怕的案子又要讓你們傷心，請多包涵。」

「天哪，有什麼法子呢！妳好，貝爾特！還有你，德拉什納耶！」

來人正是死者之妹博納翁太太。她吻了姪女一下，同姪女婿握了一下手。她三十歲就守寡，丈夫原是工廠主，給她留下了一大筆財產。她同哥哥分家時得到了杜安維爾那塊地產，本來就已經很富裕了，現在就更富了。她生活寬裕，令人嚮往，又經常積德行善。由於她生活規矩，對人直爽，是魯昂城各種糾紛的仲裁人，加上機遇和個人興趣，她在司法界頗有威望。廿五年來，法律界人士和皇宮要人常到她的城堡聚會。每逢節日，她就派車到魯昂來接他們，然後還把他們送回來。時至今日，她依舊不肯閒著，用慈母般的愛收養了一位法院推事的兒子，年輕的代理檢察長肖梅特。她終日為推事兒子的晉升操勞，多次邀請推事去她家作客，對他大獻殷勤。她還經常留住一位舊時好友德巴澤耶先生。德巴澤耶是個老光棍，法院推事，也是魯昂法院的文學家，他寫的十四行詩到處流傳。他雖年逾花甲，但一直在杜安維爾保留著一間臥室，常常像老朋友那樣去那裏吃晚飯。由於他現在患有關節炎，所以十分懷念往事。博納翁太太就用小恩小惠保住了自己的權勢。儘管她年齡越來越大，但沒有人去同她爭奪這一權勢。但在去年冬天，她似乎發現了一位競爭對手。那人是勒布克夫人，現年卅四歲，也是一位推事之妻。勒布克夫人高高的個子，一頭棕髮，長相很是標緻，有些法律界人士開始到她家裏去，這使活潑詼諧的博納翁太太感到一絲醋意。

德尼澤說：「太太，請應允我向您提幾個問題。」

對德拉什納耶的盤問本已結束，但法官仍不放他們走。今天他這一向死氣沉沉的辦公室竟變成了上流社會沙龍。書記官安靜地準備重新開始作記錄。

「據一位證人說，令兄啓程前接到過一封信，叫他馬上乘車去杜安維爾，但我們沒有找到那封信函。夫人，您是否給他寫過信？」

博納翁太太神色泰然，用聊天時的友好口氣笑著回答：「我沒有給兄長寫信，而是在等他。我知道他該去了，但具體日期我可不知道。他常常是突然而至，而且往往是乘夜車去。他的小樓在花園裡，門前有條小街，十分冷清，所以他回去，我們往往難以察覺。他從巴朗唐租馬車回到家，直到次日，甚至次日很晚才露面，就像是進住在自己家裡作客的鄰居。我這次等他是因爲他該給我送去一萬法郎，這是我們兄妹之間相互過問的賬目。他身上肯定帶著那一萬法郎。爲此，我一直認爲這是謀財害命案。」

法官故意沉默片刻，然後盯住對面的博納翁太太問道：「您對盧博夫婦的印象如何？」

對方馬上反駁說：「喔，親愛的德尼澤先生，請不要對這些老實人亂猜亂疑了！塞芙麗娜從小就是個好孩子，溫順、聽話，不會幹壞事。既然您問我，我就告訴您，塞芙麗娜和她丈夫不會幹這種事情。」

法官點頭稱許。他勝利了，抬頭望了德拉什納耶太太一眼。貝爾特不由一驚，壯著膽子說：

「姑媽，您也太寬厚了！」

博納翁太太感到一絲寬慰，她像平時那樣直爽地說：「算了，貝爾特，關於這一點，我倆的觀點永遠不會一致。盧博太太活潑愛笑，這是她的優點。我知道妳和丈夫在想什麼。實際上，你們是被財產沖昏了頭。妳父親把德莫法十字架贈給塞芙麗娜叫你們吃驚，可是妳父親把她養大，給了她一份嫁妝，當然也應給她留一份遺產。妳父親不是一直把她當親生女兒看待的嗎？喔，親愛的，金錢並不等於幸福！」

確實，博納翁太太一直十分富有，她對金錢並不太感興趣。她喜歡打扮，她認爲美麗和愛情才是人生的唯一需要。

德拉什納耶乾巴巴地說：「是盧博說有一封信，否則董事長是不會對他說收到過什麼信的。可是盧博幹嘛要撒謊呢？」

德尼澤有些激動，大聲說：「董事長可以撒謊說他收到了一封信，以向盧博夫婦說明他提前動身的原因。據盧博夫婦說，董事長原計畫次日動身，可是突然他同盧博他們坐上了同一次列車。要是他不想說出提前動身的眞正原因（對此我們仍是一無所知），他就必須找個藉口。不過這無關緊要，說明不了什麼問題。」

又是一陣沉默。法官平靜且謹愼地繼續說：「夫人，我想提一個比較敏感的問題，萬望原諒。我比任何人都更尊重令兄的遺願，但據謠傳，說他有好幾個情婦，是嗎？」

博納翁太太顯得寬宏大度，微笑著說：「喔，親愛的先生，他那麼一把年紀了……兄長早就成了鰥夫，他喜歡的東西，我從不反對。他按照自己的意願生活，我從不干預，但我知道他一向注意維護自己的身分。直到被害，他一直是生活在上流社會裏。」

別人當面說父親的情婦叫貝爾特感到爲難，她感到胸口發悶，忙低下了頭。她丈夫也感到尷尬，走到窗前，背朝屋內。

德尼澤說：「請原諒，我想再問一句，府上過去是否發生過一起與一位年輕女傭有牽連的事件？」

「啊，有，她叫路易塞特，但她是個小淫婦呀！親愛的先生，她十四歲就同一名慣犯發生過關係。有人利用她的死反對我哥哥，這是可恥的行爲，聽我告訴您——」

她這樣做可能是出於好意。她當然明白哥哥的爲人，所以對哥哥慘死毫不驚訝。但她認爲應該捍衛家族的最高利益。況且在路易塞特事件中，她雖然感到哥哥固然有意霸占那女孩，但那女孩早熟也是原因之一。

「您想，那個小女孩生得嬌小伶俐，金髮粉面，像個小天使，但她是個假天使，她不必懺悔就可以領到聖體。不到十四歲就同卡布希交上了朋友。卡布希是個採石工，生性粗野，因在酒吧裏行兇殺人蹲過牢房。他像野人一樣住在貝庫爾森林裏。他父親憂憤而死，給他在密林深處留下一間用樹樁和泥巴搭成的小屋。那裏有個廢棄的採石場，他便繼續開採。修建魯昂城所用石料有半數來自那個採石場。路易塞特就去那裏會她的野人朋友。附近居民都怕他三分，他像得了鼠疫症，一個人孤零零住在森林裏。他倆經常在一起，攜手並肩在樹林裡散步。她生得小巧玲瓏，而他卻長得一副兇相。這麼一對，眞叫人難以理解。當然這些事情都是我後來聽說的。我讓路易塞特到我家做工完全是爲了積德行善。我知道她是米薩爾之女，家裏很窮，他們打她罵她也不見效，只要一開房門，她就會跑走，所以就發生了那件事兒。那時我哥哥在杜安維爾，沒有另雇女傭，就由路易塞特同另外一名女僕負責哥哥獨居小樓的家務。那天早上，路易塞特去上班，接著就失蹤了。我認爲她早就陰謀逃跑，也可能是她的情夫在什麼地方等著她，把她拐跑了。可怕的是，五天之後竟傳來路易塞特死亡的消息。別人造謠說我哥哥強姦她，手法惡劣，她被嚇瘋了，躲進卡布希小屋就病倒了，後因頭部高燒而死，這到底是怎麼回事呢？謠傳很多，誰也說不清楚，我認爲路易塞特死於高燒這是實情，因爲這有醫生證明。但那是因爲她行爲輕浮，在星光之下到沼澤地同男人鬼混的結果。您說對不對，親愛的先生？您不會相信是我哥哥把她害死的吧？他不可能幹那種事兒，那太卑鄙了！」

德尼澤耐心聽著，既不表示贊同，也不表示反對。這叫博納翁太太感到爲難，不知如何收場。後來她下定了決心，說：「天哪，我並不是說哥哥無意同她玩玩，哥哥很喜歡年輕人。別看他長相嚴肅，實際上他很愛玩，就算他吻了她一下吧！」

聽到這話，德拉什納耶夫婦既羞躁又不滿。

「喔，姑媽，您！」

博納翁太太只是聳了一下肩，意思是說：「幹嘛要對法官說謊呢？」她接著說：「他吻過她，也許還挑逗過她，但這並不是犯罪。我承認這一點，因爲這話不是採石工講的。路易塞特是個愛撒謊的淫婦，爲了讓情夫收留，她可能有意誇大事實。她這樣做也可以使她那位粗野的男人眞以爲她是被人害死的。卡布希氣得暴跳如雷，他公開在酒吧間大嚷大叫，說什麼一旦董事長落入他手中，他要像宰豬那樣殺死董事長。」

法官一直沒有開口，現在打斷對方說：「他眞講過這話？能找到證人嗎？」

「噢，親愛的先生，您要多少證人都可以。總之，那是一件令人傷心的小事，給我們帶來了許多麻煩。幸運的是，哥哥的地位並未受到絲毫影響。」

現在博納翁太太已經明白德尼澤的新線索了。她對此有些擔心，沒有再說什麼，卻反問預審法官。法官站起來說，由於受害人家屬難過，他無意再占用他們的時間。他命令書記官讓證人先聽一下盤問記錄，然後簽字畫押。證詞記錄準確無誤，一些廢話和有害的句子已全部刪去，整理得恰到好處。博納翁太太拿起筆，驚異又友好地望了書記官洛朗一眼。她還沒有機會仔細看一眼這位臉色蒼白、瘦骨嶙的的書記官呢！

法官、姪女夫婦送她到門口，她握住法官的手說：「回頭見，嗯？隨時歡迎您光臨杜安維爾！謝謝！您是我的忠實朋友之一！」

博納翁太太的笑意中夾雜著苦澀。貝爾特先出門，她只同法官冷冷地打了個招呼。

德尼澤一個人留在辦公室，歇息了片刻。他站在那裏，思考著什麼。他認爲事態已經明朗，格朗莫蘭肯定對那個女孩施過暴，因爲他是附近有名的淫棍。這樣一來預審工作將會很棘手。德尼澤暗暗告誡自己，在司法部的指示下來之前必須倍加小心，不過他所取得的勝利並不會因此而遜色，因爲畢竟是他找到了兇犯。

他坐到辦公桌前，按鈴叫看門人：「去把雅克．朗蒂埃先生叫進來！」

走廊裏，盧博夫婦仍坐在長凳上等候著。由於等待時間已久，他們一臉倦意，像是睡著了，只是面部不時抽搐一下。看門人呼叫雅克，似乎吵醒了他們。他們輕輕抖動了一下，眼睛盯著雅克，目送他走進辦公室裡。他們又坐下靜等，臉色更爲蒼白。

三週來，雅克一直爲此案而苦惱，似乎他成了犯人。這太不合理，他沒有什麼可責備的，他也沒有保持緘默。他一走進法官辦公室就感到像個罪犯，擔心別人揭發自己的罪行。法官問他，他警惕著不肯吱聲，惟恐說漏嘴。他也幾乎成爲殺人犯，難道這能從眼神裏看出來嗎？他最討厭法庭傳訊他，十分生氣。他急於擺脫這件事情，要求別用與他毫不相干的事情折磨他了。

這次，德尼澤只問他兇犯的體貌特徵，因爲目擊兇犯的只有他一人，只有他才能提供一些確切情況。他同第一次的證詞，說凶殺場面一閃而過，他什麼也沒有看清楚。他只感到有人正在殺害另一位，別的情況一概不知。法官不慌不忙，從各個角度反覆問他同一個問題，一直糾纏了半個小時。如兇手是高個兒或矮個兒？有無鬍子？是長髮還是短髮？穿什麼服裝？屬於哪個社會階層等等，雅克被問得心煩意亂，只是含混地回答著。

後來德尼澤盯住雅克，突然發問道：「假如讓他站在您面前，您能不能認出他來？」

雅克的眼皮輕輕抖動了幾下，法官那犀利的目光盯得他身上發毛，直透心靈深處。

「認出他……也許……有可能……」

雅克又擔心被當成同謀，十分恐懼，不敢正面回答，而想支吾搪塞過去。

「但是，我不相信能認出他，我的確沒有把握。您想，當時火車的時速是60公里！」

法官有些失望，一揮手想讓雅克到隔壁等候傳喚，但他又突然改變了主意。

「請留步！請坐下！」

法官又按鈴叫看門人：「傳盧博夫婦！」

盧博夫婦來到門口。一看見雅克，他們眼上的光亮馬上消失了。難道雅克全講了？法官留他是爲了和他們當面對質？由於雅克在場，盧博夫婦的自信心頓時化爲烏有。一開始他們低聲回答，後來發現法官問的還是老一套，他們也就重複過去的答案，一字不改。法官低著頭，連看也不看他們一眼。

突然法官一轉身，對塞芙麗娜說：「夫人，據一份口供記錄說，您對車站監督講過，說火車從魯昂站啓動時有個男子鑽進了包廂裡。」

塞芙麗娜不由心頭一驚，法官爲什麼要提這個問題？難道這是個圈套？難道要她自己否定以前所講？她望著丈夫，徵詢丈夫的意見。盧博小心翼翼地插口說：「先生，我不相信我妻子會說過這麼肯定的話。」

「對不起，當時您說過有此可能，您夫人馬上補充說：『對，肯定是這麼回事兒！』我再問您夫人，您這樣講是否另有用意？」

塞芙麗娜不再驚慌，因爲她明白一旦失口，說錯了話，法官就會一直追問到底，最後逼妳招供。但她又不能不回答。

「喔，不，先生，我毫無他意。我那樣講只是一種推理，因爲找不出其他方法來解釋那個案件。」

「這麼說您並沒有看見那人，當然也就無法向我們提供什麼情況了？」

「是的，先生，我對那人一無所知。」

德尼澤似乎放棄了這一觀點，但他馬上又問盧博：「您呢？假如眞有人擠上火車，您能看不見他嗎？因爲您在證詞上說，當開車鈴打響之際，您正同被害人聊天。」

法官堅持要問這個問題，盧博不由害怕起來，他焦慮不安，手足無措。是該收回此說，還是該堅持呢？假如法官掌握不利於自己的證據，捏造一個不存在的兇手肯定站不住腳，甚至會罪上加罪。盧博決定拖延時間，用模稜兩可的話搪塞法官的提問，同時注意觀察對方，看法官是否已經掌握實情。

德尼澤說：「您的記憶如此模糊實在叫人失望，因爲您的話可以解除我們對好幾個人的懷疑。」

法官的話直截了當，盧博感到急需自我辯解，他發現自己要被揭露，馬上想好了對策。

「這是個涉及良心的問題，我之所以有些猶豫，這很自然，您應該理解。我承認看見了那個人，他……」

法官勝利地一笑，他認爲對方坦率地講出這句話應歸功於他的機智。他說，從經驗得知，有些證人在講實話之前是會感到異常痛苦的，但他相信有辦法讓他們講出實情。

「請說下去，那個人怎麼樣？是高個兒，矮個兒，要嘛就同您不相上下？」

「喔，不，不！他比我高許多……至少這是我的印象，但這也僅僅是印象。因為在我跑回車廂時，他同我對面擦肩而過。對此，我基本可以肯定。」

德尼澤說：「請等一下！」他轉身問雅克：「您看見手中拿刀的那位是比盧博先生高大嗎？」

雅克已經有些不耐煩，擔心趕不上5點的火車。他抬頭望著盧博。他似乎是第一次看見盧博，感到對方變得粗壯矮小了，他似乎在什麼地方看見過盧博的側影，難道是在夢中？他喃喃地說：「不，那人並不比他高，兩人高矮差不多。」

盧博馬上反駁道：「不，他至少比我高出一個頭！」

雅克瞪大眼睛望著對方，驚訝之態越來越明顯。盧博有些不安，似乎想把自己同兇手的相似之處從身上掏出扔掉，而塞芙麗娜冷冷地盯著雅克，推測年輕人在想什麼。很顯然，雅克先是一驚，因為他發現盧博同兇手有些相似，接著他確信兇手就是盧博，就如同謠傳所說。雅克被這一發現驚呆了，目瞪口呆，不知該說什麼。他要是講出來，副站長盧博夫婦都會完蛋。盧博望著他，四隻眼睛相遇，對視良久，直透對方心靈。短暫的寂靜。

德尼澤先生又問：「您不同意他的說法，認為兇手矮小一些，大概是因為兇手正在彎著腰同被害人搏鬥的緣故吧？」

法官望著眼前這兩個男子。他原本無意讓他們對質，但出於職業本能，他似乎感到馬上就要真相大白了。對卡布希那邊，他已有些動搖。難道德拉什納耶夫婦所說是對的？難道正直的公職人員盧博同他那溫柔的年輕妻子真是兇犯？

法官問盧博：「那人和您一樣也是一臉絡腮鬍子嗎？」

盧博聲音毫不發顫，勇敢地回答：「不，他不是絡腮鬍子，我相信他根本沒有鬍子。」

雅克明白同樣的問題也會讓他回答，他該怎麼回答呢？因爲他本可以說那人也是一臉絡腮鬍子。總之，這些人與他毫不相干，他爲什麼不講眞話呢？但當他的目光從盧博身上移到塞芙麗娜身上時，他發現她正在強烈地全心全意懇求他，雅克動心了，身上哆嗦，似乎舊病復發。怎麼，難道他愛她？難道他眞心相愛又無意摧殘的女子就是她？此刻，由於心慌意亂，雅克的記憶又變得模糊了，又感到盧博並不像那個兇手。雅克感到兩眼模糊，開始懷疑自己剛才所講，感到十分後悔。

德尼澤問他：「那人同盧博一樣也是滿臉鬍子？」

雅克老老實實地說：「先生，我的確無法回答您。時間太倉促，只有一刹那，我什麼也沒有看清，什麼也無法肯定。」

但德尼澤先生抓住不放，堅持要問，因爲他想弄明白他對盧博的懷疑是否有根據。他追問雅克，又逼問盧博。後來盧博把兇手的特徵告訴了他：身材高大魁梧，沒有鬍子，身穿工作服。總之，那人是個同盧博長相完全不同的人，而雅克支吾搪塞，說不清道不明，所以法官只有相信盧博的口供。由此德尼澤得出結論，他的調查方向正確，證人提供的兇手特徵完全正確，別的證詞只會進一步證實這一點。受過不公正待遇的盧博夫婦將使兇手的腦袋搬家。

盧博夫婦和雅克在證詞上簽字畫押之後，德尼澤說：「請你們先到裏面去，等我傳呼你們。」法官立即下令帶犯人，他神采奕奕地對書記官說：「洛朗，罪犯抓到了！」

房門打開，兩名警察押著一個小伙子進來。那人身材高大，年紀在25~30歲之間。照法官指示，警察們退了出去，那裏只留下卡布希。卡布希十分驚訝，像隻被圍捕的野獸，十分狂怒。他粗脖子、大手掌，金髮白面，鬍子稀少，像捲曲的細金絲，又細又軟。他大臉膛、低額頭，說明是位愛激動的莽漢，但從他的大嘴巴和形同馴服狗兒的方鼻頭來看，他又顯得溫和聽話。那天早上，在他們到森林深處他的破屋抓他時，他被那些莫名其妙的指責激怒，但也感到驚慌失措。他的工作服被撕破，神色眞像被告，又像陰險的強盜。監獄生活可以把最正直的人折磨成強盜的模樣。天色已晚，屋裏很昏暗，卡布希這才顯得安靜了一些。看門人端來一盞大燈，上面裝著個大個球形燈罩，燈光照在卡布希臉上，他仍是一動不動。

德尼澤用厚眼皮的灰色大眼睛盯著卡布希，他沒有吱聲。這是一次無聲的較量，是野蠻、狡詐、佈滿陷阱的精神折磨之前的首次較量。由於對方是犯人，怎麼對待他，法律都允許，因爲罪犯只有認罪的權利。

審訊開始，進程十分緩慢。

「您知道您身犯何罪嗎？」

卡布希怒氣已消，悶聲悶氣地說：「沒有人告訴我身犯何罪，但是我已經猜到，因爲衆人早已對此事議論紛紛。」

「您認識格朗莫蘭先生嗎？」

「當然，熟得很呢！」

「一位名叫路易塞特的女孩是您的情婦，在博納翁太太家當過女傭……」

卡布希突然狂怒起來氣得兩眼直冒火。

「媽的，說這話的人是撒謊，可恥！路易塞特根本不是我的情婦？」

「聽說您生性粗暴，曾因爭吵殺人被判過五年徒刑？」

卡布希低下頭，那次判刑是他的一大恥辱。他喃喃著說：「是他先動手打我的。我被關了四年，提前一年釋放了。」

德尼澤問：「您說路易塞特不是您的情婦？」

卡布希握緊雙拳，低沉、斷續地說：「您應該知道！我獲釋時她還是個小女孩，還不到十四歲。當時別人都躲著我，有人還向我扔石塊，但她沒有。我在森林裏遇見她之後，她接近我，同我聊天，對我很好。噢，她是個多好的女孩呀！於是，我倆就成了朋友，經常拉著手漫步。那段生活太幸福了！當然她一天天長大，我經常想念她，這是實情，因爲我非常喜歡她，愛她愛得發瘋，她也很喜歡我。您說的那種關係在以後也許會出現，可惜我們被迫分手了。她被派到杜安維爾那位太太家……後來的一天晚上，我從採石場回到家，見她像瘋子一樣站在我家門口，憔悴不堪，身上發燙。她不敢回到父母那裏去，就留在我家。噢，媽的，他是豬玀！我本該馬上殺死他的！」

法官一抿薄嘴唇，對卡布希這種誠懇的口氣感到吃驚。他決心謹愼從事，因爲對手比他想像的還要厲害。

「對，我聽說過那個女孩杜撰的故事，但請您注意一下，格朗莫蘭先生的爲人足以能駁回您對他的指控，您的指控無人相信。」

卡布希怒火中燒，雙目圓瞪，雙手抖動。他哆嗦著說：「什麼？我們杜撰過什麼？是他們在說謊，卻反過來誣蔑我說謊！」

「但您不必把自己打扮成無辜。我盤問過米薩爾，就是您情婦的繼父。必要時，我可以叫他來對質，讓您聽聽他是怎麼講的，所以您回答我時要當心，我們有人證，什麼都已知道，勸您實話實說。」

這是法官慣用的恫嚇戰術，即使他一無所知，又無人證，他也常採用這種方法。

「您這樣說是否想否認自己公開講過的一句話，您曾公開說過要殺死格朗莫蘭，對不對？」

「喔，這話我是說過，而且是句眞心話！我要幹掉他是因爲恨得手癢！」

德尼澤不由一驚，愣了片刻。他本以爲對方會矢口否認。怎麼？被告竟然承認他威脅過受害人。難道這中間有什麼文章不成？法官擔心欲速則不達。他思忖片刻，盯住被告，突然問道：

「二月十四日至十五日晚上，您幹什麼去了？」

「那天六點我就睡了，有點兒不舒服，由表弟路易替我往杜安維爾送了一車石頭。」

「這時，有人看見您表弟趕著石頭車穿過了鐵路。但在盤問您表弟時，他說您中午離開之後，他就再也沒有見到您。怎麼才能證明您是六點睡覺的呢？」

「瞧，這事兒多蠢，怎麼才能證明這一點呢？我一個人住在那裡，又在大森林裏……我只能重複一遍，我那天睡在家裏，就這些。」

德尼澤決定用證據壓制對手，他板著面孔，顯得剛毅堅定，只用嘴巴說話：「聽我告訴您，十四日晚上您都幹了些什麼。三點鐘，您從巴朗唐坐車去魯昂，目的待查。您乘從巴黎開來的車在9點3分到達魯昂站，您在月台上人潮裏看見格朗莫蘭在包廂裏。瞧，我承認您不是預謀，而是臨時偶然動了殺機。您趁乘客擁擠之際，擠上火車，決定到馬洛內隧道動手，但您未能掌握好時間，動手時列車已經跑出隧道。您先把屍體扔到車外，又把旅行毛毯扔了下去，然後您在巴朗唐站下車。這就是您那晚的作爲。」

法官窺視著卡布希面部表情的細微變化。開始時，卡布希一直注意聽著，後來他卻哈哈大笑起來：「您都講了些什麼呀？假如是我把他殺死的，我會主動講出來的。」

卡布希又平靜地說：「我沒有殺他，本來應該由我來殺死他的。媽的，見鬼！對此，我深感遺憾！」

德尼澤沒有撈到東西。他從不同的角度反覆問那幾個問題，仍問不出什麼名堂。看來此事不是卡布希幹的。法官一聳肩，說對方這樣做太愚蠢。逮捕卡布希時，未能從他小屋裡搜到武器，也沒有發現那十張鈔票和懷錶，但發現了一條沾有血跡的褲子，這可是確鑿的證據。卡布希又笑起來，並講述了一個動聽的故事：一隻野兔撞在他佈下的繩套裏，濺了他一褲子血。從定案角度來看，這次法官肯定是輸了。他出於職業的敏感，不顧簡單眞理而把事情弄得複雜化了。他發現對手雖不會耍手腕，但卻有一股不可戰勝的力量，他一直回答說，不是、不是，這叫法官動怒，因爲法官認定他是罪犯，認爲他否認就是欺騙法律，是堅持錯誤。法官的目的是逼他說出自相矛盾的話。

「那，您不承認了？」

「當然，因爲那不是我幹的。假如是我幹的，我一定會感到非常自豪，會主動講出來。」

德尼澤突然站起來，跑過去把通向隔壁的小門打開，把雅克叫出來。

「您認識這個人嗎？」

雅克驚訝地說：「認識，我在米薩爾家見過他。」

「不，我不是這個意思。我是問您是否認出他就是列車上的殺人犯？」

雅克不由謹愼起來，況且他也想不起那人的長相了。那人不是盧博，盧博似乎比那人矮，比那人黑。他想開口，但又感到這樣做太冒失，他只好含混其詞地說：「不，不知道，我認不出來，先生，我的確想不起來了。」

德尼澤馬上叫出盧博夫婦，提出同一個問題，「你們認識他嗎？」

卡布希仍在微笑，毫不驚訝，他對塞芙麗娜輕輕一點頭。少女時代，塞芙麗娜住在德莫拉十字架，卡布希見過她。但她在這裏看到他，和丈夫一樣感到震驚。他們明白了，他就是雅克所說被抓起來的那位。因爲他，法官才再次傳訊他們夫婦。盧博十分驚訝，他杜撰的殺人兇手竟同眼前這個人如此相似，而同他本人卻毫無共同之處。這完全是一次巧合，令盧博不安，所以他沒有馬上回答。

「喂，你們認識他嗎？」

「天哪！法官先生，我再說一遍，我那只是一個感覺，那人同我擦肩而過，個頭和這位差不多，也是一頭金髮，沒有鬍子……」

「您終於認出了他！」

盧博感到胸口窒息，喘不過氣來，內心鬥爭激烈，身上發抖。最後，他決定說兩句：「我無法肯定。不過他倆長得有點兒相像，這肯定無疑。」

卡布希聽後連發誓帶賭咒，他對法官的作法十分厭煩。由於這件事與他無關，他想走開，他怒火上升，用力揮動雙拳，樣子十分嚇人，法官只好讓憲兵把他帶走。在凶暴的對手面前，在受傷狂跳的野獸面前，德尼澤勝利了。他確信對方就是罪犯，並直言不諱地講出了這個想法。

「你們注意他的眼睛了嗎？我是從眼睛上發現他是兇犯的。啊，冤有頭，債有主，我們總算把他抓住了！」

盧博夫婦相對而視，沒有動彈。怎麼，難道案子就這樣結束了？他們得救了，因爲兇手已被抓獲。他們感到內心有愧，良心受責，對剛才不得已而講出的話感到茫然，但歡樂超過了心頭上的不安，他們對雅克一笑，感到一身輕快，準備到外面走走，在等候法官的放行命令。此時，看門人給法官送來一封信。

德尼澤馬上坐回辦公桌旁，認眞讀信，把三名人犯忘在了一旁。那是司法部給他的信，是他在預審之前盼望已久的上司指示。這封信似乎給他潑了一盆冷水，他的臉色愈來愈冷漠，又恢復了死板的神態。他有時也斜著眼睛瞟一下盧博夫婦，似乎想起了他們說過的一句什麼話。盧博夫婦短暫的歡樂消失了，又變得焦慮起來。法官爲什麼要瞟他們呢？難道他們在巴黎發現了那封兩行字的短信？那是他們夫婦的一大失誤，這事一直攪得他們心神不定。塞芙麗娜同卡米．拉莫特秘書長很熟，多次在董事長家遇見他，也知道由他負責清理死者遺留下來的文件。盧博感到遺憾，遺憾沒有派妻子去巴黎拜訪一下秘書長。萬一鐵路公司在謠言的壓力下要解雇他時，他妻子多少總可以求秘書長保護他一下吧！他們夫婦目不轉睛地盯著法官，發現法官的臉色更加陰沈，這說明這封信打亂了法官一天的工作興趣，使他困惑不解。一見此景，盧博夫婦更感到擔心。

德尼澤放下信，瞪著大眼睛全神貫注地盯著盧博夫婦和雅克。然後他無可奈何地說：「好吧，以後再說！重新開始……你們可以走了。」

當三人走到門口時，法官忍不住又叫住雅克。上司指示德尼澤在尙未取得一致意見之前，先不要採取行動，但法官想弄明白是什麼事情使上司否定了他的結論。

法官說：「請您等一下，還有一個小問題。」

盧博夫婦只好在走廊上站住，門雖開著，但他們不能出去，爲什麼事兒又把雅克留住了呢？如果沒弄明白要向雅克了解什麼事，他們就不會走開。他們退回去，原地踏步，由於雙腿酸痛，他倆就並肩坐在長凳上。他們曾在那裡坐等了好幾個小時，感到十分疲勞。

雅克出來後，盧博困難地站起身來說：「我們在等您，咱們一塊兒回車站去吧，嗯？」

但雅克把臉轉向他處，神態窘迫，似乎有意躲開塞芙麗娜的目光，她正在死死盯著他。

雅克說：「法官感到爲難，不知該怎麼辦。他問我兇手會不會是兩個人，因爲我在勒阿弗爾說過，有個黑東西壓在老東西腿上，法官還想打聽這方面的情況。他相信那是毛毯，派人去找尋，想聽聽我的意見。天哪！對，那可能是條毛毯。」

盧博夫婦周身發抖，看來法官已經發現他們這條線索，只要雅克一句話，他們兩位就會完蛋，而雅克肯定知道實情。最後他們聊著離開那裡，塞芙麗娜夾在兩個男子中間。

來到街上時，盧博說：「老弟，我妻子要去巴黎辦點事兒，需要一天時間。要是她需要找人幫助，那就請您把她帶去吧！」

第五章

11點15分，歐洲橋道班房準時吹響了兩聲喇叭，通知從勒阿弗爾開來的快車已從巴蒂涅勒隧道鑽出準備進站。轉盤轉動，列車短鳴一聲進站了。煞車聲吱吱，煙氣聲突突。列車一過魯昂，天空就一直下雨，傾盆大雨把列車淋得全是水。

車門尚未全部打開，就有一扇門被推開。車還未停穩，塞芙麗娜就靈巧地跳到了月台上。她乘坐的車廂在車尾，只好穿過下車的旅客群，在小孩和行李中擠來擠去，一直擠到機車旁邊。

雅克站在機車平台上，準備把機車開進車場，佩克正忙著擦車。

塞芙麗娜踮起腳尖說：「喂，說定了，三點半我在卡迪內大街等您。請您領我去見您們主任，我要向他表示謝意。」

讓妻子去感謝巴蒂涅勒車場主任的幫助，這是盧博的藉口，因爲這樣司機就會特別關照他夫人，以便進一步密切他們同雅克的關係。

雅克滿身灰塵，又被大雨澆了個透心涼。他一路頂風冒雨，累得精疲力竭。他嚴肅地望著塞芙麗娜，沒有吱聲。在勒阿弗爾，他不好意思拒絕盧博的要求，但一想到要同這位女性單獨待在一起，他就心慌意亂，就想要占有她。

塞芙麗娜見雅克一身髒污，分不出鼻子和眼睛，既驚訝又厭惡，但她仍舊裝出甜蜜的樣子，含情脈脈地望著他，笑著說：「這事可全靠您了，嗯？」

她用戴手套的手扶住鐵把手，把腳尖踏得更高，佩克殷切地提醒她：「小心弄髒衣服！」

雅克只好開口，他口氣生硬地說：「好吧，卡迪內大街見！但願這該死的大雨別把我淋垮，鬼天氣！」

雅克的狼狽相感動了塞芙麗娜，他似乎是爲了她才挨雨淋的。她補充說：「喔，把您淋成了這個樣子，可是我一點也沒淋著，這？您知道嗎？我一直在惦記著您。這場大雨叫我失望，但一想到是您早上把我帶來，晚上又要把我送回去，我就感到十分欣慰。」

她這種溫柔親切的話語更叫雅克心煩意亂。直到有人高叫：「倒車！」雅克才輕鬆了一些。他馬上拉響汽笛，司爐佩克示意塞芙麗娜快離開。

「三點見！」

「好，三點見。」

機車啓動後，塞芙麗娜最後一個離開車站。出站後來到阿姆斯特丹街，她正準備撐開雨傘，卻發現雨已經停了，眞叫人高興。她來到勒阿弗爾廣場思忖片刻，決定先去吃午飯。其時正是十一點廿五分。她走進聖．拉扎爾街口小吃店，要了一份煎雞蛋和一份排骨。她邊吃邊考慮近幾週一直縈繞在心頭的那件事兒。她臉色蒼白，神態冷漠，她那誘人的溫柔笑臉早已不知去向。

前一天，即他們被魯昂法院傳訊後兩天，盧博感到這樣靜靜地等很危險，決定派妻子去拜訪一下司法部秘書長卡米．拉莫特先生，但不去辦公室，而是要到秘書長家裏。秘書長就住在羅歇街格朗莫蘭家隔壁的公館裏。塞芙麗娜知道一點左右可以在家裏見到他，所以她不用著急，但她要考慮見到秘書長之後講些什麼，並推測對方將如何答覆，這樣才不會臨陣忙亂。

前一天，一個令人擔憂的消息敦促她提前動身。他們從流言蜚語中獲悉，勒布樂太太同菲洛梅內正在散布謠言，說由於盧博在這一案件中受到懷疑，公司準備解雇他。糟糕的是，當有人問到站長達巴迪時，站長並沒有否認，這爲這一消息的可靠性增加了分量，所以塞芙麗娜必須馬上來巴黎，一是爲自己辯解；二是尋求保護，求秘書長像董事長那樣保護他們，這就是她去巴黎的原因。

但還有一個理由，這就是他們急切想了解情況。這一想法十分迫切、強烈、難以擺脫，逼著他們馬上採取行動。在雅克說到法官懷疑兇手是兩個人時，盧博夫婦就認爲自己已經暴露，煩惱馬上爬上心頭。他們東猜西想，累得精疲力盡。也許法院發現了那封信，眞相已經大白，他們只好隨時準備接受搜查和拘捕。他們心驚膽跳，坐臥不寧，感到任何響動都是對他們的威脅。他們盼望及早解決，而不願意這樣無休無止地等待下去。是福是禍應該早點知道，免得總受折磨。

由於塞芙麗娜聚精會神回味往事，她吃完排骨後發現自己待在小吃店裏，感到十分驚訝。她感到飯菜苦澀，難以下嚥，她也無心喝咖啡，她想儘量把吃飯時間拖長，但這無濟於事，她離開飯店時才十二點一刻，她還得再等三刻鐘。過去她十分喜歡巴黎，每次來巴黎，她都要興高采烈地在馬路上自由奔走一番。而今天，她像是迷失了方向，心頭害怕，希望及早離開巴黎或躲到什麼地方去。暖風吹散了烏雲，馬路上已經很乾燥。她順著特隆歇大街往前走，來到馬德琳娜鮮花市場。乍暖還寒的三月份，天空灰濛濛，那裏卻擺滿了迎春花和杜鵑花。她在那個春光早來的地方走了半小時，漫無邊際地東想西猜。她把雅克當作敵人，決心去征服他。她感到羅歇街的拜會已成定局，一切順利，只要能讓雅克閉口不言就萬事大吉，但征服雅克是一件複雜的工作，她絞盡腦汁尋覓良策妙計。她決定用羅曼蒂克方式去征服他。她認爲這樣做不會累，也不必擔驚受怕，而且有一種溫存感。她突然一抬頭看到亭子上的掛鐘已指向一點十分。時間到了，心事雖然尚未想完，她也只好再回到殘酷的現實中來，急忙朝羅歇街走去。

秘書長卡米．拉莫特的府邸位於羅歇街同那不勒斯街的交叉口。要到那裏去，塞芙麗娜就必須經過格朗莫蘭的官邸，那裏冷清寂寞，百葉窗全都關著。她眼睛望著正前方，疾步走了過去，她又想起最後那次拜訪這座威嚴公館的情景。她每走幾步，就要回頭張望一下，似乎背後有人在呼叫著追她。她發現魯昂的預審法官走在對面人行道上，她大吃一驚，急忙收住腳步。法官發現她朝格朗莫蘭官邸張望了嗎？她見法官安詳地走著，她讓法官先走，自己小心翼翼跟在後面。法官停在路口去按秘書長家的門鈴，她不由又一陣驚慌。

塞芙麗娜心頭一收，不敢進秘書長家的門。她轉身走向愛丁堡街，一直走到歐洲橋。到那裏之後，她心裏才平靜下來。她不知該往哪裏去，更不知該幹點什麼。她不知所措地靠在橋頭欄杆上，透過橋架望著寬闊的火車站，望著進進出出的火車。她痴痴盯著火車，心裡想，法官此行一定是爲那起案子，他可能正同秘書長在談論她，並將對她的命運作出安排。塞芙麗娜感到絕望，憂心忡忡，她不願再回羅歇街，而想跳到列車下。此時正好有列火車從幹線廊棚下開出。她望著列車從自己腳下開過去，機車吐出的熱氣一直噴到她的臉上。她想到此行毫無收穫，要是沒有勇氣去打聽到確切的消息，她將十分痛苦和憂慮。想到此，她凝聚起全身的力量終於下定了決心。機車一聲鳴叫，塞芙麗娜望見一台小型機車在爲一列郊區列車摘車廂。她抬頭向左方一望，在托運處院子上方的阿姆斯特丹路盡頭的一幢房子裏，看見了維克圖瓦大嬸家的窗子，就是她同丈夫憑倚過的那個窗子。他們在那裏爭吵打鬥，後來就發生了那起兇殺案。她想到自己處境危險，心裏十分痛苦。她想，爲結束此案，她願意迎戰一切困難。喇叭聲、經久不息的轟隆聲，震耳欲聾：濃重的煙霧擋住了視野，順廣闊明亮的巴黎天空升入雲端。塞芙麗娜再次走上羅歇街，步履匆匆，像是去自盡，因爲她擔心到那裏見不到秘書長。

塞芙麗娜上前按門鈴時，又一次恐懼地打了個寒顫，但僕人已經打開門，問過姓名後把她領進候見室。從虛掩的房門裡，塞芙麗娜清楚地聽到裏面有兩個人在熱烈交談。然後是一陣長久、深沉的寂靜，她只能聽見自己的太陽穴在猛跳。她估計兩位法官還會聊下去，她大概還得再等很久。這種等待叫她無法忍受。但令她驚訝的是，僕人很快就來叫她，把她領了進去。看來德尼澤並沒有走，可能躲到某扇房門後面去了。

秘書長的書房很大，黑木家具、厚地毯，厚厚的門扇關得又緊又嚴，外面的聲音一點也傳不進去，但在一個黃銅罐裏卻揮著一束蒼白的玫瑰花。這表明，那個地方雖然嚴肅，但房主人同別人一樣也充滿了生活的雅興。秘書長站在那裏；禮服得體，瘦臉嚴肅，花白的夾髯使瘦臉顯得寬了一些。他的優雅是古典式的，身姿筆挺、面帶笑容、高貴文雅，由於室內光線昏暗，他顯得更爲高大。

塞芙麗娜一進門就感到熱氣撲面，胸悶難忍。她見那裏只有卡米·拉莫特一人在望著她。他沒有讓座，而是故作姿態等她開口，等她講明來意。兩人沉默片刻，突然塞芙麗娜一急之下計上心來，變得既平靜又謹慎。

她說：「先生，請原諒我冒昧相求，您知道我身遭大難，這種損失難以彌補。我現在孤立無援，恕我斗膽相求，求您作我的保護人，就像您的朋友、我先前的保護人那樣來幫助我們。」

卡米·拉莫特只好請來客落座，因爲她這幾句話說得不卑不亢，恰到好處，又不過分憂傷，只有女性才能如此細心，但秘書長仍未開口。他也坐了下去，閉口等待著。塞芙麗娜認爲應該講得再具體一些，便補充說：「我冒昧地告訴您，我在杜安維爾時就見過您。啊，那個時期是我一生的黃金時代！可是今天，厄運終於來臨，我只好求您了，並以已經離去的那個人的名義求您提攜。您很喜歡他，望您幫他把好事做到底，繼續保護我們吧！」

秘書長定睛望著塞芙麗娜，豎耳細聽。他的疑心開始動搖，他感到她的請求悲切自然，令人生憐。他在格朗莫蘭的文件堆裏發現了那封短信，信文只有兩行，沒有署名，但他認爲只有塞芙麗娜才會寫那種信，因爲他知道她曾向董事長賣過乖。僕人說塞芙麗娜單獨求見，秘書長的信心更增強了。他中斷同德尼澤的交談就是想證實一下自己的推理，但一見對方如此和善、溫順，他怎能相信她會是兇手呢？

秘書長想做到心中有數，依舊嚴肅地說：「夫人，請講下去！我對往事記得很清楚，要是沒有什麼不便，我願盡力相助。」

於是，塞芙麗娜開始解釋，一字一板，有條不紊。她說不知道爲什麼公司要解雇她丈夫，她估計是因爲丈夫功勞顯赫，以前又有職高位顯的董事長作靠山，所以別人就嫉妒他。現在他們的靠山倒了，那幫人就想借機壓倒他，到處活動，但她並沒有點任何人的名字，雖然危險迫在眉睫，她講話依然十分注意分寸。她此次來巴黎是因爲她感到必須馬上採取行動，也許明天再來就會貽誤時機。她馬上提出要對方給予保護。她的要求既有充分理由又有合乎邏輯的事實依據，所以秘書長無法認爲她是另有企圖。

卡米．拉莫特留意觀察，連塞芙麗娜嘴唇的輕微顫動都不肯放過。

他馬上發起第一次攻擊。「既然公司說不出理由，那爲什麼要解雇您丈夫呢？」

塞芙麗娜的目光也一直盯著秘書長，窺伺著對方面部表情的細小變化，推測對方是否發現了那封信。秘書長的問話雖然十分簡單，但塞芙麗娜突然感到那封信就在那兒，在書房某個文件櫃裏。看來秘書長已經知道事態眞相，正在設圈套讓她鑽，看她是否敢於說出丈夫被解雇的眞正原因。由於秘書長聲調特別，她感到對方那雙蒼白疲勞的目光一下子看透了她的心。

塞芙麗娜迎著危險走去，說：「天哪，眞是聳人聽聞呀，先生！有人懷疑我們爲一份倒楣的遺囑而對我們的保護人下毒手。對此，我們不費吹灰之力就能證明我們的無辜，只是謠傳不會馬上消失，公司可能擔心出醜。」

塞芙麗娜態度坦率，聲調誠懇，再次令秘書長驚訝和不安。另外，剛見到她時，秘書長感到她相貌平平，現在他卻感覺到她長相迷人。那股切順從的藍眼睛，那烏黑的如雲秀髮，都很有魅力。秘書長嫉妒又羡慕地想起老朋友格朗莫蘭，朋友比他大十歲，一直到現在還玩弄迷人的少婦。爲了自己的老骨頭，董事長早就該放棄這種嗜好。這個少婦的確漂亮，生得嬌小玲瓏。秘書長不由露出了一絲笑意。他過去也有此一偏好，但今日已不感興趣了。他表面上十分冷漠，因爲交他辦理的這件案子十分棘手。

可惜，塞芙麗娜多舌婦似地又說了一句，結果是畫蛇添足。她說：「我們是不會爲錢財而殺人的，只有另找理由，但他們根本找不到其他理由。」

秘書長盯著塞芙麗娜，發現她的嘴角在輕輕抖動。對，正是她，秘書長這才堅信不疑。他不再微笑，馬上抿住了雙唇。塞芙麗娜發現說漏了嘴，感到天旋地轉，差一點暈倒。但她依舊挺著身體坐在椅子上，仍用剛才的聲調說話。他們繼續交談，但已用不著再互相摸底了。他們嘴上沒有講，但心照不宣，都知道對方打算說什麼。那封信就在那兒，正是她寫的那封信。秘書長沉默不語的神態說明了這一點。

秘書長終於開口了：「夫人，要是您的事值得一管，我一定會對鐵路公司施加影響的。今晚我正要召見公司營業部主任，當然是爲另外一件事情，但我需要了解一些情況。給您枝筆，請寫下令夫君的姓名、年齡、工作情況以及其他有助於我了解你們的情況。」

秘書長把獨腳桌推到塞芙麗娜面前，爲不使她過度緊張，他沒有再看她。她明白秘書長是要她的筆跡，以便對照，她不禁打起顫來。刹那間，她想找個藉口不寫，但轉念一想，既然他已知道，不寫也沒有用，因爲他們總有辦法弄到她的手跡的。她佯裝冷靜，不失方寸，神態自然地寫起來。秘書長站在她背後，馬上認出短信正是她寫的。現在她寫下的幾個字，字形略長，手指也不那麼哆嗦。秘書長感到這矮小少婦敢作敢爲，不由微微一笑。塞芙麗娜當然無法看見他的笑容。這是老於世故，只有女色才能動心的那種笑。實際上要做到清正廉明眞不容易，秘書長這樣做只是爲了維護他所服務的那種社會制度。

「好了，夫人，把這個留給我，我了解一下，我一定盡力而爲。」

「非常感謝您，先生。那，您設法讓他們保留我丈夫的職務，這事就算說定了，是嗎？」

「啊，不！我不作擔保，這要看情況而定，我還得好好想想。」

秘書長的確有些舉棋不定，不知該對盧博夫婦採取何種對策。自從命運被秘書長掌握之後，塞芙麗娜只擔憂一件事兒。他們能否得救，取決於秘書長，但決定秘書長下決心的理由，她難以預料，不得而知。

「喔，先生，請想想我們的苦衷！您總不能不給我一個確信就讓我走吧！」

「天哪，不行呀，夫人！對此我無能爲力，你們就等著吧！」

他把她推到門口，塞芙麗娜感到絕望，走出書房門，她內心十分不安，爲得到秘書長的肯定答覆，她眞想高聲把一切統統坦白出去。爲尋求轉機，她想再拖上一分鐘，大聲說：「我忘了一件事兒。關於遺囑一事兒，我想請教先生，我們是否應該放棄那份讀贈？」

秘書長謹慎地回答：「照法律規定，饋贈屬於你們，這是個機遇和如何判斷的問題。」

塞芙麗娜來到門檻，又做了最後一次努力，說：「先生，求求您，別讓我就這樣走開，請告訴我，我是否可以希冀……」

她信賴地握住秘書長的手，他掙脫開。但他發現了她那雙美麗的眼睛和那懇求的神態，不由動了惻隱之心，說：「那，您五點鐘再來一趟，到那時也許我能告訴您一點什麼。」

塞芙麗娜走了，懷著比來時更爲憂鬱的心情走了，形勢已經明朗，她的命運已經懸於一線，她有可能馬上被捕。在這種情況下怎樣才能熬到五點鐘呢？剛才她把雅克忘在了一邊，現在突然又想起了他。他，又是一位能要她小命的人！其時雖然只有兩點半，但她就匆匆順著羅歇街向卡迪內街走去。

卡米．拉莫特一人佇立在辦公桌前。他是皇室親信，擔任司法部秘書長之後，他幾乎天天進宮議事，他的權力並不亞於司法大臣，而且經常處理一些秘密差事。他知道格朗莫蘭一案使上面憤怒、擔憂。反對派報總借題發揮，大作文章，有的指責警方耽於政治鬥爭，無暇尋找兇手；有的則對格朗莫蘭的陰私大加披露。由於他是皇室成員，推而廣之，說皇室是荒淫無恥，生活糜爛。隨著大選將臨，這類宣傳是對政府的一大威脅，一大災難。於是，有人正式告訴秘書長，不論採用什麼辦法，應儘早了結此案。司法大臣把這一棘手案件交給了他，由他全面負責，也只有他才有權處理此案和做出決定，這是實情。也正爲此，他才需要三思而後行，要是處理不當，他將會成爲衆人的替罪羔羊。

卡米．拉莫特想到這裡，推開了通往隔壁的木門。德尼澤先生仍等在那裏，他聽見了秘書長同塞芙麗娜的交談。他一進書房就大聲說：「我早就說過，懷疑他們這號人是錯誤的。現在問題更明白，她只是想保留丈夫的職務，沒說任何叫人生疑的話。」

秘書長沒有馬上表態，他望著法官，沉思著。德尼澤的胖臉蛋和薄嘴片給他留下了深刻的印象。現在他想到了法官們，法官的命運全掌握在他手中。他感到奇怪，法官們雖然生活貧寒，但不失威嚴，他們在這種麻木的職業上卻顯得十分聰明。他眼前這位，厚眼皮遮住眼球，自以爲精細無比，一日一認爲掌握了眞相，他就會抓住不放，堅持到底。

秘書長說：「那，您堅持認爲罪犯是卡布希？」

德尼澤聽後一驚，嚇了一跳：「對，當然！所有的證詞都對他不利。這些證詞我已對您講過，它們既典型又完整，無一短缺。如您所暗示的那樣，我正在努力尋找，看是否還有一位同謀。估計當時車廂裏還有一位女性，因爲看到現場的火車司機提到過這點，這眞有點兒不謀而合了。當我再次仔細詢問之後，司機沒有堅持原先的說法，他甚至說那條旅行毛毯就是他當時看到的那堆黑東西。喔，可以肯定卡布希就是兇手。假如不是他，那還能是誰呢？」

本來秘書長打算把筆跡一事告訴法官，但現在他打定了主意，不急於把眞相告訴法官。如果眞相大白之後會導致更大的麻煩，那又何必更改預審法官的錯誤估計呢？這事要斟酌再三。

秘書長疲憊一笑，說：「天哪，但願您找到了眞正的線索！我請您來是想同您討論一下幾個主要觀點。這件案子非比尋常，已上升爲政治案件，這點您也看到了吧，嗯？看來我們不得不以政府官員的身分去工作了。請坦率地告訴我，根據您的審訊，那個小女孩，即卡布希的情婦，她的確被強姦過，是吧？」

德尼澤不由噘起靈活的嘴巴，厚眼皮又往下耷拉了一些。他說：「當然，我認爲董事長的確糟蹋過她，一旦正式審訊，此事肯定還會冒出來。順便補充一句，要是由反對派充任辯護律師，那肯定會抖露出一大串醜聞，因爲在我們那裏，此類醜聞太多了。」

要是不按法律程序，而任其自由發揮自己的洞察力和行使至高無上的權力，德尼澤一點也不笨。現在他明白，秘書長不叫他去司法部而讓他來官邸的原因了。

他發現秘書長表示了異議，便改口說：「您瞧這眞是件骯髒案子！」

卡米．拉莫特點點頭，他正在考慮，一旦對盧博夫婦起訴將會導致什麼後果。無疑，一到法庭，盧博定會招供，會說其妻自幼荒淫無恥，淪爲姦婦，他一氣之下殺死了姦夫。到那時盧博夫婦將不再是普通的女傭和罪犯，他們將會使一批資產階級上層人物和鐵路界要人受到牽連。況且誰知董事長這號人到底幹過多少卑鄙齷齪之事呢？也許會出現出人意料的重大事件……不，不行，要是逮捕眞正的兇犯，後果將不堪設想。他最終打定了主意，摒棄這一作法。假如一定要了結此案，他傾向於讓無辜的卡布希作替死鬼。

他對德尼澤說：「我同意您的觀點。事實上，從各方推理都對卡布希不利。但假如他這是合理報復……天哪，多麼令人難過的事情呀！那又會引起種種非議和誹謗！我明白，法官在執行法律時不應顧及後果，而且要置於關係網之上……」

他沒有把話說完就作了個手勢。法官靜靜等候上司的命令。只要人家相信他自作聰明而杜撰的故事，他準備按照政府的需要而犧牲司法意志。但一向老謀深算的秘書長卻有些沉不住氣了，他以命令的口吻說：「好了，有人讓我們不要起訴，我看你就設法了結此案吧！」

德尼澤說：「對不起！先生，現在案件的主人不是我，而是我的良心！」

秘書長立刻微笑起來，他又一本正經，帶著嘲弄世人的神態，文質彬彬地說：「當然，我正是對您的良心說的，為捍衛神聖的法律和公共道德，您可以採取您認為必要的行動。我知道，您一定會仔細權衡利弊。您比我更清楚，為避免栽大跟頭而接受某件壞事勇敢行為。好了，我把您召來是因為我知道您是個好公民，是個正派人。對您獨立辦案，我們不會干預。我重申，依照法律規定，您是此案的絕對主人。」

德尼澤十分羨慕法官們這種無上的權力，剛才他幾乎要濫用這個權力，所以對上司的話頷首稱讚。

秘書長更為和藹，簡直有些過火，近於譏諷，他說：「況且，我們明白對手是什麼人。長期以來，我們就十分關注您所做的努力。我可毫無保留地告訴您，只要有空缺，我們就馬上把您調到巴黎來。」

德尼澤動了心。怎麼？如果他肯幫忙，他們就滿足他的野心，實現他來巴黎任職的夢想？卡米·拉莫特明白他的意思，補充說：「我們已經給您掛了號，只是時間問題了。不過，既然說到這裡，我就再告訴您一件事兒，八月十五日我們將爲您頒發一枚十字勛章。」

德尼澤思忖片刻。他當然高興往上爬，他計算過，那樣每月可以增加一百六十六個法郎的收入。這對他目前尚不富裕的生活是一筆福利收入，可以更換一些衣物，也可以讓妻子梅拉妮吃得更好一些，也免得她一天到晚總嘟囔著。十字勛章掛在胸前也很美觀，況且那樣就會平步青雲、前途無量。他屬於傳統式法官，正直、平庸，一般不會出賣自身，但他在這一普通的希望面前讓步了。法官們同別的職業一樣，也會饑不擇食地行乞。爲在宦途上前進一步，他們只好拖著沉重的鏈子，隨時準備屈服於當局的命令。

德尼澤喃喃地說：「我對此感激涕零，請向大臣先生轉告我的謝意。」

他站起來沒有再吱聲，他感到要是再開口，一定會使對方爲難。之後，他雙目無神，面無表情地說：「那好，我將遵照您的意願結束此案。當然，假如找不出有力證據說明卡布希是罪犯，那最好別冒天下之大不韙，別對他起訴。我準備把他放掉，繼續監視他的行動。」

秘書長站在門口，十分親熱地說：「德尼澤先生，我們十分相信您的敏銳和正直。」

書房裏只剩卡米．拉莫特一人，他出於好奇把塞芙麗娜所寫的紙條同他從格朗莫蘭文件中發現的那封短信比較了一下（其實他沒有必要這樣做了），字體完全相同。他把短信疊起放好。他雖未對預審法官提到這件事兒，但他認爲留下這件武器有用。此時此刻，塞芙麗娜的影子又閃現在他眼前。別看她身體柔弱，卻敢於頑強地鬥爭。想到這裏，他寬容又譏諷地聳聳肩，啊，這些賤骨頭還眞堅持！

兩點四十分，塞芙麗娜提前來到卡迪內大街，她約好同雅克到那裏相會。雅克住在那裏一座大樓高層一間小屋裏，他只在晚上到那裏睡覺，而且一週之內，他有兩晚不睡那裏，而是住到勒阿弗爾。晚上他把機車開到勒阿弗爾，次日一早再把機車開回來。這天由於疲勞加雨淋，他一進屋就倒在了床上。要不是鄰居吵架聲把他驚醒，恐怕塞芙麗娜還要白等半天。鄰居丈夫打妻子，妻子的哭叫聲吵醒了雅克。他十分不滿，洗罷臉，穿上衣服，這才發現塞芙麗娜正在人行道上往他的閣樓小窗這邊張望。

雅克從走馬車的大門走出，塞芙麗娜一見，忙說：「您可來了，我還以爲找錯了地方呢！您是說索絮爾街拐角，對吧？」

不等回答，她又望望樓房說：「那，您就住在這兒了？」

很清楚，他是約她來自家門口相見。他們要一塊兒去車場，而車場就在對面。但她的問話叫他窘迫，他擔心她爲了表示友好而提出去他家裏看看。他的小屋陳設簡陋，雜亂不堪，羞於讓她進去。

雅克說：「我是居無定處，到處打游擊。咱們快走吧！說不定車場主任已經離開了。」

的確，當他們來到圍牆裡面車場主任的小屋門前時，主任已不知去向。他們到處打聽，從一個車間來到另一個車間，仍不見主任的蹤跡。聽人說，四點半時，主任才會去修配車間。

塞芙麗娜說：「算了，我們回頭再來吧！」

當她單獨同雅克來到外面時，「您要是沒有事兒，我留下來和您一起等他，可以吧！」

雅克不便拒絕，而且她雖叫他擔憂，但他感到她愈來愈迷人，魅力愈來愈大。他過去一直想在憂鬱中生活一生，現在一見塞芙麗娜柔情似水的目光，這種想法頓時化爲烏有。您瞧，她的臉龐細嫩，長圓型、微露怯意，像條溫順的小狗惹人喜愛，使你不忍心去打牠。

雅克不由緩和了一下口氣說：「當然，我不會離開您，我們還得再等一個多小時，咱們去咖啡店坐坐吧！」

塞芙麗娜笑了，因爲雅克終於變得親切了。她激動地叫道：「喔，不，我不喜歡待在店裏，而寧願挽著您的手在大街上漫步。到哪裏都可以。」
她說著就親熱地挽起他的胳膊。雅克已不像來時那麼髒了，他身穿可體的職員服，一副富家子弟神態，十分出衆。他逍遙自在，趾高氣揚，喜歡自然，喜歡冒險。塞芙麗娜發現雅克比哪一天都漂亮。他圓圓的臉蛋，端正的五官，白皙的小臉配上幾根褐色鬍子，但他那金光閃閃的眼睛總躲避她，顯得更不可捉摸，令她困惑。他不正眼望她難道是不願同她合作？他想自行其事，直接去指控她？她心中無數，不由又哆嗦了一下。她每想到決定自己命運的關鍵是羅歇大街秘書長的書房，想到這裏，她心裏只有一個想法，把身邊這個小伙子俘虜過來，使他成爲自己的人，要讓他深沉地盯住自己的眼睛，變成她的奴僕。她並不愛他，也沒有想過要去愛他，她只是想把他變成自己的東西，免得他去揭露自己。
他倆默默走了幾分鐘，那個居民區行人擁擠，街上車水馬龍，使他們有時只好離開人行道而到馬路上去行走，甚至橫穿馬路。他們來到巴蒂涅勒街心公園。那個季節，公園裏幾乎空不見人，經過早上大雨的洗刷，天空碧藍如鏡，在溫暖三月的陽光下，丁香花已經怒出花蕾，含苞欲放。塞芙麗娜問：「進去嗎？街上人太多，亂哄哄地，叫人頭昏腦脹，眼花撩亂。」
雅克也想進去，但他並未意識到遠離人群後可以同她更親密一些。他說：「進去吧！對我來說，在那裏都一樣。」
他們沿草坪在光禿的樹下漫步。幾位婦女帶著繦褓中的嬰兒也在散步；還有幾位爲抄近路在橫穿公園。他倆跨過小橋，登上假山石，然後又下來，不知怎麼辦才好。他們穿過杉樹林，耐寒的杉樹葉在陽光下一片墨綠。在那行人罕至，別人看不到的角落裏有一張長椅，他倆心照不宣，一起坐了下去。
沉默片刻之後，塞芙麗娜說：「今天天氣還算不錯！」

雅克說：「對，太陽又出來了。」

但他們所想的並不是這個。雅克一向迴避女性。現在又想起使他倆互相接近的事件來。她就在這裏，靠在自己身旁，大膽地闖進了他的生活裡，這使他倍感驚訝。自上次在魯昂被傳訊之後，雅克確信在德莫法十字架謀殺案中的幫兇就是這個女人。可是她是在什麼情況下、爲了什麼慾念的驅使去殺人呢？雅克想到了這些問題，但找不到答案。最後爲了自圓其說，他才找到了一種解釋，她丈夫脾氣暴躁，急於把饋贈拿到手，或是擔心好夢不長，怕董事長修改遺囑轉而對他們不利，要嘛就是想同這一流血案件把妻子緊緊拴住。他相信這種解釋很正確，但其中的疑點強烈地吸引著他，使他頗感興趣，但他無意去查明這些疑點。如實向法官反映情況是公民的義務，這個問題一直在他心頭縈繞。他倆並肩坐在長椅上，離得很近，臀部能感到對方身上的溫暖。這時向法院如實陳述一切的想法又叫他憂慮起來。

雅克說：「三月份就能跟夏天一樣待在外面，眞有點兒奇怪。」

塞芙麗娜說：「噢，太陽一出，天氣就會變暖了。」

她想，如果小伙子不是笨蛋，他一定能猜出她就是罪犯。他們夫妻如此巴結他，她現在還在一步步靠近他，他應該想到其中的奧妙。他倆安靜地坐在那裏，偶爾說上一句半句無關緊要的話。她在考慮雅克心裏在想什麼。兩人的目光不期而遇，她發現對方似乎在想，壓在死者腿上那團黑東西是否就是她。要想把雅克牢牢控制住，她該怎麼辦，又該說些什麼呢？

塞芙麗娜說：「今晨在勒阿弗爾時天氣很冷。」

雅克說：「對，而且還下著雨，我們被淋成了落湯雞！」

在這一瞬間，塞芙麗娜突然來了靈感，她既不自我表白，也不爭辯。這是一種本能的衝動，一種來自智慧和心靈深處的衝動。她明白，一旦爭辯起來，她將無話可講，她認爲隨便東拉西扯幾句就可以征服雅克。

她輕柔地抓著雅克的手，望著他。樹叢保護著他們，行人看不見他們。他們聽到遠處有車輪聲，但傳到陽光燦爛寂靜的街心公園後就十分微弱了。小徑拐角有位孩童悄悄用鏟子往小桶裏裝沙子。塞芙麗娜直截了當又誠心誠意地悄聲問雅克：「您認爲我有罪，是嗎？」

雅克哆嗦了一下，望著對方的眼睛。他用同樣低沉而激動的聲音回答道：「是的。」

她馬上用力傷住他的手。她沒有立即講話，但感到他們身上的熱度在互相滲透。

「您錯了，我根本沒有罪！」

她並非想說服他，而是想告訴雅克應設法讓法官相信她是無辜的。這就是說，她縱然有罪，也應該讓別人永遠認爲她無罪。

「我沒有罪，請您不要再說我有罪而讓我難過了。」

她發現雅克在深情地望著自己的眼睛，感到十分高興。無疑，她剛才的話就表明，她已將身體奉獻給他，願意委身於他。如果雅克提出要求，她不會拒絕，一條堅實的紐帶已將他倆擰在一起，塞芙麗娜想讓雅克說出他也屬於她，她的坦率態度把兩人聯繫在一起了。

「請別再讓我難過了，您相信我嗎？」

雅克答著說：「當然，我相信您。」

他爲什麼要逼她講出這件可怕事情呢？如有必要，將來她會把一切統統告訴他的。她用這種方式使自己鎮靜下來。她什麼也沒有講，但又等於什麼都講了。雅克對此深爲感動，認爲她這樣做是在對自己表白溫情。從她那溫柔的青蓮色目光來看，她既自信又脆弱，她是個道地的賢妻良母型女子，一切都屬於丈夫，爲得到幸福，她隨時隨地都願順從丈夫的意願。雅克更感到欣慰的是，他倆雖並肩握手，相對而視，但他並沒有不適之感。過去一接近女性，一想到要占有女性，他就會發顫，如今卻不見那種感覺。對別的女性，雅克一接觸她們的身體就想咬一口、就會產生殺機，會迫不及待地行兇殺人。可是如今……難道他愛上了她？因此才無意殺她？

雅克在塞芙麗娜耳邊悄聲說：「您知道，我是您的朋友，您根本不用怕我，要是您願意，我可以說我對您的作為一無所知。您聽見了嗎？您可以隨意支配我！」

他靠過去，把臉緊緊靠近她的臉。她呼出的氣吹動著他的鬍鬚。假如這種情況發生在早上，他可能會發抖，會擔心舊病復發。而現在，他只是輕輕哆嗦了一下，猶如大病初癒時那樣，感到懶洋洋地，很舒服。這是為什麼呢？他確信她殺過人，但卻感到她現在改變了模樣，變得高大了。她也很可能不是幫兇，而是主犯。雅克雖無證據，但深信有此可能。在不知不覺中，雅克那可怕的慾念被這女人挑逗了起來，他毫無道理地認為她是個神聖的女性。

現在，他倆像邂逅相遇的一對情人，快活地聊起來，愛情的種子開始在他們心中萌芽。

「您該把那隻手也遞給我，我來暖暖它！」

「喔，不！在這兒不行，萬一讓人看見……」

「誰會看見呢？這裏只有您我二人。況且即使有人看見，也是無傷大雅的，小孩子是不會偷看的。」

「但願如此！」

塞芙麗娜得救了，高興地笑起來。她並不喜歡雅克，這點肯定無疑。她雖已答應以身相許，但想尋求一個不付代價的解脫辦法。看樣子，雅克文質彬彬，估計不會叫她為難，一切都將如願以償。

「一言為定，咱們是同伴，別讓外人或我丈夫生疑。現在請放開我的手，也別總這麼望著我，那會累壞您的眼睛。」

雅克依舊抓著女方纖細的小手，結巴著悄聲說：「您知道，我愛您！」

塞芙麗娜迅速地輕輕一動，將手抽回，站在長椅前，雅克還坐在原地未動。

她說：「您瘋了吧！規矩點兒，有人來了！」

的確有位媽媽抱著熟睡的嬰兒走過來；接著又過來一位神色匆匆的少女。紅日西沉，天空浮著一層淡紫色霧氣。陽光從草坪上消失，只在杉樹尖上還留有一絲金色的陽光。絡繹不絕的車聲似乎突然中斷了。附近鐘樓傳來五點的響聲。

塞芙麗娜驚叫道：「喔，天哪！五點了，我在羅歇街還有個約會呢！」

她臉上的喜悅之色倏然消失，她想到自己的問題尚未解決，又憂鬱不安起來。她不知等待她的是什麼命運。她臉色變得十分蒼白，嘴唇輕輕抖動。

雅克也站起來，拉住塞芙麗娜的手說：「您不去見車場主任了嗎？」

「今天算了，下次再說吧！朋友，我現在用不著您了，我得馬上去辦事，謝謝您，衷心地感謝您！」

她握住他的手，匆匆地說：「回頭火車上見！」

「好！回頭見！」

塞芙麗娜匆匆離去，消失在公園的樹叢後面。雅克這才慢悠悠向卡內迪大街走去。

卡米．拉莫特秘書長在官邸同西方鐵路公司營業部主任進行了長時間交談。主任求見是另找的藉口，後來他承認說格朗莫蘭事件使公司大傷腦筋。首先，報界一片抱怨聲，說坐頭等包廂人身安全無保證。其次，有好幾位鐵路職工受到此案牽連。受疑最大、隨時都可能被捕的是盧博。最後，關於董事長道德敗壞的謠傳很多，他是董事會成員，他的問題被擴大到其他成員身上了。就這樣，一件疑心是小小副站長的作爲被說成是卑劣、低賤、骯髒的勾當，並逐步升級，甚至動搖了龐大的鐵路公司、驚動了公司領導階層。這種升級還會發展，甚至會一直升到部裏。由於目前政治上的不安可能會威脅到政府，這是個關鍵時刻，任何風吹草動都可能瓦解掉鐵路公司。

卡米．拉莫特聽說當日上午公司已決定解雇盧博，他表示堅定反對。不，不行！這樣做太愚蠢。要是報界把盧博說成是政治鬥爭的替罪羔羊，那就會爲目前的政治鬥爭火上加油，從上到下都將瀕於崩潰。至於會出現什麼樣的殘局，那只有上帝才能料到。這一醜聞拖延得太久了，應儘早結束它。最後營業部主任同意保留盧博現職，也不準備調他離開勒阿弗爾。其目的是讓大家看看，在一事件中並沒有壞人，案子結束了，這次危機也就很快過去。

當塞芙麗娜氣喘吁吁、心口怦跳著來到羅歇街秘書長陰森的書房裏時，秘書長安靜地望著她走進去，對她的鎮靜態度很感興趣。他想這位青蓮色眼睛的嬌瘦女犯對他一定會十分熱情。

「好了，夫人……」

秘書長停頓一下，故意讓對方再焦慮幾分鐘。他目光深邃，發現對方急於要了解結果。整個身子都傾了過來。他不由動了惻隱之心。

「好了，夫人，我見到了營業部主任，他答應不再解雇您丈夫，事情已經解決了。」

這眞是喜從天降，塞芙麗娜一樂之下，幾乎快暈倒。

她臉上掛笑，熱淚盈眶，什麼話也講不出口。

秘書長重複說：「事情已經解決，您就放心回勒阿弗爾去吧！」但這是他有意「強調」這句話的分量。

塞芙麗娜早就聽明白了：他赦免了他們，不會抓他們了，所以這不僅僅是保住職務的問題，而且那場可怕的悲劇也結束了。她像一頭漂亮的寵物在搖頭擺尾討好主人，本能地愛撫地靠近秘書長的手，吻著它，把它貼到自己的臉上。這一次，秘書長沒有往回抽手，因爲他被對方的感激之情和嫵媚之態所感動。他盡力裝出嚴肅的樣子說：「但你們要記住，行爲要端正！」

「噢，先生！」

秘書長想控制盧博夫婦，隱約提到那封信：「別忘記，材料還在這兒，只要你們稍有過失，新帳老帳一起算……您要叮囑您丈夫，不要過問政治，在這方面，我們毫不留情。我知道他過去出過事兒，曾同一名副省長發生爭執。還有，據說他是共和黨人，這太可惡了，對不對？讓他老實點，否則我們就幹掉他。」

塞芙麗娜站起來，急於到外面去。歡樂在心頭蠕動，需要馬上噴發出來。

「先生，我們一定聽您的，您說怎麼辦，我們就怎麼辦。不論何時何地，只要您發話，我們永遠聽您的差遣指使。」

秘書長又笑起來，懶洋洋地，似乎早已看破紅塵。他說：「喔，我不會苛刻你們。夫人，我絕對不會苛刻你們。」

秘書長親自打開了書房的門。

在台階上，塞芙麗娜一再頻頻回首、神色喜悅，向秘書長表示感謝。

塞芙麗娜正高興地在羅歇街上走著，忽然發現自己在往上走，眞是莫名其妙。她趕忙調頭往回走，冒著被車撞死的危險穿過馬路。她現在需要活動肢體，需要運動和叫喊。她明白他們爲什麼寬恕了她和丈夫。她竟不知不覺地講了出來：「喔，他們害怕了！他們把水攪混對他們有好處。我眞蠢，何苦自尋煩惱呢！這一點很明顯。啊，我們的運氣眞好！我們得救了，徹底得救了！對，我回去嚇唬一下丈夫，讓他老實點兒，我們得救了，我眞幸福！」

塞芙麗娜來到聖·拉札爾街口時，從一家首飾店的掛鐘上發現已經5點40分了。

「對，我該去好好吃一餐，還有時間。」

她到火車站對面選了一家高級飯館，一個人坐在一張鋪著白布的小桌前，通過身旁沒有鍍汞的玻璃窗，興致勃勃地欣賞著街上的車水馬龍。她買了一份豐盛考究的晚飯：牡蠣、比目魚加烤雞翅，以彌補沒有吃好的午飯。她胃口很好，感到精緻白麵包味道鮮美。她又買了一道飯後甜食：油煎餡餅，並喝完咖啡就匆匆離開了，因為離開車只有幾分鐘了。

離開塞芙麗娜之後，雅克回住處換上工作服就馬上趕到車場。平時他總提前半小時趕到車場，他休息，讓司爐佩克檢查機車部件。佩克是三天兩頭喝得醉醺醺的。可是今天，雅克心頭激動興奮，不知不覺比往日細心了，他要親自檢查機車部件。況且上午離開勒阿弗爾之後，他感到機車不及過去靈活。

車庫高大、封閉，到處是煤灰。高窗子上有點兒亮光，但那裏也到處是灰。那裏停放著許多機車，雅克的機車停在第一條軌道前端，因為該它第一個出發。車場一位司爐剛給雅克的機車加了點煤，未燃盡火紅煤灰不時落進灰道裏。那是一台快車機車，雙排雙軸，既美觀又高大。輪子大而靈便，由鋼臂相連；底盤寬大、機身很長、馬力很大。這些結構合理的機件使機車顯得雄偉、漂亮。同別的機車一樣，它除編號外還有個名字：利松號。利松本是個火車站名，位於戈唐坦線上。為表示親近，雅克給它起了個女人的名字：利松娜。雅克每聽到利松娜三個字，就感到心頭有股暖流。

這是實情，雅克駕駛這台機車已有四年，他對它傾注了自己的愛和情。雅克也駕駛過別的機車，有馴服的、有倔強的、有勇敢的、也有懶散的。他知道每台機車都有自己的性格。有的機車沒有什麼特色，就像沒有魅力的女人。他之所以熱愛利松號，是因為它有正派女子罕見的品德，溫柔、聽話、啓動迅速，蒸氣系統良好，跑起路來平穩，馬力足、耐力強。有人說啓動迅速是因為車輪組合好，尤其是蒸氣機的進汽閥調得恰到好處。有人說它蒸氣充足又節省燃料是因為銅管道質量好、鍋爐位置合適，但雅克認爲其中另有原因。別的機車結構和它一樣，組裝也很規範，但沒有利松號這些特點。雅克認爲機車也有靈魂，是製造過程中的秘密。某些東西在鍛造金屬時或在組裝時鑽了進去，這就是機車的人格和生命。

因此雅克以雄性的感激和愛對待利松號。它啓動迅速，猶如一匹彪悍聽話的良種馬。他愛它，還因爲除工資外，它還可以爲他掙來一些節煤費。由於蒸氣系統良好，可以節約不少燃料。雅克對它只有一點不滿，這就是它耗費的潤滑油太多，簡直是個無底洞。他曾試圖少用潤滑油，但辦不到，它馬上就會吱吱叫個不停，所以雅克只好照著它的貪食本性，就像對待優點很多的人，對他的缺點可以寬容一下。雅克有時開玩笑似地對司爐說，利松號像位標緻的女郎，需要多擦點兒油。

爐膛裏火苗燃起，利松號準備啓動。雅克在它周圍忙著，檢查各個部件，試圖尋找爲什麼今晨消耗的潤滑油比往日更多，但他不能找出原因。機車閃亮，十分乾淨，令人悅目，說明司機十分愛惜它。雅克一天到晚沒事就擦洗他的機車，把車頭擦得亮光閃閃。特別是到站之後，雅克像對待跑遠路的寶馬那樣對待呼呼喘息的機車，他總趁機車還熱的時候用力擦洗，這樣污點和墨跡容易擦掉。他總是照正常速度行駛，從來不趕速度，速度勻稱不會晚點，當然也就用不著開快車搶時間了。雅克同他的機車是很好的一對，四年來，他從沒有抱怨過自己的機車。在車場有個登記冊，司機可以把要求修理的項目寫在上面。懶司機或愛酗酒的司機總抱怨機車不好。這天，雅克有些不安，他的機車耗費的潤滑油太多了，此外還有某種隱約的東西使他不安。雅克還從來如此憂慮和不安過，似乎擔心回程途中機車會出毛病。

但司爐佩克還沒有來，過了一會兒他才趕來。佩克和一位朋友共進午餐，喝酒過量，舌頭發短，言語不清。這可把雅克惹火了。平時他倆相處甚好，從起點到終點，一起操勞，很少講話，他們冒著同樣的危險，一起晃動著肩頭。雅克比司爐小十歲，但卻像父親一樣愛護佩克，替他遮掩不良習氣。有幾次司爐喝醉了酒，雅克就讓他先休息個把小時。爲報答雅克的好意，佩克像獵狗忠於主人那樣忠於雅克。其實，除愛喝兩杯酒之外，佩克仍是個好工人，對本職工作十分熟悉。他也十分喜愛利松號，這是他能同司機友好相處的重要原因。他倆和機車是一個眞正的三口之家，從來沒有拌過嘴。所以狼狽中的佩克受到雅克冷遇，又聽見雅克低聲抱怨利松號，十分驚訝地望著司機雅克。

「您這是怎麼了？它不是像仙女一樣好嗎？」

「不，不！我不放心。」

儘管機車零件都很正常，雅克仍舊搖頭。他先試操縱杆，又檢查閥門是否正常。他登上擋板，親自爲汽缸加潤滑油。佩克去擦鍋爐頂，那裏有一點鐵誘。撒沙管控制器也正常，一切的一切都讓雅克放心。但在雅克心目中，利松號已不再是唯一讓他感到溫暖的人了，一股新的溫暖在他心田流動，這就是那位身段苗條的嬌弱女性。她在公園長椅上的景象一再閃現在雅克面前，楚楚動人，她需要得到愛和保護。過去遇有意外原因，火車要晚點時，雅克就把時速升到八十公里，從來不考慮那樣做對乘客會有什麼不便。可是今天，一想到要同那個女性一起回勒阿弗爾，雅克就有些擔心。但早上他還有點兒討厭她，不願意帶她來巴黎。雅克擔心路上出車禍，擔心她受傷，更擔心她在他懷中死去。現在雅克要對愛情負責，所以他對利松號不太放心。利松號要想保住既穩又快的好名聲，它就該規規矩矩地運行。

六點鐘，雅克和佩克登上連結鍋爐和機車的鐵板。佩克照雅克的吩咐打開排氣閥，一股白色蒸氣衝出，擴散到被煙黑黑的車場裏。然後，雅克慢慢轉動調節杆，利松號啓動了，從車場開出，鳴著汽笛要求通過。它很快地開進巴蒂涅勒隧道，但來到歐洲橋下，它只好停下來，等候開車時間，然後扳道工才把它送上6點30分發車的快車軌道上。司機和司爐一起把機車緊緊掛到快車車廂上。

再有五分鐘就要開車了。雅克探頭一望，在擁擠的人群裏找不到塞芙麗娜，他感到奇怪。但雅克知道，塞芙麗娜不同他打招呼是不會上車的。她終於來了，由於時間急迫，她是跑來的。她順列車一直跑到車頭，一臉喜色。她踮起小腳，笑仰著紅潤的臉，「別擔心，我趕來了！」

「好，好！這就好了！」

塞芙麗娜又把腳往上一抬，悄聲說：「朋友，我非常高興，非常高興。我的運氣眞好，得到了我想得到的一切。」

雅克十分理解她，也感到十分高興。塞芙麗娜跑著離開車頭，但中間又回頭笑著說：「喂，可別把我的骨頭給震散喲！」

雅克高興地大聲說：「噢，您不必擔心！」

車廂門正要關閉，塞芙麗娜剛來得及跳上車。聽到車長的命令，雅克鳴笛、掛擋，火車慢慢啓動了。這列火車同二月份發生慘案那列車發車時間相同，車站上的情況也大同小異。同樣的聲音，同樣的煙霧靄靄。只是這天天色還亮，天氣也較溫和，天邊還有一抹晚霞。塞芙麗娜把頭探到窗外，望著對面。

在利松號上，雅克坐在右邊，身穿厚呢長褲和毛料短工作服，戴著絨布風鏡，鏡帶繫在腦後，頭上還壓著一頂鴨舌帽。雅克目不轉睛地盯著鐵軌，還不時把頭伸到擋風玻璃罩外，仔細看路。儘管列車在劇烈震動，但雅克幾乎感覺不到。他右手握住變速杆，猶如掌舵的舵手。他換速動作既輕又穩，時而加速，時而減速。他左手不停地拉著汽笛，因爲要開出巴黎城並非易事，那裏到處都是路口。遇到道口、車站、隧道或陡坡，他都要拉一下汽笛。夜幕徐徐降臨，在遠方亮起一盞紅燈，雅克久久鳴笛要路，然後就雷鳴一般飛了過去。他不時望一眼汽壓表，壓力一到十公斤，他就打開排氣孔。他全神貫注，盯著前方的軌道，並注意著周圍的一切細小變化，而對其他事情則視而不見，充耳不聞，連呼呼的狂風，他都毫無察覺。當汽壓表壓力下降時，雅克就提起掛鈎，打開爐門。佩克同他配合默契，用錘子擊碎煤塊，用鏟子把煤均勻地撒在爐條上。熱氣燎烤著他們的腳。關上爐門後，冷風又呼呼吹來。

天色黑暗，雅克十分小心。他感到利松號今天特別容易駕駛，完全聽從主人的意志，十分馴服。但雅克毫不放鬆，照舊一絲不苟，機車是被人馴服的牲口，不能對它掉以輕心。在他身後飛駛的車廂裏，雅克又看到了那張清秀的面孔，那個對他以身相許的女性，她正在十分自信地微笑。雅克不由輕輕抖動一下，用力握著變速杆，凝視著前方，透過愈來愈深沉的夜色，他在尋找何處有紅色信號燈。一直到越過阿尼埃爾和科隆貝岔路口之後，雅克才鬆了一口氣。直到芒特，一切都很正常。路面平坦如鏡，列車歡快地奔馳。一過芒特，雅克只好加大馬力，因爲列車要爬越半法里陡坡，然後他沒有減速就向羅爾布瓦隧道緩坡開去，兩公里半的隧道只用了三分鐘就開了過去。現在還剩下一個隧道，就是在索特維爾火車站之前加隆附近的魯爾隧道。索特維爾火車站是個令人擔心的地方，那裏軌道錯綜複雜，不停地調車，堵車。每次經過那裏時都十分危險。雅克把全副精力用在觀察路口和操縱杆上。利松號鳴著笛、冒著煙全速通過索特維爾火車站，一直到魯昂才停車。從魯昂起，火車又開始緩慢爬坡，一直爬到馬洛內。

明月東升，天地之間一片潔白。在列車奔馳中，雅克可以看清路旁的小樹叢和路面上的石塊。在馬洛內隧道出口，雅克向右一望，發現有棵樹映在鐵道上。他認出來了，這就是那個偏僻的荒涼去處。他曾在這裏看到了那起兇殺場景。這一帶人跡罕至、荒涼寂寞，除了連綿不斷的山坡和低凹處的矮樹林，別無他物。往後是德莫法十字架。寂靜的月光下，那所斜建的房子突然閃現在雅克眼前。它似乎被主人遺棄在那裏，悲切憂傷。百葉窗關著，十分淒楚，叫人感到可怕。不知為什麼，雅克感到此次經過此地比以往更感憂傷，似乎災難就在前面。

但雅克馬上又看到了另一幅景象。在米薩爾家附近，在道口旁，芙洛兒正站在那裏。近來雅克每次駕車路過此地，她都站在那裏，在那裏等候著他、窺伺著他。她沒有動，只是轉臉盯著飛馳而去的機車，久久地盯著火車尾燈。她那高大的身體在月光下投下一道長長的黑影，只有她的金髮在月光下泛著亮光。

雅克加大馬力，穿過莫特維爾坡路，奔馳在博爾貝克高地。爾後是從聖·羅曼到阿爾弗勒爾的高坡，這是全程最陡的坡路，全長三法里。機車像嗅到馬廄氣味的小馬，瘋狂地奔跑著。到達勒阿弗爾時，雅克已經累得要死。在廊棚下，在旅客的喧嘩聲中，在機車的排氣聲中，塞芙麗娜上樓回家之前，跑到車頭附近，興奮又溫柔地對雅克說：「謝謝您！再見！」

第六章

光陰荏苒，一個月過去了，位於候車室上面二樓的盧博家又恢復了安寧。不論在他家還是在鄰居家，生活又恢復了正常，似乎根本就沒有發生過悲劇或出現過異常。他們這幾戶人家生活單調，像時鐘那樣上班下班，周而復始。

由於司法機關無法抓到兇手，喧鬧一時的格朗莫蘭醜聞也慢慢被遺忘了，結束了。卡布希被關了半個月，因證據不足，預審法官德尼澤宣布對其免於起訴。因此有人杜撰了一則傳奇故事，說兇手是位身分不明、無法尋覓的冒險份子。他是個職業殺手，無惡不做，但警察一到，他就化爲一縷青煙消逝得無蹤無影。由於大選臨近，反對派報紙忙得不可開交，所以只就這則傳奇開了幾個玩笑。政府的壓力，省長們的過火行爲叫他們憤慨，爲他們提供了新的撰稿素材，所以他們對格朗莫蘭案件失去了興趣，輿論界對此案的好奇心也已淡漠，沒有人再提它了。

給盧博帶來寧靜的另一個原因是妥善地解決了格朗莫蘭董事長遺囑引起的糾紛。在博納翁太太規勸下，德拉什納耶夫婦答應不對遺囑提出異議，因爲他們擔心公衆再次議論那起醜聞。況且一旦提出公訴，結果如何，難以預料。盧博夫婦得到了那份遺產，已在一週前成了德莫法十字架房產的主人。那幢房子和花園的價値在四萬法郎左右。他們立即決定賣掉它。那幢荒淫和血腥的房舍噩夢似地揪著他們的心，他們擔心在那裏遇見屈死鬼的幽靈，不敢住到那裏去。他們決定既不修整，也不清掃，就那樣連同家具一起賣掉。由於地方太偏僻，買主有限，公開拍賣難以賣出高價，於是他們決定坐等買主上門。他們在門口掛了塊大牌子，火車經過時，乘客們都可以看到。門窗緊閉，荊叢遍野。那裏本來就十分淒涼，現在又加上「待售」的大字廣告牌，就更顯得淒楚了。盧博每次路過那裏，既不進去看看，也沒有採取任何必要措施。塞芙麗娜倒是抽了個下午去了一次。她把鑰匙放在米薩爾家，遇有買主，請他們代勞領買主進去看房子。誰要是買下那所房子，兩小時之內即可安家，因爲裏面應有盡有，衣櫃裏連床單和內衣都準備好了。

從此，盧博夫婦可以無憂無慮地生活了。他們是過完今天等明天，房子遲早總會賣掉，他們將把那筆錢存起來。總之，一切都會稱心如意的。而且他們正在慢慢把它遺忘，舒服地住在現在這三間房子裏：中間是飯廳，門朝走廊，右側是寬敞的臥室，左側是間既小又不通風的廚房。窗前是車站廊棚，一家監獄的高牆擋住了他們的視線，但他們感到廊棚的斜頂不再像從前那樣惹他們生氣了，反而叫他們感到安全，可以安靜放心地睡大覺。起碼鄰居是看不見他們的，別人也無法窺視他們的家，所以他們沒有什麼可抱怨的，只是感到天氣有點兒熱，因爲春天來了，陽光曬，鍚皮板烤得房間太熱。近兩個月內，他們在那一沉重打擊下，一直生活在恐懼之中，現在他們高興了，從漫長的昏睡中甦醒了。他們無心再折騰，只求別再擔驚受怕，別再痛苦就行。

盧博更爲循規蹈矩，工作認眞。輪到他值班的那一週，他五點就下樓，直到十點才回去吃午飯，十一點又下樓，一直幹到下午五點，整整工作十二個小時。輪到他值夜班時，他就從晚上五點一直工作到翌日清晨五點，連吃夜餐也不回家，而是在辦公室裏吃。這種工作十分艱辛，但盧博很滿意，十分熱愛這項工作。事無鉅細，他都親自去管，親手過問，似乎忘記了勞累，重新過上了平衡、正常的生活。

至於塞芙麗娜，她基本是天天一個人待在家裏，而且每週裏她要有一週守活寡。在另一週裏，她也只是在吃午飯和晚飯時能同丈夫坐在一起。現在她眞想作個賢妻良母。過去她經常繡花，家務由雇來的西蒙大嬸料理。西蒙大嬸從九點到十二點來她家工作。自從生活恢復平靜之後，塞芙麗娜明白自己將安靜地住下去，就自己動手打掃和收拾房間。她把屋子收拾完之後才坐下休息。另外，現在他們夫妻吃得飽，睡得香。他們不論在飯桌上還是在床鋪上從不提那件事兒，認爲那件事情已經完結，已經埋葬了。

特別是塞芙麗娜，她感到生活又變得甜蜜了。她逐漸又恢復懶散習氣，把家務交給西蒙大嬸，自己則像小姐那樣只幹針線活兒。她開始做一個繡花床罩，這件工作頗費功夫，幾乎要花掉她一生的精力。她愛睡懶覺，喜歡一個人躺在床上。火車經過時，床輕輕晃動，猶如躺在搖籃裡一般。進進出出的火車像標準時鐘一樣向她報告時間。結婚之初，車站上的喧鬧聲、汽笛聲、轉盤的撞擊聲、隆隆的車輪聲，像地震一樣震得她和家具一起晃動，那時她感到十分害怕。可是今天，習慣成自然，熙攘聲和隆隆聲成了她的生活內容之一，聽著這種聲音，她感到愉快和安寧。每天上午，她空著雙手從一個房間走到另一個房間，同西蒙大嬸閒聊，直到中午。吃過午飯，她就坐到飯廳窗下的椅子上，度過漫長的下午。她常常把活計放在膝蓋上，懶洋洋的什麼也不想。丈夫值夜班那一週，他一早就回來睡覺。她聽著丈夫打一天呼嚕。這一週對她是好事，她可以像婚前那樣一人占一張大床，自由消遣，一整天都不會有人來打擾。

她幾乎從不出門，視線被數米之外的錫皮屋脊檔住，只能望見附近工廠的煙囱。巨大的黑煙柱污染著屋脊上方的天空。城市就在那裡，在這堵永久性的大牆後面。塞芙麗娜明知那裡就是城市，但她無法看見，便感到煩惱，而久而久之，煩惱變成了甘甜。她在廊棚簷溝裡栽植五、六盆丁香和馬鞭草，把那裡當成她的小花園，這爲她孤單寂寞的生活增添了樂趣。有時，她說自己像住在森林深處的隱士。空閑時，盧博也常跨過窗台，順著簷溝走到盡頭，爬上錫皮坡頂，坐在人字牆上，望著下面的拿破侖市場。他叼著菸斗，鳥瞰腳下的城市和海港。港口裏停著許多高大的桅杆。再過去就是碧藍的大海，無邊無際。

左鄰右舍，其他職員家裡似乎也變得懶散起來。過去經常有人在走廊吵鬧，現在卻寂然無聲了。只在菲洛梅內來看勒布樂太太時，才能聽到幾句悄悄的談話聲。這兩個女性發現事態發展大出她們意料，在談到盧博時，她倆口氣輕蔑，說盧博為保其職位，肯定派他妻子去巴黎賣弄過風騷；她們還說，身上有污點的人是無法消除衆人的疑心的。勒布樂太太堅信，盧博夫婦沒有能力來奪她的房子了。她瞧不起盧博夫婦，見面時神態冷漠，連招呼也不打一個。她的態度叫菲洛梅內不滿，菲洛梅內來拜訪她的次數愈來愈少，因爲菲洛梅內感到她太傲氣，同她在一起沒有意思。勒布樂太太閒來無事，就繼續窺伺紀杏小姐和達巴迪站長，但她從未發現人家在一起，所以走廊上只有勒布樂太太的氈拖鞋走動聲。總之，那裡逐步恢復了寧靜。一個月過去了，平安無事，但這種平靜近似大災難降臨之前的那種平靜。

就在盧博家裡，有一處地方使他們無法平靜。這就是地板下某個地方，它使他們難過，叫他們擔憂。他們每次看到那個地方都會心慌意亂。他們把窗下左邊的地板條撬開，把從格朗莫蘭身上弄來的懷錶、一萬法郎和小錢包（內裝三百法郎金幣）藏在那裡，然後又把板條裝了上去。盧博之所以拿這些東西，是想讓人相信殺死格朗莫蘭是強盜殺人。盧博是不偷東西的，他說，寧可餓死也不會去動用這筆不義之財，因爲這錢財是那個老淫棍的，他姦污自己妻子，現在由自己幹掉了他，所以那錢那東西是沾有污血的骯髒之物，他不能要。正直的人是不會去動用那種錢財的。對德莫法十字架的房產，盧博雖然接收了，但並沒有把它放在心上。他一想到搜查死者衣兜時的情形，一想到這錢財是通過殺人得來的，他心裏就反感，就感到良心在責備自己，就害怕，想退縮。但他還沒有下定決心把那錢燒掉，也沒有決定是否把懷錶和錢包投入大海。

他雖然一再告誡自己要謹慎，但在內心深處，他並不想銷毀它們。他有意無意地仍在眷戀著它們，捨不得一下子毀掉這麼多錢財。第一晚，他感到把錢放在哪裏也不安全，就壓在了枕頭底下。後來他絞盡腦汁尋找穩妥的藏錢之所，每天換一個地方，十分小心，惟恐司法人員來他家搜查。他還從來沒有爲藏錢而如此煞費心機。後來他十分疲勞，仍找不到更穩妥的地方，便把錢財放在地板下，沒有再動。在盧博看來，藏錢的地方猶如停屍房，似乎那裏是恐怖和死神住所，是幽靈所在地。他走路時也避免接觸那塊木板。一接觸它，盧博就感到不舒服，似乎腿部受到了打擊。每日下午，當塞芙麗娜要坐到窗前時，她總是小心移動椅子，避免坐在那塊板條之上。他們夫妻從不談論那件事很，認爲這樣就會慢慢習慣，可是後來一看見那個地方，還是止不住會生氣，感到地板下的東西時刻都在惹他們生氣。奇怪的是，他們看見了新買來的小刀並不感到難過。盧博曾用它刺進格朗莫蘭先生的喉嚨裡，他們把它擦淨，放到了抽屜裡，西蒙大嬸有時還用它切麵包。

在平靜生活中，盧博引來了不平靜因素。他常請雅克到他家裡去，埋下了動亂的種子。因工作關係，雅克每週要到勒阿弗爾來三次：星期一，他早上10點35分到，晚上6點20分走；星期四和星期六，他晚上11點5分到，次日清晨6點40分離開。雅克把塞芙麗娜從巴黎送回後的第一個星期一，盧博副站長熱情地對雅克說：「喂，夥計，請到我們家吃頓飯，您可不能拒絕喲！您一路熱情照料我老婆，我得好好謝謝您。」

就這樣，在一個月內，盧博兩次請雅克去自己家進餐。現在，盧博感到單獨同妻子進餐太寂寞，不舒心，有客人陪同才輕鬆，可以找到話題，可以邊吃邊聊。

「請經常來！您來不會給我們增添麻煩！」

某星期四晚上，雅克沒有洗臉就去睡覺，他發現盧博正在車場上閒逛。那時天色已晚，但盧博不肯一人回去，一定要雅克陪他走到車站，然後又把雅克領到家裏。塞芙麗娜還沒有上床，正在看書。他們倆喝了幾杯酒，接著打牌，一直打到半夜。

從此以後，星期一中午、星期四、六晚上，他們都在一起聚餐，成了習慣。一旦雅克不去，盧博就去找他，把他拉進家，並批評雅克不守信用。盧博越來越憂鬱，只有同雅克在一起才快活。想當初，雅克曾叫他擔憂和痛苦。盧博本該恨雅克，因爲雅克是他行兇的目擊者，會叫他想起那件恐怖的往事，而他早就希望忘掉那件事兒。可奇怪的是，雅克竟成了與他形影不離的朋友。這大概是因爲雅克雖知詳情，但一字未吐的緣故，共謀就成了聯繫他倆的有力紐帶。盧博經常望著雅克，用力撐住對方的手，其熱情程度超出了一般的友誼。對此，雅克心中有數。

雅克竟成了盧博夫婦消愁解悶的人物。塞芙麗娜也十分歡迎他。他每次一進門，她就會輕叫一聲，是女性遇到高興事兒時的那種驚叫。她馬上放下手中的活計（繡花或者讀書），有說有笑，從無精打采的狀態變得興奮起來。

「啊，您來了，太好了！我剛才聽見快車進站，就知道您快來了。」

雅克每次來吃飯，他們簡直像過節。塞芙麗娜知道雅克喜歡吃什麼，她親自上街去爲他買新鮮雞蛋。她的行爲熱情有禮貌，像個十分稱職的家庭主婦在待客，不讓對方有任何挑剔，讓對方感到主人熱情，感到來這裡做客是一種消遣。「星期一您再來的時候，我給您買奶油。」

一個月之後，雅克成了盧博家的常客。由於他的介入，盧博夫婦的關係日趨冷淡、疏遠。妻子越來越喜歡一人獨眠，想方設法不同丈夫同床共眠。而丈夫，結婚初期是那麼需要妻子，那麼迫不及待。現在他卻從不強求。他有時還親她，但缺少柔情；她呢，爲討丈夫喜歡，百依百順，認爲紅塵之事不過如此，但她從未感到幹那種事兒有什麼快樂可言。自從格朗莫蘭被殺之後，不知什麼原因，塞芙麗娜開始厭惡那種事兒，總感到緊張和恐懼。一天晚上，屋裡點著蠟燭，她從壓在自己身上那張抽動的紅臉膛發現丈夫眞像個兇手。她一驚之下，叫了一聲。

從此，丈夫每次壓在她身上，她就感到他手執鋼刀，要對她行兇。她知道這是錯覺，但心情緊張、渾身發抖。而盧博對那種事情的興趣也日漸淡薄，很少主動找她，因爲盧博發現妻子只是勉強應酬，毫無樂趣。這是隨著年齡增長而產生的厭倦和冷漠感。那起恐怖的案件，包廂裡那灘鮮血是他們夫妻互相冷淡的原因。在他們不得不在一個床上休息時，他們就各占半邊。雅克的出現不僅無法減弱他們的焦慮和憂煩，反而加劇了他們的分裂，拆散了他們夫妻。

但盧博並不感到內疚。在案情尚未結案之前，他擔心後果，他最大的憂慮是怕失去工作，在他那個歲數，沒有什麼可以抱怨的。假如再讓他去殺人，他肯定不會把妻子也拖進去。他發現女人膽子太小，現在她不是總在設法躲他嗎？他讓她承擔的責任也太大了。他知道，只要不再讓她擔驚受怕，不再因那起案子同她爭吵，他依舊是她的主人。人世間的事情就是如此，我們應該慢慢去適應，去習慣。盧博要設法使自己的思想恢復到那天的狀態。那天，在妻子講出實情之後，他怒火滿胸，感到殺死姦夫是他活在人世的第一需要，否則他難以再立足於人世。可是今天，他的醋意早已消散，感到心頭再沒有難以癒合的傷口了。他已經變得麻木了，似乎他身上的血液同包廂地毯上的血液一樣凝固了，殺不殺姦夫都無所謂。他有時還捫心自問，自己殺死格朗莫蘭是否有價值，但這並非悔恨，而是幻滅。爲獲幸福，人對難以啓齒的事情只能這麼辦。盧博平時愛說愛叫，現在則終日閉口不言，似乎總在默默沉思，顯得十分憂鬱。爲減少同妻子對面而坐的時間，他總是匆匆吃完飯，跳過窗子，走上站台廊棚，坐到人字牆上，在海風吹拂下默默思考著什麼。他嘴叼菸斗，望著港口裡一艘艘巨型客輪開往遠方，消失在天際。

一天晚上，盧博去車場找雅克到他家喝酒。上樓時他見列車長亨利．多韋涅從樓上下來。不知爲什麼，盧博又像從前那樣醋意大發。多韋涅神色慌張，說是替妹妹問一件事才來拜訪盧博太太。實際上，多韋涅傾慕塞芙麗娜的美色，近來一直在追求她。

盧博一到家就厲聲責備妻子：「那傢伙又來幹什麼？妳知道，我討厭他！」

「可是，他是來討要繡花式樣的……」

「什麼繡花式樣？去他媽的吧！妳以爲我那麼笨，連這事都看不出來？妳，妳小心點兒！」

盧博握著拳頭向妻子走去。她大驚失色，急忙後退。塞芙麗娜感到納悶兒，現在他們夫妻間是冷若冰霜，丈夫爲什還會如此吃醋？但盧博馬上就恢復了平靜。他回頭對雅克說：「眞怪，有的人闖進人家家裡，認爲女主人就會主動投入他的懷抱，丈夫則會不聞不問，認爲是一種光榮！可是我，這種事會叫我不動肝火？咱們走著瞧，一旦被我撞見，我就把我老婆掐死，馬上掐死！這個小個子先生今後不再來則罷了，他若再來，我一定找他算賬。眞叫人討厭！對不對？」

雅克感到發窘，不知所措。難道盧博大動肝火是衝著他來的？是在警告他？在盧博講出下面這句話時，雅克才放心了。

盧博說：「蠢貨，我知道妳也會把他趕出去的。快給我們拿酒，咱們一起乾一杯。」

盧博拍了拍雅克的肩頭。塞芙麗娜已恢復常態，對他倆微微一笑。然後他們碰杯把盞，愉快地度過了一個晚上。

盧博用眞誠的友誼把妻子同雅克拴到了一起，並沒有考慮會產生什麼後果。他的嫉妒反而加深了雅克同塞芙麗娜的情意。他倆開始眉來眼去地遞送秋波，互訴衷情，關係一天勝過一天。第二天，雅克見到塞芙麗娜時，他對盧博粗暴對待妻子十分不滿。塞芙麗娜更是淚眼汪汪訴說自己嫁給盧博之後的不幸。從此以後，他們找到了交談的主題，這進一步促進了他們的友誼。後來他們二人心心相印，只要一方作個手勢，另一方馬上就會明白這是什麼意思。

雅克每次來，都用目光詢問塞芙麗娜是否又添了新愁，塞芙麗娜亦用同樣的方法予以回答。又過了一段時間，他倆竟在盧博背後悄悄握手傳情，色膽包天，他們有時竟抓住對方的手久久不放，用指尖的溫存來表達他們對生活中某些細微事件的興趣。他們很少有機會單獨待在一起。在氣氛沉悶的飯廳裡，盧博總陪他們一起用餐，不過他們並沒有背著盧博做過什麼事兒，連偷偷到車站一角幽會一下的想法都沒有產生過。在那之前，他倆之間是眞摯的友誼和深切的同情，所以盧博在場與否都無關緊要，他們可以用眼神和手勢傳遞思想和感情。

這天，雅克大膽提出，要塞芙麗娜在下星期四晚上十二點到車場後面等他。塞芙麗娜立即表示反對，馬上抽回了自己的手。那週她丈夫値夜班，夜間她是自由的，但她一想到深更半夜離開家，穿過車站黑影，到遠處去同小伙子幽會，她就感到不安，感到空前羞愧，處女般的無知和恐懼感使她心口怦跳不止。她雖然非常喜歡在夜間外出漫步，但她沒有馬上答應。由於雅克一再堅持，兩週之後塞芙麗娜才答應下來。那是六月份，晚上天氣已經相當燥熱，只有海風可以給居民送來一絲涼意。雅克空等了三次，塞芙麗娜才勉強同意了。

這天晚上，她仍說不去赴約。那是個月黑天，烏雲滿天，不見一絲星光，到處大霧彌漫，雅克在黑影裏終於把她等來了。她身穿深色服裝，步履輕盈地走過來。天黑得伸手不見五指，要不是雅克抱住她親吻了一口，她就是擦著他的肩頭走過去也不會發現他。塞芙麗娜輕叫一聲，哆嗦了一下，便高高興興地把嘴唇貼在雅克嘴唇上。但僅此而已，雅克要她到附近貨棚裏坐一會兒，她堅持不幹。他們緊緊靠在一起，邊走邊聊，卿卿我我，悄聲細語。那裏是車場及其附屬建築，從維爾特街一直到弗朗索瓦—馬澤利娜街，鐵路橫穿這兩條街，有兩個道口。那裡十分荒涼，到處是鐵軌，直通車場，還有水塔、汲水池和其他建築物。此外，還有兩個機車停車庫和車場主任索瓦尼亞的小樓。小樓周圍有巴掌那麼寬的小菜園。修理車間、司機和司爐宿舍也在那一帶，所以很容易藏身。躲在那裏就猶如躲在樹林裏和荒涼的小徑上。他們就這樣漫步走了一個小時，情眞意切，把積在心頭的千言萬語一股腦兒傾吐了出來。塞芙麗娜要求雅克只談友誼，不談其他。她早就說過她永遠不會委身於他，假如他玷污這純眞的友誼，那他就太卑鄙了。她爲擁有這種友誼而自豪，並希望他們能互相尊重。分手時，雅克一直把她送到維爾特街，兩人又親吻一口，塞芙麗娜就回家去了。

而在同一時刻，盧博正坐在副站長辦公室的皮革沙發椅上打瞌睡。夜裏他要起來二十幾次，累得腰痛腿酸。直到九點之前，他一直忙著接車、發車。特別是運海鮮的貨車眞累人！要調頭、要掛車廂，還要仔細檢查發貨票單據。直到從巴黎來的快車抵達，並摘下機車之後，盧博才有時間回辦公室吃消夜。那是他從家裏帶去的涼肉和麵包片。最後一趟車是十二點半進站，是從魯昂開來的慢車。冷清的站台上一片寧靜，只有幾盞瓦斯燈，稀稀疏疏。整個車站已在這昏暗搖曳的燈光下進入夢鄉。那時，盧博手下只有兩名車站監督和四、五個工人，就這幾個人還都倒在地板上打呼。遇有特殊情況，盧博只好去把他們一一叫醒，而盧博自己只能豎起耳朵打個盹。他怕一躺倒就不能及時醒來，就把鬧鐘的鬧鈴撥到五點整，因爲五點他得起床去接從巴黎開來的第一趟列車。但他有時睡不著，特別是最近一個時期以來，他經常失眠，在椅子上翻來覆去。他只好出去走走，一直走到扳道工的小房裏，同扳道工聊幾句。無邊無垠的黑夜和寧靜的夜色可以讓他平靜一下。車站鬧過小偷，盧博同小偷搏鬥了一陣，後來上司就發給他一支手槍。他塡滿子彈，把手槍放在口袋裡。他經常這樣遛達到天亮，每遇到什麼動靜，他就停下來。再邁步時，他會因爲沒有機會開槍而遺憾。東方天際露出魚肚白，車站的巨大身影從黑暗中鑽出，這時他才能鬆一口氣。六月份，三點鐘天就亮了，他就可以回到椅子上好好睡一覺。等鬧鐘把他叫醒，他才睡眼惺忪地站起來。

每隔兩週的星期四和星期六，塞芙麗娜就去會雅克。一天晚上，她說丈夫有支手槍，這叫她害怕。實際上，盧博從來不到車場那邊去，但他們並不因此就感到輕鬆，因而他們的夜間漫步也就更具誘惑力。他們找到了一個滿意的地方，是在索瓦尼亞的小樓後間。那裏有一條小徑，兩邊堆滿了煤堆，遠看去猶如黑色大理石砌成的宮殿。那條街就是這座奇特城市的一角。他們藏在那裡，別人絕對發現不了。小道盡頭有所工具房，裏面堆著許多麻袋，一鋪開就是一張軟綿綿的床。一次星期六晚上，下起了暴風雨，他們只好躲到工具房裡。塞芙麗娜堅持站著不肯坐下，她喜歡同雅克長久親吻，認爲這與貞操無關，還友好地向雅克嘴裡吹氣。在雅克慾火上升，抱住她求歡時，她哭著表示反抗，並一再重複過去說過的那些理由。他爲什麼要叫她難過呢？離開污穢的性關係，他們不也愛得十分深沉和溫柔嗎？她從十六歲被老淫棍糟蹋之後，至今心有餘悸。老淫棍的鬼魂還一直縈繞在她心頭，後來她的禽獸丈夫又一再對她施暴。

在塞芙麗娜心頭，她仍像孩提時那樣天眞、那樣純潔無瑕。她不知道什麼是情慾，一聽到那個字就十分羞躁。她之所以喜歡雅克，是因爲雅克溫順聽話，在他撫摸她的胸脯時，只要她輕輕拉住他的手，他就乖乖地不再撫摸。所以她這是第一次眞正愛上一個男人。但她不能馬上把身體送給他，因爲那會破壞他們的友誼，會使他們的愛變得同另外兩個男子對她那樣，草率、輕浮。她希望同雅克的甜蜜關係永遠如此，就像自己十五歲破身之前那樣，和他作個兩小無猜的朋友，可以偷偷在門後接吻擁抱而無邪念。雅克除偶爾情慾衝動之外，平時從不提那種要求。他在耐心等待遲開的愛情之花。

他也一樣，似乎又回到了孩提時代。過去，他認爲愛情是恐怖的，現在眞正的愛情種子已在他心頭萌發。他之所以那麼聽話，只要她一推他的手，他就會把手收回，這是因爲在他的溫柔下潛藏著一種恐懼和擔憂，擔心把性慾同過去的殺人慾混雜在一起。塞芙麗娜是殺人兇手，而雅克希冀的女性偏偏就是她。雅克同她接觸以來，感到自己的病在一天天好起來。他發現他可以同塞芙麗娜擁抱接吻達數小時，但並無強烈的殺人慾念，更沒有想到要殺死對方。但當他們卿卿我我，情意纏綿達到高峯時，他又不敢同她結合，認爲這樣無限期地等待下去反而更好。就這樣，幸福的幽會一次又一次，一次機會也不肯放過，夜幕下，他們在巨大的煤堆中間漫步，高大的煤堆襯托得夜色更濃。

七月份的一天夜裡，爲了能在11點5分趕到勒阿弗爾，雅克只好爲機車加大馬力。那天機車似乎感到大氣太熱，怎麼也不肯快跑。一過魯昂，雷電交加，雷雨一直在身後追趕著他，順塞納河河谷而下。雅克不時擔心地探出頭來張望，因爲那晚是他同塞芙麗娜幽會的日子。他擔心雷雨到達之前她還未出門。雅克終於在雷雨前進站了，他見乘客們不慌不忙地下車，心裡十分著急。

盧博止在月台上，紋絲不動地站在夜幕裡。他笑著對雅克說：「見鬼，您是急著回去睡覺？……祝您晚安！」

「謝謝！」

雅克鳴著汽笛把機車倒進車場的庫房裡。車場的大門開著，利松號退進車庫。那間車庫長七十米，可同時存放六台機車。車庫裡十分昏暗，只有四盞瓦斯燈，影影綽綽，只能看見巨大的黑影在閃動。偶爾有閃電從屋頂玻璃窗或兩側的高窗子射進來，你才能發現牆壁裂痕斑班，框架被煤煙黛得漆黑。這個車庫破爛不堪，已不能再用，隨時都有倒塌的可能，那裡已停有兩台機車，兩台早已冷卻的機車，似乎睡著了。

佩克馬上去熄火，用力把爐篦上的火紅炭塊桶到地溝裏去。

佩克說：「我餓極了，得馬上去吃飯，您餓不餓？」

雅克沒有吱聲。儘管他心急如焚，但在爐火熄滅和把鍋爐裏的水放掉之前，雅克不會走開，這是工作認眞的優秀司機的良好習慣。雅克從來不肯丟掉這個習慣。時間寬裕時，他還要把機車檢查一遍、擦洗一遍，就像爲心愛的動物洗刷傷口那樣細心。

熱水冒著汽泡流進地溝，雅克說：「快，幹快點兒！」

一聲悶雷打斷了他的話，在一道明亮的閃電裡，高窗子看得清清楚楚，連玻璃上的裂紋都可以看到。左側有一台修理機車用的老虎鉗子，那裏有塊鐵板發出鐘鳴似的震動聲，陳舊的屋頂框架也發出了格格之聲。司爐佩克罵道：「媽的！」

雅克一揮手，表示失望。傾盆大雨向車場傾瀉，這下子可全完了！巨雷轟鳴，震動著屋頂的玻璃。有的玻璃可能已被震碎，雨水不時灑到利松號上，嘩嘩嘩，水流如柱。庫門開著，狂風呼呼吹進來，似乎要把庫房框架摧垮。

佩克已把工作做完，他說：「算了，天亮以後再說吧！不必仔細擦拭了……」

佩克又想到了肚子：「該去吃點東西了，雨這麼猛，無法去墊子上睡覺了。」車場旁就是食堂，公司在弗朗索瓦—馬澤利娜街租了一處房子，供在勒阿弗爾過夜的司機和司爐休息。但眼前大雨如注，跑到那裡去肯定會被淋成落湯雞。

雅克只好跟佩克走，因為佩克已經提起食品籃，似乎擔心累著雅克。佩克知道籃裡還有兩塊涼牛肉、麵包和一瓶剛開蓋的酒，這就是他叫餓的原因。雨越下越大，巨雷震撼著車庫。他倆從左門出來，朝食堂奔去。此時，利松號的鍋爐已經涼了。夜幕下，忽雷閃電，大雨從天窗澆到它身上。它被丟在那裡，靜靜睡著了。它附近有個水籠頭沒有關緊，水嘩嘩直流，在地上積成水潭，從利松號輪子下流進地溝裡。

進食堂前，雅克想洗把臉。那裏有間小屋，裏面備有木桶和熱水。他從筐子裏抽出肥皂，把手和臉上的煤灰洗淨，換上自帶的備用衣服，從頭到腳煥然一新，這樣做也是公司的要求。每遇晚上有幽會，雅克一到勒阿弗爾就換上乾淨衣服，儘量打扮得漂亮一些。

佩克只洗了一下鼻尖和手指就到食堂等雅克。食堂很小，黃色牆壁，裏面光禿禿的，只有一個供職工熱飯的爐子、一張釘在地上的鋅皮桌子和兩把椅子！別無他物。職工自帶食品，鋪上紙，再用小刀叉著吃。那裏有扇寬大的窗子透著亮光。

雅克站在窗前說：「這場雨下得眞糟！」

佩克坐在桌前的長凳上說：「您怎麼不吃了？」

「我不吃了，老兄。您要是高興，就把我的麵包和肉也吃掉吧！我不餓。」

佩克毫不客氣，狼吞虎嚥把肉吃完，把酒喝光。他經常吃雙份飯，因為雅克的食量很小。由於雅克常把剩下的東西給他，他更喜歡雅克，像狗一樣忠於雅克。佩克停了一下，嘴裡嚼著東西說：「下雨有什麼關係，這裡不是可以躲避嗎？當然，要是一直這麼下，我可得另找地方。」

說到這裏，佩克不由笑起來，因爲他悄悄告訴過雅克他同菲洛梅內．索瓦尼亞的關係。這樣他即使一夜不歸，雅克也不會感到奇怪了。菲洛梅內住在哥哥那座小樓底層，緊靠廚房，只要佩克輕輕一叩百葉窗，她就會去開門，然後佩克就一步跨進去。據說車站職工都到她家裡睡過覺。

但現在她只讓司爐佩克一個人去，好像有他一個人就夠了。

雅克發現大雨停了片刻又猛烈地下起來，便低聲罵道：「媽的，眞見鬼！」

佩克用刀叉住最後一片肉，像位好好先生那樣笑著說：「喔，您今晚有什麼心事吧？唉，碰上咱們倆，別人不能說什麼，咱們不會磨損弗朗索瓦—馬澤利娜大街休息室的床位。」

雅克馬上離開窗子。

「爲什麼？」

「天哪！和您一樣，從春天起，您總在凌晨兩、三點才回去睡覺。」

看來佩克可能聽到了什麼風聲，或者偶然發現了雅克同塞芙麗娜的幽會。在各個寢室，司機和司爐的床位挨在一起，這是公司的安排，儘可能讓司機同司爐搞好關係，因爲在工作中，他倆必須密切配合。佩克發現生活一向很規律的雅克近來有些異常了。

雅克順口說：「我有頭痛病，夜裏走走感到好受一些。」

佩克大聲說：「喔，您是完全自由的。我這是說句玩笑話。即使有朝一日，您眞遇到了什麼麻煩，也別不好意思對我講。有我在這兒，您有什麼想法儘管開口。」

佩克想作進一步解釋，便拉住雅克的手，用力握著。然後，他搓搓手，把包肉的油紙扔掉，把空酒瓶放回籃子裡。他像專幹抹桌洗碗等活計的傭人，把桌子收拾乾淨。此時，雷聲已停，但雨還在下。

「我先走一步，您忙您的吧！」

雅克說：「喔，既然雨還在下，我就去隔壁行軍床上躺一會兒吧！」

在車場邊上有間小廳，裏面放著幾個布套墊子，供在勒阿弗爾作短暫停留的司機和司爐休息之用。雅克見佩克冒雨往索瓦尼亞家跑去，便轉身走進臨時休息廳，但他並沒有躺下。由於裏面悶熱，他開著門，站在門檻上。廳裏有位司機正在打鼾。

又等了幾分鐘，雅克不甘心失去幽會機會，這場雨來的不是時誤，叫他生氣。赴約的願望愈來愈強烈。他雖然考慮到有可能見不到塞芙麗娜，但仍認爲自己應該去一下，那也是一種歡樂。他十分激動，冒雨衝了出去。他來到幽會地點，順煤堆小路前進，雨簾迎面打來，使他難以睜眼，他不得不躲進工具房暫避一時。他同塞芙麗娜已經在那裡躲過一次了，感到那裡並不荒涼。

雅克走進黑咕隆咚裏的小破屋裡時，一雙纖細的手把他抱住，滾燙的嘴唇貼在他的嘴上。原來是塞芙麗娜，她正等在那裡。

「天哪，您早就來了嗎？」

「對，我發現要下雨，便提前趕來了，您怎麼現在才來？」

塞芙麗娜有氣無力地長吁了一口氣，她還從來沒有如此用力地摟抱過他呢！她順勢滑坐在屋角的空麻袋上。他則跌坐在她身邊，他們依舊攙著手，她把自己的腿壓在他的腿上。他們誰也看不見誰，但他們呼出的熱氣融匯在一起，他們感到飄飄然，如騰雲駕霧，似乎周圍的一切已不復存在。

熱吻之後，他倆不由自主地以「你我」相稱，卿卿我我，似乎兩顆心已融爲一體了。

「妳一直在等我？」

「喔，我一直在等著你，在等著你……」

她停了一下，沒有吱聲，用力把雅克拉過去，他就順勢用力樓住她。塞芙麗娜沒有料到雅克會冒雨赴約，因爲剛才她已有些失望，認爲今晚見不到他了，偏在此時雅克來了，這眞是喜從天降。她突然感到一種難以抗拒的需要，需要把自己的身體奉獻給雅克。她沒有考慮後果，也沒有想其他事情。雨勢更猛，拍打著工具房的屋頂；從巴黎來的最後一趟列車進站後開了過去，車聲隆隆、笛聲嗚嗚，震動著大地。

雅克重新站起時，他驚訝地發現外面在下雨，他懵懵懂懂，不知自己是在什麼地方。當他又坐下去時，手觸著一個錘把。他高興了，因爲他成功地占有了塞芙麗娜。她沒有掙扎就給他了，而他也沒有犯病想掐死她，沒有在那種本能的支配下把她視爲搶到手的獵物而推倒、掐死。現在雅克已無意報仇，因爲那是遙遠的往事，是穴居時代男性首次受騙而結下的冤仇。這冤仇代代相傳，傳到雅克這裡已變得模糊不清。對，占有塞芙麗娜是件十分幸福的事情，她治好了他的病。他感到塞芙麗娜是另外一種女性，柔中有剛。她身上沾著另一位男子的血跡，那血跡就是她性格剛毅的證明。雅克一向縮手縮腳，現在卻乖乖地聽從塞芙麗娜的支使。他情意纏綿，恨不得同她融化到一起，又用力把她緊緊抱住。

塞芙麗娜把自己的一切統統交給了雅克，感到十分高興。她從內心鬥爭中解脫出來，但說不出所以然來，她爲什麼長久地拒絕他呢？既然這種事兒如此歡快和溫柔，她早就應該答應他。現在她才明白，她雖感到等待是美好的，但在等待時，她就有意把貞操奉獻給他。她感到要活下去，她的心靈和肉體都需要絕對和持久的愛。過去，另外兩個男人所給予她的是恐懼和痛苦，實在叫她害怕。直到現在，命運仍在踐踏著她，把她棄在淤泥和血泊之中。她有一頭烏髮，一雙天眞無邪的媚眼，但閃現在她眼前的盡是恐怖。不管怎麼講，本質上她仍應算作處女，剛才她是第一次主動委身於一位男性。她喜歡他，願意把自己的身體溶化到他身上，甘願作他的奴隸。她屬於他，他有權任意支配她。

「喔，親愛的，抱住我，別鬆手！我聽你的，你要我幹什麼，我就幹什麼。」

「不，不！妳是主人，我到這裏來就是爲了來愛妳，來聽妳的吩咐！」

數小時之後，大雨已停，車站上一派寧靜，只有遙遠的海面上偶爾傳來一些不清晰的聲音。他倆手挽著手擁抱在一起，突然一聲槍響，嚇得他們哆嗦著站了起來。天快亮了，塞納河河口上方露出了一抹魚肚白。這槍聲是怎麼回事兒？各種假想立即湧上心頭，是他們不謹愼，親熱時間過長？難道盧博發現了，在持槍追尋他們？

「妳別動，等在這兒，我出去瞧瞧！」

雅克小心翼翼來到門口。他躲在黑影裏看見有個人跑過來，聽聲音是盧博，他在催促巡夜員。盧博大聲說他看見有三個人偷煤。近幾週以來，盧博經常在晚上產生錯覺，以爲看到了賊。今天他在恐懼之中，摸黑打了一槍。

雅克低聲說：「快，快走！這兒不能待，他們要來搜查工具房，妳快跑吧！」

在強烈的感情衝動之下，他倆又緊緊擁抱在一起，胳膊摟著胳膊，嘴唇貼著嘴唇，氣喘吁吁。然後，塞芙麗娜順車場寬大的牆根陰影溜走；雅克則悄悄躲到煤堆中間。他們走得正是時候，因爲盧博他們的確要來搜查工具房。盧博發誓說，小偷就在工具房裏。巡夜員的燈籠在地面上移動，互相爭論了幾句，然後又回車站去了。他們白找了一陣子，十分生氣。

雅克安靜後，決定回弗朗索瓦—馬澤利娜街去睡覺。他正走著，差點撞在佩克身上，叫他大吃一驚。佩克邊穿衣服，邊罵罵咧咧。

「您這是怎麼了，老兄？」

「別提了，媽的！他們把索瓦尼亞吵醒了，他聽見我正同他妹妹在一塊兒，披上襯衫就下樓了，我趕忙跳窗逃出。噢，您聽！」

女人的叫聲、哭聲和別人的叱責聲，還有一名男子粗嗓門的怒罵聲一起傳來。

「咳，這下子可完了，他一定會狠狠揍她一頓。她白長到卅二歲，他一抓住她就像打小孩那樣揍她。啊，她眞倒楣！可是我又不能去管，因爲他是她哥哥。」

雅克說：「但我感到他對您很寬容，他只在發現妹妹同別的男子在一起時才發火。」

「喔，這誰知道呢？有時，他睜一眼閉一眼。可是有時，您聽，他又在揍她。但這並不能說明他不喜歡妹妹，她終歸是他妹妹呀！他寧肯放棄一切，也不肯離開妹妹。只是他太注重名聲。媽的，今晚夠她受的！」

哭叫聲在低沉的抱怨聲中停止了，這時雅克才同佩克走開。十分鐘之後，他倆就並肩躺在黃色小寢室裡睡著了。小寢室裡只有四把椅子和一張桌子，外加一個洋鐵桶。

雅克和塞芙麗娜在幽會中嘗盡了人間的幸福，但暴風雨不可能天天爲他們作掩護。滿天星斗和明亮的月光會妨礙他們，遇到那種天氣，他們只好鑽進黑影或躲在昏暗的角落裡，緊緊擁抱在一起。在八、九兩個月，他們一起度過了許多可愛的夜晚，相親相愛，如膠似漆。要不是車站上的行人走動聲和從遠方傳來的機車轟隆聲，他們會一直擁抱到旭日東升，直到極度疲倦時才會分手。在初寒的十月份，他們照常幽會。塞芙麗娜穿上厚裝，外罩寬大的大衣，大衣很大，可以把雅克也遮住半邊。

再往後，他們就躲進工具房，從裏面用鐵門把門閂住。他們躲在裏面就像待在家裡一樣。十一月的狂風暴雨可以掀走屋頂的石棉瓦，但絲毫不會傷害他們的皮毛。但從第一晚起，雅克就想在盧博家占有塞芙麗娜。在他們那狹小的房間裏，塞芙麗娜像富家太太一樣總是安詳地笑著，像是變成了另外一個人，更討人喜歡。但塞芙麗娜堅決不幹，這不單是擔心走廊上有人監視，更重要的是她對貞操尚有一絲顧忌，不願在夫妻床上同情人幽會。一個星期一，雅克應邀去盧博家吃午飯，由於盧博被站長找去有事，久久不回家，雅克便嬉笑著把塞芙麗娜抱在床上。兩人都為這種大膽行為哈哈大笑，一時有些忘乎所以。

從那天起，她就不再拒絕他了。星期四和星期六晚上十二點之後，雅克就上樓去會塞芙麗娜。他們這樣做十分危險，為了怕鄰居聽見，他們睡在床上不敢多動，這使他們倍感溫存，另有一番風趣。有時他們心血來潮，照舊在寂靜冰冷的夜晚到外面遊逛，像夜遊者或漏網的動物那樣離開那個危險的地方。十二月，由於天寒地凍，他們只好在床頭相愛。

雅克和塞芙麗娜這樣生活了四個月，相親相愛，情深誼重。他倆都變了，他們的心似乎又回到了孩提時代，對這天眞純潔的初戀感到新鮮，對最細微的愛撫都感到十分高興。他們都努力讓對方滿意，願為對方作出更大犧牲。雅克相信他那可怕的遺傳病症已經痊癒，因為自從同塞芙麗娜相愛之後，他再沒有產生過殺人的念頭。難道是肉體的快感滿足了殺人的慾念？難道占有異性同殺人在他那獸性心靈上是一碼事兒？他學識淺薄，不會推理，也不願去打開這扇可怕的大門。有時他擁抱著她，會突然想到她是殺人兇手，這是那天在巴蒂涅勒街心公園，他從她的眼神中看出來的，但他無意去了解此案的細節。相反，塞芙麗娜卻越來越感到需要把一切的一切統統告訴雅克，這個想法一直在折磨著她。任她用力摟抱他時，他感到她急切想同他談出心底的秘密，因爲只有擺脫這一煩惱，她才願意眞正同他結合在一起。塞芙麗娜一陣哆嗦，從腰部傳到上身，她作爲雅克的情婦感到咽喉一陣難過，感到不安，不由嘆息了一聲。她聲音微弱，身體痙攣，難道她準備叶露隱情了嗎？雅克馬上連連吻她，封住她的嘴，不讓她講。爲什麼要提那個陌生人呢？那會不會毀掉他們的幸福呢？雅克認爲這是個危險信號。他一想到塞芙麗娜將對他講述那血淋淋的往事就感到身上打顫。塞芙麗娜似乎猜透了他的心事，靠近他，對他更爲溫柔和順從，猶如情種轉世，生下來就是爲了愛和被人愛。

入夏以來，盧博變得更胖了。塞芙麗娜則越來越歡快，越來越年輕，又變成了廿歲的妙齡女郎，楚楚動人，而盧博卻蒼老了，憂鬱了。照妻子的說法，四個月裡，他的變化太大了。他一直同雅克親切握手，請雅克作客，因爲只有同雅克一起進餐，他才感到舒心，感到這是一種消遣，但後來這種消遣已不能叫他滿足，所以他就經常外出。往往一吃完飯，他就藉口屋裡太悶，要外出透透空氣，留下雅克陪伴他妻子。實際上，他是去拿破崙市場的小咖啡店，去那裏同車站監督科希賭錢。盧博並不貪杯，只喝一點兒蘭姆酒，但他的賭癮卻很大，只要一玩起紙牌，他就會忘記一切，興致勃勃地玩起來。科希是個老牌迷，他建議把賭注的價碼大大升高，這樣每次的賭注就升爲一百蘇❶。從此，原來並不十分喜歡玩牌的盧博成了狂熱份子。賭博這種惡習會很快把人毀掉，有時一場賭博就能葬送一個人的社會地位，乃至生命。在那之前，盧博從來沒有耽誤過工作。現在不值夜班時，他一下班就跑進咖啡店，一直玩到次日凌晨兩、三點才回家。妻子並不抱怨他，只是說他臉色太陰沉。由於手氣不好，盧博最後終於負債累累了。

❶蘇是法國舊幣名，一百蘇等於5法郎。

一天晚上，塞芙麗娜同盧博發生爭執，這是婚後他們第一次爭吵。當時塞芙麗娜還沒有開始惱恨丈夫，只是感到丈夫越來越難相處，叫她不高興。要是沒有盧博礙手礙腳，她將會多麼幸福啊！另外，她雖然欺騙了丈夫，但並不內疚。難道這不都怪盧博嗎？是他叫她墮落的呀！他們夫妻不和的進程緩慢，爲補償夫妻不和而帶來的苦惱，他們自尋安慰，盡情尋歡作樂。丈夫玩牌賭博，妻子去找情夫。但令她生氣的是丈夫把錢輸掉，而她並未表示過抗議，丈夫把一百蘇的硬幣一個接一個輸掉，致使塞芙麗娜無錢支付洗衣費，也沒有像樣的日用品，更沒有高級化妝品。這晚，爲了買一雙高筒皮鞋，夫妻爭吵起來。盧博出門時找不到切麵包的刀子，就從碗櫥抽出那把兇器小刀。妻子盯著他，他不肯給她15個法郎讓她買雙高筒皮鞋。他說他沒有錢，也不知該上哪兒弄15個法郎。塞芙麗娜則一再堅持，逼丈夫想辦法，最後惹惱了盧博。突然，塞芙麗娜指著地板，說那下面就有錢，她準備取出來用。

盧博一聽，臉色馬上蒼白了，手上的刀子又掉回抽屜裡。剎那間，她以爲丈夫要揍她。因爲盧博走近她，結結巴巴地說，他寧願讓那筆錢爛掉，寧願把自己的手剁掉，也不會去動用那筆錢。盧博攥緊拳頭威脅妻子，要是她敢趁他不在家揭開地板動用一分錢，他就要她的小命。不行，那錢絕對不能動！那是埋掉的錢，不能再用。塞芙麗娜也是面無血色。她一想到那筆錢和那個地方就感到難以支撐。貧窮威脅著他們，他們很可能要挨餓受凍。事實上，他們在最困難的日子裡也從來沒有提過那件事兒。他們每次走到那個地方就感到不舒服，不適感越來越大，叫人難以忍受。後來，他們乾脆就繞開那個地方。

關於德莫法十字架的房產，他們夫妻也有爭執。爲什麼不把那所房子賣掉呢？他們互相指責，指責對方沒有積極想辦法早點賣掉那所房子。丈夫態度生硬，拒絕插手此事，妻子給米薩爾寫過幾次信，但回信措詞含混，說找不到買主，說樹上的果子已熟透掉了下來，說因無人澆灌，蔬菜已停止生長。那件案子過去之後，盧博同塞芙麗娜之間的安寧關係慢慢起了變化，像是被新的駭人的狂熱趕走了，所有令人苦惱的東西（如地板下的鈔票和被偷偷領進來的情夫）都在發展增長著，使他們互相冷淡，叫他們惱火。在這種條件下，他們如同生活在地獄裏。

禍不單行，他們周圍的一切也在慢慢變糟。閒言碎語、口角爭論，不時從走廊傳來。菲洛梅內最近又同勒布樂太太翻了臉，因爲勒布樂太太誣陷她把一隻病死的母雞賣給了她。其實她倆破裂的眞正原因是因爲菲洛梅內開始同塞芙麗娜親近起來。一天夜裡，佩克發現塞芙麗娜倒在雅克懷裡。從此，塞芙麗娜不再有什麼顧忌，對佩克的情婦大獻殷勤。菲洛梅內很願意接近塞芙麗娜。在她眼裡，塞芙麗娜是位漂亮的貴夫人，這是無可爭辯的事實。她同勒布樂太太反目，說那個老太婆只會搬弄是非。她把一切過錯統統推給對方，到處宣揚，說朝街的房子本是盧博的，不把房子還給人家是罪過。因此，形勢對勒布樂太太十分不利，加上她一再監視紀杏小姐和站長，想抓住人家一次。她這樣做反而自食其果。她沒有抓住人家，自己反被站長抓住了。那天她正豎著耳朵在門外偷聽，被別人看見了。達巴迪站長對此十分惱火，他對另一位副站長穆蘭說，假如盧博提出調房申請，他就簽字。平時一向沉默寡言的穆蘭不知爲什麼把這句話傳了出去。這一來，矛盾更尖銳，雙方對立情緒猛增，幾乎要從走廊這頭挨家挨戶吵到另一頭。

夫妻爭執，愈來愈烈，只有星期五塞芙麗娜才感到快樂。從十月份起，塞芙麗娜沉著又大膽地捏造了一個藉口，她說膝蓋痛，必須請專家治療。這樣她就可以每星期五乘早上6點40分雅克開的快車去巴黎。他倆在巴黎玩一天，晚上再乘6點30分的快車返回。開頭，她感到應向丈夫匯報一下治療情況，諸如見好了，惡化了，但她發現丈夫根本不聽，後來她就乾脆不講了。她有時留心望著丈夫，考慮丈夫是否知道她同雅克的關係。她知道丈夫愛嫉妒，一旦醋意大發，他會動手殺人。他怎會允許她有情夫呢？她簡直不敢相信，認爲丈夫變愚蠢了。

十二月初一個寒冷的夜晚。天色已經很晚，塞芙麗娜仍在等候遲歸的丈夫。次日是星期五，拂曉她就要乘車去巴黎。同往日一樣，她仔細盥洗了一番，備好衣物，以便起床後馬上就能動身。後來她一躺下，不到一刻鐘就睡著了。盧博一直未歸。他的賭癮愈來愈大，不能自拔。有兩次，他一直玩到天亮才回家。咖啡店盡頭的小屋已經變成眞正的賭場，玩雙人牌的賭注已經很大。塞芙麗娜也高興一人獨睡，陶醉在次日的歡樂之中，躺在熱乎乎的被窩裡睡得很甜。

但在三點左右，一陣奇特的聲音將塞芙麗娜驚醒。開始她沒有在意，以爲是在夢中，便又睡了過去。那是一種低沉的撬動木板的聲音，似乎有人在撬門。突然時擦一聲，塞芙麗娜馬上坐起來。她十分緊張，不知所措，看來的確有人在撬房門的鎖頭。塞芙麗娜只感到耳旁嗡嗡作響，嚇得不敢動彈。後來她壯了壯膽，決定出去看個究竟。她赤腳輕輕地走到臥室門口，悄悄把屋門推開一條縫。她探頭一望，不由嚇得臉色蒼白，周身發抖，縮成一團。飯廳裏的景象叫她吃驚，她被驚呆了——

盧博雙肘趴在地上，正用鑿子把板條撬開。他身旁有支蠟燭，把他那長長的身影映在天花板上。盧博把臉貼在地板下的黑洞口上，睜大眼睛望著洞裏。他面皮發紫，一臉凶相，像是要行兇殺人。他突然把手伸進洞裡，但什麼也沒有摸到。他把蠟燭移近洞口，看到了藏在地板下的錢包、鈔票和懷錶。

塞芙麗娜止不住叫了一聲，嚇了盧博一大跳。他轉過身，但未能馬上認出她。但見她一身雪白，目光驚恐，像一個幽靈。

塞芙麗娜問：「你在幹什麼？」

盧博認出是妻子，但他不肯答腔，只是低沉地抱怨了一句。他望著她，感到她站在那裏礙事兒，想讓她回屋睡覺，但一時找不到恰當的話語。他只感到她一絲不掛的光身子哆哆嗦嗦，眞想揍她一通。

塞芙麗娜又說了一句：「你捨不得給我買雙高筒皮鞋，自己卻要動用那筆錢，大概又輸了吧！嗯？」

盧博聽到這話很生氣。怎麼，難道她想毀掉他的生活樂趣，不允許他消遣一下？現在他已不再需要她，和她在一起只會感到不快，既然他可以在別處找到樂趣，那就根本不需要她了。

盧博又把手伸進去，掏出錢包，錢包裏有三百法郎金幣。他用腳後跟把那塊板條踢回原處，咬牙切齒地來到妻子面前。

「妳可眞討厭！我想怎麼辦就怎麼辦！難道我問過妳，過一會兒妳去巴黎幹什麼嗎？」

說罷，盧博氣沖沖地一聳肩，又回到咖啡店去了，把那截蠟燭留在地上也不管了。

塞芙麗娜撿起蠟燭，回到床上，感到從裏到外渾身冰涼。她痴痴盯著燭光，睡意全消。她要等候快車出發的時刻。後來她感到身上發燙，眼睛也瞪得很大。她現在可以肯定，丈夫正在一步步往下滑，似乎罪惡的細胞已浸入他的肌體，他正在被腐蝕，正在變壞。他要割斷同她的夫妻之情。對這一點，盧博自己也很清楚。

第七章

這個星期五，準備從勒阿弗爾乘坐6點40分快車的乘客一覺醒來，不由驚叫起來，原來從子夜起就下起了鵝毛大雪，街上積雪已達三十公分深。

候車室下，利松號吐煙噴霧掛在一列車皮上，共有三節二等車廂和四節頭等車廂。五點半左右，雅克和佩克到車場去檢查機車時，大雪還在紛揚。當時天色昏暗，大雪紛紛，他倆有些擔憂，抱怨了幾句。現在，他倆坐在機車上，望著遠方廊棚的門口，等候發車信號。夜空下，雪花白光閃爍，沒完沒了地下著。

雅克低聲抱怨道：「這種天氣，要是能看清信號，那才見鬼呢！」

佩克說：「還有，能不能通行還不一定呢！」

盧博提著燈籠站在月台上，他是正點趕來接班的。他睡眼惺忪，不時眨一下發腫的厚眼皮，但他並未放鬆巡邏。雅克問他沿途線路情況，他走過來同雅克握手，說還沒有收到電報。此時，塞芙麗娜穿著寬大的大衣從樓上下來，盧博親自把她安頓在甲等車廂裡。他可能發現了兩個情人交換溫柔憂慮的目光，但他未予理睬。他只對妻子說，這種天氣最好不出門，建議她改個日期。

乘客都裹得嚴嚴實實的，提著箱子在寒冷的早上擁擠起來，雪花沾在鞋上不肯溶化。乘客一進車廂就馬上把車門關上了。乘客都擠在車廂裡，月台上空不見人，只有稀疏的瓦斯燈閃動著昏黃的光亮。機車煙囪下部的車頭燈猶如一粒巨大的雞蛋，光亮耀眼。粗大的光柱刺破夜空，射向前方。

盧博一舉燈，發出開車信號。列車長一吹哨，雅克打開制動閘，啓動變速器，拉響汽笛，以示回答。列車啓動，盧博靜靜盯著頂風冒雪遠去的列車。

雅克對佩克說：「當心！今天非比尋常！」

雅克發現佩克神態疲倦，知道他是前一天晚上參加婚禮太疲勞了。

司爐佩克說：「沒關係，沒關係！」

列車開出車站廊棚，就進入冰雪世界裏。風從迎面吹來，雅克和佩克正是頂風前進。寒風陣陣，撲打著他們的面頰。開始，他們躲在擋風板後，加上粗呢衣服和風鏡，還不感到太吃力。由於雪大天黑，車頭燈的光線似乎被厚雪吃掉了，根本無法照射兩百到三百米遠。鐵軌像被乳白色的霧氣遮住了，有什麼東西只有靠近時才能發現，就像突然從夢中醒來一樣。開火車本來就是令人擔憂的工作，現在更叫雅克擔心。因爲從離開第一個岔路口的信號燈之後，他發現根本無法在規定的距離內看見紅燈。他只好倍加小心，謹愼從事，但又不能減速，況且風力頗大，一旦誤點，後果不堪設想。

直到阿爾勒弗爾站，利松號一直運轉正常。對地上的積雪，雅克還用不著擔憂，因爲積雪至多六十公分厚，機車的排雪器可以輕而易舉的排除一米厚的積雪。雅克的注意力全部集中到車速上。他知道，火車司機的眞正本領除正確使用和保護機車外，還在於保證行駛正常，震動小，還要盡可能地保持蒸氣的壓力。而這一點正是雅克的缺點，也是他的唯一缺點。他往往不遵守信號，不及時煞車，認爲利松號煞車靈，可以隨時停車。所以他有時煞車太猛，用力太大，曾因此把腳踏笛（俗稱爆鴨信號）弄壞。爲此，他兩次受到處分，每次停職八天。但此時此刻，在巨大的危險面前，雅克又想到了車上的塞芙麗娜，他應對她的寶貴生命負責。他決心沿這兩根鐵軌，克服一切困難安全抵達巴黎。

雅克站在機車同裝煤和水的車皮中間的鐵板平台上，不時注視著右側，顧不得列車的震動，顧不得雪大天寒。擋風玻璃板上沾滿了水氣，他什麼也看不清，只好把頭伸到刺骨的寒風中。風雪呼嘯，似有千萬隻鋼針扎在臉上，臉皮如同被刮臉刀刮破那樣疼痛。他不時縮回頭喘一口氣，摘下風鏡擦一把，然後再伸頭觀察。他圓睜雙目，頂風冒雪，注意哪裡有紅燈。他如此聚精會神，以至於兩次出現幻覺，似乎眼前抖動著的灰白擋風屏上突然閃出了血紅的燈光。

黑暗中，雅克突然發現司爐不在鍋爐前了。爲不晃司機的眼睛，鍋爐上只有一盞小燈，可以觀測水位高低。從氣壓表的琺琅盤上，雅克發現藍色指針正在急速下降，爐火正在慢慢熄滅。司爐睏盹地躺在箱子上睡著了。

雅克生氣地把司爐推醒，「該死！混蛋！」

佩克站起來，悄聲嘟噥了兩句道歉的話。他一站起來，就習慣地去看爐火，再用錘子敲碎煤塊，拿鏟子把碎煤均勻地撒在爐篦上，然後用掃帚把地上掃了一下。爐門大開，爐火映照著機車後面的白雪，猶如彗星的明亮尾巴。大雪紛紛揚揚，在爐火映照下宛如一個個黃色金片。

一過阿爾勒弗爾車站，有三法里的坡路，直至聖．羅曼，這是該條線路上最陡的坡路。因此，司機必須格外小心，要加大馬力，猛衝過去。即使晴天，機車爬這段路也十分吃力。雅克手握操縱桿，望著兩旁飛逝的電桿推算火車的時速。其時氣溫明顯下降，利松號氣喘吁吁，說明路軌上的積雪對機車的阻力太大。雅克用腳踢開爐門，睡意朦朧的司爐明白司機的用意，忙把火燒旺，加大馬力。爐膛噴出的火舌，把他們的腿肚映得發紫，但由於周圍寒風刺骨，他們並不感到太熱。佩克照雅克的手勢，把灰箱把手抬高，以利於通風。氣壓表很快就升到十個大氣壓。利松號使出了全身力氣。儘管如此，由於鍋爐水位下降，佩克只好打開進水閥。利松號直著軀體，噴煙吐霧，隆隆作響，像匹疲勞過度的牲口被狠狠抽了一鞭，驚跳了起來，四蹄在格格作響。雅克對它態度粗暴，認爲它已年老體衰，遠不及從前那麼親近了。

「這個好吃懶做的傢伙，看來大概爬不上去了！」雅克咬著牙說。平常開車他從不講話。

佩克昏昏沉沉，驚訝地望著雅克。雅克爲什麼對利松號不滿？它不是一直是又勇敢又聽話的機車嗎？它啓動快，開它上路是件愉快的事情。它的蒸汽機質量好，從巴黎跑到勒阿弗爾可以節省十分之一的燃料煤。它的進汽閥呱呱叫，調節蒸汽流量適中，可以及時切斷多餘的蒸氣。有這樣的優點，其他問題都可以原諒。就像品德賢慧又善於勤儉持家的主婦，她偶爾咳嗽兩聲，算不了什麼缺點。當然利松號消耗的潤滑油太多，但在別的方面是沒得說的。那就多用點潤滑油吧！

恰在此時，雅克生氣地說：「不加點潤滑油，恐怕是衝不過去了！」

雅克拿起油壺，要在列車行進中給它加油，這種事兒，他一生也沒幹過幾次。他跨過欄杆，登上擋板，沿著鍋爐前進。這工作十分危險，他雙腳沾著白雪，在狹窄的鐵板上直打滑；夜色黑暗，什麼也看不清；狂風呼嘯，似乎要像吹動枯枝敗葉那樣把他吹走。黑夜裏，利松號喘著氣向前奔馳，在一望無際的雪野上劃出一道深溝。雅克就攀附在機車一側，震動聲使他身上發抖。機車帶著他衝向遠方。雅克攀到機車前部橫檔上，蹲在右側汽缸油斗前。他用手抓住金屬桿，十分小心地把油泵加滿潤滑油。然後，他爬蟲一般繞到左側汽缸旁加油。他回到駕駛台前時，顯得疲憊不堪，臉色蒼白，死人一般。他低聲罵道：「該死的破機車！」

雅克這樣對待利松號實在罕見，叫佩克吃驚。

佩克不由玩笑似地說：「應該叫我去，給女人加油，我是內行的啊！」

現在佩克清醒了一些，坐在位子上注視著鐵路左側。他的視力一向很好，甚至比雅克還強，但暴風雪遮住了世間萬物。儘管他對道路情況瞭如指掌，但眼下也只能勉強認出都經過了哪些地方。鐵軌被大雪蓋住，籬笆牆、房舍都被風雪吞沒了，這裏已不是一望無際的草原，而是無邊無垠的雪野。利松號瘋狂地在雪野上自由馳騁。在飛馳的列車上，在危險面前，他倆待在駕駛台上，與世隔絕，還要對身後那麼多旅客的生命負責，這個責任太重大，難以承擔。此刻，他們倆比任何時候都更加團結，一種兄弟之情把他們緊緊連繫在一起。

佩克的玩笑化掉了雅克的一腔怒火，他也樂了，心頭的火氣消去了大半。無疑，現在不是爭吵的時刻。雪越下越大，地上的積雪越來越厚，火車繼續爬坡。佩克似乎發現遠方有個紅燈，急忙告訴了雅克，但轉眼間那盞紅燈又消失了。照佩克的話說，那是一次幻覺。雅克什麼也沒有看見，只感到心中發慌，對司爐的幻覺不知所措，喪失了自信。在紛揚的雪花裡，他只能看見一些巨大的黑影，似乎是夜色的影子在機車前面移動。那是倒下的電桿，還是攔路的山峰？難道機車會撞上去嗎？雅克有些擔心，拉動汽笛把手，長久地、絕望地鳴笛。淒厲的笛聲劃破風雪之夜，在雪野上回響。雅克這才發現鳴笛很及時，因爲列車正在飛馳地通過聖·羅曼車站，而他剛才還以爲已離開該站兩公里了呢！

跑完那段可怕的坡路，利松號開始輕鬆前進，雅克也可以喘口氣了。從聖·羅曼到博爾貝克高原，路基平緩，坡度不大，看來可以安然抵達高原的另一端。他們在伯澤維爾站停車三分鐘，雅克連聲招呼站在月台上的站長，說出了自己的心事。由於大雪仍在下，積雪不斷加厚，雅克擔心難以趕到魯昂，希望增加一台機車，雙機車牽引。那裏有車場，裡面有備用機車。但站長說沒有上司的命令，他無權動用備用機車。他能做到的就是向雅克提供五、六把木鏟，在必要時可以用它們清理路軌上的積雪。佩克接過鏟子放在煤水車廂一角。

在高原上，利松號不吃力就能跑得很快。機車有些疲勞，司機不時打開爐門，讓司爐加煤。每次加煤，爐火都會在夜幕中閃出一道彗星尾巴似的亮光。列車奔馳在銀色世界裡，猶如一條點燃的耀眼白帶子。其時是七點三刻，天色已亮，但在那茫茫天際，在飄忽不定的巨大白色漩渦裡，只能看到一點蒼白的亮光。在這蒼白的亮光下，還無法分辨沿途景物的輪廓，這更叫雅克和佩克擔憂。儘管他們戴著風鏡，但眼睛仍被風雪刺得發痛、流淚，他們竭盡全力盯著前方。雅克手握操縱桿，不停地鳴笛。他鳴笛是出於謹愼，求救的笛聲劃破長空，在杳無人跡的皚皚白雪中哀號著。

列車順利地通過了博爾貝克和伊夫托。一到莫特維爾，雅克詢問副站長，副站長無法告訴他沿途情形，因爲當天還沒有別的列車通過。副站長只收到一份電報，說從巴黎開來的慢車被困在魯昂，但乘客安然無恙。利松號又出發了，沉重疲憊地奔上通往巴朗唐的三法里下坡路。天色已亮，光線蒼白，似乎是白雪的反光。雪花更密，似乎冰冷的早晨被撕碎，從天上撒下來，蓋住了大地。天色越亮，風勢也越猛，刮得雪花如子彈，嗖嗖亂飛。司爐佩克只好不停地用鏟子把煤從煤水車廂下的水箱壁中間掏出。列車兩側出現了村莊，但令人感到十分陌生，似乎是在夢中一樣。那遼闊平坦的田野，那綠籬圍起的富饒牧場，那栽滿蘋果樹院落，如今都變成了銀色的海洋，似乎還翻滾著白色波濤。除去一望無際、抖動著的銀白，其他一切都已消失。雅克手握操縱桿站在風口上，感到寒冷難忍。

在巴朗唐車站，站長貝西埃走到機車旁告訴雅克，說在德莫法十字架一帶積雪很厚。站長補充說：「估計可以通行，但你們二位要辛苦一些。」

雅克一聽，不由火冒三丈：「大殺的！我在伯澤維爾說過，增加一台機車有什麼不可以？唉，這下子可有我好看的了！」

列車長從行李車上走下來，他也生氣了。他待在瞭望室裡，冷得受不住。他說簡直無法區分信號燈和電線桿。在遍地皆白的田野裡，他們像瞎子般，只能摸索著前進。

貝西埃說：「好了，我算通知你們了。」

列車停在死寂的車站上久久不走，到處是皚皚白雪，不聞工作人員的呼叫，不見車門開關的撞擊之聲，乘客們感到奇怪。有人搖開窗玻璃，探出頭來：一位胖太太和兩個年輕女孩，是金髮女郎，可能是胖太太的女兒，這三名是英國人，再過去是位棕髮青年女子，長相漂亮，一位上年紀的男子催她回去；另有兩位男性，一老一少，從另一節車廂探出頭來，在談論一輛汽車。

雅克朝後一望，他眼裏只有塞芙麗娜，她也探身窗外，憂鬱地望著雅克這個方向。啊，親愛的心肝兒，她一定很憂慮！她就在那裏，近在咫尺，卻又遠在天邊。在這緊要關頭，雅克的心幾乎都要碎了。

他應捨命及早把列車開到巴黎，把塞芙麗娜安然無恙的送到那裡。

最後站長說：「走吧，開車吧！別叫大家擔心了！」

站長發出開車信號，列車長登上行李車，吹響哨子。

利松號發出一聲長長的抱怨聲，又啓動了。

雅克馬上感到路基情況有變。那裡不是平原，不是一望無際的白雪厚毯，不是任憑機車馳騁，猶如海中行舟，只留下一道道航跡的地方。現在是起伏不平的丘陵地帶，到處是山坡和小峽谷，亞賽起伏的波濤，一直伸延到馬洛內。地面凹凸不平，有的地方積雪成山，有的地方又根本無雪，也有不少地段被大雪埋沒。風把堤坡上的積雪吹到路基上，塡平了路基。這一段路上困難重重，障礙不斷，積雪常常堵塞通路。其時天已大亮，在那片荒蕪的地方、在那狹窄的山谷和陡峭的山坡上，到處都是厚厚的積雪，冰海般荒涼。除去暴風雪，不聞任何聲息，不見任何生靈。

雅克從未遇到過如此寒冷的天氣，雪花猶如千萬根鋼針刺扎面頰，火辣辣發痛。他的手已經凍僵、麻木，失去了知覺。他發現手指已無法握住操縱桿，心頭不由顫抖起來。他想抬肘拉汽笛，但感到肩部僵硬，抬不起來。在列車的顚簸聲中，他感到翻腸倒胃，十分難過。他不知道自己的雙腿到底還能支持多久。雅克感到極度疲勞，涼氣透心。他擔心肢體不聽使喚，忘記了自己正在開車。他只是機器一般手握操縱桿，呆呆地盯著壓力表在慢慢下降，眼前閃出一幕幕幻覺：前面是不是有棵大樹橫躺在鐵軌上？那邊荊棘叢上方是不是有面小紅旗？車輪的隆隆聲是不是在放爆竹？他回答不上來，他一再說應該停車，因爲他已失去清晰的意念。他憂慮數分鐘之後，忽然發現佩克又趴在箱子上睡著了。他和他一樣挨冷受凍，最後躺倒了。雅克不由火冒三丈，一生氣，他似乎感到不那麼冷了。

「喂，媽的，懶蟲！」

平日，雅克對這位酒鬼夥計一向很和氣，今天他卻用腳把佩克踢醒，一直把他踢得站起來爲止。佩克嘟囔著埋怨了一句什麼，使拿起了鏟子：「行了，我幹不就得了！」

爐膛裡一加煤塊，壓力馬上升高。這正是時候，因爲利松號正行進在一段低窪路基上，那裡有一米多深的積雪。機車抖動身體，吃力地向前移動。有些時候，機車似乎精疲力盡，準備停下來，就像擱淺在沙灘上的船隻。由於車頂上的積雪愈來愈厚，大大增加了機車的負荷，他們就這樣慢慢前進。黑色列車行進在白色航線上，車廂上面蓋著厚厚的白雪毯。車廂行進在狹窄的通道裡，車窗擦著雪牆，融化的雪水順著窗玻璃往下流。機車在超載條件下運行，但它又一次衝了出去。站在弧形的路堤上可以看到利松號在輕快地前進，像一條灰帶子，滿載著傳奇故事，消失在銀色世界裡。

再向前去是溝塹，雅克和佩克明白現在是重要時刻，與列車的安全有直接關係。他倆冒著嚴寒，堅持在崗位上，寧死也不能離開工作崗位。來到兩個陡坡中間，車速減慢，沒有震動就停了下來，似乎被越來越沉重的輪子黏住了，喘不過氣來。機車不動了，被積雪阻住，難以前進。

雅克罵道：「該死的，這次可完了！」

雅克又在駕駛台上停留數分鐘，手握駕駛桿，打開所有開關，試著衝過障礙。但他發現利松號只喘粗氣，卻一動也不動。於是他關上控制閥，怒火上升，罵罵咧咧。

列車長從行李車上探出頭，佩克忙伸出腦袋說：「完了，被陷住了！」

列車長馬上跳進沒膝深的積雪裡，走到機車旁，同司機、司爐商量對策。

雅克說：「我們只好試試把積雪鏟走，幸虧車上有鏟子。請您把尾車的司機也叫來，咱們四人一起幹，也許能開出一條路來。」

他們招呼尾車司機，他忙從行李車上跳下，艱難地走過來，經常被積雪陷住。列車停在曠野裡，周圍全是皚皚白雪，加上雅克等人的議論聲和尾車司機的動作，這使乘客們擔憂。有幾扇玻璃搖下，有人呼叫，有人詢問，一片混亂。

「我們這是在什麼地方？爲什麼停車？出了什麼事兒？天哪，難道出了事故？」

列車長認爲應該設法叫乘客放心，他正往前走，那位英國胖太太的紅臉蛋夾在兩個女兒的漂亮臉蛋中間，用濃厚的英國腔調說：「先生，有危險嗎？」

列車長回答：「沒有，只是積雪太厚，馬上就會開車。」

窗玻璃再度關上。女孩們嘰嘰喳喳，從抹口紅的小嘴裡發出清脆的英國腔調，她倆似乎感到高興，嘻笑不止。遠處，一個上了年紀的乘客招呼列車長，他那年輕太太在他身後把漂亮的棕髮腦袋伸了出來。

「爲什麼不儘快採取緊急措施？這簡直無法容忍！我從倫敦來，有要事，必須在上午趕到巴黎。誤了我的事兒，你們公司要承擔責任。」

列車長只好重複說：「先生，三分鐘後就開車。」

天氣異常寒冷，雪花不時飄進車廂，乘客們忙把腦袋縮了回去，拉上了窗玻璃。但在關閉的車廂裏，乘客議論紛紛，臉上佈滿陰雲，一片嘈雜聲。只有兩扇窗子還開著，中間隔著三個小隔間，是兩名乘客在聊天。一位四旬開外，是美國人；另一位是住在勒阿弗爾的年輕人。他倆對鏟雪一事頗感興趣。

「先生，要是在美國，乘客全會下車幫助鏟雪的。」

「喔，沒關係。去年我曾兩次被大雪困住。因工作需要，我每隔幾週就去巴黎一次。」

「先生，我是每三週去一次。」

「怎麼，您從紐約來？」

「對，先生，我從紐約來。」

雅克開始鏟雪，他見塞芙麗娜站在頭節車廂門口。她站在那裏是想離他近一些。雅克用懇切的目光請她回去。她明白了，退回車廂裡，躲開了撲打臉面的寒風。雅克想到塞芙麗娜，幹活兒更賣力。他找到了停車的原因，機車被陷住不是因爲車輪，而是因爲夾在輪子中間的爐灰箱。是它把積雪壓實，堆成巨大的雪塊，阻礙機車前進。雅克馬上想出了解決辦法。

「應該拆下爐灰箱！」

一開始列車長不同意，他是司機的上司，不主張讓司機拆卸機車零件。但後來他還是答應了：「既然您負責，那就拆吧！」

拆爐灰箱是件艱苦工作，要躺在機車下，用脊背壓住融雪。雅克和佩克幹了近半個小時。幸好工具箱裏備有螺絲刀等工具。他們冒著幾十次被燒傷或壓傷的危險，終於把爐灰箱拆了下來。但這還不夠，還必須把它從機車底下掏出來。它既重又笨，裝在輪子和汽缸中間，礙手礙腳。但他們四個人終於把它抬了出來，拖到鐵軌路基的斜坡上。

列車長說：「現在，該把路基清理一下了。」

列車被困了約一個小時，乘客愈感不安，不時有人打開窗玻璃，問爲什麼還不開車。驚慌、叫嚷、哭叫和惶恐的情緒越來越強烈。

雅克說：「好了，路面已基本清理出來，你們上車吧！餘下的事情由我負責。」

雅克和佩克又回到崗位上，列車長和尾車司機也回到了行李車上。雅克打開排汽閥，滾熱的蒸汽呼嘯而出，把車輪上的雪塊化掉，然後他握住駕駛桿，向後倒車，慢慢後退了三百米讓出一段路面。接著，他加大汽壓，超過了允許的壓力。他開足馬力，全力向雪牆衝去。利松號猶如伐木工用斧頭砍樹，發出響亮的吭嗨聲。它那堅固的鐵骨架格格作響，但還是衝不過去，只好停下來，顫抖著，噴著黑煙。雅克又試了兩次，先倒車，後衝刺。每次利松號都是挺直腰板、鼓起胸膛，巨人一般喘息著。最後它又喘了一口氣，隆起鋼鐵肌肉作最後衝刺，終於衝了過去。在雪牆中間，列車跟在機車後面緩慢地前進了，自由了。

佩克低聲說：「眞不虧是台好機車！」

雅克一時看不清路面，摘下眼鏡擦了一把。他心口怦跳，忘記了寒冷。他忽然想到在距德莫法十字架三百米處還有一段更低的路基，那裏正是風口，積雪一定很深。他想，機車很可能在那兒拋錨。雅克傾身仔細朝遠處望著，遠方一處彎路後就是那段低凹路基，白雪已將溝壑塡平。此時天色大亮，原野一片白茫茫，無邊無垠，銀光閃閃，空中，鵝毛大雪仍在飄落。

利松號順利地中速前進。出於謹愼，列車的前燈和尾燈都亮著。頭燈裝在鍋爐煙囪底部，像龍捲風的眼睛在大白天閃動。機車靠近凹陷路基，頭燈像恐懼的大眼睛，車頭像驚嚇的馬匹呼呼喘息。機車猛地震動一下，勃然大怒，它只有在司機的全力駕駛下才能前進。司機打開爐門，讓司爐加煤。現在，爐膛已不是夜間的彗星尾巴，而是在噴吐濃煙的怪物。黑煙衝向嗡嗡作響的灰色天空。

利松號繼續前進，走上那段低凹路基。路基左右兩側的斜坡已被積雪淹沒，難以分辨路軌在何處。那裡像是被激流衝出的洞穴，塡滿了積雪。機車開進去，喘著粗氣走了五十米，速度愈來愈慢。它排開積雪，在前面堆起一面雪牆。白雪翻滾，越堆越高，像洶湧的波濤，要把機車吞噬。利松號終於被埋沒、被打敗了，但它停了一下，又猛一用力，衝了出去，又前進了三十米，這才徹底完蛋。機車像垂危的病人，顫抖一下，大雪團壓下來，淹沒車輪和機件，把機車凍成了一個整體。利松號奄奄一息，在刺骨的寒風中停了下來。它不冒氣、不動彈，像是嚥氣了。

雅克說：「現在是徹底完了，我早就料到會在這兒拋錨。」

雅克想往回倒一下，再衝刺一次，但機車卻一動不動，既不能前進，也無法後退，周圍全被凍住，無聲無息停在那裏動彈不得。後面的車廂也全凍僵，積雪一直堆到車廂門口。鵝毛大雪還在下，越下越大，冷風陣陣。列車被困住，積雪已沒到車身半腰。四外全是大雪，白皚皚，冷清清，叫人膽戰心寒。萬籟俱寂，只有雪花飄落的聲音。

列車長把身子探出行李車，問道：「怎麼，又陷住了？」

佩克叫了一聲：「唉，完了！」

這次，形勢確實十分危急。尾車司機跑著去車尾安裝霧燈，以保護列車的安全。雅克則瘋狂地拉著短笛，是遇難時的求救笛聲，淒涼悲切，但在大雪之中，空氣流動緩慢，笛聲消失，根本傳不到遠方，連巴朗唐車站都傳不到。怎麼辦？他們只有四個人，無論如何也無力清除那麼厚的積雪。清除那些積雪必須來一隊人馬才行，他們只好去求援。更糟糕的是，乘客中間又出現了惶恐的情緒。

一扇車門打開，那位漂亮的棕髮太太跳了下來，她以爲出了車禍，十分緊張。她丈夫，那位上了年紀的批發商跟在她身後，高聲大叫：「這是件丟臉的事情，我要給大臣寫信！」

女人的哭叫聲，男人的吼叫聲，從急速搖開的玻璃窗傳出來。只有那兩名英國女郎神態坦然，正在興致勃勃地嬉笑。列車長想走過去安慰衆人，年歲較大的英國女郎用帶英國腔的法語說：「先生，要在這裏停車嗎？」

幾個男子跳下車，積雪一直沒到他們腹部。那個美國人和勒阿弗爾的小伙子一起走向車頭，想看個究竟。他倆點點頭說：「要清除這麼厚的積雪至少得四、五個小時！」

「起碼得二十名工人一起幹！」

雅克說服了列車長，列車長派尾車司機去巴朗唐求援，因爲雅克同佩克不能離開機車。

尾車司機走了，不一會兒就在低凹路基盡頭消失了。他要步行四公里，估計兩個小時趕不回來。雅克有些絕望，走下機車，來到第一節車廂，看見了塞芙麗娜，她已把車窗玻璃搖了下來。

雅克說：「別怕，您什麼也不必擔心。」

塞芙麗娜馬上回答說：「我不怕，但我替您擔心。」——她怕別人聽見，所以沒敢同雅克「你我」相稱。

她的話如此溫柔，雙方都感到寬慰，相視一笑。雅克一轉身，不由吃了一驚，因爲他看見芙洛兒、米薩爾，還有他未能馬上認出的兩個男子走了過來。他們聽到求救的笛聲後就趕來了。米薩爾正好歇班，正同兩個小伙子在一起喝酒。一個是採石工卡布希，由於天降大雪，他無事可幹；另一位是扳道工奧齊勒，他從隧道另一側的馬洛內來。雖然芙洛兒並不歡迎，但奧齊勒照舊緊追不放。至於芙洛兒，她是出於好奇，趕來看熱鬧的。她像男子一樣勇敢結實，是個閒不住的女孩。對她和她父親米薩爾來說，列車停在門口是件大事，是罕見的冒險行爲。他們已在這裏居住五年，不論黑夜白天，也不管陰晴風雨，每時每刻都有列車經過，但都像風馳電掣一般，一閃而過，連速度都不肯減一下。他們還沒有看清列車的模樣，車子就飛遠了。有多少人從他們面前掠過，有多少人被這全速前進的列車帶走！他們只能在燈光下模糊地看見乘客的面孔。有些面孔他們永遠也難再看見第二次；有些面孔則有規律地經過這裡，但他們並不知道那些人姓甚名誰。而今天，火車在大雪中停在他們家門口，這可真是天地倒轉，出了邪門。他們要去看看被冰雪阻在鐵軌上的不速之客。他們要睜大眼睛，跑到高坡上仔細瞧瞧這些遇難的歐洲人。從開著的車門上可以看見身穿裘皮服裝的女士，有幾位身穿短大衣的男子走下火車。這些衣著華貴的乘客被困在冰原雪海之中，叫芙洛兒等人感到大吃一驚。

但芙洛兒認出了塞芙麗娜。她一向特別留意雅克駕駛的列車，近來她發現每星期五，車上總有一位女性，列車一到德莫法十字架，這個女子就探出頭來看一下那所宅院。芙洛兒發現那個女人在悄聲同雅克交談，眼神不由黯淡下來。

米薩爾也認出了塞芙麗娜，馬上過去巴結。他大聲說：「啊，盧博太太！真是時運不佳呀！您別在車上挨凍了，到我家去坐坐吧！」

雅克同米薩爾握手問候，支持他的主張：「他說得對，恐怕要等幾個小時，您會凍壞的。」

塞芙麗娜婉言謝絕，她說自己穿得很暖和，況且在積雪中步行三百米叫她害怕。芙洛兒走過來，瞪著大眼睛望著塞芙麗娜。她說：「去吧，太太，我揹著您。」

不等塞芙麗娜回答，芙洛兒就用粗壯的雙臂抱住她，像舉小孩那樣把她舉了起來。芙洛兒把她放在鐵軌另一側被踩實的雪地上。她站在那裏雙腳不會下陷。乘客中發出讚嘆的笑聲，多麼健壯的女孩！要是有十名這麼健壯的女孩，兩個小時就能把機車下的積雪清理乾淨。

米薩爾的話從一節車廂傳到另一節車廂。道口看守小屋裏可以安身，那裏有火，也許還有麵包和酒。乘客明白並無危險之後，驚恐情緒有所緩和，但他們所處的環境並不見好轉。鍋爐已經變冷，其時已是九點鐘，救援人員趕不到，大家就要挨餓受凍；他們可能要在那裏等很久，說不定還要在那裏過夜，這誰知道呢？乘客中分成兩派：一些人感到絕望，他們拒絕離開，而是蓋上毛毯躺在軟墊長椅上，怒氣沖沖地等候死神的降臨；另一些人寧願冒險在風雪中步行到道口看護小屋去休息，他們認為到那裏可以避開車翻人亡或被凍死的危險。在後一部乘客中有那位上年紀的商人和他的妻子、英國太太和她的兩個女兒、勒阿弗爾那個小伙子、那個美國人等，還有十來個其他乘客，他們準備出發。

雅克悄聲規勸塞芙麗娜，並發誓說，他一旦可脫身，就馬上去向她報告情況。由於芙洛兒一直盯著他倆，雅克便像對待老朋友那樣悄聲對芙洛兒說：「好吧！一言為定，妳把這幾位夫人和先生們領走吧！我只留下米薩爾他們就可以了。我們馬上動手，邊幹邊等。」

卡布希、奧齊勒和米薩爾已經拿起鏟子，佩克和列車長已經幹起來。他們幾位齊心協力清除機車下的積雪，用鏟子把雪掏出，扔到斜坡上。沒有人說話，皚皚雪野一片死寂，只有鏟雪的沙沙聲。那批乘客走遠後，又回頭張望一眼。列車臥在那裏，在厚厚的白雪覆蓋下，只露出一條窄窄的黑色車頂，車門和車窗均已關上。雪還在下，不聲不響，想悄悄把列車掩埋住。

芙洛兒想再次把塞芙麗娜抱起，但塞芙麗娜不同意，她堅持要同眾人一起步行。三百米路程十分艱難，特別是在凹陷的路基上，積雪一直淹沒到臀部。英國胖太太兩次被大雪埋進半截，別人只好援救她，她的兩個女兒卻一直笑嘻嘻的。上年紀商人的年輕太太滑了一下，只好拉住勒阿弗爾那位小伙子的手，她丈夫則用美國式英語大罵法國。一走出路基，再往前走就順利多了，因為那裡是一段路堤。他們排成一隊，冒著刺骨的冷風，小心翼翼，不敢走到被積雪覆蓋的堤邊上，那裏一片雪白，弄不好就會陷進去。眾人終於來到了目的地。

芙洛兒把大家安頓到廚房，但無法讓大家都坐下。幸好廚房寬大，可以容納二十多人。她找來一些木板，搭在凳子上，變成了兩張長凳。接著她往壁爐裡加了一些樹枝。她作手勢告訴大家，要衆人別再提更多的要求了。她沒有說話，站在那裏，用碧綠色的大眼睛望著衆人。她一頭金髮，長相粗野。她感到在這批人中，只有兩張面孔似曾相識。一位是那個美國人，一位是勒阿弗爾那個小伙子。芙洛兒仔細端詳著他倆，像在研究落在地上的飛蟲。因爲在牠們飛翔時，她無法跟蹤研究。她感到這兩個人有些奇怪，同她想像中的乘客不盡相同。況且，除去面部特徵，她對他倆是一無所知。至於其他乘客，他們和她似乎不是同一種族，而是從天上掉下來的陌生人，他們的衣著、習慣和思想對她都是陌生的。英國太太對大商人的年輕太太說，她要去印度看望兒子，她兒子在印度做大官。年輕太太則抱怨自己運氣不佳，第一次隨丈夫外出就遇上這件倒楣事兒。她丈夫每年到倫敦去兩次。衆人被困在那個荒涼地方，不由長吁短嘆。他們需要吃飯和睡覺，這可怎麼辦呢？芙洛兒安靜地聽他們聊天，同坐在爐邊椅子上的塞芙麗娜的目光相遇，她示意塞芙麗娜到她房間去。

她倆走進臥室，芙洛兒說：「媽媽，這是盧博太太，您有什麼事兒要告訴她嗎？」

法齊躺在床上，臉色蠟黃，兩腿發腫。她病重臥床已經兩個星期了。那裏有個生鐵爐子，散發著熱氣，叫人感到窒息。法齊經常一連數小時考慮那個堅定不變的想法。她沒有可消遣的東西，只有傾聽全速馳過的列車。

法齊喃喃地說：「喔，是盧博太太！好！」

芙洛兒說列車出了事故，她把一些乘客領到了家裏來，安頓在廚房休息。

但法齊對此事毫無興趣。

法齊只是懶洋洋地重複說：「好！好！」

她想站起來，她抬了一下頭說：「要是夫人想去看房子，鑰匙就掛在衣櫃上。」

塞芙麗娜無意去看房子，她一想到在陰沉天氣裏冒雪走進德莫法十字架宅院，就會渾身打顫。不，她不去，那裏沒有什麼可看的。她願意留在這裡，暖暖和和地等著。

芙洛兒說：「請坐吧，太太！這邊比隔壁好一些。我們沒有那麼多麵包給他們吃。但您，假如您餓了，這兒有麵包。」

芙洛兒把椅子移近塞芙麗娜，顯得很體貼人的樣子。看得出，她在盡力克制平日的粗魯習氣。她的目光一直不肯離開塞芙麗娜的臉，似乎要從對方臉上找到答案，以證實她剛剛發現的那個疑點。爲此她需要靠近塞芙麗娜，盯著她，同她接觸，尋求答案。

塞芙麗娜連聲道謝，坐在爐子邊。其實，塞芙麗娜願意單獨同病人待在一起，並盼望雅克抽空兒到那裡找她。兩個小時過去了，她們聊了一會兒當地情況。由於房內溫暖，塞芙麗娜感到睡意襲來，不一會兒就睡著了。芙洛兒經常被隔壁叫過去。

突然，芙洛兒推開臥室門，口氣生硬地說：「進去吧，她在這兒！」

雅克抽空兒跑來向塞芙麗娜報告好消息。尾車司機從巴朗唐帶來三十名士兵。他們是政府派來的，駐守在危險地段，以防列車出事，他們正在用鎬頭和鏟子挖雪。但還要多等一會兒，也許天黑之前，列車走不了。

雅克說：「不過，您待在這兒還算不錯，耐心等著吧！」他對姑媽說：「法齊姑媽，您不會讓盧博太太挨餓吧！嗯？」

法齊一見她的「大小伙子」（這是她對雅克的愛稱），忙吃力地坐起來。她望著雅克，聽著他講話，心裏十分愉快，不由又興奮起來。當雅克來到床邊時，法齊說：「當然，當然！啊，我的大小伙子，你來了呀！原來是你被大雪困在了這裡！芙洛兒這個笨丫頭，也沒有說清楚！」

法齊沖著女兒，責備似地說：「起碼妳要懂點禮貌，去看看那些先生和女士們，照料他們一下，別叫他們對政府說我們野蠻！」

芙洛兒站在雅克同塞芙麗娜中間。她在考慮是否要對母親的絮叨不予理睬，繼續留在那裡。由於她在那裡，雅克同塞芙麗娜不敢吐露真情。芙洛兒見看不出破綻，便一聲未吭地走了出去，並深沉地望了他倆一眼。

雅克憂慮地說：「姑媽，您已經臥床了，病情有如此嚴重嗎？」

法齊拉住雅克，要他坐在床頭，沒有再去理睬塞芙麗娜。爲了避嫌，塞芙麗娜已經走開。法齊心裡感到寬慰，悄聲說：「嗯，對，我的病是很嚴重！能活著見到你是奇蹟呀！我沒有寫信告訴你，因爲這種事情不好寫……我差一點兒到另一個世界裡去。現在我已經好多了，我認爲這次我又熬了過來。」

雅克望著姑媽。病勢進展如此迅猛令他吃驚、擔心。姑媽身上再也找不到從前那位漂亮、健康女性的影子了。

「可憐的姑媽，您還是痙攣和頭暈這個老毛病吧？」

法齊緊緊撐住雅克的手，放低聲音說：「你想，那事被我發現了，但我一直不明白他是在什麼東西裏面下的毒。凡是他碰過的東西，我一概不吃也不喝，但我天天晚上肚子疼，似有一團火在裏面燃燒。原來他把毒品給我放在了鹽罐裡。一天晚上，我見他往鹽裏下毒。爲了消毒殺菌，我吃什麼東西都要加一點鹹鹽。」

自從占有塞芙麗娜之後，雅克的病狀似乎痊癒了。有時他也考慮姑媽所說的下毒一事，這件緩慢、持久的下毒事件在他看來簡直是一場噩夢。雅克溫和地握住病人的手，安慰她：「哦，這可能嗎？要有把握才能這麼說呀！而且您的病已經拖延很久了，是不是醫生不了解這種病症？」

法齊冷笑一聲說：「病症？對，是他強加在我身上的病症！至於醫生，您說對了，來過兩位醫生，但什麼也沒有瞧出來，而且他倆的看法很不一致。我再也不找醫生了……你剛才聽明白了嗎？他把毒品放進鹽罐裡，我發誓，這是我親眼所見。他是爲了我父親留下的那一千法郎，他以爲毀掉我就能找到那一千法郎，但我不相信。我把它們藏在誰也找不到的地方，他永遠也找不到。我可以心安理得走了，他們誰也別想找到那一千法郎！」

「法齊姑媽，假如我處在您的地位，又能肯定他下毒一事屬實，我就去請憲兵。」

法齊做了個不同意的手勢，說：「喔，不，不能告訴憲兵。因爲這是夫妻間的事情，只同我們有關。我知道他想吃掉我，但我不願意讓他吃掉。這很自然，那我就必須自衛，對不對？現在我再也不吃他的鹹鹽了。唉，誰能相信，一個尖嘴猴腮的小個子竟能害死我這麼壯實的女人！要是任他這樣幹下去，讓他用老鼠牙齒啃我，他還眞有可能咬死我！」

法齊哆嗦一下，話未講完，她就感到氣喘吁吁。她接著說：「沒關係，我這次又熬過來了，會慢慢恢復起來的，半個月之後，我就能站起來了。下次，他只有用更狡猾的手法騙我了。啊！我很想看看他是怎麼幹的。假如他能再找到下毒的高招，我就認輸，那算我倒楣，我心甘情願去死……不必讓別人插手此事！」

雅克以爲自己提到了姑媽的病，才讓她想起了這些不痛快的事情。他見姑媽在被子下發起抖來，便開個玩笑，叫姑媽鬆弛一下。

法齊低聲說：「他來了，我感覺到了。」

的確，幾秒鐘之後，米薩爾就進來了。法齊臉色蒼白，十分害怕，就像巨人看見了吞噬他的蛀蟲一樣。因爲她決心一個人自衛，對丈夫的恐懼心理當然就會增大，但她本人並不承認。米薩爾一進門，迅速地望了妻子和雅克一眼，但他裝作沒有看見。他目光黯淡、嘴巴扁平、身矮體瘦，他和和氣氣地走到塞芙麗娜面前，阿諛地說：「我認爲夫人一定想趁這個機會去看看自己的房子，所以抽空回來一下，我願陪夫人一起去。」

塞芙麗娜又一次婉言謝絕。米薩爾憂傷地說：「夫人可能對那些果樹的現狀感到吃驚，果樹全生了蟲子，沒有必要再用稻草把它們裹起來了。至於水果，全被大風吹掉了……唉，這房子賣不掉是夫人的一樁心病呀！有位先生提出幫您把房子修理一下……總之，我聽夫人吩咐。請您相信，我一定代表夫人的利益，就如同您本人在這裏一樣。」

米薩爾請塞芙麗娜吃麵包和甜梨。這是他家院子裏的梨樹上結的梨，他的梨樹沒有生蟲子。塞芙麗娜同意了。

米薩爾走進廚房對乘客說，清雪工作進展順利，但還要再等四、五個小時。時值中午，乘客中發出一陣唉嘆聲，因爲他們都餓得饑腸轆轆了。偏在此時，芙洛兒開口說她沒有那麼多麵包分給衆人，但她有酒。她到酒窖取出十公升的葡萄酒，放在桌子上，但酒杯不多，乘客們只好分組喝。英國太太和她的兩位千金合用一只酒杯；老年商人同他的年輕太太合用一只酒杯。年輕太太把勒阿弗爾那個小伙子當成熱心男僕，他富於創造性，一直十分關心年輕太太。小伙子出去了一會兒，回來時手裏拿著蘋果和麵包，他是從木柴堆裏弄來的。芙洛兒一見十分生氣，說那是留給病中的母親的，但年輕人已把麵包切開，分給衆女士。第一份是給那位年輕太太，她對他啓齒一笑，十分得意，但她丈夫卻不高興了，沒有理她，卻對美國人稱讚紐約市的商業道德。兩位英國女郎十分高興，大口吃著蘋果，她們的母親卻懶洋洋地打盹。有兩位太太等累了，就坐在壁爐前的地面上。有的男子到屋外抽菸，但不到一刻鐘就被凍回來了，全身打著哆嗦，但不一會兒，憂煩又襲上心頭，肚子沒有塡飽，加上拘束和憂慮使他們更感疲憊。那裡像是海上遇難者的臨時住地，他們像是被海浪沖到荒島上的文明人。

由於米薩爾進進出出，法齊躺在病榻上望著外面。就是這些人，一年來她從床上或椅子上多次看到他們從眼前閃過。現在法齊很少出門，不論白天還是黑夜，她總是一個人躺在那裏，眼望窗口。除飛奔的列車外，沒有人陪伴她，她經常抱怨，說這個狼群出沒的地方從來見不到外人。而今天卻來了一大群陌生的外鄉人。可以說，在這群神色忙碌的乘客中，沒有人相信會有人往她吃的鹹鹽裡放毒！法齊不會忘記這件事兒，她不明白上帝怎麼會允許如此陰險卑劣的行爲，而又不被別人察覺！還有，許多人經過她家門口，成千上萬，但他們飛馳而去，誰也不會想到在這所低矮的小房子裏有人在悄悄行兇，在任意殺人。法齊一個個仔細望著這些從月亮上掉下來的人。她想，他們如此忙碌，即使踩一腳髒屎也難以發現。

米薩爾問雅克：「您回去嗎？」

雅克回答：「回去，我馬上就回去。」

米薩爾走後，關上了房門。法齊拉住雅克的手，悄聲說：「一旦我死去，他又找不到那筆錢，到時你看他會氣成什麼樣子吧！我一想到這件事兒，就感到這一點兒叫我高興。我縱使在九泉之下，心裏也高興。」

「可是，姑媽，那樣誰也就得不到了呀？難道您不想把它留給您女兒？」

「我留給芙洛兒，再讓他從芙洛兒那裡搶走？不，我不幹，我也不能給你，我的大小伙子。因爲你也一樣笨，他會耍手腕從你手裡把錢騙走的。我誰也不給，要把它帶走！」

法齊精疲力盡，雅克扶她躺下，安慰她，吻她，答應不久再來看望她。等法齊姑媽昏昏入睡之後，雅克走近坐在爐子旁邊的塞芙麗娜面前。雅克伸出一個手指，微微一笑，示意塞芙麗娜別作聲。塞芙麗娜一仰頭，伸出小嘴，雅克一彎腰，把自己的嘴片貼到她的嘴上。兩人閉住眼睛，屏住呼吸，悄悄接了個長吻。當他們睜開眼睛時，見芙洛兒推門進來，站在門口盯著他們。他們不由大驚失色。

芙洛兒用沙啞的聲音問：「還要麵包嗎，太太？」

塞芙麗娜羞慚、厭煩，結巴著說，「不，不要了，謝謝！」

雅克用狂怒的眼睛盯著芙洛兒。他嘴唇抖動，似乎想說什麼，但又猶豫不決。他憤怒地做了個威嚇的動作，沒吱聲便走了出去，砰地把房門關上了。

芙洛兒站在那裡沒有動。她身材高大，是處女的體型，金髮上壓著一頂大帽子。每個星期五，她總看見眼前這位太太坐在這列火車上。她的猜測有道理，她讓他們單獨留在裏屋就是想找到一點證據。現在她終於找到了，可以深信無疑了。看來她心愛的男子根本不愛她，卻愛上了這位身材瘦小，毫不足取的女性。那夜雅克曾想占有她，但遭到了她的拒絕，後來她曾感到懊喪。現在回想起那件事兒，她不由怒火中燒，真想大哭一場。她的想法很簡單，要是她當時答應雅克，現在雅克親吻的就應該是她了。她怎樣才能單獨同雅克待在一起，摟住他的脖子說：「要我吧！我以前太笨，不懂這些事兒！」但她現在已無能為力，一腔怒火從心頭燃起，她要把一腔怨恨統統發洩到身材瘦弱、驚魂未定、說話結巴的盧博太太身上。她那雙強壯好鬥的手臂可以像抓小雞一樣把對方掐死。她為什麼不敢動手呢？芙洛兒發誓要報仇，她了解情敵不少事情，就那些事便可以把對方關進大牢。可是現在，對方卻逍遙自在，同賣身投靠權勢人物的下流女子一樣。芙洛兒不出醋意大發，怒火中燒，便把剩下的麵包和梨全拿走了，她的動作十分粗野。

「既然太太不需要，我拿去給別人吃！」

三點，四點，時間過得真慢，似乎停止了走動。眾人十分疲勞，怒氣越來越大。夜幕已經降臨，鉛灰色的夜幕壓在一望無際的銀白色田野上。每過十分鐘就有人走出去，從遠處張望，以了解清除工作的進度，回來後他們總說機車似乎還沒有挖出來。兩位英國小姐也害怕地哭起來。廚房一角，棕髮少婦靠著勒阿弗爾那個小伙子的肩睡著了，她丈夫對此卻視而不見。在那種時刻，他也顧不上這些了。房間裡溫度下降，大家都冷得發抖，但無人想到去加劈柴。那位美國人走了，他說躺在車廂軟墊椅子上也許更舒適。別人也一樣，和他的想法一致，深感遺憾。要是留在車上，至少可以了解工作進度，心情就不會如此焦慮了。英國太太揚言要回車廂睡覺，衆人只好攔住她。有人把蠟燭放在桌角，燭光照著躲在昏暗廚房裡的乘客，一個個垂頭喪氣，悶悶不樂，十分絕望。

在機車那邊，清掃工作已近尾聲，士兵們已把機車周圍的積雪清除乾淨，正在打掃車前軌道上的積雪。司機和司爐又回到了崗位上。

雅克發現大雪已停，信心倍增。扳道工奧齊勒對雅克講過，隧道另一側馬洛內方向積雪要少得多。雅克問奧齊勒：「您是步行從隧道走過來的，隧道裏還可以自由進出嗎？」

「我說過，可以過去。我負責！」

卡布希像巨人一樣拼命勞動，神態羞怯氣惱。由於同法院那起糾葛，他更感到生氣，想悄悄溜走，但被雅克叫住了。

「喂，夥計，請把坡上的鏟子遞給我！萬一路上需要，到時好用。」

卡布希辦完這件事兒，雅克用力握住他的手，說明對他的尊敬之情。因爲雅克看到了他是如何工作的。

「您是個正派人！」

雅克的友好話語使卡布希頗爲感動。卡布希笑得喘不過氣來，只吐出了兩個字：「謝謝！」

米薩爾在預審法官那裏控告過卡布希，但現在他們又言歸於好。米薩爾對雅克的話點頭表示贊同，嘴角微露笑意。米薩爾早就不鏟雪了，雙手揮兜，用狡黠的目光從車頭一直看到車尾，似乎想僥倖從車輪下撿點什麼東西。

列車長和雅克決定試一下，但佩克卻跳下來，站在鐵軌上叫雅克：「喂，您過來看看，有個汽缸被撞破了。」

雅克走過去，彎下身子。本來他在全面檢查利松號時就發現那裏有傷痕。清掃積雪時，他們發現養路工放在斜坡上的橡木枕木被風雪推到了鐵軌上，也可以說這是機車拋錨的原因之一，因爲機車頭部已經頂住了枕木。汽缸外殼上有擦痕，活塞似乎也有些變形，但這只是外傷，開始雅克很放心。現在看來可能還有內傷，因爲進汽閥結構複雜、嬌嫩，是機車的心臟和靈魂。雅克跳上機車，拉響汽笛，打開控制閥，以檢驗連接處運轉是否正常。機車猶如被摔散的人，摔掉了四肢，震動了很久很久。後來，它艱難地喘了一口氣，慢慢啓動了。輪子轉動幾下，車身晃動，神色沉重。看樣子還可以運轉，能堅持跑完全程，但雅克搖了搖頭，他很了解自己的機車，感到它有些變樣，變得蒼老了，可能有的地方受到了致命創傷。它就在這裏受了打擊，心臟受傷，幾乎凍死。它像個健康的妙齡女郎，晚上去舞廳時受到雨淋，結果染上肺病而死。

佩克打開排氣閥，雅克拉響汽笛。列車長和尾車司機又回到行李車上。米薩爾、奧齊勒、卡布希也登上前部行李車的踏板上。列車緩緩開出低凹路基，士兵們手拿鏟子，順斜坡站在路軌兩側。列車停在道口看守的小屋前，讓那一部分乘客上車。

芙洛兒站在門外，奧齊勒和卡布希走過去，站在她身旁；米薩爾忙跑過去，向從他家出來的先生和女士們打招呼，收銀錢。他們終於得救了！但他們等待時間太長，一個個都凍得直發抖，又累又餓。英國太太領走兩位昏睡未醒的女兒；勒阿弗爾的小伙子懶散地同那位漂亮的棕髮夫人鑽進了同一車廂的同一小隔間，他準備爲她和她丈夫效勞。那裏一片混亂，乘客們猶如一群殘兵敗將，萎靡不振，擁擠著上到車內，連人類愛乾淨的天性都忘記了。不一會兒，法齊姑媽在小屋窗玻璃後露面了。出於好奇，她拖著病體從床上下來，移到窗前。她那凹陷的病態大眼睛盯著這批陌生人。這是一批過路者，被暴風雪捲來又捲走的行人，她再也看不到他們了。

塞芙麗娜最後一個離開，她轉過身來衝雅克一笑。雅克俯身一直目送她走進車廂。芙洛兒正等在一旁，她見他倆脈脈含情，眉來眼去，臉色變得十分蒼白。芙洛兒突然走近奧齊勒。過去她一直拒絕同奧齊勒來往，現在卻主動靠近他，似乎內心的仇恨使她感到必須找個男人。

列車長發出信號，利松號鳴響哀傷的汽笛。這次發車要一直開到魯昂才能停車。其時晚上六點已過，夜幕已經降臨到白色的雪野之上，但雪地上還有一抹慘淡的反光，可怕淒涼，映照著這片荒涼地帶。在昏暗的光亮裏，德莫法十字架那座斜頂房子矗立在那裡，陳舊破爛，在白雪中黑乎乎一團。大門緊閉，門上掛著牌子，上寫：「房屋待售」。

第八章

直到晚上10點40分，列車才趕到巴黎。列車在魯昂停車二十分鐘，讓乘客吃晚飯。塞芙麗娜忙給丈夫發了份電報，說她在次日晚上才能返回勒阿弗爾。這樣她就可以同雅克待上整整一晚，這將是他倆一起度過的第一個夜晚。他們可以插上房門，不怕外人干擾，自由自在地相愛。

列車通過芒特之後，佩克出了個主意。他妻子維克圖瓦大嬸摔傷了韌帶，已在醫院治療八天。佩克開玩笑地說他可以在城裏另找一個窩，願意把自己的房間讓給盧博太太。住在他家比旅店要舒服，就跟在自己家裏一樣，可以一直睡到次日晚上。雅克認爲這樣安排很好，他正發愁不知該如何安置她呢！在車站廊棚下，塞芙麗娜隨下車的人潮來到機車前，雅克建議她接受佩克的建議，並把佩克家的鑰匙交給塞芙麗娜。塞芙麗娜有些猶豫不想去，因爲佩克那放蕩的笑聲叫她難堪。看來佩克肯定知道他倆的事兒。

「不，不用麻煩，我有個表姊住在巴黎，她可以給我打個地鋪。」

佩克說：「拿去鑰匙吧！」他擺出花花公子的樣子補充說：「床墊很軟，去吧！床也很大，可以躺下四個人！」

雅克懇切地望著塞芙麗娜，她這才收下鑰匙。雅克彎腰悄悄對著她的耳朵說：「等著我！」

塞芙麗娜只要走上阿姆斯特丹路，再拐進一條小巷就到了，但路上有雪，很滑，她不得不多加小心。她運氣好，樓房的大門還開著，她走上樓梯時，門房正同鄰居玩骨牌，沒有看見她。塞芙麗娜登上五樓，打開房門，又輕輕關上，鄰居肯定沒有發現她。在經過四樓時，她聽見多韋涅家裡傳出笑聲和歌聲，大概兩姊妹又在接待客人。她們每星期都要和女朋友在一起練習一次樂器。塞芙麗娜關上門，房間很黑，剛進去時什麼也看不見，但可以聽見樓下女孩們的歡笑聲。黑暗裡，掛鐘敲了八下，發出一聲清脆的咕咕聲，把她嚇了一跳。

過了一會兒，塞芙麗娜的眼睛適應了黑暗，兩扇窗子像兩個灰白色方塊。白雪的反光一直射到天花板上。現在塞芙麗娜能夠辨別方向，她到酒櫃上去找火柴，她記得在酒櫃角上看到過火柴。找蠟燭時，她費了不少勁兒，好不容易才在抽屜裡找到一截蠟燭。塞芙麗娜點上蠟燭，房間裡馬上亮了。她不安地到處瞅了一眼，似乎擔心那裏躲有外人。她十分熟悉那裏的一切，比如她同丈夫一起用餐的圓桌和罩著紅色床罩的床。就在那張床邊上，她被丈夫一拳打倒。她已有十多個月沒有到這裡來了，但東西都放在原處，不見任何變化。

塞芙麗娜慢慢摘下帽子，在脫大衣時，她打起了哆嗦，因爲那裏太冷。火爐旁小箱子裏有煤塊和木柴。塞芙麗娜顧不得大衣，馬上去生爐子。她高興了，剛進屋時的不安消失了。爲這愛情之夜做點事情叫她高興。她想到自己將同雅克暖和地渡過一夜，心頭充滿了私奔的柔情蜜意。他料早就盼望能有這麼一天，但一直沒有機會。他們多麼希望這一天能早日到來呀！爐子裏的火燒旺之後，塞芙麗娜又去做別的準備工作，把椅子放好，抽出白床單鋪在床上。床很大，鋪床叫她大傷腦筋。最令塞芙麗娜苦惱的是，食品櫃裏沒有吃喝的，可能最近幾天，佩克當家把地板上的麵包屑都吃光了，家裡只剩下那截蠟燭，可是睡覺時並不需要點燈。房間裏一暖和，塞芙麗娜就變得活躍了。她站在房子中央向周圍望了一眼，看是否還缺少什麼。

在塞芙麗娜奇怪，雅克爲什麼還不來之際，一聲汽笛把她吸引到窗前，原來是11點20開往勒阿弗爾的直達快車啓動了。窗下是寬闊的火車站，鐵軌一直從車站通往巴蒂涅勒隧道。路基上鋪著白雪，黑色鐵軌呈扇形鋪開。機車、車廂和車場的房屋都披著白裝，悄悄地睡著了。月台的寬大廊棚和飾著鏤空花紋的歐洲橋架的拐彎處，白茫茫全是積雪。夜色裡，對面羅馬大街的樓房仍顯得很髒，黃色牆壁在雪景中顯得十分雜亂。開往勒阿弗爾去的直達列車出現了，灰色的列車爬行著。頭燈劃破夜空，閃爍著耀眼的光柱。塞芙麗娜目送列車消失在橋下，車尾那三盞紅燈映照在白雪上。她轉身回屋時不由哆嗦了一下。那裏確實只有她一個人嗎？她似乎感到有人在她的脖頸上吹氣，熱氣透過衣服鑽進了她的肌體裏。她睜大眼睛四下張望，不見任何人影。

雅克幹什麼去了，怎麼這麼晚還不來？十分鐘又過去了，門外傳來輕輕的叩門聲，是用指尖劃磨門板的聲音。塞芙麗娜開始有些擔心，但她馬上明白了，忙去開門。是雅克，他帶來了一瓶馬拉加麝香葡萄酒和一塊大蛋糕。

塞芙麗娜不由笑逐顏開，柔情脈脈摟住雅克的脖子：「喔，你眞好，什麼都想到了！」

雅克馬上示意，不讓她講話：「噓！噓！」

塞芙麗娜壓低聲音，她以為女門房在雅克身後。其實沒有，雅克運氣也不錯，他正要按鈴，見樓門打開了，一位太太領著女兒走出，可能是多韋涅家的客人，所以他進來時也無人發現。但在樓道口，雅克見有一扇門半開半閉，是女報販正在盆子裡洗東西。

「別吱聲，好不好？說話聲音輕一些？」

塞芙麗娜答應著，激情難耐地把雅克緊緊抱住，在他臉上無聲地親吻著。他們如此神秘，竊竊私語，塞芙麗娜感到十分高興。

「好，好！你瞧著吧，鄰居們會以為是兩隻小耗子在吱叫呢！」

塞芙麗娜躡手躡腳準備餐具：兩個大盤子、兩只酒杯、兩把小刀。當某件東西發出響聲時，她就停一下，很想開懷大笑。

雅克高興地望著情婦，悄聲說：「我想妳一定餓了吧？」

「是呀，我都餓壞了！魯昂那頓飯太差了！」
「那，要不要我下樓去買一隻雞？」
「啊，不必了，那你就進不來了！不必了，有蛋糕就可以了。」
他們馬上入座，並肩擠在一起，幾乎是坐在同一張椅子上。他們把點心一分爲二，像一對淘氣的小情人大口吃起來。塞芙麗娜叫嚷口渴，一口氣喝了兩杯馬拉加酒，立刻雙頰緋紅。爐子在他們身後熊熊燃燒，熱氣逼人。雅克情不自禁在情婦背上響亮地吻了一口，塞芙麗娜急忙拉住他說：「噓！噓！」

她示意他側耳細聽。在寂靜中，樓下多韋涅家又響起低沉而有節奏的音樂聲，是那些小姐在舉辦家庭舞會。隔壁女報販把洗衣水倒往樓道口的污水槽裏，回身關上了房門。此時，樓下的跳舞聲停了一下。外面是寧靜的白雪世界，只能聽到低沉的車輪聲。一列火車啓動，汽笛聲像是輕輕的嗚咽聲。

雅克喃喃地說：「是12點差10分開往奧特伊的列車。」
然後，雅克像是在提醒塞芙麗娜，悄聲說：「睡覺吧！親愛的，嗯？」
塞芙麗娜沒有回答，她在幸福之餘想起了往事，想起她同丈夫在這裡度過的那幾個小時。難道今天是那次午飯的繼續？他們是在同一張桌子上，在同樣的樂聲中，吃著同樣的點心。這使她激奮、迷惘。塞芙麗娜沉浸在回憶之中，迫切感到應把一切的一切統統告訴雅克，把自己的身心完全交給他。這種心情近似肉慾，難以區分。她感到自己應進一步把自己交給他。要是在擁抱之際，在卿卿我我的時刻把這一切統統告訴情夫，他們的關係就會更加親密。往事重現在眼前，丈夫就在那裏。塞芙麗娜扭過臉，似乎又看見丈夫毛茸茸的短手從自己肩後伸出，去取那把刀子。
雅克催促道：「上床吧，親愛的！」

塞芙麗娜打了個寒噤。她感到雅克又把嘴唇貼在自己嘴上，再次封住她的嘴，不讓她開口。她悄悄站起來，迅速脫去衣服，鑽進被窩，連掉在地板上的連衣裙也顧不得拾起來。雅克也顧不得收拾飯桌上狼藉的杯盤。蠟燭即將燃盡，燈光開始搖曳。當雅克也脫掉衣服躺下去時，兩人的肉體一接觸，慾火發洩，兩人都氣喘吁吁。臥室裡氣氛寧靜，除樓下傳來陣陣音樂聲之外，沒有任何別的聲息。他們的肢體發狂地顫抖，深深地痙攣，令人暈眩。

雅克發現塞芙麗娜同過去判若兩人，在最初幾次幽會時，她十分溫順、被動，藍眼睛清澈透亮。現在，她的黑髮下，情慾十分熾烈。她在他懷裡慢慢甦醒，過去是冷若冰霜休眠中的處女，現在甦醒了。不論老淫棍格朗莫蘭的蹂躪，還是盧博的粗暴發洩，都未能把她從處女的休眠中喚醒。她是人間寵物，過去是任憑男人擺布，現在她才真正懂得什麼是愛情。她毫無保留地把自己奉獻給雅克，感激他給予自己快樂。她性慾旺盛，是雅克使她懂得了什麼是愛，所以她對雅克倍加親熱。這是何等的幸福呀！她舒坦地摟住雅克，讓他緊貼在自己胸脯。她輕輕閉上嘴，屏著呼吸，盡情享受著歡樂。

當他們睜開眼睛時，不由一驚：「蠟燭滅了！」

塞芙麗娜輕輕移動了一下身體，表示這沒有什麼關係。

然後，她強忍住笑聲，問：「嗯，我乖嗎？」

「喔，是的，沒有人能聽見，咱們是一對真正的小耗子！」

他們並排躺著。她摟住他，縮成一團貼在他身上，用鼻子嗅他的脖子，舒心地嘆著氣說：

「天哪，這可真舒服！」

他們沒有再說什麼，房間裏一團漆黑，只能分辨出兩扇灰白的窗子。通紅的爐火在天花板上映出一個大圓圈，他們瞪大眼睛盯著那個光圈。樓下的樂聲已經停止，門已上閂，整座樓房已進入夢鄉。樓下，從卡昂開來的火車進站了，震動著轉盤，沉悶的撞擊聲似乎非常遙遠，好像無法聽見。

塞芙麗娜這樣摟著雅克，不一會兒就感到慾火難忍。這樣她更感到應該把過去的一切全部告訴對方。許多個星期以來，這種心情一直在折磨著她。天花板上的圓形光圈在擴大，變成了一灘血。塞芙麗娜痴痴望著光圈，似乎聽到周圍的一切正在高聲訴說往事。她的話湧到嘴邊，面部肌肉緊張地抽搐著。假如自己把一切的一切統統告訴對方，把自己同他溶化在一起，那該多好呀！

「親愛的，你知道嗎……」

雅克也望著天花板上通紅的光圈，他知道她想說什麼。他靠近她，恨不得把身體同她那嬌嫩的身子融爲一體。剛才雅克也是思潮如湧，想到那件嚇人的卑鄙事件。對此，他倆都想開口，但又一直沒有講出口。雅克一直不讓情婦提那件事兒。他擔心那會使他舊病復發，會改變他們的生活，會製造流血事件。但現在，雅克周身無力，無法再用熱吻去封住對方的嘴。他躺在這溫暖的床上，躺在女性溫柔的懷抱裡，感到十分舒坦，身體幾乎酥軟了。雅克相信，塞芙麗娜遲早會把一切統統告訴他的。他發現對方侷促不安、欲言又止，但終於開口了。這時，雅克如釋重負，終於結束了惶惶不安的期待時期。

「你知道嗎？親愛的，我丈夫疑心我陪你睡過覺。」

可是，在最後一瞬間，塞芙麗娜違背初衷，沒有講那件事兒，而是說出前天夜裡在她家發生的一件事兒。

「喔，妳這麼想？」雅克不相信地喃喃說著：「他是那麼客氣而且熱情！今天早上，他還同我握過手呢！」

「我肯定他什麼都知道。現在他大概正在猜想我們如何摟抱在一起，如何親熱的情景！我說這話是有根據的。」

塞芙麗娜不說了，靠近雅克，用力摟住他。這種幸福感加深了她對丈夫的仇恨。她沉吟片刻，顫抖著說：「嗯，我恨他，恨他！」

雅克不由一驚。他對盧博毫無怨恨之意，反而認爲盧博爲人十分隨和。

雅克問：「噢，那是爲什麼？他並沒有妨礙我們呀！」

塞芙麗娜沒有回答，只是重複說：「我恨他！他在身邊，我就會感到不舒服。啊！要是可能的話，我想逃走，永遠和你在一起！」

雅克被對方的柔情所感動，他把情婦拉近自己，貼在自己身上，從頭到腳貼在一起。塞芙麗娜縮成一團，嘴唇親著他的脖子，悄聲說：「這是因爲你還不了解他，親愛的……」

這次塞芙麗娜要坦白了，坦白雖然可怕，但不可避免。雅克心裏明白，她這次一定要講出來，沒有任何東西能阻止她，因爲雅克把她身上那種被愛和占有的慾念喚醒了。屋裏不聞任何聲息，女報販大概已經入睡。外面大雪覆蓋著巴黎，一片寂靜，聽不到任何車輛的飛馳聲。開往勒阿弗爾的最後一列火車是12點20分發車，它一出發就把車站的生命給帶走了。爐子已不再呼呼作響，火苗已經消失，只剩下發紅的煤塊映照著天花板，光圈顯得更紅，猶如一隻恐怖的大眼睛。屋裏很熱，像一層厚霧壓在床頭，令人窒息。他倆昏昏沉沉，手足交錯，擁抱在一起。

「親愛的，因爲你不了解……」

雅克忍耐不住，脫口說道：「不，我了解。」

「不，你可能生過疑，但你並不知道。」

「我知道他是爲了遺產才那麼幹的。」

塞芙麗娜動了一下，情不自禁地一笑：「啊，對，是爲遺產一事！」

她開始悄悄講述她在格朗莫蘭董事長度過的童年生活。聲音很低，像夜間窗子上的昆蟲叫聲一樣。塞芙麗娜本想撒謊，不講她同董事長的私情，但後來她感到應坦率地把一切的一切統統講出去，那她就會如釋重負，會感到輕鬆愉快。於是，她就滔滔不絕、慢聲細語地講述起來。

「你知道嗎？在二月份，就在這個房間裏，就是在他同副省長吵架之後。這件事你還記得吧？那天就同我們剛才一樣，也在這張桌子上吃點心。我們很愉快，因爲當時他什麼也不知道，我當然也不會那麼笨，主動去講那種事兒。但後來他通過一枚戒指全知道了。戒指是過去董事長給我的一件禮品，不知他怎麼就猜到了。啊，親愛的，你肯定無法想像他是如何對待我的？」

雅克感到塞芙麗娜在發抖，小手緊緊摟著他的身體。

「他一拳將我打倒，抓著頭髮在地上拖著我走。後來，他抬起腳跟對著我的臉，似乎要把我一腳踩碎。不，走著瞧，只要我有口氣，這事就不算完！天哪，他繼續揍我，同時向我提了許多問題，逼我講述那件事情，我簡直羞於開口。你該明白，我是個坦率的人，對不對？你沒有逼我，我就把實情全告訴了你。算了，他問的那些髒話，我羞於重複。他幾乎把我打昏，這是實情。無疑，他愛我，所以他知道這些眞相之後氣憤塡膺。我承認，要是在婚前告訴他，我的作法就顯得正直多了。但應該明白那是往事，只有野人才會對往事如此嫉妒！喂，你呢，親愛的，你不會了解此事之後就不再愛我了吧？」

雅克正在考慮，沒有吱聲。塞芙麗娜像水蛇結一樣緊緊纏住雅克的脖子和下腹。雅克感到吃驚，他沒有料到還會有這種事情。他原來認爲是爲遺囑一事，現在看來遠非如此，而是有更複雜的原因。其實雅克也希望如此，這說明盧博夫婦殺人並非是爲了錢財，那他也就沒有理由蔑視他們了。過去，雅克的思想一直很矛盾，即使在他同塞芙麗娜親吻時，也沒有擺脫矛盾心理。

「我不再愛妳？爲什麼呢？對妳的過去我毫不在意，那些事情與我無關。妳是盧博之妻，在這之前，妳也可以先做另一個人的妻子。」

兩人不再講話，緊緊摟抱在一起，摟得喘不過氣來。雅克感到塞芙麗娜的乳房貼在自己胸旁，圓滾滾地，又柔軟、又有彈性。

「啊，原來妳做過老傢伙的姘頭！不管怎麼講，這事也夠荒誕的！」

塞芙麗娜挺直身體，靠緊雅克，把臉伸到他嘴邊，吻著雅克，結巴著說：「你才是我心愛的人，我眞心喜歡的人就你一個。喔，和他們倆在一起……你怎能知道呢？我根本感覺不到是什麼滋味。只有同你在一起，我才感到幸福！」

塞芙麗娜用愛撫刺激雅克的性慾，她甘願把自己的一切奉獻給他。她需要他，用失去理智的手把他拉住。雅克雖感慾火燒身，但無意馬上答應她的要求，只是握住對方的手說：「不，不，再等一下。那，那個老傢伙呢？」

塞芙麗娜周身戰慄了一下，用極低的聲音說：「對，是我們殺死了他。」

情慾的顫動消失了，代之而來的是想到兇殺場面的恐懼，是極度歡快之後的極度痛苦。剎那間，塞芙麗娜感到一陣暈眩，感到被壓得透不過氣來。她把鼻子貼在雅克脖子上，依然悄悄地說：「他叫我給董事長寫封信，請董事長和我們乘坐同一班快車，並要求董事長到魯昂之後再露面。我坐在座位上周身發抖，一想到將要發生的不幸就感到惶恐不安。在我們對面坐著一位黑裝女子，她默不作聲的神態叫我害怕。我不敢看她，認爲她知道我們正在想什麼。從巴黎到里昂，行程兩小時就這樣過去了，我沒說一句話，也沒有動彈一下，閉著眼睛裝睡。他就在我身邊，也是一動也不動。最使我憂慮的是，我知道他正在策畫一件可怕的事情，但他到底打算怎麼辦，我當時是一無所知。啊，當時我心裏是一團亂麻，耳邊響著汽笛聲、火車的顚簸聲和車輪的滾動聲……那叫什麼旅行啊！」

雅克把嘴貼在塞芙麗娜香噴噴的濃髮上，不時有意無意地吻她一口。

「但你們和他不在同一車廂，怎能殺死他呢？」

「別忙，聽我慢慢告訴你。這是我丈夫的主意。他之所以能夠成功，純係偶然，這是實情。火車在魯昂停車十分鐘，我們下到月台，丈夫逼著我裝作活動腿腳，一直走到董事長包廂前。我丈夫一見董事長站在車廂門口，裝作吃驚的樣子，似乎他不知道董事長也在車上，由於次日在勒阿弗爾有活動，乘客很多，你擁我擠，爭搶著擠上二等車廂。在要關車門時，董事長請我們上到他的包廂裏。我有些猶豫，說我們的箱子還在那邊。董事長大聲說箱子不會弄丟，我們可以到巴朗唐站之後再去取箱子，因爲他要在那裏下車。我丈夫一度有些擔心，想跑回去取箱子，偏在那個時候，列車長吹響了哨子，我丈夫下了決心，把我推上車，他也跟了上去。他關上車門，拉下窗玻璃，可是爲什麼沒有人看見我們呢？我至今也沒有弄明白。估計是因爲當時乘客擁擠，月台上很亂，列車員稀里糊塗，沒有留意我們，反正沒有人敢肯定說看見了我們。火車啓動，慢慢離開了車站。」

塞芙麗娜停頓了一下，又想起那個場面。她不知不覺放鬆了四肢，左腿一處肌肉發跳，右腿有節奏地磨擦著雅克的膝蓋。

「啊，剛坐進包廂，我感到兩旁的地面在慢慢後退！我昏頭昏腦，總惦念著我們的箱子。怎麼才能取回箱子呢？把箱子留在那裡豈不是要露出馬腳？我原以爲行兇殺人根本不可能，那是愚蠢作法，是孩童的幻想，我們第二天就會被抓去，會被逼招供，所以我暗暗自我安慰，認爲丈夫一定會退縮，他絕不敢行兇殺人。但事實並非如此，只要看看他同董事長交談的神態就會發現他決心已下，根本不計後果。我丈夫顯得十分鎮靜，像平時一樣談笑風生，只有從他那一直盯著我的明亮目光中，我才發現他是決心一幹到底。我知道再走一或兩公里，到他選定的地方後，他就會殺死董事長，這點肯定無疑，從他那平靜的目光中可以看出，他一直在安詳地望著董事長。用不了多久，董事長就要離開人世了！我沒有吱聲，心頭抖動，但也只好盡力掩飾著。他們看我時，我就佯裝微笑。我當時爲什麼沒有想到去車門口呼叫呢？後來我清醒之後，對此感到奇怪，我既沒有呼救，也沒有按警鈴。我像是癱了，全身無力，我甚至感到我丈夫有權殺死董事長。親愛的，既然我把一切統統告訴了你，我就該向你承認，儘管我不同意殺人，但我的身心是站在丈夫這一邊的。因爲就他倆比較，丈夫要年輕一些，對不對？至於另一位，喔，他的愛撫……唉，誰能知道呢？我們做了沒有料到的事情。平日，我連小雞都從不殺一隻！啊，在那個動亂之夜，那個一直在我心頭嘶叫的可怕夜晚！」

雅克感到自己懷中的瘦小柔弱女子突然變得高深莫測了，就像一眼看不透的夜色。雅克用力摟緊她，但沒有用，因爲他仍無法看透這個女人的心。

雅克聽罷對方講述的兇殺故事，突然興奮起來。

「告訴我，是妳幫他殺死了那個老傢伙？」

塞芙麗娜沒有回答，繼續講她的故事。她說：「我坐在沙發一端，董事長坐在另一端，我丈夫坐在中間。他倆談論即將舉行的大選。我發現我丈夫不時向窗外張望，神色有些不耐煩，可能是在了解列車開到了什麼地方。我也隨著他的目光推算走了多遠。夜色蒼茫，樹木的影子一閃而過，只有車輪的隆隆聲。過去我從未留意過這種聲音，它們瘋狂、呻吟、雜亂，叫人心驚膽寒，像野獸臨死前的慘叫和嗚咽！列車在全速前進，突然路旁閃出亮光，原來是一個火車站——馬羅默車站，離魯昂站兩法里。下一站是馬洛內，再下一站是巴朗唐。他要在哪裏動手呢？難道他要到最後一刻鐘才動手嗎？我已失去時間和地點概念，像從高處墜下的石塊，在震耳欲聾的聲音裏跌進深淵。列車經過馬洛內時，我才恍然大悟，我丈夫要在一公里之外的隧道裏動手。我轉身望著丈夫，四目相遇，我可以肯定，他要在隧道裏下手。還有兩分鐘，列車在飛奔，在迪埃普岔道上，我看見扳道工站在路口。一旁是山坡，我看見山坡上有個人在揮手詛咒我們。列車長鳴一聲，鑽進了隧道。在隧道裡回聲很大！你知道，那滾動的車輪聲猶如鐵錘擊打在鐵砧上一樣。在那驚恐之際，我感到車輪聲勝似雷聲。」

塞芙麗娜打了個寒顫，停了一下，換了一種聲音，笑吟吟地說：「那樣做很愚蠢，對吧，親愛的？現在回想起來，我還感到脊背發涼呢！可是在你身邊，我身上很溫暖，我太高興了！況且你也知道，現在我再也不必害怕了。案件已經結束，政府的大官們更不想查清此案。喔，我明白，所以很放心。」

塞芙麗娜笑著補充說：「比如你，你可以吹噓把我們嚇了一大跳。告訴我，你當時到底都看見了些什麼？這件事兒我一直困惑不解。」

「就是我對法官所講的那些，沒有別的。一個男人在殺另一個，由於我當時精神異常，故而不敢肯定。我不是還認出了妳丈夫嗎？當然這是後來的事情了，但我敢肯定是他。」

塞芙麗娜高興地打斷雅克：「你還記得嗎？那天在街心公園，我對你說，我們根本沒有殺人。那是我倆首次單獨在巴黎坐在一起。你感到奇怪嗎？我說那不是我們幹的，但我明白你會往反面去想。實際上那天，我就把一切全告訴你了，你說對不對？喔，親愛的，你知道嗎？這件事兒一直在我腦海裡閃現，我也正是從那天起才愛上了你。」

兩人都十分激動，更緊緊摟在一起，恨不得併成一個人。

塞芙麗娜接著說：「火車奔馳在隧道裡，隧道很長，列車在裏面跑了三分鐘，但我感到像是過了一小時。由於隆隆聲震耳欲聾，董事長不再講話。在那關鍵時刻我丈夫好像昏了過去，紋絲不動。在跳動的燈光下，我發現他的耳朵變成了紫色，難道他要等到跑出隧道再動手？我知道決定我們命運的時刻已經來臨，勢不可擋，難以阻攔。我當時只有一個願望，儘快結束此事，別再無限期地等待下去了！既然董事長該殺，那爲什麼還不下手？我本該拿起刀子去結束這件事情，但我膽了小，心裏難過。丈夫望著我，大概從我的表情上發現了這一點。說時遲，那時快，我丈夫猛地撲上去，用手抓住董事長的肩頭。當時董事長正側身望著包廂門口，他被這突如其來的事件嚇壞了，本能地躲閃著掙扎，伸手去按警鈴，警鈴就在他腦袋上方。他剛夠著警鈴按鈕，手就被我丈夫拉了下來，被打倒在軟墊長椅上，身體一下子彎成了兩截。由於驚嚇，董事長張開大嘴呼叫求救，但在車輪的隆隆聲中，他的喊聲模糊不清。我聽見丈夫喘息著瘋狂地罵道：『豬玀！豬玀！』隆隆聲變小了，列車衝出隧道，灰濛濛的原野又展現在我們眼前，一個個樹影一閃而過。我僵直地坐在角落裏，靠在椅背上，儘量離他們遠一些。搏鬥持續了多久呢？估計只有幾秒鐘，我卻感到時間很長，感到乘客們聽到了董事長的叫喊聲，感到路旁的樹木都在窺視我們。我丈夫手中拿著刀子，但不能下手，因爲他被對方一腳踢開，跌撞在地板上，幾乎摔倒。火車在奔馳，帶著我們全速前進，車頭已靠近德莫法十字架路口，嗚響了汽笛。剎時間，我不知從哪兒來了一股力量，猛撲上去，抱住了董事長的雙腿。我像從上面掉下的一包東西，把全身重量全部壓在董事長腿上，使他無法動彈。我並沒有看見，但我感到刀子捅進了他的咽喉。董事長的身體長時間抖動，抽搐了三次才死去，像只打碎的掛鐘，一下子散了架。喔，那是垂死前的抽搐。直至今日，我的四肢似乎還能感到他的反衝力！」

雅克神色貪婪，想了解更多的東西，想打斷塞芙麗娜，提幾個問題，但塞芙麗娜急於要把故事講完。

「不，等我講完！列車全速通過德莫法十字架那所宅子時，我站了起來，清楚地看到關閉著的方門，然後就是道口看守的小屋。我知道那裡離巴朗唐只有四公里，五分鐘就能跑到。董事長的屍體蜷曲在長椅上，他的血在地上積成一灘。我丈夫像是變傻了，遲鈍地站在包廂裡，身體隨著列車的顛簸左右晃動。他望著屍體，用手絹擦拭刀子上的血跡。我們呆立了一分鐘，不知該怎麼辦。假如讓屍體和我們留在一起，一到巴朗唐站，我們肯定會暴露。我丈夫把刀子放回口袋，似乎清醒了，他過去搜查屍體的衣兜，取出錢包、懷錶等物，然後他打開車廂門，把屍體拖到門口，他怕屍體的血跡沾到身上，儘量用手去抱屍體。『快過來幫忙！幫我把他推下去！』我沒有動，因爲我的肢體已經麻木，動彈不得。『妳快過來幫忙！』屍體的頭已經推過門檻，垂在腳踏板上，但身體還是蜷縮成一團，出不去。列車的奔馳，我丈夫最後用力一推，屍體才消失在隆隆的車輪聲中。『啊！豬玀，總算解決了！』我丈夫撿起毛毯，順勢也扔了出去。包廂裏只剩下他和我。長椅上血跡斑斑，我們不敢坐，只好站著。車廂門沒有關，晃來晃去。我丈夫出去了一下，我不知道他幹什麼去了。我自己是精疲力竭，驚恐萬狀。不一會兒我丈夫又回來了。他說：『快走，要是妳不想掉腦袋就快跟我走！』我沒有動。他生氣了，『快，見鬼！我們的車廂小隔間空無一人，咱們趕快回去！』我們的車廂小隔間空著，難道他回去看過？那位黑裝女子，難道他能肯定她也不在那裡了？『妳是隨我走，還是想像他一樣叫我把妳扔在鐵軌上去？」我丈夫走過來，瘋狂粗暴地推我。我走出去站在腳踏板上，雙手緊緊握著銅扶手。我丈夫跟在我身後，輕輕關上包廂門，『快，快走！』列車飛奔，冷風撲面，我頭暈目眩，不敢邁步，頭髮被吹亂，手被凍僵，我擔心抓不住扶手。『快走呀，他媽的！』丈夫用力推我，我只好朝前移動腳步，身體貼著車廂，兩手交替向前移動。風吹動我的裙子，貼在腿上，火車繞過一個彎兒，遠方已露出巴朗唐火車站的燈光。機車開始鳴笛。『快，他媽的！』喔，聲音實在可怕！我在列車的劇烈震動中攀沿前進，猶如被狂風捲起的一棵小草，跌在了牆角裡。在我身旁，田野在飛馳，樹木發瘋一般一閃而過。它們旋轉著、彎曲著，發出短促的呻吟聲。在包廂前端，需要跨到另一節車廂的腳踏板。我抓住另一節車廂的扶手時，膽怯起來，不敢前進，怎麼也鼓不起勁兒來。『快，媽的！』丈夫貼近我，用力推我。我閉上眼睛不知該如何邁腿，只是像動物那樣，本能地用爪子抓住扶手，以防跌下去。我不明白怎麼會沒有人發現我們？我們一共穿過了三節車廂。其中一節是二等車廂，裏面擠滿了人。我記得，乘客們的頭在燈光下排成一排又一排。我相信，有朝一日再同他們相見，我還可以認出他們。一位胖男子長著紅色頰髯，兩個女郎在彎著身體發笑。『快走，他媽的！』我當時已經嚇糊塗了，只知巴朗唐的燈光已經接近，機車開始鳴笛，後來我感到像是被人揪住頭髮拖著帶走了。丈夫一手抓著我，一手從我肩上伸過去打開車廂門，把我扔進車廂小隔間裡。列車到站後，我氣喘吁吁，昏昏沉沉躺在角落裡。我聽見丈夫站在門口同巴朗唐站的站長說了幾句話，後來列車啓動，我丈夫就躺在長凳上，一副疲憊不堪的樣子。直到勒阿弗爾，我們一直沒有再開口。喔，我恨他，恨他！你要知道，他幹的這些壞事叫我吃盡了苦頭！只有你，親愛的，你才是我所喜愛的人，因爲你給我帶來了幸福！」

塞芙麗娜激動地講完這個長故事之後，講出了最後這句話。這是她快樂的表露，也是對往事的詛咒。雅克也被她攪得心猿意馬，像她一樣慾火上升，但他又一次攔住她說：「不，再等一下，妳壓在他腿上，感覺到他是怎麼死的嗎？」

董事長的形象又閃現在雅克眼前，一陣強烈的情感從他心頭湧出。他似乎看到眼前有一灘鮮血，不由對行兇殺人一事產生了好奇。

「還有刀子，妳感到刀子插進去了嗎？」

「是的，只聽見低沉地響了一下。」

「啊，低沉地響了一下……沒有發出咯嚓的聲音嗎？妳能肯定？」

「不，不是咯嚓，而是噗哧一聲。」

「後來呢？他抽搐了幾下，對嗎？」

「對，他抽搐了三下。喔，從頭到腳全身抽搐，連腳跟都抽搐著。」

「抽搐之後，身體就僵直了，對吧？」

「對，第一次抽搐很兇，後兩次輕一些。」

「他死後，妳，妳當時有什麼感覺？認爲就這麼一刀，他就徹底死了？」

「我？喔，我不知道。」

「不知道？妳爲什麼不說實話？快告訴我，妳當時的感覺，坦率一些！妳感到難過嗎？」

「沒，沒有，我沒有感到難過。」

「那，妳感到高興？」

「高興？不，我也沒有感到高興！」

「親愛的，那妳的感覺到底是什麼？求求妳，全告訴我吧！告訴我妳當時的感覺。」

「天哪，這該怎麼說呢！眞叫人害怕，那會把你嚇跑，跑得很遠很遠！那一分鐘的時間比我一生的時間還長。」

塞芙麗娜咬緊牙關，結結巴巴。雅克把她抱住，她也用力摟住他，他倆在死亡的深淵裡交歡求愛，像發情期的動物，不顧一切要去尋求感官刺激。他們沙啞地喘息著，天花板上的光圈已經消失，爐火也已熄滅。由於室外特別寒冷，室內也開始冷起來。在大雪覆蓋下的巴黎城，靜悄悄，無聲無息。接著，隔壁女報販家傳來一陣打鼾聲，沉睡的住宅陷入黑暗之中。

雅克把塞芙麗娜抱在懷裡，感到她睏得厲害。乘車、在米薩爾家長時間等候以及剛才的高度興奮把她累垮了。她像孩子一樣結巴著說了聲晚安就呼呼入睡了，發出了均勻的呼吸聲。此時，掛鐘剛打三點。

雅克讓塞芙麗娜在自己左臂上枕了一會兒，後來他感到手臂發麻。雅克無法入睡，總感到黑暗中有隻手在扒他的眼皮。房間裂漆成一團，什麼也看不清，連爐子、家具和牆壁都分不出來，只有轉過臉時，能看見窗子，像兩個靜止不動的白色方塊，猶如夢中的幻影。雅克肢體也十分疲勞，但大腦十分興奮，不斷湧出一串又一串的聯想，眞叫人不可思議。每當他努力克制住自己，以爲可以入睡時，同樣的想法及同樣的形象就會再度出現，像機器般，有規律地反覆出現。他睜大著眼睛，眼前滿是影子和一個個兇殺場景。這種場面反覆出現，躲不開，閃不過，氣得他發瘋。小刀低沉地刺入咽喉，身體抽搐三次，一口鮮血噴出，生命隨之結束，雅克感到那血濺了他一手。這個場面出現了二十次、三十次。刀子捅進去，身體在抽搐……雅克感到害怕，胸口發悶，難以堅持。喔，就這麼一刀即可滿足他那久遠的願望，就可以體會到人在垂死時的感覺，可以品嘗人生那絕無僅有的一剎那的感情！

雅克呼吸愈加困難，以爲是塞芙麗娜壓著自己的胳膊，所以才無法入睡。他輕輕把胳膊抽出，沒有弄醒塞芙麗娜，他讓塞芙麗娜躺在自己身邊。一開始，他如釋重負，呼吸也順暢了一些，認爲大概可以入睡了，但他仍感到那隻無形的手在扒他的眼皮。黑暗中，血淋淋的兇殺場面展現在他眼前：刀子捅進去、身體抽搐、鮮血湧出，從咽喉的傷口湧出。傷口很大，似乎是用斧頭劈開的，一張一合。雅克不再堅持睡覺了，他躺在床上，死死盯著眼前的景象。他感到腦袋在拼命工作，猶如奔跑的機車，隆隆作響。這是舊病復發，是很久以前青少年時期留下的病根。他原以爲頑疾已經痊癒，因爲自從他占有塞芙麗娜以來，那種殘殺女性的慾念已經熄滅。可是現在，在董事長被殺一案的引誘下，雅克舊病復發，強烈地感到想殺人。剛才，塞芙麗娜貼在他身邊，摟著他的肢體，悄悄對他講完那起兇殺案之後，雅克的殺人慾達到了高峰。他悄悄離開塞芙麗娜，不敢接觸她的肉體，因爲他一接觸她的身體就感受到身子發熱，熱流沿脊椎上升，似乎身下的床墊變成了一盆炭火，灼燒著頸背。雅克把胳膊伸到被子外，但雙手馬上被凍得冰涼，打起寒顫來，他只好又把胳膊縮進被窩。他先把雙手放在腹部，後來又壓到臀下。他把手囚禁在臀下，似乎擔心它們會做什麼壞事，一種他不願意做，但又難以控制的事情。

掛鐘每次打點，雅克都仔細數著打了幾下。四點、五點、六點，他盼望天快點亮，希冀黎明的到達能驅散他的噩夢。他轉身對著窗子，望著窗玻璃，但窗口還是只有積雪的反光。六點一刻，他聽見從勒阿弗爾開來的直達快車進站了，僅晚點四十分鐘，這說明鐵路上交通已經恢復。直到七點，雅克才發現玻璃窗亮了，一抹乳白色亮光慢慢升起，房間裏明亮了，模糊的家具似乎在光亮中浮動，爐子、衣櫃、碗櫃都變得清晰起來。雅克照舊無法閉上眼睛，相反地，而是把眼睛瞪得很大，似乎眼球受到了什麼刺激。突然，雅克看見了昨夜切點心用的那把刀子。由於房間裏尚未太亮，與其說是看見倒不如說是猜到刀子在那兒。現在雅克眼前總閃動著那把刀子，一把尖頭小刀。天色愈來愈亮，從窗口射進來的曙光全部集中到那把刀子上了。雅克不由擔心起來，把雙手更緊緊地壓在身下。因爲他感到它們蠢蠢欲動，似乎準備造反，不準備聽從大腦的支配，難道雙手已不再屬於他？已經變成了別人的手，就是人類在森林殺戮動物時，某一祖先遺留下來的手！

爲避開那把刀子，雅克把臉轉向塞芙麗娜。塞芙麗娜十分疲倦，睡得很香，像孩童一樣均勻地呼吸著。她那如雲的秀髮散開，蓋在枕頭上，披在肩頭上。下巴下方，環形捲髮中間，雅克看見了她那乳汁一般細嫩的粉色咽喉。雅克盯著它，似乎是首次看見它似的。實際上，他十分喜歡她的喉嚨，總忘不了它的形象，總想占有它的主人，他在開車時也念念不忘。這個喉嚨令雅克憂慮，讓雅克不安。有一次由於他思想不集中，竟不顧安全信號，全速通過了一個小車站。等他醒悟之後列車已經離開了車站。雅克望著這粉色喉嚨，看得入迷，想得發痴。他心頭雖然尚有一絲恐懼，但越來越感到應去拿起那把小刀，把它插進這個女性肌體裡，全部插進去。他似乎聽見小刀桶進去時的輕輕撞擊聲，看見對方的身體抖動了三下，噴出一股熱血，然後就僵直地死去了。雅克想努力擺脫這種想法，但他感到自己的毅力在慢慢減弱。他被這些想法死死套住，脫身不得，處境危險。假如被那些想法戰勝，他就會屈服於本能的衝動。周圍的一切又變得模糊了，他的手勝利了，掙脫了出來。雅克明白，他已無法控制自己那雙手，要是他繼續躺在塞芙麗娜身邊，肯定會出事兒。雅克用盡最後一點力氣撲出床外，醉鬼一般滾在地板上。他縮成一團，腳被塞芙麗娜扔在地上的裙子絆住，幾乎跌倒。雅克蹣跚著，摸找他的衣服。他唯一的想法就是儘快穿上衣服，拿起那把刀，到街上去殺一個女性。因爲殺人的慾望叫他難以忍受，他必須殺掉一個女性才能平靜下來。他到處找褲子，連找三次才發現褲子就在他手裏，他費了不少力氣穿上鞋。儘管天色已經大亮，但房間裡滿是棕紅色煙霧。那是一個冰冷又有霧氣的早晨，一切的一切統統被大霧所淹沒。雅克冷得發抖，最後總算穿好了衣服。他拿起刀子，把刀子藏在衣袖裏。他要去殺人，去殺他所遇見的第一位女性。忽然床頭傳來輕輕的擦摩聲和長長的嘆息聲，雅克不動了，臉色蒼白，站在床邊。

原來是塞芙麗娜醒了。

「親愛的，怎麼，你要出去？」

雅克沒有回答，也沒有看塞芙麗娜，他希望她能重新睡下。

「你去哪兒呀，親愛的？」

雅克吞吞吐吐地說：「沒什麼，是工作上的事情……我馬上就回來，妳睡吧！」

塞芙麗娜含混地說了幾個什麼字，便又昏昏沉沉閉上了眼睛。

「噢，眞睏！睏死我了！來，吻我一下吧，親愛的！」

雅克沒敢動彈。他明白，假如他握著刀子轉回去，看見她赤裸的細嫩美麗肢體，看見她斜躺在床上的姿勢，他將會痴痴地站在她身旁，失去外出的勇氣，他還會不由自主地舉刀刺進塞芙麗娜的胸膛。

「親愛的，快來吻我一下！」

塞芙麗娜的聲音變弱，又香甜地睡了下去，口中喃喃著說了幾句溫情話。雅克像瘋子一般推開門，一步竄了出去。

雅克跑到阿姆斯特丹大街的人行道上時，已是八點鐘。路上的積雪尚未清除，偶而有個行人通過。雅克看見一位老太太向倫敦街走去，他沒有去追。有個男子同雅克擦肩而過。雅克往下坡走去，那裏通到勒阿弗爾廣場，他把刀子藏在衣袖裏，用手緊緊擇住。一位十四歲左右的小女孩從馬路對面一家房子走出，雅克忙穿過馬路，追了過去，但小女孩鑽進麵包房裏去了。雅克心急如焚，不願意等，便回頭繼續找尋目標。自從離開家之後，雅克感到不是他自己走動，而是另外一個人在支配著他的行動，他經常感到在他靈魂中還有另一個人，一個焦躁不安，來自遠古時代，一心想行兇殺人的人。這個人過去就殺過人，至今仍想殺人。雅克感到周圍的一切如同夢幻，因爲他一直用固執的觀點看待這一切。他的正常生活消失了，像夢遊症患者走在大街上，既無法回憶過去，也不能預測未來，一切都必須服從那人的需要。他雖然在走動，但已失去自己的本性。兩個女性擦著他的肩頭超過了他，他立即加快腳步追了上去。雅克剛追上她們，她倆被一名男子叫住，然後二女一男說笑著走了。那個男子影響了雅克的行動。雅克開始跟蹤從那裏經過的另一個女性，一位黑臉膛、身體瘦弱、披塊薄披肩的窮女子。女子邁著小步，看樣子她不太喜歡去上班，大概是那種報酬低又艱苦的工作。她臉色憂鬱絕望，一點兒也不著急。雅克也不急了，因爲他已經找到了目標，不必著急，到合適的地方就可以下手，可以輕而易舉地幹掉她。那女子似乎發現有人跟蹤，憂傷地回頭望了雅克一眼，心裏說不出是什麼滋味兒。她感到奇怪，竟會有人打她的主意。那女子領著雅克來到勒阿弗爾路中間，她兩次回身看著雅克，但雅克都未能把袖口裡的刀子桶進對方喉嚨。女子日光憂傷悲切，令人生憐。對，到那邊，等她走上人行道時就下手。可是雅克突然來了個急轉彎，轉身去追迎面走來的一位女性。雅克這樣做既沒有什麼理由，也不是出於偶然，而是因爲那個女性偏在那個時候走了過來。

雅克追著她向火車站走去。那女子行動敏捷，小碎步咚咚響。她長相漂亮，令人羨慕，芳齡最多廿歲，肌肉豐滿，一頭金髮，生就一雙笑眼，十分嫵媚。她沒有發現有人跟蹤，神色急迫，迅速地登上巴黎火車站台階，走到售票廳的環城路線售票口。她買了一張去奧特伊的頭等車票。雅克也買了一張，隨那女郎穿過候車室，來到月台上，鑽進車廂的小隔間裡。雅克坐在女郎身旁，火車啓動了。

雅克想，時間充足，找個隧道幹掉她。

但有位老太太坐在雅克對面。她是那個隔間裡的唯一乘客，認識那位女郎。

「喲，是您呀！這麼早您到哪兒去呀？」

女郎哈哈大笑，做了個失望又滑稽的動作。

「我們有緣，又碰到了一起！希望您別出賣我。明天我丈夫過生日，他出門忙乎，我就出來採購，去奧特伊花店看看。我丈夫在那兒看見過一種蘭花，他十分喜歡。您明白了嗎？我是想叫他回來後大吃一驚。」

老太太和氣友好地點點頭：「小寶寶好嗎？」

「小ㄚ頭呀，喔，她太漂亮了！您知道，八天前，我就給她斷奶了。看著她喝湯的樣子……我們的身體都很好，出乎意料！」

女郎笑得更歡，張著紅紅的嘴片，露出兩排銀齒。雅克坐在她右側，手裏握著刀子藏在大腿後面。他認爲要幹掉那個女郎十分容易，只要一抬手，繞個半圓就可以把刀子刺進對方喉嚨。但列車進入巴蒂涅勒隧道之後，雅克發現女郎的帽子礙手礙腳，所以沒有動手。

雅克想，帽帶正繫在喉嚨處，很礙事！得有把握時才能動手！

兩名女性繼續聊天。

「看來，您一定很幸福了？」

「幸福？啊！可以這麼講吧！這眞像一場夢！兩年前，我在家裡根本不算是個人。您知道，我在嬸嬸家毫無樂趣，沒有一分錢的嫁妝……那天他去看我，我害怕得渾身發抖，我多麼喜歡他呀！他漂亮、富有。現在他屬於我，成了我丈夫，我們還生了一個小寶寶！告訴您吧，我得到的太多了！」

雅克觀察著女郎帽帶上的紐結，發現紐結下有塊黑絨布，布下掛著一個大個兒圓形金項飾。雅克想，我用左手抓住她的脖子，往後扳她的頭，扒開項飾，這樣，她的喉頭就赤裸裸地暴露無遺了！

火車停了一下又啓動了。在庫塞爾，在納伊，一連穿過了幾個短隧道。等一下再動手，只要一分鐘就可以了。

老太太又問：「夏天時，你們去海濱了嗎？」

「去了，我們到希列塔尼住了六星期，在一個僻靜的地方，那裡眞像人間天堂。九月份，我到普瓦圖公婆家，他們在那有一大片森林。」

「冬季，你們是否要去南方？」

「對，十五號左右，我們去坎城。房子已經租好，還有一個漂亮的小花園，對面是大海。我們已經派人去打掃和布置房間了。這並非因爲我們怕冷，而是那裏太美了，陽光很充足！我們將在三月份回來。明年我們要留在巴黎。兩年後，等小寶寶長大之後，我們還要外出旅行。我，我能料到這些嗎？天天都像在過節哩！」

女郎十分快樂，爲表明她的歡樂心情，她對陌生的雅克還微笑了一下。她一扭臉，帽帶結移動，項飾歪到一旁，露出了朱紅色的脖頸。脖頸上有個小淺窩，在陰影下呈金黃色。雅克下定決心，用手緊緊摸住刀把。

他想，對，我就從那個地方把刀揮進去！再等一下，到帕西前面的隧道裏下手。

但在特羅卡德路車站上來了一位職員，他認識雅克。那人便同雅克談起鐵路上的工作來。他說最近丟煤案已經查清，是一位司機和司爐合謀幹的。這樣一來，雅克的思緒全被打亂了。至於當時的具體情況，雅克一直未能想起。那女郎一直在笑，是種幸福的喜悅，女郎似乎把雅克感染了，他的頭腦被攪亂了。雅克可能一直陪著那兩個人坐到了奧特伊，但他忘記她們是在什麼地方下的火車。不知爲什麼，後來雅克一直跑到塞納河上。他清楚地記得，他站在陡峭的河岸上把藏在衣袖裏的刀子扔掉了。

接著，他就失去了記憶，痴呆呆地，不知自己身在何處，附在他身上的另一個雅克也隨小刀一起消失了。雅克可能在大街和廣場上盲目地遊走了好幾個小時。行人、住宅，灰濛濛地從他眼前閃過。他好像去過什麼地方，在一個人很多的大廳裡吃了點東西，因爲白色盤子在他腦海裏留有深刻印象。他似乎還在一家關著門的店門口看到過一張紅色廣告。然後，一切又都掉進黑暗的深淵裡，化爲烏有。他失去了時間和地點概念，變得毫無生氣，似乎在那裏遊逛了好幾個世紀。

雅克清醒之後，發現自己和衣躺在位於卡迪內大街的小屋裡，是本能的力量把他送回到那裡。他像一條精疲力竭的狗拖著沉重的身體回到了那裡。至於上樓、入睡，他全忘了。他一覺醒來發現他還是他。他像長久昏迷突然清醒後那樣，感到十分吃驚。他睡了多久呢？三小時，還是三天？他忽然想到同塞芙麗娜同枕共眠的經過，她對他講述殺害董事長的經過，以及他自己像野獸那樣跑出來的情形。在一段時間裡，他似乎不再是他。現在他又回來了，對那些不受意志支配的作法感到驚愕。接著，雅克又想到塞芙麗娜還在等他，便馬上站起來。他一看錶已經過去四個鐘頭了。雅克感到腦袋空空，像是剛放過血，心頭十分平靜。他急忙往阿姆斯特丹路口走去。

塞芙麗娜一直睡到中午十二點。她睡醒之後仍不見雅克的蹤影，感到十分奇怪。她生著爐子，穿上衣服，不免胡思亂想了一通。兩點左右，她決定下樓到附近餐館買點東西吃。雅克上樓時，她剛買東西回來。

「喔，親愛的，眞把我擔心死了！」

塞芙麗娜上前摟住雅克的脖子，盯著他說：「出什麼事了？」

雅克疲憊不堪，周身發冷。他平靜，不露聲色地安慰塞芙麗娜。

「沒什麼大事，一件討厭的苦差！他們一抓住我就不肯放掉。」

塞芙麗娜悄悄地，既謙恭又溫存地說：「你猜我剛才是怎麼想的？喔，一個可怕的念頭令我難過！是的，我實話告訴你吧！我以爲你了解那件事情之後不想要我了，以爲你將一去不返，永遠不再回來了！」

熱淚湧出，塞芙麗娜抽噎起來，發狂地把雅克抱在懷裡。她說：「啊，親愛的，你知道我是多麼需要你的體貼和愛撫嗎？愛我吧！永遠愛我吧！因爲只有你才能使我忘記過去。我把自己的不幸統統告訴了你，對不對？別離開我！喔，求你千萬別離開我！」

雅克被對方的哀憐所感動，緊張的心情放鬆了，變得溫和了。

他結巴著說：「不，我不離開妳。我愛妳，別擔心！」

說著，雅克也止不住哭起來。命運使他身染頑疾，剛才又復發一次。看來他的病是永遠難以痊癒了。這使他感到可恥，感到絕望。

「愛我吧，更好地愛我吧！啰，用妳的全部力量來愛我吧！我和妳一樣，也需要愛。」

塞芙麗娜哆嗦一下，想知道究竟是怎麼一回事兒。她說：「你有心事，應該告訴我！」

「不，不，我沒有心事。是一些根本不存在的東西和憂鬱令我不安，但這無法解釋清楚。」

他倆擁抱在一起，把痛苦和憂傷融合在一處。這是一種無休止的痛苦，叫人終生難忘，又永遠無法寬容的痛苦。他們哭在一塊兒，感到身上有兩種力量在盲目鬥爭，是生和死在鬥爭。

雅克掙脫出來說：「喂，該動身了，晚上妳就到勒阿弗爾了。」

塞芙麗娜面帶憂鬱，目光迷離，停了一下，喃喃著說：「又得回去，要是丈夫不在家，再讓我自由一夜……啊，這種時刻過得真快！」

雅克做了個激烈的手勢，大聲說：「可是，我們總不能殺死他吧？」

塞芙麗娜死死盯住雅克。雅克不由打起顫來。他感到奇怪，自己怎麼會說出這樣的話？過去他可從來沒有這麼想過。但既然他需要殺個人，那何不把礙手礙腳的盧博殺掉呢？雅克需要先走一步到車場去，臨別時，塞芙麗娜摟住雅克，盡情親吻。

「喔，親愛的，永遠愛我吧！我將竭盡全力愛你。幹吧，我們一定能得到幸福！」

第九章

回到勒阿弗爾後，雅克同塞芙麗娜總是小心翼翼，提心弔膽。既然盧博知道他倆有私情，他會不會悄悄追蹤捉姦？會不會大嚷大叫著要報仇呢？他們知道盧博爲人十分愛嫉妒，容易發火，在他當工人時，動輒就對別人揮動拳頭。但他們發現今日的盧博變得十分消沉，終日默默無語，目光散亂。他們認爲他可能正在策劃陰謀行動，在對他們設圈套，要武力制伏他們。所以在最初一個月裡，雅克同塞芙麗娜幽會時總是很小心，處處提防。

但盧博在家的時間愈來愈少，難道他這樣做是想在他們幽會時出其不意地回來捉姦？雅克和塞芙麗娜所擔心的事情並未發生。相反，盧博在家的時間更少，一有空兒他就走開，直到該他值班時，他才回來一下。盧博值班時，他把時間安排得很有規律，上午十時回來用五分鐘吃飯，然後一直到晚上十一點才回來。下午五時，他把班交完就不知去向，經常徹夜不歸。夜裏他最多只睡幾個小時。輪到他值夜班那週也是如此，他早上五點下班，直到晚上五點才回家，吃和睡都在外面。盧博長期這樣無規律地生活，但一直是模範職員，準時上、下班，從不遲到早退。有時他累得疲憊不堪，兩腿站立不穩，但他照舊挺著，堅持工作，可是最近他出了紕漏兩次，另一位副站長穆蘭只好推遲一小時才下班。一天早上，穆蘭吃罷午飯後還不見盧博接班，穆蘭只好下樓替盧博值班。穆蘭這樣做是出於好意，怕盧博受到批評。就這樣，盧博慢慢渙散起來。過去，白天他根本坐不住，發車或接車他都親自過問，並把詳情記入工作日誌，交給站長。

那時，盧博對人對己都很嚴格，現在他可大變了樣。夜裡，他躺在辦公室的大沙發上，睡得很香，工人們把他叫起來，他睡意朦朧，雙手背在身後，到月台上走來走去。他懶洋洋地下達命令，但從不檢查工人是否執行命令。由於習慣的作用，車站的工作尚可維持，除因盧博疏忽堵塞過一次車外，沒有出現過別的事故。那次他讓一列待發的列車停在通往車場的路軌上了，同事們開玩笑地說那天盧博喝酒喝得太多了。

實際上，現在盧博是天天到「商人咖啡店」二樓的小房間裡，那裏已經變成了賭場。據說夜間常有女人到那裡去，但實際上在那裡只能找到一位女性。她是一位退休船長的情婦，但已經四十餘歲，只有賭癮而無性慾了。盧博到那裡去只是爲了過牌癮。在盧博殺人之後不久，他偶爾玩了一局撲克牌，結果就染上了牌癮，且愈來愈大，甚至到了廢寢忘食的地步。牌癮使生性粗魯的盧博連妻子都不要了。玩牌把他的心全吸走了，牌成了他唯一感興趣的事情。

盧博並非沒有受過良心的責備，但在夫妻關係破裂的衝擊下，在生活失去意義之際，他在賭場找到了精神寄託。他在那裏可以醉生夢死、得過且過地混日子。賭博使盧博墮落，勝過酒精。因爲酒精也不會讓他如此輕鬆，不可能如此迅速地讓他忘記一切煩憂。在玩牌時，他甚至能把生活中的憂慮全部忘掉，感到時間過得特別快。盧博現在是看破了紅塵，過去令他生氣的事情現在再也無法激怒他了。除熬夜使他感到疲勞外，他身體很好，比過去胖了，一身褐色肥肉，上眼皮沉重地壓在眼球上。他步履沉重，似睡非睡地走回家，對人世間的任何事物都不再感興趣。

那天夜裡，盧博回家從地板下取出三百法郎金幣是爲了支付欠債，他一連輸給車站監督科希好幾場。科希是個老賭棍，玩牌時沉著冷靜，叫牌友們擔心。科希自稱他玩牌只是爲了消遣。他的法官職業使他一直保持著軍人風度，他終身不娶妻，整日沉緬在咖啡店裏，像位神態安詳的常客，但這並不妨礙他認眞玩牌，把別人的鈔票裝進自己口袋裡。有人指責科希不按時上班，要他辭職，但這件事兒一直拖了下來，既然他就那麼一點工作，何苦賣力拼命幹呢！他只須到月台上走一圈即可。他一去，大家都忙著向他打招呼。

三週後，盧博又欠科希近四百法郎。盧博說，由於他妻子得了一份遺產，他們很寬裕，但他又笑著說，可惜錢櫃的鑰匙在他妻子手裡，他只能慢慢償付欠債。一天早上，盧博獨坐在家，心緒煩亂，便又打開板條，從洞裏抽出了一張一千法郎的鈔票。盧博周身發抖，十分緊張。那晚拿金幣時他也沒有如此恐懼。這可能是因爲上次是偶然動用一點零錢，而這次卻是眞正的偷竊。盧博想到這筆錢不可侵犯，自己曾發誓永遠不動用它。想到這裡，他起了一身雞皮疙瘩。

他發誓餓死也不動用這筆錢，可是今天他卻動用了它。他不明白自己爲什麼會違背初衷。殺人之後，由於思想的演變，他的顧忌愈來愈少。盧博感到洞裡有些潮濕，有一個軟綿綿令人作嘔的東西，這叫他感到害怕。盧博蓋好板條，發誓今後寧可剁掉雙手，也不再去動用剩下的鈔票了。妻子沒有發現，盧博如釋重負，輕輕舒了一口氣。爲穩定一下情緒，他喝了一大杯水。他的心臟在歡快地跳動著，這下子不僅可以償清債務，還能剩下一些，可以繼續去賭。

但盧博想到要把這一千法郎換成零錢時，心裡犯了愁。他本來是個無所畏懼的男子漢，他曾擔心妻子受牽連，殺人之後，他曾想去自首。可是現在，一聽到「警察」這個詞，他就會嚇出一身冷汗。他知道司法部門並不掌握被盜鈔票的號碼，也知道那起兇殺案的卷宗早已被鎖進檔案櫃裡睡大覺了。但一想到去什麼地方兌換，他心理就犯嘀咕。

一連五天，他一直把那張鈔票帶在身上，那成了他的一塊心病。他不時用手去觸摸它，把它換個地方，夜裡睡覺也不肯離開它。盧博做過種種複雜設想，但總擔心出意外。開始他想到車站找收款員兌換一下，但感到那樣做很危險；他又考慮到勒阿弗爾市另一端，脫下制服，隨便買點東西，錢不就換開了嗎？可是買什麼東西能用這麼大面值的鈔票呢？會不會引起對方生疑？後來，他決定到拿破崙市場的煙草店去兌換。這個辦法不是很簡單嗎？衆人都知道他得了一大筆遺產，煙草店老板不會感到吃驚。但當盧博走到煙草店門口時又怯陣了。爲了提神壯膽，他轉身來到沃幫湖畔。他遛達了半個小時，但仍拿不定主意。

當晚，在「商人咖啡店」，當著科希的面，盧博突然大膽地從口袋掏出那張鈔票，讓老板娘給換成零錢。老板娘手頭沒有那麼多零錢，便派服務生到煙草店去兌換。有人開玩笑似地說，那張鈔票雖然是十年前印製的，但似乎從來沒有用過。車站監督科希接過來看了看那張鈔票，又把它還給了盧博，並說那張鈔票一定在什麼地方保存過一段時間。這引起了那位退休船長情婦的話頭，她開始講述藏匿鈔票的故事。她說有人把一筆錢藏到什麼地方，後來忘記了，過了很久很久才在五斗櫥的大理石裝飾板下面找到。

幾個星期過去了，盧博手上有了錢，賭癮更大。他每次所下的賭注並不大，但手氣不好，賭運不佳，每天輸一點，累計起來就是一個大數目。一到月底，盧博又成了身無分文的窮光蛋，而且還欠別人幾個金路易。他害怕了，不敢再去摸牌，但他想到地板下還有九張鈔票，便又動心了。他隔著木板望著它們，感到它們在他腳下發燙。只要他高興，他可以再去抽出一張，但他對天發過誓，寧可把手放在火上烤焦，也不去動用那筆錢。然而有天晚上，塞芙麗娜早就入睡了，盧博又揭開板條，他心頭奇癢難忍，可是又顧慮重重，雙眼含淚，不拿又有什麼用，那只能自己折磨自己。盧博心裡明白，這些鈔票將一張一張地被他抽光掏盡。

翌日上午，塞芙麗娜偶然發現地板上那塊板條剛被撬開過。很明顯，她丈夫又從那裡取過錢。她不由氣憤填膺，但又有些吃驚，因爲她一向不關心這事，況且她也下過決心，寧可餓死，也不去動用那沾滿血跡的鈔票。可是，這鈔票應是他們夫妻的共有財產呀！丈夫爲什麼不同她商量就把錢取走了呢？直到吃晚飯，塞芙麗娜一直在考慮這件事情，想知道丈夫一共取走了多少錢，她本想撬開板條看個究竟，但她不敢獨自伸手去摸，一摸定會嚇得她髮根倒豎。那個死鬼會不會從洞中鑽出？塞芙麗娜像孩子那樣害怕，不敢待在飯廳裡，忙拿著針線活兒來到臥室。

晚上，夫妻默默吃著剩下的燉肉。塞芙麗娜發現丈夫不時朝藏錢的地方張望，不由怒火中燒。

她突然問丈夫：「你又拿錢了，是不是？」

盧博有些吃驚，忙抬起頭來說：「怎麼了？」

「喔，你別裝傻！你很明白我的意思。你聽著，那錢你不能再拿了，那是我們的共同財產，你動用它叫我不舒服。」

盧博平時總儘量避免同妻子爭吵。現在他們夫妻關係只剩下婚約和必不可少的一點點接觸了。他們經常一整天互相不講一句話，即使並肩走在一起也像是邂逅相遇的陌生人，冷漠又孤獨。所以盧博只是聳聳肩頭，拒絕做任何解釋。

塞芙麗娜很激動，想了結有關這筆錢的問題。從作案那天起，她就一直爲此事苦惱。

「請你回答，你敢說沒有碰過它？」

「可是這與妳何干？」

「與我何干？這讓我心神不寧。今天我再一次感到恐懼，沒有敢待在這個地方。你一動那個地方，我就得做三夜噩夢。我們平時也從來不提它，請你安分一些，別逼我再提它了！」

盧博睜大眼睛仔細盯著妻子。他沒好氣地說：「我動它礙妳什麼事兒？我又沒有逼妳去動它！錢是我的，與妳何干？」

塞芙麗娜想發怒，但又克制住了。她心緒煩亂，面帶痛苦和蔑視之色。

「啊，你瞧，我眞是不了解你！過去你是個正派人，從來不拿別人一分錢的東西。你那天的行動，我可以原諒，因爲當時你氣瘋了，可是你把我也嚇瘋了。但這筆錢，這是罪惡的錢，它已經不再屬於你，可是你啊！卻一點一點地偷出去賭博。到底出了什麼事兒，您怎麼會墮落到如此地步呢？」

盧博聽著，暫時清醒了，為自己的墮落和偷錢行為感到吃驚。他的墮落和道德敗壞來日已久，要想讓他回到殺人前的樣子已不可能了。

盧博自己也不明白，夫妻關係破裂之後，妻子不再理睬他，甚至仇恨他，可是他卻在這個時候變成了另外一個人，過上了另外一種生活。但他決定採取破罐破摔的態度，把胳膊一掄，似乎想擺脫糾纏不休的想法。

盧博抱怨說：「我在家裡感到煩膩，只好到外面去消遣。既然妳已經不再愛我……」

「噢，是的，我不再愛你了。」

盧博盯住妻子，往桌面上猛擊一拳，臉皮脹得通紅。

「那妳就讓我安靜一些吧！妳外出，我攔阻過嗎？我批評過妳的行為嗎？真正的男子漢處在我的地位往往可以做出種種反應，但我什麼也沒有做。第一，我本可以朝妳屁股上猛踢一腳，把妳趕出家門；第二，那樣也許我就不會再偷錢了。」

塞芙麗娜臉色蒼白。她想過，嫉妒心很強的男子，因受內心痛苦的煎熬而對妻子偷情不聞不問時，就是他開始墮落的跡象，他將步步下滑，將會摒棄一切顧忌，直至喪失天良，但塞芙麗娜不想承擔責任，她要鬥爭一番。

她結巴著說：「我禁止你動用那筆錢！」

這時，盧博已經吃完飯，他平靜地疊好餐巾，站起身，結巴著說：「要是妳想要，我們可以平分。」

盧博彎下腰準備去撬那塊板條。

塞芙麗娜忙跑過去用腳將板條踩住。

「不行，不行！你知道，我是寧肯死掉……別打開，別動！別在我面前動它！」

那晚，塞芙麗娜同雅克在貨站幽會。等她半夜十二點回到家裡，晚飯後那場爭吵又閃現在她眼前。她躲回臥室，把門連鎖了兩道。那夜盧博值夜班，不用擔心他中途回去睡覺，他中途回去的情況極為稀少。塞芙麗娜則把被子一直拉到下巴上，沒敢熄燈，她輾轉反側睡不著。為什麼不同他分掉那筆錢呢？想到那筆錢可以花費，塞芙麗娜的正直感就不那麼強烈了。她不是已經接受了德莫法十字架那份饋贈嗎？那她當然也可以接受這筆錢呀！但她馬上打起哆嗦來。不，不行，永遠不行！假如是普通的錢，她早就拿過來了，但這筆錢她不敢去碰，擔心燙手，因為這是從死人身上偷來的錢，是從殺人罪惡中得來的錢。

塞芙麗娜平靜下來，心想，她可以取出那筆錢，但不去花掉，而是把它藏到別處，埋在只有她自己才知道的地方，讓它永遠埋在那裡。眼下，她還可以從丈夫手裡要出二分之一。那樣，丈夫就不能把那筆錢統統塞進自己腰包，也就不能用她那一份錢去賭博了。

在時鐘打響三點時，塞芙麗娜十分後悔，後悔沒有答應同丈夫平分那筆錢。她突然產生了一個模糊且不太成熟的想法。她想起床去地板下把那錢取出，叫丈夫什麼也撈不著。可是她感到天氣太冷，不願意去挨凍。她把錢取出來藏掉，盧博也不敢去控告她！塞芙麗娜感到這樣做勢在必行。這一決心來自內心深處，愈來愈強烈。她不願意挨凍，但又別無他法。她馬上從床上跳下，挑大燈芯，驚恐地走進飯廳。

塞芙麗娜不再發抖，她的恐懼消失了。她沉著冷靜，動作像夢遊者那樣緩慢準確。她用桶火棍撬開那塊板條，打開洞口，但由於看不見洞裡的情況，塞芙麗娜忙把燈光移過去。她呆住了，彎著腰站著不動。因為她發現板條下已空無一物。很明顯，在她同雅克幽會之際，盧博回來過。

他提前下手，把板條下的鈔票全取走了，一張也沒有留下。塞芙麗娜跪下去，看見那塊懷錶和錶鏈還在洞裡，在木板的灰塵下閃閃放光。塞芙麗娜不由怒從心頭起，她穿著內衣褲直直地跪在那裡，連連高聲罵道：「小偷！小偷！」

塞芙麗娜生氣地抓起懷錶。洞中有隻黑蜘蛛被她一驚嚇，順牆跑走了。她用腳跟把板條挪回原處，把燈放到床頭櫃上，上床躺下。她在被窩裡暖和了一會兒之後，取出懷錶仔細端詳，翻來覆去看了好久。錶殼上刻有董事長姓名開頭兩個字母，交叉在一起，這引起了塞芙麗娜的注意。字母中間是出廠號：2516。保存這種東西是要承擔風險的，因爲司法機關掌握這個號碼，但由於塞芙麗娜只撈到這麼一件東西，在盛怒之下，她忘記了恐懼，甚至認爲是這塊懷錶結束了她的噩夢，認爲這樣一來，地板下的屍體也就消失了，她可以放心大膽地在那上面走動了，她自由了。她把錶放在枕邊，吹滅燈睡著了。

次日雅克休息，等盧博像往日那樣走進「商人咖啡店」之後，雅克就上樓同塞芙麗娜相會，共進午餐。他們膽子大了，就這麼公開在一起吃飯。

這天吃飯時，塞芙麗娜還有些發抖。她把藏錢一事告訴了雅克，說那筆錢已一文不剩。她對丈夫這樣做怒氣未消，止不住叫罵道：「小偷，賊！」

塞芙麗娜取出懷錶，也不管雅克是否樂意，她一定要雅克收下。

「親愛的，你知道他們不會去搜你的家。要是留在我這裡，他還會把它也拿走的，那我可不幹，我寧可叫他挖去一塊肉，也不給他懷錶！不，他撈的太多了！我並不想要那筆錢，它們叫我害怕，我絕不會去花一分一毫，但難道他就該獨吞？喔，我恨死他了！」

塞芙麗娜哭著懇求雅克，雅克只好收下，把錶放進背心口袋裡。

一小時過去了，雅克抱著袒胸露臂的塞芙麗娜，讓她坐在他的膝蓋上。塞芙麗娜摟著情夫的脖子，貼著他的肩，懶洋洋地愛撫著他。突然盧博用鑰匙打開房門走進來，塞芙麗娜忙站起來，但已經太遲了，被盧博當場抓住，無法否認。盧博一愣，忙收住腳步。雅克仍坐在那裡，驚恐萬狀，但塞芙麗娜似乎並不感到爲難，她沒有任何解釋，而是走向丈夫，嘴裏狂叫道：「小偷！賊！小偷！」

盧博猶豫了一下，滿不在乎地一聳肩，走進臥室去取工作日誌。他上班時把日誌忘在了家裡，但塞芙麗娜卻追過去，逼問他：「你是不是又撬開過那個地方？你敢說沒有？你把那些錢全取走了。小偷！賊！」

盧博沒有吱聲，走出飯廳。走到門口時，他才轉回身，死死盯住妻子說：「得了，妳讓我安靜一些吧！」

盧博走時，連門也沒有關，對雅克，他裝作視而不見，似乎屋裡根本沒有這個人。

塞芙麗娜沉默片刻，對雅克說：「你能相信這是他嗎？」

雅克一直尚未開口，他站起來說：「他這個人完蛋了！」

兩人的觀點不謀而合。盧博殺死了妻子的第一個情夫，卻允許妻子再找一個情夫。開始塞芙麗娜同雅克感到吃驚，繼之是對這個王八丈夫的厭惡。當一個男人墮落到如此地步時，說明他已陷得很深，難以自拔。

從此，塞芙麗娜和雅克完全自由了。他們自由來往，根本不把盧博放在心上。他們不再擔心盧博，卻擔心鄰居勒布樂太太。勒布樂太太總在窺視他們，她對他倆肯定懷有疑心。雅克每次來找塞芙麗娜總是十分小心，但無濟於事，因爲對面的房門總會輕輕錯開一道小縫，小縫裡有隻大眼睛在監視他，叫他無法忍受，不敢再上樓。因爲他一上樓，對方就會發現，就會把耳朵貼在鎖眼上偷聽。這樣一來，他們就不敢互相擁抱，不敢隨便講話。

對此，塞芙麗娜感到十分憤怒，她便開始四處活動，揚言要收回勒布樂那套房子。大家知道，那套房子應該歸副站長居住。其實塞芙麗娜要收回那套房子並非是因爲它前面的風光優美，也不是因爲它的窗子對著出站口大院的坦古維爾高地。她想住那套房子的眞正目的是因爲它還有一個門，正對送貨樓梯。當然，這個理由，她不便明講。那樣雅克就可以從另外一個門進入，而不會被勒布樂太太發覺。那樣他們就算眞正自由了。

雙方鬥爭得十分激烈，這個曾使左鄰右舍感興趣的問題又冒了出來，而且日趨尖銳。勒布樂太太受到威脅，絕望地進行自衛。她對衆人說，要是把她關在對面的陰暗房裡，她會被悶死。因爲在那裡，視線被窗前的廊棚屋佰擋住，住在那裏就像坐牢一樣，而她現在所住的地方陽光明亮，很是熱鬧，所以她無法忍受那黑洞裡的生活。況且勒布樂太太雙腿有病，不能出外散步，那就只好終日裡對著廊棚頂自怨自艾，那就等於馬上要她的命，但這些只是感情方面的理由，勒布樂太太無法否認她占據了盧博前任的房子。盧博前任是個光棍，爲討好勒布樂太太才把房子讓給了她。當時勒布樂先生還寫了一份保證書，說只要新任副站長要索回那套房子，他保證讓出來。由於一時尙未找到那封保證信，勒布樂太太就矢口否認有這麼一回事兒。

事情越鬧越大，勒布樂太太的脾氣一天壞似一天，變得粗暴好鬥。她曾想把另一位副站長穆蘭的妻子拉到她這邊來。她說穆蘭大人講過曾在樓梯上看見塞芙麗娜同男人接吻。穆蘭聽後大動肝火。他妻子生性善良，爲人溫順，從不出門。她哭著對丈夫發誓，說她什麼也沒有說，什麼也沒有看見。幾天裡，這一糾紛在整個走廊上掀起了一場軒然大波。最後以勒布樂太太的失敗告終，因爲她不該激怒售票員紀杏小姐。她一直在窺視紀杏的行動，習慣成自然，難以收斂。她每天晚上監視站長的臥室，妄想抓住人家一次。但她一連監視了兩年，一次也沒有抓住人家，連人家的喘息聲都未能聽到一次。

她認定站長和紀杏通姦，發瘋一般想把人家當場捉住。紀杏小姐進門出門，勒布樂太太總悄悄監視人家。紀杏小姐對此十分惱火，希望勒布樂搬到陰面。那樣她們兩家就隔開了，不再是對門鄰居，紀杏進出也就不必經過勒布樂家門口了。在這一糾葛中，站長達巴迪本來採取超然態度，但現在他也開始反對勒布樂夫婦了，這對勒布樂可是個不祥之兆。

加上其他糾紛，形勢日趨複雜。現在菲洛梅內來給塞芙麗娜送雞蛋，一見勒布樂太太就傲慢地把腦袋一仰，因爲勒布樂太太總愛開著房門，惹衆人生厭。菲洛梅內經過勒布樂門口時，彼此都要說兩句使對方不愉快的話。塞芙麗娜同菲洛梅內的關係十分親密，常常互相吐露隱情。在雅克不敢上樓時，菲洛梅內就替他通風報信。菲洛梅內裝作去送雞蛋，把更改後的幽會時間和地點告訴塞芙麗娜，並解釋上次雅克來爲什麼那麼小心。

雅克有時不能赴約，就到車場主任索瓦尼亞家消磨時光。他同司爐佩克一起去那裡消遣，因爲雅克不願意一個人待在宿舍裡。有時佩克去海員酒吧間閒逛，雅克照舊去菲洛梅內家，托她傳遞口信，一坐下就不肯離開。久而久之，菲洛梅內對雅克產生了好感，跌進了愛情的漩渦裏，因爲以前她結交的人全是粗魯漢子。她感到雅克那雙小手很漂亮，他生得文質彬彬，神態憂鬱，相貌英俊，猶如她從未嘗過的糖果，十分饞人。她同佩克是一對醉鬼，粗暴多於愛撫。她把雅克的話轉告塞芙麗娜時，感到自己也嘗到了禁果的美味。

一天，菲洛梅內向雅克吐露眞情，抱怨佩克爲人陰險。平時他笑眼常開，一旦喝醉酒，他什麼壞事也幹得出。雅克也發現菲洛梅內注重打扮了。她身材瘦長，十分肉感，像匹發情的母馬，她那雙眼睛十分漂亮，噴著慾火，難免叫男人會想入非非。她不怎麼喝酒了，房間也收拾得比過去整潔了。

一天晚上，菲洛梅內的哥哥索瓦尼亞聽見妹妹房間裡有男子的說話聲，便舉拳衝進去，想教

訓妹妹 通。當他發現是雅克在同妹妹聊天，不僅沒有生氣，反而送去了一瓶蘋果酒。雅克在菲洛梅內家受到款待，哆嗦症消失了，顯得十分高興，所以菲洛梅內愈是同塞芙麗娜親近，她對勒布勒太太的仇恨就愈大。她到處宣傳，說勒布樂太太是個老無賴。

一天夜裡，菲洛梅內在她家小花園後遇見雅克同塞芙麗娜，她陪他們走到車場，那是雅克同塞芙麗娜經常幽會的地方。

「喔，你們的心也太好了，既然那套房子應該歸你們……我要是您，就抓住她的頭髮把他們轟走……您就大膽鬧它一場吧！」

但雅克不主張大鬧。他說：「不，別這麼鬧，還是讓達巴迪先生出面，通過正常手續來解決吧！」

塞芙麗娜說；「本月底，我就搬過去。到那時，我們就自由了！」

儘管天色昏暗，菲洛梅內發現塞芙麗娜高興之餘捏了一下雅克的手臂。菲洛梅內告辭，但她剛走三十步就在黑影中收住了腳步，回身望著那對情人。她看見他倆卿卿我我，心裏十分激動。但她並不嫉妒，而是感到自身有一種需要，需要和他們那樣去相愛，去接受愛。

雅克的情緒日見低落。有兩次，他本可以去同塞芙麗娜幽會，但卻藉故沒有去。他有時故意賴在索瓦尼亞家，也是爲了避免去見情婦。但雅克仍在熱戀著塞芙麗娜，越來越迫切需要她。只是他每次抱住情婦，那種可怕的病症就會上身，頭暈目眩，只好放開她。他會感到獸性又要發作，心頭冰冷，身上打顫，似乎變成了另外一個人。雅克試圖多開車，用疲勞來壓抑這種感情。他經常要求加班加點，在機車上一站就是十二個小時，身體都快被顛簸得散架了，肺部被冷風灌得直冒火。同事們都抱怨司機工作太辛苦，用不了二十年就會把身體累垮，但雅克卻想及早把自己毀掉。他從不感到開車辛苦，只要一開上利松號，他就感到高興。列車飛奔，他什麼也不考慮，除信號燈外，什麼也不用看。車一到站，睡意就來，往往連臉也不洗就躺下睡著了，但一覺醒來，那個固執的想法就會又來折磨他。

雅克試圖像過去那樣，把感情移到利松號機車上，每天花幾個小時擦拭它，並要佩克也把鋼皮擦得雪亮。途中，有的車站監督走到身旁，向他祝賀，但雅克卻搖頭表示自己並不滿意。因爲雅克心裏明白，自那次雪地拋錨之後，利松號已今非昔比了，遠不及從前健康和勇猛。在檢修活塞和進汽閥門時，利松號的靈魂也被換掉了，就是在安裝時，它偶然得到的那種神秘的平衡。爲此，雅克感到痛苦，後來這種情緒轉化成辛酸，令人擔憂。他甚至追著上司提出一些不合情理的要求，要修這兒修那兒，要人家去做根本無法辦到的事情。上司拒絕了他的無理要求。爲此，他更苦惱、憂鬱，堅信利松號已病入膏肓，無法醫治了，只這一點影響了雅克對利松號的疼和愛。既然它能葬送自己心愛的一切，疼它還有什麼用？雅克對情婦的愛也是一種絕望和瘋狂的愛，但痛苦和疲勞都無法使這種愛消失掉。

塞芙麗娜清楚雅克變了。爲此，她也感到憂傷，以爲雅克了解眞相之後才變得憂鬱起來。雅克一摟住她就渾身哆嗦，就後退，不讓她親吻。難道雅克是想起了往事而感到害怕了？塞芙麗娜再也不敢提及那件事情了，而且後悔自己不該講出去。那天，他們睡在別人的床上，在情意纏綿之餘，她竟對雅克坦白了那件事兒，現在回想起來，塞芙麗娜自己也感到吃驚。要是她不吐露那個秘密，今天她就可以高高興興地同他待在一起。她愛雅克，現在更愛他，因爲他最了解她。

塞芙麗娜的性慾終於甦醒了，對床笫之歡貪得無饜。她是天生尤物，來到人間只是爲了情愛，爲了作情婦，而不是爲了作母親。她活著只是爲了雅克，她說要努力同雅克結合在一起，這是實情，並非虛言。因爲塞芙麗娜夢寐以求的只有一件事兒，讓雅克把她帶走，讓她融化到他的肉體裏。她還是那麼溫順，那麼被動，只有同雅克在一起時，她才感到歡愉。她甘願像母豬那樣從早到晚趴在雅克的膝蓋上。

對那起可怕的兇殺案，塞芙麗娜感到奇怪，奇怪自己爲什麼也被捲了進去。雖然在少女時代，她就被董事長糟蹋了，但在心靈深處，她仍像處女一樣單純。她說這是久遠的往事。她又笑著說，假如丈夫不礙她的事兒，她也不會遷怒於丈夫。她對雅克愈來愈痴情，對丈夫當然也就愈憎恨。現在，雅克對她的一切已全部知曉，他寬恕了自己，那他就是自己的主人。她要跟他走，任他支配。她要把雅克的形象印在腦海裡，時時想著他，時時感到他的嘴唇就貼在自己臉上。現在她發現雅克不高興，又不知他苦惱的原因，所以內心十分痛苦。

在塞芙麗娜尚未搬進新居，他們還不能到她家中自由幽會之前，他們繼續在外面幽會。冬季即將過去，二月的天氣已相當溫和。他們散步的時間愈來愈長，在車站空地上一走就是好幾個小時，因爲雅克不願意停步。當塞芙麗娜靠在他肩上坐下或互相擁抱時，雅克總找沒有亮光的地方。一旦他看見塞芙麗娜裸露的肌體，就擔心自己會殺死她，只要看不見，他還可以克制。每逢星期五，塞芙麗娜照舊隨雅克去巴黎。在巴黎，雅克也總把窗簾拉住，佯稱光線太強影響興趣。

塞芙麗娜每週去巴黎一次，不再對丈夫做任何解釋。對左鄰右舍，她還是老藉口，說去巴黎看膝蓋，有時也說去看望奶娘維克圖瓦大嬸。大嬸現正在住院治病。這種旅行使他倆都可以從中得到歡樂。雅克要全神貫注開好機車，塞芙麗娜則爲雅克不再那麼憂鬱而高興。她對沿途風光，諸如山坡、樹叢等早已瞭如指掌，但她依舊興趣盎然。從勒阿弗爾到莫特維爾，是大片牧場，土地平坦，綠籬環繞，地裡栽種著蘋果樹。

從莫特維爾到魯昂，地勢凹凸不平，滿目荒涼。一過魯昂，塞納河展現在眼前。列車在索特維爾、瓦賽勒和蓬德拉爾希三次穿過塞納河。接著是遼闊的平原，塞納河又不時閃現在眼前，河面明顯增寬。從加隆起，列車就沿河岸前進，河水在列車右側低矮的河道裡緩緩流動，岸邊栽滿了白楊和綠柳，然後列車順山坡前進，到博尼埃爾就再也看不到塞納河了。但從羅爾布瓦隧道鑽出之後，列車在羅斯尼又同塞納河相遇，塞納河是列車旅途中的真摯朋友。在抵達終點之前，列車還要三次穿過塞納河。看到樹林中的鐘樓，那是芒特；看見白色石膏礦，那是特里爾；列車橫穿市中心的是普尼西；再過去是夾在綠樹高牆中間的聖．日耳曼；坡地上長滿丁香花的地方叫科隆貝。列車駛入巴黎郊區，終點站巴黎到了。從阿斯尼埃爾橋上就能看見巴黎市，凱旋門矗立在遠方。附近有許多表皮剝落的建築物，那是工廠的煙囪。機車鑽進巴蒂涅勒隧道，乘客們喧鬧著走下火車。直到天黑，雅克同塞芙麗娜可以盡情玩耍，無人打擾他們。返回時天色已晚，塞芙麗娜在車上閉住眼睛，重溫白天的幸福時光。但不論早上還是晚上，每次經過德莫法十字架時，塞芙麗娜都要探頭望一眼。她不敢把腦袋探出窗外，但她知道芙洛兒一定正站在路障前，手舉小旗，貪婪地盯著機車。

自從那個大雪天，芙洛兒看見雅克同塞芙麗娜擁抱之後，雅克就告訴塞芙麗娜，要提防芙洛兒。雅克知道，芙洛兒年輕、粗野，在拼命追逐他。她嫉妒心強，像男子一樣兇殘，必要時甚至敢行兇殺人。雅克還感到芙洛兒知道不少事情，她曾對他提到過董事長同一位小女孩的關係，說那位小姐被董事長許配了他人，誰也不會懷疑她的爲人。芙洛兒從這一個事件就可以猜到董事長被殺的原因和兇手是誰。她有可能會告發或寫揭發信之類，以此來對待情敵，實現報仇的願望。

但時間一天天過去了，沒有發生任何事情，芙洛兒一直堅守在崗位上，手拿著小旗，筆直地站在路邊。從芙洛兒看見機車起，雅克就感到她透過煙氣，死死地盯著自己。在機車閃電般的奔馳中，在車輪的轟隆聲中，她要把他看個夠，目送他走遠。列車從第一節車廂到最後一節車廂，芙洛兒一節一節地審視一遍。她經常看見情敵塞芙麗娜在車上。她發現每逢星期五，情敵一定在這列快車上。對方也總在悄悄看她，只敢一探身，不敢把腦袋探出來，但依然會被她發現。兩人目光相遇，猶如兩把利劍刺向對方。列車飛走了，芙洛兒不能隨車前去，只好留在原地生氣，因為列車把她的幸福也帶走了。雅克每次看到她，總感覺到她比過去又長高了一些。至今不見芙洛兒有什麼行動，這叫雅克擔心。雅克一直在考慮，面色憂鬱的芙洛兒到底在策劃什麼呢？雅克不願意見她，但是辦不到。

還有一位職員妨礙雅克同塞芙麗娜來往，這就是列車長亨利．多韋涅。亨利負責星期五這趟車，一再向年輕女性塞芙麗娜大獻殷勤。他發現塞芙麗娜關係特殊，認為自己的機會也來了。在勒阿弗爾發車時，盧博正在值班，他嘲弄亨利的作法太露骨。亨利把塞芙麗娜安頓在一間小包房裡，並摸了摸水壺是否還熱。有一次，盧博同雅克聊天，盧博眨了一下眼睛，暗示亨利在討好塞芙麗娜。意思是問雅克能否容忍亨利的作法。在一次爭吵中，盧博還公開指責妻子和兩個男人睡覺。塞芙麗娜以為雅克也有這種想法，感到十分傷心。有一次，她哭著對雅克說她是清白的，要是他發現她不忠，他可以殺死她。雅克說，他那麼說是開玩笑，忙抱住塞芙麗娜，說他深信她為人正派，並說他希望自己永遠不會殺人。

但在三月初，有幾次他們晚上幽會出了點麻煩，他們只好暫停約會。他們去巴黎幽會只能自由自在玩幾個小時，路上卻要花費不少時間。塞芙麗娜感到玩的時間太短，她對雅克的需要日益強烈，希冀完全占有他，晝夜同他在一起，永不分離。同時她對丈夫的厭惡情緒也愈來愈劣，一看見盧博就會感到有一種難以忍受的病態式的衝動。過去塞芙麗娜一直十分順從，隨和溫柔，現在她一提到丈夫就生氣。盧博稍不合她的意，她就大發雷霆。她那黑髮似乎給清澈如水的藍眼睛罩上了一層陰影。她變得很兇，指責丈夫毀掉了她的一生，說他們繼續在一起生活已不可能。這難道不全是他的過錯嗎？他倆已不是夫妻，她找了個情夫，但這不全怪丈夫嗎？盧博卻十分平靜，這更叫塞芙麗娜難以忍受。妻子滿腔怒火，盧博無動於衷。現在他大腹便便，一身肥肉，這更叫塞芙麗娜憤怒和痛苦。她現在的唯一希望就是同丈夫一刀兩斷，遠走高飛，到外地重新開始生活。喔，重新開始一種新的生活，但千萬別再重複過去那種生活了。

她希望再像十五歲時那樣生活。那時她尚未失身，愛別人也被別人所愛，又富於幻想。塞芙麗娜花了八天時間擬定了一項逃跑計畫。她要同雅克私奔，逃到比利時隱居，去過自力更生的年輕夫婦生活，但她尚未來得及同雅克商量就發現此路不通。她同雅克不是合法夫妻，那將會使他們終日擔驚受怕。況且她一走就得把家產、錢財和德莫法十字架的房產全部留給盧博，這她可不願意。根據夫妻二人誰後死，財產就歸誰的規定，她同盧博接受了那份遺產。現在盧博成了財產監護人，束縛住了她的手腳。她寧可死掉，也不肯留給丈夫一分錢。

一天，盧博面色蒼白地跑回家，說他在經過機車前時，肘部被緩衝器撞傷了。塞芙麗娜想，要是盧博死掉，她不就自由了嗎？她仔細盯著盧博，既然她不再愛他，他活著只能叫她生氣，那他爲什麼不去死呢？

從此，塞芙麗娜改變了主意，希冀盧博在車禍中喪生，然後她同雅克逃到美國去生活。他們先正式結婚，然後賣掉德莫法十字架的房產及全部家產，那他們就再也無後顧之憂了。他們準備逃往別的國家，在擁抱中獲得新生。在那裏，生活將是全新的，無須再回味不堪回首的往事。過去她選錯了丈夫，今後要從頭去尋求幸福。雅克可以找一份好工作，她自己也要找點事兒做。慢慢他們就會發財，將來還要生兒育女，過一種有工作、有歡樂的新生活。塞芙麗娜憧憬著美好的未來，並對這種幻想中的生活不斷地進行修改、補充，增加幸福的內容，最後竟以爲那種生活會充滿歡樂和財富。

以前，塞芙麗娜很少出門，現在卻常去觀看大船啓航。她走上防波堤，憑倚欄杆，一直目送大輪船的煙囪消失在遠海的霧靄之中。她感到自己的靈魂已經離開軀體，感到自己已同雅克站在大船的甲板上，離開法國，駛向夢想的天堂。

三月中的一天晚上，雅克冒險上樓來到塞芙麗娜家。他說他有位老同學坐他開的列車從巴黎來到勒阿弗爾，準備去紐約經營鈕釦製造器，這是一種新發明。朋友需要找個機械師合作，想請他去。喔，那是一宗大買賣，投資只需三萬法郎，但贏利可能達數百萬之多。雅克講這件事只是爲了聊天，最後他說自己已經拒絕。但他有些遺憾，眼看著到手的大把票子流走，確實要有一點兒勇氣。

塞芙麗娜站在那裏，目光呆滯。雅克所講不正是她夢寐以求的事情嗎？

最後，塞芙麗娜喃喃地說：「喔，假如明天我們就出發……」

雅克大吃一驚，猛地抬起頭來說：「什麼，我們出發？」

「對，要是他死掉的話……」

塞芙麗娜沒有提盧博的名字，只是動了一下下巴，但雅克早已明白。

他聳了一下肩，表示遺憾，因爲盧博還沒有死。

塞芙麗娜鄭重地說：「我們去，到那裏，我們一定會很幸福！只需三萬法郎，賣掉房產就可以湊足這筆錢，而且還有富餘，夠安家用。你去經營企業，我照管小家庭，我們會全力去愛護那個家……喔，那該多好，多幸福！」

塞芙麗娜又低聲說：「遠遠地離開不堪回首的往事，開始一種全新的生活！」

雅克被情婦的柔情蜜意所感動。他們的手無意中碰在一塊兒，本能地用力握在一起。他們都不再講話，沉醉在幻想之中。

最後，塞芙麗娜說：「在你朋友出發之前，你該再去見他一次，讓他暫時先別找合股人。」

雅克有些吃驚：「這是爲什麼？」

「天哪！這誰知道？那天，要是那台機車再快一秒鐘，我就自由了。有的人早上活得好好的，晚上就可能死掉。你說是不是？」

塞芙麗娜盯著雅克，重複說：「要是他死掉後！」

雅克勉強一笑，問道：「妳不是要我去殺死他吧？」

塞芙麗娜嘴上連說三遍不是，但她的眼神卻在說是。她那一向溫順的眼睛變得冷酷又殘忍。既然盧博殺死了別人，那別人為什麼不可以殺死他？塞芙麗娜突然想到了這一點。這是因果報應，是必然的結果。把盧博殺死，然後逃之夭夭，這個辦法最簡單。盧博一死，一切的一切都結束了，她就可以一切從頭開始。塞芙麗娜想不出更好的解決辦法，於是她打定了主意，但她沒有勇氣把這些話講出來，只好輕輕挪動一下，繼續說不是。

雅克背靠碗櫃，佯裝微笑，他剛剛發現了一把尖刀。

「假如妳想讓我去殺死他，就把尖刀遞給我！懷錶已經在我身上了，加上尖刀，我就可以布置一個小小的博物館了！」

雅克笑得更兇，塞芙麗娜嚴肅地說：「好，請把刀子拿去！」

雅克把刀子放進口袋，上前抱住塞芙麗娜，似乎還要開個玩笑：「好了，祝妳晚安！我馬上去見朋友，讓他先等一下！星期六，要是天不下雨，請到索瓦尼亞家屋後找我。喂，咱們是一言為定。妳放心，我不會殺人，剛才只是同妳開個玩笑。」

儘管天色已晚，雅克依然到港口同學下榻的旅店去了一下。因為他的同學次日一早就要啓程。雅克說他有可能繼承一筆遺產，請對方再等十五天，聽他的回話兒。回車站時，雅克走在黑暗的林蔭道上。他邊走邊想，對自己的行為感到吃驚。他已經占有了人家的妻子和財產，難道他還忍心再去殺害人家？不，雅克尚未作出任何決定，這顯而易見。他現在只是在做準備，準備一旦作出決定時好下手。他又想到塞芙麗娜，她用熱得發燙的手握著他的手，她那凝視的目光明明在支持他去殺人，但嘴上卻一再否認。很明顯，她希望他去殺死盧博。雅克心緒煩亂，不知該怎麼辦。

雅克回到弗朗索尼—馬澤利娜大街，躺在佩克身旁。佩克鼾聲如雷，雅克無法入睡。雅克不願意多想，但殺人的念頭總在他腦海裏翻滾。他反覆考慮如何實現這個方案，認眞權衡利弊得失和可能出現的後果。一句話，雅克在沒有外力的干擾之下，經過冷靜思考，他認爲應該殺掉盧博。盧博是他通向幸福之路的唯一絆腳石！盧博死後，他就可以娶心愛的塞芙麗娜爲妻，可以公開地永久地占有她，而無須躲躲閃閃，而且還可以得到一大筆錢財。到那時，他就放棄開火車這種苦差事，去美國當老板。他常聽同事們講，在美國，司機可以用鏟子撿黃金。在美國的生活夢幻一般閃現在他眼前：有嬌妻終日相隨，又有大把鈔票塞進腰包，生活寬裕，前程無量，應有盡有。爲實現這一夢想，他只須去做一件事兒，這就是殺死盧博，像牲口踩死路邊的一株小草那樣把他殺死。況且盧博人緣也不怎麼樣，一身肥肉，嗜賭如命，終日萎靡不振。這樣一個人爲什麼要饒恕他？留著他又有什麼益處？沒有，沒有絲毫益處。一切都表明他是罪有應得，爲了別人的利益，應該把他幹掉。在這個問題上猶豫不只是愚蠢的，也是膽小鬼的表現。

雅克感到芒刺在背，便翻身趴在床上。但過去那個模糊想法針刺一般扎得他頭痛，他又馬上把身子翻過來。他自幼就夢想殺人，這個念頭曾長期地折磨著他，那他爲什麼不去殺死盧博呢？說不定殺死盧博之後，他的殺人慾就會永遠得以滿足。這樣他不僅爲別人做了一件好事，而且也可以治癒自己的疾病。天哪，治癒頑疾，不再打哆嗦，占有塞芙麗娜時，他也就不發病了，不會再想刺殺女性。雅克不由出了一身冷汗，他似乎看見刀子已經桶進盧博咽喉。同董事長一樣，一股熱血噴出，噴到了他的手上。雅克感到滿意，很是高興。對，應該殺死盧博。雅克已經打定主意。因爲這可以治好他的疾病，還可以得到自己鍾愛的女人和一份家產。如果他必須殺死一個人，那就去殺盧博。殺死盧博合情合理，從利害關係、從邏輯上講，都可以解釋明白。

雅克打定主意時，已是凌晨五點鐘。他本想小睡片刻，可是他剛睡著就被一陣劇烈的震動聲驚醒。他忙跳起來，氣喘吁吁地坐在床頭。殺死盧博，天哪！他有這種權利嗎？蒼蠅冒犯他，他可以伸手打死牠。一次，一隻貓在他腿下增癢，他無意中一腳把小貓的腰踢斷了。那次他的確是無意的。可是現在他要殺的是人，一個和他一樣的人！他不得不重新考慮一下。爲尋求殺人理由，他想到，在弱者妨礙強者時，強者可以吃掉弱者這個理由。現在的情況是，對方的妻子喜歡他，她希望得到自由，然後嫁給他雅克，並把家產也帶給他，所以他這樣做只是爲了排除障礙。

在森林裡，當兩隻雄狼爭奪一隻雌狼時，不都是強者把弱者一口咬死嗎？古代，在人類同狼那樣住在洞穴裏時，爲爭奪女性，不都是強者殺死弱者而占有女性嗎？既然這就是生活的規律，人類就應該遵循它，而無須考慮什麼道德。道德是人類爲能共同生存而制定的，是後來才有的。雅克感到自己有這個權利，決心倍增。

對，明天就去選擇作案時間和地點，準備行動。最好夜裡作案，趁盧博在站台上巡邏時給他一刀，那樣別人會認爲是小偷圖財害命。地點選在煤堆後面，雅克知道那裡有個合適地點，只要能把盧博引過去，就可以馬到成功。雅克努力想睡一會兒，但心裡又總在考慮如何下手、自己藏在什麼地方、如何刺死盧博而又不讓他反抗就一命嗚呼。當雅克想到細節問題時不由又產生了爲難情緒。良心的責備叫他坐臥不寧。不，不行，他不能去殺盧博。殺人是犯罪行爲，這對他根本不可能。他是受過教育的文明人，接受了人類文明思想的影響。他不能殺人，人是不應該殺人的，這個道理雅克從吃奶時就從先人身上學來的。他三思之後，顧慮重重，也變得聰明了，感到很不安。不，他不能殺人，永遠不能做那種事情！

天放亮時，雅克才睡著，但睡得並不踏實。兩種思想一直在他腦海裏翻滾、鬥爭。那以後的日子裡是雅克一生中最痛苦的時期，他總躲著塞芙麗娜。星期六，他未去赴約，因爲怕看見塞芙麗娜的眼睛，但下星期一他必須去見她。由於害怕，他就更感到她的藍眼睛溫柔、深邃，這更叫他心神不定。塞芙麗娜沒有再提殺人一事，也無其他表示，更沒有催他，但她眼睛裡全是那件事兒，似乎在詢問他、懇求他。雅克手足無措，不知怎麼辦才能避開由此引起的煩躁，才能不受情婦指責。他感到對方總在盯著自己，似乎她感到奇怪，奇怪他爲什麼不希望早日把幸福弄到手。分手時，雅克突然用力吻著塞芙麗娜，以表明他決心已定。雅克也確實下了決心，下樓前他決心很大，但一到樓下，他又動搖了。第三天，當雅克再次見到塞芙麗娜時，他臉色蒼白，神態不安，像是不敢履行義務的膽小鬼。塞芙麗娜抽噎起來，她沒有說話，只是摟著雅克的脖子大哭不止，十分傷心。雅克心煩意亂，感到自己太渺小，決心結束此事。

塞芙麗娜悄聲說：「星期四去那兒，好嗎？」

「好，星期四我到那兒等妳。」

星期四晚上，夜色昏暗，伸手不見五指，天上不見星光，到處彌漫著濃濃的大霧。同往日一樣，雅克提前來到幽會地點，躲在索瓦尼亞的房子後等候塞芙麗娜。由於天色太黑，加上塞芙麗娜腳步很輕，她要撞到他身上時，他還沒有發現她。雅克一驚，塞芙麗娜已經撲到他的懷裡。塞芙麗娜感到雅克在發抖，這令她不安。她喃喃地問：「是我叫你害怕嗎？」

「不，不是。我在等妳，不會有人瞧見，咱們走走吧！」

他倆攜手挽腰，漫步在車站空地上。在車場附近，瓦斯燈稀少，在某些角落裡則根本沒有燈光。而在遠處的站台上，燈光明亮，猶如忽忽閃動的火花。

他們走來走去，誰也不開口。塞芙麗娜把腦袋貼在雅克肩上，不時在他下巴吻一下。雅克則低頭在情婦的太陽穴上親一下。遠方教堂傳來凌晨一點的鐘聲，聲音低沉，而且只響了一下。他倆摟抱在一起，沒有講話，但都在考慮著那件事兒。離開那件事兒，他們就失去了待在一起的紐帶。兩種思想的鬥爭仍在繼續。既然應該行動，講多餘的廢話還有何用？在塞芙麗娜踮起腳尖同雅克親熱時，她發現雅克衣兜裏鼓鼓囊囊，像是那把尖刀。難道他下了決心？

塞芙麗娜想得太多，不得不開口。她輕輕喘了一口氣，說：「剛才他上樓去了，不知爲什麼……我看見他把手槍拿走了。上班時，他把手槍忘在家裏。他肯定要去巡邏。」

他們又默默前進了二十步，雅克才開口，他說：「昨天夜裡，有小偷來這裡偷鉛……他肯定會到這一帶來巡邏。」

塞芙麗娜輕輕顫抖一下，兩人又默不作聲了，慢慢走著。塞芙麗娜暗想，雅克口袋裏裝的是刀子嗎？爲核實清楚，她又故意吻了雅克兩次。她雖然緊貼著雅克的大腿，但仍無法肯定。於是她第三次吻雅克時，故意垂下一隻手摸了一下，那眞是一把刀子。雅克發現了她的意圖，突然用力把她壓在胸部，結巴著說：「他來了，妳很快就自由了。」

殺人的決心已下，他們感到不是自己在走路，而是有一種奇怪的力量在拉著他們前進。他們的感官突然變得敏感起來，特別是觸覺器官。他們一握手就感到手發痛，一接吻就感到像用指甲在掐嘴唇。他們聽到黑暗中傳來各種聲音，有車輪聲、機車的放氣聲、沉悶的碰撞聲和雜亂的腳步聲。霧氣似乎從他們眼前消失了，他們可以分辨出黑暗中物體的輪廓。一隻蝙蝠飛過，他們還可以看見蝙蝠拐彎時的動作。他們來到一個煤堆的一角，停下來不走了，豎起耳朵，睜大眼睛，注視著周圍的動靜，全身都處於高度戒備之中。他們開始悄悄耳語。

「你聽見那邊的呼叫聲了嗎？」

「那不是呼叫，是在編掛車廂。」

「左邊好像有人走動，沙子在沙沙作響。」

「不是，那是耗子在煤堆上奔跑，把煤塊弄了下來。」

數分鐘後，塞芙麗娜突然緊緊抱住雅克。

「他來了。」

「他在哪兒？我怎麼看不見？」

「他跑著繞過工具房，朝我們這裏走來了。妳瞧，白牆上那個黑影！」

「你相信那個黑影是他？這說明他是一個人了。」

「對，一個人，他是隻身一人。」

在這關鍵時訓，塞芙麗娜瘋狂地摟住雅克的脖子，把滾燙的嘴唇貼到雅克嘴上。這是一次時間很長的肉感親吻。塞芙麗娜似乎要把自己的生命送給雅克，她多麼喜歡雅克，又是多麼憎恨盧博！唉，假如她有那個膽量，她早就把盧博殺死了，那也就不必讓雅克擔驚受怕了，可惜她的手太嬌嫩，軟弱無力，所以只好求助於男性。她無休止地吻雅克是想給他勇氣和力量，她所能做的事情只有這一件。她這是向雅克表示，他可以完全占有她的靈魂和肉體。

遠處一台機車的笛聲劃破夜空，恰似一聲憂傷的抱怨；他們還聽到了有節奏的大錘響動聲，但不知來自何方。從海上飄來的濃霧，撒在天空，雜亂無章地飄來飄去，似乎把瓦斯燈的光亮也給遮住了。塞芙麗娜把嘴唇從雅克嘴上移開時，她就把自己的一切統統交給他了，把靈魂和肉體一起交給了雅克。

雅克迅速打開小刀，但他又低聲罵了一句：「媽的，晚了一步，他已經走遠了！」

這是實情。那個活動的身影在離他們五十步的地方，似乎認爲一切正常，便向左一拐，漸漸走遠了。

塞芙麗娜握住雅克的手說：「快，快追！」

他倆一起出發，雅克在前，塞芙麗娜在後，悄悄尾隨著那個黑影，但不敢弄出任何響動。在修理車間牆壁拐角，那人消失了，找不見了。後來，當他們抄近路橫穿車場時，在一條斜路上又看見了那個人影，他離他們只有二十步遠。他倆擔心暴露，趕忙躲在矮牆下。

雅克低聲抱怨說：「追不上了，他一到扳道房門口，我們就無能爲力了。」

但塞芙麗娜照舊催促他：「快，快追！」

此刻，在遼闊的火車站上，在漆黑的陰影裡，在荒涼的夜幕下，雅克很堅決，就像在危險場合作案的同案犯那樣堅定。他步履匆匆，頭腦仍在思考，爲自己殺人尋找理由，要設法把這次行兇說成是明智之舉，是合乎邏輯的和經過三思後才採取的行動。殺死對方是他的權利，是他生存的權利，因爲對方的死是他生存所必不可少的條件。只要把尖刀桶進去，他就能得到幸福。

雅克發現那個人影已經走過扳道房，不由生氣地重複說：「追不上了，追不上了！晚了，他逃走了！」

但塞芙麗娜突然用發抖的手抓住雅克的手臂，讓他靠著她別動。

「瞧，他又回來了！」

盧博的確又回來了。他向右一拐，又返身走回來。也許他隱約感到身後有人跟蹤。盧博繼續安靜地走過來，他像位工作認眞的保管員，不到各處瞧一遍不肯回去。

雅克和塞芙麗娜收住腳步，站在那裡。他們正巧站在一個煤堆角上，背靠煤堆，似乎要鑽進煤堆裡，同煤堆併成了一體，連大氣都不敢出一口。

雅克望著盧博徑直走過來，離他們只有三十米了。盧博每前進一步，就像殘酷的命運之神在步步靠近他們。盧博步履有規律又有節奏，離他們只有二十步，只有十步了。等盧博走過來，雅克就會手起刀落，將尖刀刺進盧博喉嚨，從右向左用力一拉，使他叫不出聲來。雅克感到時間走得太慢，各種想法一起閃現在他腦海裡，時間的概念似乎已不復存在。他要行兇殺人的理由又閃現在他眼前，他又仔細考慮了一下殺人的理由和將會產生的後果。還有五步，雅克的決心很大，馬上就要爆炸，堅定不移。他要殺人，他也知道為什麼要殺人。

然而，當盧博離他們只有一、兩步時，雅克的決心崩潰了，整個身體垮了下來。不，不能，他不能殺人，他不能去殺一位毫無防範的人。一個理智的人是不會行兇的，只有在報仇本能驅使下，在捕獲獵物的衝動下，在饑餓難忍和撕碎獵物欲念的驅使下，人才會去行兇。在那種時候，從遠古傳下來的正義感就會被拋到腦後。現在雅克感到自己無權殺死盧博，他找不到合理的因由去殺他。

盧博平靜地走過來，胳肘還輕輕擦了他們一下。他倆像兩具僵屍站在那裏不敢動彈，也不敢喘氣，擔心被盧博發現。深沉的夜，四下一派寂靜，他倆連咳嗽一下都不敢，盧博已經走過去。在走到十步遠時，他停下來，背靠著煤堆。雅克同塞芙麗娜急忙屏住呼吸，他們害怕，怕剛從他們面前走過去的盧博。

盧博雖然是單槍匹馬，又沒有攜帶武器，但仍叫他們害怕。

雅克感到羞躁，氣得低聲哭起來：「不，我不能！」

他想拉住塞芙麗娜，靠在她身上，爭取她的諒解和寬恕，但塞芙麗娜一聲未吭便扭頭走了。雅克伸手去抓，手剛碰上她的裙子，她就輕輕躲開，跑走了。雅克追了一程，但沒有追上。塞芙麗娜突然離去，叫雅克心煩意亂。難道她生氣是因為他無能？她會蔑視他嗎？雅克認為應該穩重一些，便沒有再追。在那寬闊的地方，在稀疏的瓦斯燈下，雅克感到十分絕望。他要匆匆離開，回到宿舍把頭埋到枕頭下，去忘掉自己一生中的罪過。

十餘天之後，在三月底，盧博夫婦終於勝利了，擊敗了對手勒布樂夫婦。鐵路公司承認他們的要求合理，站長達巴迪先生也支持這一要求，而且勒布樂從前所寫的保證書也已找到。他在保證書上說，一旦新任副站長需要那套住房，他保證讓出。這封信是紀杏小姐翻查舊賬本時發現的。勒布樂太太看到自己已經失敗，十分生氣，提出馬上換房。既然他們想要她的命，那就早點結束這一切吧！

搬家折騰了三天，難忘的搬家工作使走廊上十分熱鬧，連一向不肯拋頭露面的小個子穆蘭太太也出來幫忙，替塞芙麗娜把做針線活兒用的小矮桌從這一邊搬到了另一邊。菲洛梅內一大早就來幫忙，故意叫勒布樂太太生氣。菲洛梅內幫忙搬家具、打包行李，勒布樂那邊還未收拾好，她就闖了進去。她把兩件家具搬過去，把勒布樂太太趕了出來。菲洛梅內對雅克和塞芙麗娜大獻殷勤，叫佩克吃驚、生疑。佩克用陰險惡毒的語言和仇視的醉鬼神態問菲洛梅內，問她是否想陪雅克睡覺。他還警告情婦，一旦被他抓住，他會同他們二人拼命。菲洛梅內愈來愈喜歡雅克，甘願作他和他情婦的僕人，希冀擠到他們中間去，分享一點塞芙麗娜的殘羹剩飯。她把最後一張椅子搬走之後，雙方就關上了房門。後來，菲洛梅內發現還有勒布樂太太一張小凳沒有搬走，她推開門，把凳子扔在走廊上。這樣，搬家工作才宣告結束。

生活又慢慢變得單調起來。勒布樂太太住在後面，由於她患有關節炎，只好天天坐在扶手椅上，望著車站廊棚頂。廊棚頂把天空全給擋住了，她感到十分厭煩，氣得天天抹眼淚。塞芙麗娜天天在家繡花，繡那條永遠繡不完的床罩。她坐在窗前，窗下就是熱鬧的出站口大院，行人和車輛川流不息。

那年春天姍姍來遲，人行道兩旁的大樹剛萌出綠芽。遠方，在坦古維爾坡地上，在那片樹叢中，有一幢幢白色鄉間別墅。塞芙麗娜能住到這邊，花費了不少心血。她眼前是開闊明亮的大院，陽光十分充足，但這一切似乎並未能給她帶來歡樂，這叫她吃驚。女傭西蒙大嬸也抱怨說住在新地方不習慣，心裡煩悶，不如原來的家好，因為在原來那個家，即使地面髒一點也不易察覺。盧博是聽其自然，似乎並未感到已經搬了家。他經常走錯門兒，只在發現鑰匙插不進去時，他才恍然大悟，而且他待在家裡的時間越來越少，他同妻子的關係繼續在惡化。

有一段時間，盧博似乎又振作了起來，在政治方面相當活躍。他的一些想法雖不夠清晰，也不甚強烈，但他一直沒有忘記同副省長那起糾葛。那個案子幾乎叫他丟掉工作。大選動搖了帝國的根基，經過那場危機，盧博勝利了。他一再重複，說那些人不會永遠是主子。達巴迪站長聽說盧博對紀杏小姐講過革命之類的話語，便善意警告盧博，這樣盧博才冷靜下來。現在走廊上已趨平靜，大家相安無事。勒布樂太太得到報應，厭倦煩惱，健康狀況每況愈下。既然如此，盧博又何必為國事自尋煩惱呢？他簡單地說，他蔑視政治，蔑視一切！盧博一天比一天胖，心寬體胖，他步履沉重，神態自若，似乎已經看破紅塵。

現在，雅克同塞芙麗娜可以自由來往，但他們約會的間隔距離愈來愈長。沒有任何東西妨礙他們相會，雅克可以從另一個樓梯自由進出盧博家，而不必擔心被人瞧見。房子屬於他們，要是他們有膽量，他們可以睡在那裡，但出於雅克未能完成他們要幹的事情，這使他倆相互感到不快，似乎在他倆之間豎起了一堵不可逾越的高牆。

雅克為自己的軟弱行為感到羞躁，他感到情婦神色憂鬱，知道她難過，因為她的願望未能實現。他們基本不再親吻，因為這種偷偷摸摸的假夫妻生活已不能滿足他們。他們需要一種完整的幸福生活，要正式去美國結婚，比翼雙飛，去過另一種生活。

一天晚上，雅克發現塞芙麗娜正在抹眼淚。她一見雅克，非但沒有停止，反而哭得更傷心，摟住雅克的脖子啜泣不止。過去也有過這種情況，但只要雅克把她抱住，安慰她一下，她就會平靜下來。可是今天，雅克愈是緊緊抱住她，她的絕望程度愈大，這叫雅克感到手足無措，只好用手捧住塞芙麗娜的頭，用飽含熱淚的眼睛盯著她。雅克說他已明白對方痛哭的原因，對方感到絕望，是因爲她是個逆來順受的女子，自己不敢行兇殺人。

「原諒我！請再等一下，我發誓，一有機會，就幹掉他！」

塞芙麗娜馬上把自己的嘴貼到雅克嘴上像是要封住他的嘴，不讓他發誓似的。他們又一次長久地親吻，相擁相抱，肉體相貼，溶成了一體。

第十章

法齊姑媽最後又痙攣了一次，在星期四晚上九點離開了人世。米薩爾守在床頭，試圖讓死者閉上眼睛，但是白費力氣。法齊的雙眼頑固地睜著，她的腦袋已經僵硬，垂在肩頭，似乎仍在審視房間。她的嘴唇抿得很緊，一副挖苦嘲弄神態。屋裡只有一支蠟燭，放在靠近死者的桌角上。九點過後，不時有全速通過的列車，但誰也不去理會，在震動聲中，在搖曳的燭光下還有一具屍骨未寒的女屍！

米薩爾設法把芙洛兒支走，讓她去杜安維爾報喪。米薩爾知道在十一點之前，芙洛兒趕不回來，他有兩個小時空閒。他不慌不忙，切下一塊麵包送下肚去。由於法齊斷氣前折騰了很久，米薩爾守候在一旁，一直沒有進食，現在感到腹中饑餓難忍。他邊吃麵包，邊走來走去歸置家具。他不停地陣咳，身體彎成兩截。他也是個半截入土的人了，消瘦、虛弱、頭髮斑白、目光無神。他雖然勝利了，但他也不會再活多久了。不過這無關緊要，重要的是他像昆蟲啃橡樹，終於把身體健壯、高大美麗的女子吃掉了。她就躺在床上，已經完蛋、消失了，而他還活在人間。米薩爾忽然想起一件事兒，他忙蹲下，從床底下掏出一只瓦罐。瓦罐裡還有一點泡過木屑的洗滌用水。自從法齊生疑之後，米薩爾改變了方式，不再往鹹鹽裡放毒，而是把耗子藥放在洗滌水裡。法齊眞笨，竟沒有料到他還有這麼一手，一口氣把木屑水喝光了，從而結束了她的生命。米薩爾把罐裡的水全倒掉，又用海綿把滴在地面上的水珠擦拭乾淨，可是妻子爲什麼固執地不肯瞑目呢？是想嚇唬他嗎？活該！

據說，在夫妻鬥智時，被悄悄害死的一方就會死不瞑目。米薩爾感到高興，將把這件作為笑話講給別人聽。法齊雖然十分小心，一直提防著上面，但卻忘了下面，結果中毒身亡。一列快車飛過，低矮的小屋像受到了風暴的襲擊。米薩爾雖然對此早已習以為常，但仍不由自主地轉身衝著窗口，驚跳了一下。喔，川流不息的乘客，他們只顧趕路，哪管在車輪下喪生的生命？沒人肯管那些閒事！列車馳過之後，在寂靜中，米薩爾又看見死者圓睜的雙目。那一雙靜止不動的眼球似乎在注視著他的一舉一動，那微微後縮的雙唇似在嘲笑他。

一見此景，一向為人冷漠的米薩爾不由得生起氣來。他似乎又聽見妻子在說：「你找吧！去找呀！」她肯定不會把那一千法郎帶走。現在她已死掉，他肯定可以找到那筆錢，可是，難道她不應該把那筆錢交出來嗎？那也就不會有這些麻煩了。死者的眼睛似乎一直在盯著米薩爾，好像一直在說：「你找吧！去找呀！」她活著時，米薩爾不敢搜查臥室，現在他要仔細搜查一番。他先翻衣櫃，從橫檔下取出鑰匙，把存放衣物的隔板統統翻了個底朝天，把兩個抽屜裡的東西也囊傾一空，但他一無所獲，什麼也沒有找到。他又去翻床頭櫃，把櫃頂的大理石面拆下來，裏面也是空無一物。壁爐上有面鏡子，是從商店買來的，很薄，用兩根釘子固定在牆上。米薩爾連那面薄鏡子也細細檢查了一遍，再用一根長尺子伸到鏡子後面，結果只掏出一些黑灰。「你找吧！去找呀！」米薩爾一直感到死者在盯著他。為躲避死者圓睜的大眼睛，米薩爾趴在地上，用拳頭輕輕敲打地面上的瓷片，聽聽哪裡有空洞之聲。他發現有好幾個瓷片活動了，便拿開它們，但瓷片下不見一物。米薩爾一起身，就發現死者又在盯著他。他轉過臉要同死者對視一番，他發現法齊那後縮的嘴唇顯得更為可怕。他相信，妻子的確在嘲笑他：「你找吧！去找呀！」米薩爾怒火上升，走近屍體。他憂心忡忡，擔心這樣會褻瀆神靈，蒼白的老臉更為蒼白。他為什麼認為她沒有把那筆錢帶走呢？也許她眞把錢藏在身上了。米薩爾大著膽子掀開被子，扒掉死者的衣服，在死者四肢和關節處尋找。既然法齊讓他找，他幹嘛不找呢！米薩爾在死者身下、頸後和腹部尋找，把床上翻了個亂七八糟，連死者肩下的草墊子都翻了一遍，結果仍是一無所獲。

「你找吧！去找呀！」

死者的頭枕在被弄亂的枕頭上，照舊挖苦似地望著米薩爾。

米薩爾氣得周身發抖。他正準備把床鋪整理一下，芙洛兒從杜安維爾回來了。

芙洛兒說：「時間定在後天，星期六，十一點。」

芙洛兒說的是下葬時間。她馬上明白米薩爾爲什麼累得氣喘吁吁，但芙洛兒裝出蔑視和毫不在意的樣子。

「別找了，你是找不到的！」

米薩爾以爲芙洛兒是在頂撞他。

於是，他走近她，牙齒咬得格格作響：「她把錢給妳了？妳知道在哪兒嗎？」

她雖然是她女兒，但一聽說母親會把那一千法郎送給她，芙洛兒不由一聳肩頭：「呸！給我……她把錢送給土地爺了！瞧，錢就在那兒，你自己去找吧！」

芙洛兒用手一指，把整個家（包括花園和水井）、鐵路和廣闊的田野全包括了進去。是的，那筆錢就埋在附近什麼地方，但無論是誰，永遠也別想找到。米薩爾又惱又怒，搬動家具、拍打牆壁，在養女面前毫不拘束。芙洛兒站在窗前悄聲說：「噢，外面天氣溫和，多麼美好的夜色！路上我走得飛快，星光明亮，如同白晝。明天一出太陽，一定是個大好天氣！」

芙洛兒在窗前佇立片刻，望著寂靜的原野。田野已被四月的春風染成了碧綠色。芙洛兒扭過臉，若有所思，感到心頭的創傷更爲嚴重。在米薩爾到另一個房間翻箱倒櫃時，芙洛兒來到床頭，坐下來望著母親。桌角上，那支蠟燭還在燃燒，火苗很高很直，紋絲不動。一列火車飛過，小屋又震動起來。

芙洛兒打定主意要在那裡待一夜，並若有所思地在想著什麼。她一看到媽媽的屍體，便忘記了一直縈繞在心頭的固執想法。剛才去杜安維爾途中，在星光下，在寧靜的夜色裏，她曾反覆考慮那件事情。現在她心頭一震，忘掉了自身的痛苦，母親去世，她爲什麼沒有感到憂傷呢？她爲什麼沒有掉一滴眼淚呢？芙洛兒生性瘋野，又不善言談，不上班時她就東跑西奔，但她知道媽媽很愛自己。在媽媽病重期間，在老人彌留之際，芙洛兒多次守候在病榻前，要爲母親請醫求藥。芙洛兒也疑心米薩爾對媽媽使壞，想以此嚇唬他一下，讓他收斂一些，但母親總是氣沖沖地不讓她請醫生，似乎母親在鬥智中不願讓女兒插手，認定自己可以戰勝對手，可以把那筆錢帶走。

芙洛兒別無他法，只好作罷。她又像過去那樣到處奔跑閒逛，以便忘卻自己的心事。肯定是那件事情讓她分心了，她自己憂心忡忡，當然就很難想到母親了。現在母親終於走了，芙洛兒望著母親的屍體，望著母親蒼白的面孔，她努力克制著，但仍感到十分傷心。去報告憲兵，去告發米薩爾，可是那又有什麼用？因爲人死不能復生！芙洛兒望著母親的遺體，慢慢感到目光迷離，不由又回到了自己的心事上去。那件事情一直占據著姑娘的心。列車在猛烈地震動著，在芙洛兒心中，火車的震動聲就是她的時刻表。

遠方傳來從巴黎開來的慢車的轟隆聲。列車經過窗前時，車頭燈閃亮，似閃電如火把。

芙洛兒想，現在是1點18分，再過七個小時，即8點16分，他們就要路過這裡。

近幾個月以來，芙洛兒每週都在盼望這次列車。她知道，每逢星期五上午，雅克那趟車就把塞芙麗娜送到巴黎。芙洛兒在嫉妒之火的折磨下，只有一個想法：窺伺他們，望著他們，想像著他們到巴黎後如何愉快，如何幸福。喔，這奔馳的列車！她無法攀上列車和他們同去，而倍感痛苦，似乎每個車輪都軋在了她的心口上。芙洛兒感到十分痛苦，有一天晚上她甚至想給司法部門寫揭發信，要是把塞芙麗娜抓走，那就萬事大吉了。芙洛兒看到過董事長同塞芙麗娜的罪惡勾當，一旦把她的見聞告訴法官，塞芙麗娜就會完蛋。芙洛兒手握著筆，但不知該怎麼寫，況且，法院會相信她的話嗎？他們都是高貴人物，豈能不串通一氣？結果很可能把她關進牢房。卡布希不就吃過這種啞巴虧嗎？不行，她要報仇，但不用別人幫忙，她要靠自己的力量報仇。

照芙洛兒自己的話說，她這並不是報仇，而是想做一件壞事來醫治自己的病態心理。她要和他們同歸於盡，要像雷電那樣毀掉一切的一切。芙洛兒十分自負，認為自己比塞芙麗娜強大，也比對方漂亮，堅信自己有被愛的權利。剛才當芙洛兒獨身一人步行在荒涼的小路上時，濃密的金髮迎風飄動。她當時眞想去找塞芙麗娜，約她到密林深處決鬥，決一雌雄。她知道自己可以戰勝男性，沒有一個男子敢碰她一下，所以她是不可能戰不勝的，她一定能戰勝對方。

這是上週芙洛兒突然產生的想法，然後就在她腦海裏紮了根兒。她要殺死他們，不能再看著他們雙雙經過這裡，一起去巴黎享受。芙洛兒只憑她那野蠻的本性和破壞一切的本能驅使，根本不考慮後果。肉裏扎了刺，她就一定要把刺兒拔出來，甚至不惜剁掉整個手指。殺死他們，在他們下次經過這裡時就下手。

為此，芙洛兒設想在鐵軌上橫放一根大木頭或取下一截路軌，使列車翻倒，破壞一切，毀掉一切。雅克在前面，他將被壓扁，為同雅克靠得近一些，那個女人總坐在第一節車廂裡，所以她也逃不掉。至於那些來往的乘客，芙洛兒根本不去考慮。她知道他們是誰嗎？芙洛兒一直在想著這件事兒。弄翻火車，殺死許多人，製造一起駭人聽聞的大車禍，叫它血流成河，哭聲震天。她要用這起車禍和淚水洗去心頭之恨。

但星期五早上，芙洛兒又有些氣餒，想不出在何地，用何種方法去撬下一截路軌。晚上下班後她想了一個辦法。芙洛兒順著隧道一直走到迪埃普岔路口。夜裏她常一個人到那裡漫步。隧道長約兩公里，呈拱形，很直。她常在隧道遇見燈光耀眼的列車從身旁馳過，多次幾乎被列車輾成肉醬。她就喜歡這種冒險生活，喜歡硬充好漢。

這天晚上，趁隧道看守不注意，芙洛兒悄悄溜進隧道，一直走到中段。她順左側走，讓對面開來的列車從右邊過去。她思想不集中，一轉身發現有列開往勒阿弗爾的列車亮著大燈開過來。等芙洛兒重新前進時弄錯了方向，忘記剛才那列車是從哪一側過去的。芙洛兒雖然勇敢，但在隆隆的車輪聲中，她感到很茫然，不由收住了腳步。她雙手冰涼，頭髮被可怕的冷風吹亂。要是再來一列火車，她就無法判斷是上行車還是下行車，當然也就無法判斷自己該往左躲還是該往右躲了，那就會糊里糊塗地被軋死。芙洛兒想鎮定一下，仔細思考一番，以便弄清方向。芙洛兒感到害怕，便不顧一切，瘋狂地向前方跑去。

不，不行，在沒有殺死他倆之前，她不能死。她的腳被鐵軌絆倒，她爬起來繼續奔跑，這是隧道恐懼症。芙洛兒只感到隧道壁在收縮，拱頂嗡嗡發著回聲，十分嚇人。她不時回頭張望，似乎機車就在身後，機車噴出的蒸氣已灌進她的脖子裡。有兩次，芙洛兒擔心對面來車，又忙調頭往回跑。跑著跑著，芙洛兒發現遠方有顆星星，像一隻發亮的圓眼睛。那隻眼睛越來越大，她想扭頭往回跑，但又站住了。因為此時那隻眼睛已經變成一團火，照得她眼花撩亂。在此千鈞一髮之際，芙洛兒身體一縱，不知不覺躲到了左邊，列車閃電一般帶著狂風忽地飛了過去。五分鐘之後，芙洛兒安然無恙地從馬洛內一側的隧道口跑了出來。

時值晚上九時整，再過幾分鐘，巴黎開來的快車就該到了。芙洛兒裝作散步，來到二百米外迪埃普岔道口。她仔細檢查那裡的鐵軌，想找個可以供她利用的地段。偏巧有輛道渣車要修理，芙洛兒的朋友奧齊勒把它扳到了迪埃普線上。芙洛兒不由計上心來，馬上想好了作案方式。她要設法阻止奧齊勒把列車扳回勒阿弗爾線上，讓列車撞在道渣車上。奧齊勒相中芙洛兒之後，拼命追逐她。為此，他吃過芙洛兒一木棍，腦袋幾乎開瓢。近來，芙洛兒常偷偷來會他，像隻母山羊從隧道另一側跑來看望他。

奧齊勒原來當過兵，生得瘦骨嶙峋的。他不善言談，遵紀守法，工作盡職盡責，從未出過事故。但只要芙洛兒這個假小子一樣的野丫頭一來，奧齊勒就難免會春心蕩漾。他比芙洛兒大十四歲，發誓非她不娶。他知道武力不行，就決心用友誼慢慢去贏得她的心。所以，芙洛兒在黑暗中走近扳道房一叫他的名字，奧齊勒就扔下一切活計，隨她走出來。

芙洛兒把奧齊勒領到田野上，講述複雜的故事，使奧齊勒聽得暈頭轉向。芙洛兒說老母親重病纏身，一旦失去母親，她將會離開德莫法十字架。她邊講邊豎著耳朵聽。她聽見快車已離開馬洛內，正在全速開過來。當她感到快車已經到達路口時，急忙轉身一望，發現列車在離道渣車幾步遠的地方煞住了。原來芙洛兒忘記那裡新近安裝了自動閉路裝置，列車一到迪埃普線上，自動裝置就會發出停車信號。奧齊勒像是發現自家的房子著了火一樣，驚叫一聲飛回扳道房，而芙洛爾則站在原地沒有動，死死盯著列車。由於這起事故，列車必須先倒回去。兩天後，奧齊勒被調走，他毫無疑心地來向芙洛兒告別，他懇求她，一旦她母親升天，請她馬上去找他。罷了，這次失敗了，只好另想辦法！

芙洛兒從回憶中醒來，撥開眼前的沉思之霧，又看見黃色燭光下母親的遺體。母親已經離開人世，難道她自己也該走了？嫁給奧齊勒，他也許可以給她幸福。芙洛兒感到周身不舒服。不，不幹！她不當懦夫。要是那兩個人活在世上，她芙洛兒寧可四處漂泊，寧可去當傭人，也絕不嫁給一個自己不喜歡的男人。一陣奇怪的響動使芙洛兒豎起了耳朵，原來是米薩爾正在廚房挖地。為找到那筆錢，米薩爾發瘋似地到處尋找，似乎想把房子翻個底朝天。

芙洛兒不願意同米薩爾這種人生活在一起，可是她到底該怎麼辦呢？一陣隆隆聲傳來，牆壁開始震動，車燈的光亮照在屍體那蒼白的小臉上，映紅了睜大的眼睛和咧開的嘴唇。這是從巴黎開來的最後一趟慢車，顯得既笨又慢。

芙洛兒扭臉望著外面寧靜的春夜和閃爍的星斗。

「3點10分，再過五個小時，他們就該到了。」

一切又將重新開始，她又會感到十分痛苦，仍舊目送著他倆去巴黎相愛，那她將無法忍受。芙洛兒現在已經明白，她永遠無法獨占雅克，所以她決心讓雅克死掉，消失掉。她的房間十分淒涼，叫她倍感憂傷，更感到應該毀滅一切。既然他不愛她，那就讓他倆隨母親一起到另一個世界去吧！當然還會死很多人，把他們一起拉走算了。妹妹死了，母親死了，她的愛情也死亡了。怎麼辦？現在她隻身一人，是走還是留？她將永遠是孤獨一身，而他們卻總是一對。不，不行，寧可大家一起完蛋！讓躺在這煙霧彌漫小屋裡的屍體往人間吹一口陰風，把人間打掃乾淨吧！

經過長時間思考，芙洛兒下定決心，要用最好的辦法來實現她的作案計畫，她仍準備拆除一截鐵軌。這個辦法可靠方便，也最容易實現，只須用錘子敲掉鐵軌墊片，再把鐵軌從枕木上移開即可。她有工具，況且那一帶荒涼偏僻，不會有人發現。最合適的地點是在巴朗唐那個方向，在翻過溝塹之後。鐵路在那裏拐彎後穿過小山谷。那裡有一段路堤較高，有七、八米之高。火車在那個地方肯定可以出軌，翻個底朝天，後果一定不堪設想。但一算時間，芙洛兒又發愁了。在上行道上，從勒阿弗爾開來的快車是8點16分到，在它之前有趟慢車在7點55分通過。

她有廿分鐘時間作案，這足夠了。但在正常班次中間經常增開臨時貨車，特別是那幾天正是貨運高峰期，這樣去冒險沒有必要，可是怎麼才能知道拆除路軌後，第一趟通過的列車就是那趟快車呢？芙洛兒仔細分析各種可能。天還沒亮，蠟燭還亮著，周圍全是蠟油，燈芯灰已經很長了，但芙洛兒懶得去管它。

當從魯昂開來的一班貨車經過時，米薩爾回到了臥室。他剛剛搜查完柴房，滿手泥土，累得呼呼喘粗氣。但又是一無所獲，他十分生氣，可是又無可奈何。現在他又在家具和壁爐周圍找起來。火車輪子有規律地發出轟隆聲，震動著床上的屍體，沒完沒了地從窗前飛過去。米薩爾到牆上摘下一幅畫，發現死者的眼睛仍在盯著他，嘴唇似在蠕動著譏笑他。

米薩爾臉色發白，身上發抖，氣得結結巴巴地說：「是的，是的，我就是要找，一直找下去……去他媽的，我一定能找到！我要把家中每塊石片都翻個個兒，把四周的土地都挖上一遍！」

黑色貨車在夜色中開了過去。屍體停止抖動，譏笑地望著丈夫，似乎深信自己是勝利的一方。米薩爾走出去，連房門也沒有關。

沉思中的芙洛兒站起身來，把門關上，以免米薩爾再回來搔擾母親。可是突然，芙洛兒大叫一聲：「對，十分鐘就夠了！」

的確，她有十分鐘就足夠了。假如在快車到來之前，十分鐘內沒有別的列車，她就可以下手。從這個時候起，芙洛兒認為事情已經解決，心中有數，不再擔憂，顯得十分平靜。

五點左右，天色開始發亮，一個清新涼爽的黎明到了。儘管早上天氣微帶涼意，芙洛兒仍舊打開了窗子。沁人心脾的空氣湧進來，湧進那滿是煙氣和死人氣息的淒涼小屋裡。太陽老人尚未露面，躲在遠方長滿小樹的山丘背後，但它正在慢慢升起，把紅彤彤的光亮灑滿山坡，照亮低凹的路面，照耀著初春的歡樂景色。昨天，芙洛兒就說今晨是個大晴天，她說對了。今天陽光燦爛，充滿了青春的活力，是大家喜愛的好天氣。在這個偏僻地方，到處是山丘和峽谷。要是能沿羊腸小道自由地奔走，那該是何等愜意啊！芙洛兒轉身回到臥室，發現蠟燭像是熄滅了一般，只有一絲慘淡的白光了。屍體似乎在注視著鐵路。列車來來往往，但無人注意到屍體旁那支發著蒼白光一兒的蠟燭。

芙洛兒要等到天色大亮才去上班，等6點12分巴黎來的慢車到達之前，她才離開臥室。米薩爾也在六點去接班。他吹響喇叭之後，芙洛兒才舉起小旗站到路口。她望著慢車走遠，心想，還有兩個鐘頭。

母親不再需要她照料了。從此以後，芙洛兒不願再走進這所小屋，在這裡的一段生活就此結束了。她已吻過母親，現在可以去支配自己和他人的生命了。過去，在兩列火車間隔的空隙，她常常到處溜逛。但今天，似乎有什麼東西把她留在那裏，她坐在路邊用木板搭成的長凳上沒有動窩兒。旭日東升，霞光萬道，灑在清新的空氣裡，芙洛兒沐浴著陽光，一動不動地坐在那裡。在她周圍是廣闊的田野，充滿了四月的新春活力。芙洛兒望著對面木板房裡的米薩爾。米薩爾往日總是睡意朦朧，今天他卻一反常態，顯得焦慮不安。他不時走出又走進，用發抖的手操縱儀器，不時張望自己的住宅，似乎他的魂兒還留在住宅裡，還在尋找那筆錢。慢慢地，芙洛兒有些走神兒，不再注意米薩爾，甚至忘記了他的存在。她神色呆滯、嚴峻，全神貫注盯著巴朗唐的方向，耐心等候著。她在那歡快的陽光下舉目遠眺，目光中閃露著粗野和剛毅。

時間在一分一秒地流逝。芙洛兒一直沒有動窩兒，直到7點55分，米薩爾吹響喇叭通知她，從勒阿弗爾開來的慢車從上行道開來。只在這時，芙洛兒才站起來，拉下攔路橫杆，舉起小旗站在那裡。火車震撼著大地，消失在遠方隧道裏，聲音也隨之消失。芙洛兒沒有再坐回木凳上，而是站在那裡計算時間。假如在十分鐘之內不見臨時貨車訊號，她就跑到溝塹那邊去拆下一截路軌。芙洛兒很平靜，只有心口有些發悶，像是仍在承受這一決定所帶來的思想壓力。

此時，芙洛兒又想到雅克同塞芙麗娜，要是她不設法進行攔阻，他倆仍將經過這裡到巴黎去幽會。想到此，芙洛爾感到身上發冷，在盛怒之下，她盲目地打定了主意。她這隻母狼要用利爪撕斷他倆的腰。沒有必要再考慮什麼了，大局已定，難以收攏。在復仇烈火的燒烤下，芙洛兒只想到她要殺死雅克和塞芙麗娜，根本沒有去考慮其他乘客的安危，沒有去想那些經常從她眼前南來北往的陌生乘客們。死屍和鮮血，也許陽光可以把這一切掩埋住，所以芙洛兒對溫暖的陽光也感到不滿。

還有兩分鐘、一分鐘，芙洛兒準備出發。偏在此時，從貝庫爾方向傳來的沉重的顛簸聲使她收住了腳步。從那裏走來一輛車，估計是馬拉板車，車夫肯定要過路口，芙洛兒應替人家升起攔路橫杆，還要聊上幾句。她又幹不成了，這次又要半途而廢。她一生氣，撒腿就跑。管他呢！工作不幹了，板車和車夫也不管了，讓車夫自己想辦法吧！忽聽一聲鞭子響聲，有人高興地叫道：「喂，芙洛兒！」

原來是卡布希，芙洛兒只好收住腳步，站在橫杆旁。

卡布希又說：「妳怎麼啦？這麼好的太陽，妳還在家裏睡懶覺？快升杆了，讓我在列車到來之前趕過去！」

芙洛兒感到天旋地轉，這次又殺不成他們了，他們又要去尋歡作樂。芙洛兒慢慢升起生滿鐵誘的破舊橫杆，橫杆吱吱作響。芙洛兒感到氣惱，她想找尋一件東西，一件可以橫在鐵軌上的東西。在絕望之中，她甚至想，要是她的身體能攔住列車，她寧願躺在路軌上。芙洛兒把目光移到板車上，板車粗大低矮，上面壓著兩塊巨石，五匹馬拉它還很吃力。兩塊石頭既高又寬。她盯住巨石，靈機一動，決定把那兩塊大石頭放在鐵軌上。橫杆升起，五匹馬汗流如注，等候在那裡。

卡布希說：「妳神色不對，出了什麼事兒？」

芙洛兒回答：「昨夜我母親去世了！」

卡布希傷心地叫了一聲，放下鞭子，拉住芙洛兒的手說：「喔，可憐的芙洛兒！我們雖然料到會有這一天，但這總是叫人傷心落淚的事情！她還在那兒嗎？我去看她一眼，她要是不死，遲早總會理解我的。」

卡布希同芙洛兒向法齊停屍的小屋走去。來到門檻，卡布希回頭望了一眼他的馬車。芙洛兒安慰他說：「牠們不會動，況且快車離這兒還遠呢！」

她這是撒謊，憑她那雙經驗豐富的耳朵和空氣中的輕微顫抖聲，芙洛兒知道列車已經離開巴朗唐，行進在離此僅一百米左右的低凹路基上。卡布希來到死者臥室，思念路易塞特，忘記了馬車。芙洛兒不安地站在窗前，聽著越來越近的隆隆機車聲。她忽然想到米薩爾，擔心被他發現，擔心他阻止她那樣做。芙洛兒心頭一收，轉過身去，但沒有看見米薩爾在道房值班。他正在井欄下挖土，在一心一意尋找那筆錢財，對別的事情不聞不問。對芙洛兒來講，這是天賜良機，天助她成功。列車像在急著趕路，在低凹處長鳴了一聲。一匹馬嘶叫起來。

芙洛兒對卡布希說：「我去把馬車穩住，你不必擔心！」

芙洛兒跑過去，拉住頭馬的馬嚼子，用盡平生力氣往前拉，五匹馬一起繃直身體，拼命向前。但由於板車太重，搖晃一下沒有動地方。由於芙洛兒使出平生力氣往前拉，幾乎等於又增加了一匹馬，板車晃動著走上鐵路。馬車剛到鐵路中央，列車已衝出低凹地段，離道口只有百把米了。芙洛兒又使出平生力氣，攔住馬頭，讓馬車停下。由於用力過猛，她的四肢格格作響。過去有人說她力大無窮，能將從坡上滑下的車廂攔住，能將要被火車撞倒的馬車推出軌道，今天她就是要做這種工作。芙洛兒用粗壯有力的鐵臂攔住了五匹大馬，五匹馬在危險面前本能地直立起來，高聲嘶叫。

說時遲，那時快，再有一秒鐘就會釀成彌天大禍。兩塊巨石欄在路軌上，機車上的銅質機件耀眼，鋼架雪亮，在金光萬道的清晨，以雷霆萬鈞之勢猛衝過來。事故已成定局，任何力量也難以挽回。芙洛兒堅持等在那裡。

米薩爾箭一般地跑回扳道房，舞動雙臂，高聲呼叫，想讓機車停下。卡布希聽見火車的轟隆聲和馬匹的嘶叫聲，忙從小屋跑出來，呼叫著催馬快跑。芙洛兒撲過來，攔住他，救了他一條命。卡布希認爲芙洛兒駕馭不住五匹馬，被馬車拖到了那裏。卡布希一面道歉，一面失聲慟哭，大聲呼叫，既恐懼又絕望。而芙洛兒卻挺直身子，一動也不動地站在那裏。她瞪大著眼睛，冒著復仇的烈火，死死盯著前方。在機車前樑離馬車只有米把遠時，就在那一瞬間，芙洛兒看見雅克正握著操縱桿站在機車上。雅克側臉一望，目光和芙洛兒的目光相遇。芙洛兒感到雅克的目光十分犀利，她有些受不住。

那天早上，同往日一樣，塞芙麗娜來到勒阿弗爾車站準備上車時，雅克朝著她微微一笑。今朝有酒今朝醉，何不盡情享受一番，幹嘛要破壞這噩夢般的生活呢？這一切也許都會圓滿解決。雅克打定主意，決心好好享受一番，起碼要充分享受一下今天的歡樂。他考慮到巴黎後如何玩耍，到哪裏進餐……由於甲等車廂掛在列車後半部，塞芙麗娜只好坐到後面去。她抱歉似地望了雅克一眼，雅克也對她一笑，以示安慰。他們會一起到達巴黎，然後再把路上分開的這段時間補回來。雅克探頭看著塞芙麗娜登上後邊一節車廂。他同列車長亨利·多韋涅說了句笑話，他知道亨利在偷偷愛著塞芙麗娜。上週，雅克曾認爲亨利會色膽包天，還認爲塞芙麗娜爲消遣解悶，爲逃避寂寞的生活，他們倆有可能姘居。盧博說過，爲辦那種事兒，塞芙麗娜遲早會違心地和亨利同床一次。雅克問亨利，前一天在出站口大院的榆樹後，他向誰送飛吻？當時佩克正給利松號加煤，他發現亨利送飛吻，不由哈哈大笑起來。他們那時正準備出發，機車冒著黑煙等在那裡。

從勒阿弗爾到巴朗唐，利松號一直運轉正常，速度均勻。在列車衝出低凹路基之後，列車長亨利從瞭望台發現有輛板車橫在鐵軌上。行李車在前，裝滿了行李。前天從大型郵船上下來的遊客全都乘坐這列火車，所以列車是滿載運行。行李車廂塞滿了行李和箱子，十分擁擠，在車輪的隆隆聲中，行李不停地晃動。亨利被夾在行李中間，正在辦公桌前清點行李票。墨水瓶掛在他前面的釘子上，左右搖擺。每過一站總要放下一些行李，然後列車長就要花幾分鐘登記、註銷。在巴朗唐下去兩名乘客，亨利剛把行李票歸攏好就登上了瞭望室，習慣地把前面的路面看了一下。他空閒時就坐到瞭望室觀察路面。他前面是裝煤和水的車廂，所以他看不見司機。但由於瞭望室位置高，他往往比司機看得更遠，因此列車在低凹處拐彎時，亨利就發現了前面的障礙物。他不由大吃一驚，嚇呆了。他愣了一下，列車已全速衝出低凹路基。他正要拉鈴（警鈴繩就在他眼前），忽聽機車那裡傳來一聲尖叫。

在這生死關頭，雅克雖然手握操縱桿，但思緒開了小差，沒有及時發現板車。他在回憶遙遠的往事，連塞芙麗娜也忘在了一邊。警鈴一響，身邊的佩克一聲狂叫，雅克清醒了。佩克因感到爐膛通風不良，剛把爐篦升高，並檢查了一下車速。雅克的小臉嚇得像死人般蒼白，他什麼都看見了，也明白要出什麼事情。一輛板車橫在路軌上，機車在高速前進，撞車的災難就在眼前。雅克看得一清二楚，連石塊上的紋理似乎都能看見。雅克的心裡似乎已經感到撞車的震動，但爲時已晚，難以避免。

他急忙轉動操縱桿，關閉調節閥，急踩煞車。他本想倒車，一隻手習慣地按動汽笛鈕，但已無濟於事。他狂怒地鳴笛警告對方，想以此排開障礙。儘管駭人的警笛衝入雲霄，但機車不聽指揮，速度稍微慢了一些，繼續向前衝去。利松號已不及從前馴服，那次雪地拋錨使它失去了良好的汽化能力和啓動輕快等優點。現在它變得像個老太太，脾氣暴躁，又難以駕駛。雪地拋錨使它生了一場肺病。由於煞車制動器的作用，機車仰著頭，噴著氣，收不住笨重機身的慣性，繼續向前滑行。佩克一看大事不好，忙縱身跳了下去。雅克仍筆直地堅守在崗位上，用痙攣的右手抓著操縱桿，左手拉著汽笛。他似乎失去了知覺，等待災難的到來。利松號噴煙吐霧，在轟鳴聲中連同身後的十三節車廂一起撞在馬車上。

米薩爾和卡布希站在二十米之外，被眼前的景象嚇呆了，兩雙手在空中瘋狂地舞動著。而芙洛兒卻張著嘴，定睛望著災難的發生。列車豎起，前部七節車廂疊壓在一起，然後又倒下來，如山崩地裂，令人毛骨悚然。車廂倒下，成了一堆廢鐵，其狀慘不忍睹。前三節車廂摔成了碎片；後面四節堆在一起，像座小山包。車廂頂、車輪、車門、鏈條、緩衝器和碎玻璃窗壓砸在一起。特別是在機車撞上巨石時，那一聲巨響，低沉宏亮，猶如垂死前的哀鳴，機車腹部被擊穿，從左側翻滾到鋼板的另一側，機車上的零件全部摔成了碎片，像是被炸彈炸開一般，飛向四面八方。五匹大馬，有四匹當場喪命，被機車當即輾爛。最後面那六節車廂卻完好無損，根本沒有出軌。

一陣陣尖叫和哭喊，匯成一片，聽不清都是什麼聲音。

「救命啊！喔，天哪！我要死了，救命！」

現在是什麼也看不清，只能看見機車仰面朝天躺在地上。它不再冒氣，水籠頭已斷，水管碎裂。它像個巨人喘著可怕的粗氣，發出轟隆的響聲。一股白色氣體往外噴湧，沒完沒了，在地面上形成一個個漩渦。爐膛裏火紅的煤塊流出來，猶如從內臟湧出的鮮血，夾帶著滾滾濃煙。煙囪已被撞斷，基座被砸碎，雙翼彎曲，煙囪頭插進了土裏。機車輪子飛到了天上。利松號像被戳破肚皮的馬。傳動軸撞彎，汽缸撞破，進汽閥和偏心軸也被壓碎。它躺在那裏，遍體傷痕。在那令人絕望的破碎聲中，利松號的靈魂飛走了。機車旁躺著那匹尚未嚥氣的馬。馬的前蹄已被撞斷，肚皮撞開，五臟六腑一起流了出來。牠直著頭，在痛苦中痙攣著，身體慢慢僵直了。牠一直在呻吟，在嘶叫，但由於機車的叫聲更大，眾人無法聽見病馬的哀鳴。

許多乘客的哭叫聲被壓住、消失了。

「救救我吧！殺死我吧！我實在太痛苦！」

在這令人窒息的叫喊聲中，在這濃厚的煙氣中，那六節完好無損的車廂門打開，乘客慌忙擁擠著下車，有的人摔倒在鐵軌上，連滾帶爬，亂成了一團。他們下車後，發現眼前是廣袤的田野，撒腿就跑，翻過綠籬，四散逃去。在本能的驅使下，他們的唯一想法就是離開那個地方，逃得愈遠愈好。男人、女人，呼叫著向樹林裡跑去。

塞芙麗娜站在那裡。她頭髮零亂，衣衫不整，愣了一下才衝出來。她沒有往遠處跑，而是朝嘎嘎作響的機車跑去。迎面遇見佩克，塞芙麗娜忙問：「雅克，雅克呢？他還活著，對吧？」

眞是奇蹟，司爐佩克一點傷也沒有。他估計雅克還在機車下。他有些內疚，忙跑去救雅克。他同雅克一起同甘共苦，一起跑過了多少路程呀！他們那可憐的機車躺在地上，肺部已被撞破，在作嚥氣前的最後呼吸！在他們的三口之家，機車是深受愛戴的好朋友。

佩克結巴著說：「我是跳車摔下來的，對別的情況一概不知，一概不知。快，快跑！」

他們在鐵路一側撞見芙洛兒，芙洛兒正盯著他倆。芙洛兒實現了自己的宿願，但她感到害怕，所以一直還沒有動地方。事情幹完了而且相當漂亮，芙洛兒感到一陣輕鬆。至於別人的痛苦，與她無關，她看都不看他們一眼。但當她發現塞芙麗娜時，立刻驚訝地瞪大了眼睛，感到痛苦和憂傷。怎麼，她還活著？芙洛兒原來認定她準死無疑。在失戀的痛苦中，塞芙麗娜的出現等於當胸捅了芙洛兒一刀，她這才感到自己的罪行難以饒恕。她是罪魁禍首，一下子殺死了雅克和那麼多乘客！芙洛兒尖叫一聲，扭動雙臂，瘋狂地跑走了。

「雅克，喂，雅克！他在那兒，我看見他被拋在了後面。雅克！雅克！」

利松號的喘息聲小了，沙啞的痛苦呻吟逐漸減弱，但受傷的乘客哭叫得愈來愈兇，叫人心碎。煙氣依然很濃，火車的殘骸堆在一起，被陽光一照，似乎蒙上了一層黑灰。殘骸下不時傳出陣陣痛苦和恐懼的哭叫聲。怎麼辦？救護工作從哪裡開始？怎樣才能接近受傷的乘客？

芙洛兒一直在呼叫：「雅克！我對你們講過，他瞧了我一眼，從那兒被扔了出去，可能被彈到裝煤和水的車廂後面去了。快，快幫我一把！」

卡布希和米薩爾攙起列車長亨利。亨利是在最後一剎那從車上跳下來的，一隻腳被摔得脫了臼，卡布希和米薩爾讓他靠著籬笆牆坐下。亨利呆坐在那裡，默默無言，看著搶救工作，他似乎並不感到痛苦。

「卡布希，快來幫我！我知道雅克在下邊！」

卡布希沒有聽見，忙跑去救護別的乘客，揹出一位年輕女郎。女郎兩條腿從根部折斷，懸掛在下腹。

塞芙麗娜趕忙跑來，呼叫著芙洛兒。

「雅克，雅克！他在哪兒？我來幫您！」

「好，快來！來幫我一把！」

她倆一起想把一個斷裂的車輪拉出來，但塞芙麗娜的纖細小手用不上力。芙洛兒一生氣，便一個人用粗壯的手腕把車輪抽了出來。

佩克也過來幫忙，他說：「小心點兒！」

塞芙麗娜正要往前走，被佩克一把攔住，原來她腳下是一隻從肩頭折斷的胳膊，還戴著一截藍呢料衣袖。塞芙麗娜不由驚恐地倒退一步。她不認識那只衣袖，不知是誰的胳膊滾到了那裡，身體還不知在何處呢！塞芙麗娜像是嚇癱了，站在那裡抹眼淚。別人忙忙碌碌，但她連碎玻璃都撿不了，因爲怕玻璃扎手。

眾人忙著搶救生者，尋找死者。那工作不僅令人憂傷，也十分危險，因爲機車上的爐火已燒著木板。為撲滅剛剛燃起的大火，衆人忙著往火苗上撒土。他們派人去巴朗唐求援，往魯昂城發電報。搶救工作進展迅速，大家都表現得十分勇敢。剛才逃走的人，驚魂稍定，感到可恥，也陸續回來參加搶救工作。在工作中，他們十分小心，謹愼地清除每塊殘片，擔心把埋在下面的乘客壓死。有些傷號慢慢被找到，有的被壓在雜物堆裏，一直被埋到胸部，像是被卡在老虎鉗裡，拼命掙扎狂叫。要挖出一個人，往往需要一刻鐘的時間。被埋住的乘客並無怨憤之意，他們面無血色，說他們並不感到疼痛。一旦把他挖出，卻往往發現雙腿早已不見。由於極度恐懼，他們失去雙腿也沒有感到疼痛，一被挖出，馬上就嚥氣。衆人冒著火從二等車廂救出一家人：父親和母親膝部受傷，祖母斷了一隻手臂。但他們忘記了自身的疼痛，卻哭叫著要找小孫女。小孫女剛滿三歲，在車廂翻倒後失蹤了。後來衆人從一個破碎的頂棚上找到了那個小女孩，她安然無恙，臉上還掛著淘氣的笑容。附近還有一名小女孩，滿身是血，因爲她的小手被壓碎了。搶救人員把她抱到一旁，等候她父母去認領。小女孩孤單一人，周圍全是陌生人，嚇得她連大氣都不敢喘一下。有人走近她時，她也不吱聲，只是面部肌肉抽搐，其驚恐之狀，難以描述。有的車門無法打開，因爲門框已經變形，搶救人員只能從玻璃窗鑽進去。路邊已經並排躺著四具屍體，十名傷號躺在附近。沒有醫生，也沒有懂救護的技術人員。清除工作一開始，就發現幾乎每堆殘骸下都有屍體。廢鐵堆並不見減少。那裏眞像屠宰場，血流成河，慘不忍睹。

「我說過，雅克就在下邊！他還在叫呢！快、快聽！」芙洛兒一再重複這句話。她毫無理由地抱怨了一通，似乎輕鬆了一些，她的抱怨是絕望的抱怨。

煤水車被壓在下面，車廂最初疊落在一起，後來才一節節倒在煤水車上。機車的喘息聲減弱之後，有人聽見倒塌的車廂下有個男子在呼叫。隨著搶救工作的進展，那垂死的呼叫聲更爲清晰。聲音十分悲切，使搶救人員也止不住落下淚來。他們終於發現了那個人，拉住他的雙腿，把他拉了出來。那人不再慘叫，因爲他已經停止了呼吸。

芙洛兒說：「不對，不是他。還得往裏面找，他還在裏面。」

芙洛兒用粗壯有力的手抓起一個車輪，扔到遠處。她又把鐵皮車廂頂瓣開，打碎車門，扯斷鏈條。她每次發現屍體或傷號，就讓別人把他們抬走，她自己卻瘋狂地繼續往裡尋找。

卡布希、佩克和米薩爾在芙洛兒身後忙乎。塞芙麗娜支持不住，況且她也幹不了什麼活兒。她只好坐到一張被壓壞的軟墊長椅上。米薩爾又恢復了冷漠神態，懶洋洋地，毫無表情，他不肯多花力氣，只肯抬運屍體和傷員。他同芙洛兒仔細望著一具具屍體，似乎想辨認一下他們都是什麼人。十多年來，這些人多次從他們面前經過，只同他們打個照面就被火車帶走了。對，他們就是那些川流不息，來回奔跑的陌生人。他們獰死在這裡，連名字也沒有留下，猶如匆匆而去的人生，經過這裡，奔向未來。他們無法在充滿恐怖的顱骨下塡寫任何姓名或其他可靠情況。他們像衝鋒陷陣時倒下去的士兵，被前進的隊伍碰爛、壓碎、埋進彈坑裡。芙洛兒似乎認出了一位，就是那次列車陷在大雪裡同她講過話的那個美國人。芙洛兒雖不知那人姓甚名誰，也不知他的家庭情況，但她總算認出了一位有一面之交的人。米薩爾把那具屍體同別的屍體放在一起。對那些人，他既不知他們來自何方，也不知他們要去何地。他們在旅行中，把生命丟棄在這裡。

接著又是一幕令人撕裂心肺的慘景。救護人員在甲等車廂小隔間裡發現了一對年輕夫婦被貨架壓在下面。那可能是一對新婚夫婦，妻子壓在丈夫身上。她上面是貨架，動彈不得。丈夫被憋得喘不過氣來，妻子聲嘶力竭呼叫求救。她神態驚恐，似乎心已撕碎，認爲是自己壓死了丈夫。等把他們救出之後，妻子馬上嚥了氣，因爲她的肋部被緩衝器戳了個大洞。丈夫恢復知覺之後，痛不欲生，哭叫著跪在妻子身旁。

現在共挖出十二具屍體和三十多名傷號。衆人已把煤水車廂清理出來，芙洛兒不時停一下，在斷木廢鐵中低頭搜尋，想看看司機雅克身在何處。突然，芙洛兒大叫一聲：「我看見了，他在那裡，在下面。瞧！這是他的手，藍呢工作服，他不動彈，也不喘息……」

芙洛兒直起身子，男人一般粗野地罵道：「媽的，快幹！快把他救出來！」

芙洛兒抓住車廂地板，想把它掀開，但地板夾在碎木廢鐵中間，她掀不動。她忙跑回家，取來劈柴用的斧頭。她像伐木工在橡樹林裡，用力掄起斧頭，一斧頭就把木板劈開了。別人躲在一旁，提醒她多加小心。在車軸和車輪下只有雅克一人，未發現其他傷號。芙洛兒不聽勸阻，掄動斧頭，亂砍亂劈，首先砍斷了木板。她一斧頭下去就能排除一個障礙。她金髮蓬亂，襯衫被撕破，裸露著臂膀，像能幹的割草女工在揮鐮刀割草。在她砍一根車軸時，斧頭被砍斷了。

在眾人的幫助下，芙洛兒搬開那只車輪，抓住雅克，把他抱了出來。是那只輪子保護了雅克，他才沒有死掉。

「雅克！雅克！他還在呼吸，他還活著。天哪！他還活著！我清楚地看見他摔了下去！」

塞芙麗娜呆呆跟在芙洛兒身後。她們把雅克抬到籬笆下，靠在亨利旁邊。亨利驚得目瞪口呆，痴痴地望著她倆，似乎還沒有明白那是什麼地方，那些人又在忙乎什麼？佩克走到雅克面前，一見雅克那副慘相，有些不知所措。兩位女性跪在地上，一左一右，捧起雅克的腦袋，不安地觀察著雅克面部的表情變化。

雅克終於睜開了眼睛。他目光迷離，掃視了一下身邊的兩個女子，似乎沒有認出她們，也不重視她倆。雅克把目光落在數米之外的機車上。他先是驚愕，繼而凝視，樣子十分激動。他的利松號，他熟悉的機車，看見它，雅克就想起了一切：巨石攔路，一聲巨響和震動，他和機車同時被撞碎……現在他甦醒了，但機車肯定報廢了。他的機車性格倔強，但這不是罪過。自從那次雪地拋錨之後，利松號就不及過去靈活，但它並沒有過錯。況且利松號也上了年紀，手腳當然就不那麼靈便了，關節也硬化了。雅克原諒利松號。今天見它身受重傷，奄奄一息地躺在那裡，他心裡十分難過。

可憐的利松號奄奄待斃，慢慢冷卻下來，爐膛裏的紅色炭塊掉在地上，變成了灰燼；從兩肋噴出的熾熱蒸氣越來越弱，像嬰兒在低聲抽噎。利松號沾滿了塵土和黏液，但它照舊很明亮。它躬著背，深陷在黑色煤堆裡。它像在馬路上被車子軋死的高貴動物，悲慘地結束了自己的生命。剛才，它的內臟雖被撞壞，但有些器官仍在工作。兩個汽缸像一對孿生心臟在一起跳動。進汽閥裡蒸氣還在流動，猶如人身上的靜脈血管。它的傳動軸一直在痙攣，恰似抽搐著的小臂。這是機車的生命在進行最後掙扎。隨著機車賴以生存的動力的消失，機車的靈魂也就升天了。由於那股蒸氣數量很大，不可能一下子排完。

過了一會兒，破腹的巨人利松號平靜甜蜜地睡著了，死掉了。它留下的只是一堆廢鐵、爛鋼、破銅。被撞散的巨人軀殼乾癟了，四肢分離，受傷的機件暴露在光天化日之下，景象淒慘恐怖，就像一具碎屍萬段的屍體。剛才它還活著，現在它的生命已痛苦地消失了。

雅克明白利松號已經死去，便慢慢閉上了眼睛，他也想死，他當時極度虛弱，似乎他的生命被機車帶走了。雅克閉著眼睛，淚水溢出，浸濕了面頰。佩克感到十分難過，喉嚨哽咽，一動不動地站在那裡。他們的好夥伴死了，司機雅克也想跟去，難道他們的三口之家就這樣結束了嗎？他們的旅程也該結束了。過去，他和雅克騎在利松號的背上，一跑數百公里也用不著講一句話。他們配合默契，有時連手勢也不用打就能明白彼此的意圖。啊，可憐的利松號！妳柔中有剛，在陽光下光彩奪目，多麼惹人喜愛！這天佩克並未喝酒，但此刻，他卻心不由己地大哭起來，不停地抽噎，周身都爲之抽動，無法控制。

塞芙麗娜和芙洛兒發現雅克又昏了過去，感到失望和憂慮。芙洛兒忙跑回家取來樟腦酒，爲雅克擦身，想叫他及早甦醒過來。兩個憂心忡忡的女性被那匹馬的哀叫弄得六神無主。那是五匹馬中唯一的倖存著，牠失去了前蹄，正躺在那裏等死。牠就躺在她們附近，不停地哀號。號聲近似人語，十分悲切，聲音刺耳，叫人心頭發麻。有兩個傷員受到影響，也開始號叫起來。絕望的哀鳴十分低沉，叫人難以忘懷。哀叫聲撕裂著田野的空氣，令人感到毛骨悚然。形勢更加嚴重，發抖的哀憐聲和憤怒的吼叫聲交織在一起，有些人要求儘快殺死那匹馬。機車已停止呼叫，現場只有那匹馬的哀叫聲還在迴響。正在哭泣的佩克撿起斷頭斧子朝馬頭打去，一斧頭結束了牠的生命，災難現場才慢慢平靜下來。

兩小時之後，救護隊終於趕來了。在撞車時，列車全被甩到了左側，所以下行道的清理工作比較容易，幾小時即可完成。一台清路機車從魯昂開來，它拉來三節車廂，把省長辦公廳主任、皇家檢察長、鐵路公司的工程師和醫生等拉到了出事現場。他們面帶驚慌，又神色匆匆。巴朗唐站的站長貝西埃正領著一隊人在清理現場。平時這個偏僻地方人跡罕至，冷清死寂。今天這裡卻十分熱鬧，十分繁忙。那些僥倖沒有受傷的乘客從噩夢中醒來，感到需要活動一下腿腳。有的不敢回自己的車廂，去等別的車次去了；有些人見那裡沒有餐車，十分焦慮，不知該到哪裏進餐，到哪裡過夜。他們紛紛打聽何處有電報局，有不少人步行到巴朗唐拍電報去了。有關部門在地方政府協助下開始調查案情，醫生緊張地為傷員包紮傷口。有不少人一看見那麼多血，便又昏了過去。有些人在接受治療時，一旦傷口碰到鑷子或需要打針，就會發出輕輕的呻吟聲。搶救工作結束之後共計死十五人，重傷三十二人。在確認死者的身分之前，他們先把屍體挨個兒擺在籬笆牆下，背地面天。代理檢察長是位金髮青年，只有他一人做這項工作，顯得很忙碌。他逐個打開死者口袋，想找尋能證明死者姓名和住址的證件、名片或信函之類。

有許多人圍在周圍看熱鬧，一法里之內沒有居民半點，但不知從什麼地方一下子來了那麼多人，男男女女，不下三十人。他們站在那裏幫不上忙，反而礙手礙腳。現場上空的黑色灰塵、煙霧和蒸氣已經消散。四月份的晴朗早晨閃顯出來，溫暖、歡快的陽光照在奄奄一息的重傷員和屍體之上，也照在仰面朝天的利松號身上。那裡到處是殘骸碎片，一批工人正在清理，那個場面眞好似蟻群正在清理被冒失鬼踩塌的蟻窩。

雅克一直昏迷不醒，塞芙麗娜攔住一位過路的醫生，懇求醫生爲病人檢查一下。檢查之後，醫生沒有發現雅克有明顯外傷，但擔心他有內傷，因爲雅克嘴角有血絲。由於一時難以確診，醫生建議儘快把病人送走，讓病人躺在床上，避免震動。

在醫生摸診時，雅克睜開了眼睛，痛苦地「啊！」了一聲。他認出了塞芙麗娜，在半昏迷之中，他結巴著說：「把我送走！快！」

芙洛兒一彎腰，雅克扭臉一看，認出了芙洛兒。他目光驚恐，像被嚇傻的孩子，忙把頭又轉向塞芙麗娜，仇恨又恐懼地避開了芙洛兒。「馬上把我送走，快！」

塞芙麗娜同雅克「你我」相稱，就像他倆單獨待在一起時那樣，現在——似乎芙洛兒在場也無關緊要。

「把你送到德莫法十字架，可以嗎？要是你不反對，咱們馬上就走，房子就在對面，那裡就是咱們的家。」

雅克同意了，但身體仍在發抖，望著芙洛兒。他說：「隨妳上哪裡都行，但要馬上離開！」

芙洛兒痴痴站在那裡，她發現雅克用驚恐和憎惡的目光望著自己，臉色不由變得蒼白了。她枉殺了這麼多無辜，而他們倆都還活著！塞芙麗娜連根毫毛都沒有碰掉，雅克也會大難不死。芙洛兒想害他們，反而使他們更爲親近，使他倆有機會單獨住到一起。他們將在她眼皮底下一起生活。情夫傷勢慢慢癒合，情婦則會千嬌百態細心伺候，晝夜守候在病榻前。他們的情和意將進一步昇華，在遠離人煙的地方自由自在地度蜜月，這可眞是因禍得福了。芙洛兒不由感到脊背發冷，盯著一旁那堆屍體。她枉死了那麼多無辜，自己卻什麼也沒有得到。

芙洛兒一抬頭，發現有幾位先生正在遠處盤問米薩爾和卡布希。他們一定是司法部門派來的。原來皇家檢察長和省長辦公廳主任正在調查運石車爲什麼會停在鐵軌上。米薩爾堅持不承認自己曾擅離崗位，但他講不清道不明。他說他一無所知，當時他正在專心照看儀表。卡布希呢，他一時心慌意亂，有些不知所措，語無倫次地講了一大通。他說想去看看法齊姑媽的屍體，但不知爲什麼他的馬車自己走起來，芙洛兒上前攔阻，但未能攔住。他的話顚三倒四，重複了一遍之後，對方仍是沒有聽明白。

芙洛兒那顆冰冷的心需要安靜，需要去自由思索一番，自由地做出決定。她要走自己的路，不需要他人指點。假如法官過來盤問她，他們可能會把她抓走，那肯定對她不利。因爲除去罪過，她還有失職行爲，這些責任會要她承擔的。但雅克不走，她也不想離去。

在塞芙麗娜一再懇求下，佩克找來一副擔架和一位同事，把雅克抬走了。醫生要塞芙麗娜把亨利也安置到她家，因爲亨利反應遲鈍，醫生擔心他腦子受傷。

雅克頷下的鈕釦使他感到不適，塞芙麗娜在爲他解釦子時，她公開吻了一下雅克的眼睛，像是鼓勵他，要他堅持下去。

「別怕，我們一定會很幸福的。」

雅克微微一笑，也吻了塞芙麗娜一下。一見此景，芙洛兒感到十分痛苦，這一吻使她永遠失去了雅克。她感到自己似乎也身受重傷，熱血正在向外噴射。雅克被抬走之後，芙洛兒急忙逃跑了。在經過自家小屋門口時，她隔窗朝裡面望了一眼，見屍體旁邊亮著燭光。在日光下燭光顯得十分微弱。撞車時，屍體無人陪伴，母親歪著頭，睜著眼，繃著嘴，似乎正在望著那堆屍體。

芙洛兒撒腿就跑，奔向通往杜安維爾的路上，然後又向左拐入叢林。她對那裏的角角落落都十分熟悉。假如有人追捕她，她可以設法甩掉憲兵。她停止奔跑，小步走著，她想躲到隧道裡。那裡有個涵洞，她心情不痛快時常到那裡躲避散心。她一抬頭，發現天已正午。芙洛兒鑽進涵洞，平身躺在硬石板上，雙手墊在腦後，一動不動地思索著。她感到心頭空虛，可怕的空虛，死亡的感覺使她感到肢體麻木。她白白殺死了那麼多人，但並不感到內疚。要想使她感到悔恨和內疚，尚需再做一番努力。她知道雅克肯定發現是她攔住了（馬車）馬頭。雅克一再迴避她，就足以說明了這一點。雅克一見她，就像看見了魔鬼，既恐懼又厭惡。雅克永遠不會忘記這件事情。芙洛兒既然未能殺死對方，那她就該去自殺。好，過一會兒，她就去自盡。芙洛兒再無其他出路。她躺下之後，反覆思考，感到只有這一條路可走，但由於勞累和肢體疲勞，她無力站起來去尋找自殺的武器。她感到昏昏沉沉，心頭仍有對生命之留戀，希冀得到幸福。既然雅克同塞芙麗娜能在一起自由幸福地生活，芙洛兒夢想自己也能得到幸福。她爲什麼不可以等到天黑呢？爲什麼不可以去尋找追逐她的奧齊勒呢？他一定會保護她的。芙洛兒想到甜蜜處，加上疲勞，慢慢睡著了。她睡得很香，也沒有做夢。

芙洛兒醒來時，天早已黑下來。她伸手一摸，是光禿的岩石。她這才明白自己睡在什麼地方。她像是身遭雷擊那樣，感到自己應該死掉。這一想法在她心頭翻滾，難以平息。睡覺前的幸福憧憬已不知去向，要活下去的念頭也同疲勞一起消失了。對，只有死才是上策，芙洛兒的心一下子碎了。她不能在無辜者的血泊中活下去，不能在雅克的憎惡中活下去。她愛雅克，但雅克已屬於他人。芙洛兒恢復了勇氣，決心去死！

芙洛兒站起來，走出涵洞。她沒有再猶豫，本能地爲自己找到了歸宿。她抬頭望望天空，看看星辰。她估計已經是晚上九點左右。她走上鐵軌，一列火車在下行線上飛馳而過。芙洛兒放心了，這說明一切正常。下行線已經暢通，但上行線可能還阻塞著，那條線上的交通好像尚未恢復。芙洛兒沿綠籬前進，行進在荒涼死寂的曠野裡。她不必著急，在9點25分巴黎的快車到來之前，沒有別的車次了。

在濃厚靜謐的夜幕下，芙洛兒像過去在偏僻小徑上漫步那樣沿籬笆牆前進。到達隧道之前，她翻過籬笆，繼續前進，迎著快車開來的方向走去。要躲開隧道看守，她只好要個花招，就像過去穿過隧道去會奧齊勒時那樣。來到隧道，她繼續前進，但這次不同於上次，即使轉身忘記方向，她也用不著擔心了，她也不再感到隧道有什麼可怕了。過去，一旦隧道的恐懼感襲來，她會聽到隆隆的響聲，會感到隧道有壓抑感，會把物體、空間和時間的概念全弄顛倒。可是現在，這些已無關緊要。她什麼也不考慮，什麼也不想，心裏只有一個念頭：前進！只要看不見火車，她就一直前進，一旦發現車燈，就勇敢地衝上去！

芙洛兒感到驚訝，她感到自己已經步行了好幾個小時，怎麼還看不見火車？死亡為什麼離她如此遙遠？她一度感到失望，難道死神如此難以尋覓？她走了這麼多路，怎麼還碰不見它？她感到走累了，難道要她橫臥軌道，等候死神降臨不成？那樣做與她的性格太不相稱。她要一直走到底，要挺起胸膛，要以處女和鬥士的姿態去迎接死神。她終於發現在遠方墨黑的天際似有一盞車燈閃動，猶如一顆閃爍的星辰。芙洛兒頓覺精神煥發，渾身是勁，又繼續前進了。列車尚未進入隧道，聲音也尚未傳來，只有那明亮的燈光閃爍著。芙洛兒挺起高大靈活的身軀，甩開大步，擺動著有力的雙腿，邁著大步迎了上去。她沒有奔跑，而是像去會朋友，想讓對方少走一段路。列車一進入隧道，嚇人的震動聲傳來，勢如暴風驟雨，震撼著大地。那顆小星光變成了一隻巨大的眼睛，愈來愈大，似乎要從眼眶裡跳出來。

在某種莫名其妙的感情支配下，也許是為了死得乾淨一些，芙洛兒把身邊之物全部掏出：手帕、鑰匙、繩子和小刀，她把它們堆放在路邊。她又扯下圍巾，讓撕破的襯衣敞著領口。那隻巨大的眼睛變成了一團火，恰似一個正在噴著火焰的爐口，伴隨著隆隆響聲，猶如噴火吐氣的猛獸向她撲來。芙洛兒沒有停步，繼續前進，為了不錯過時機，她徑直迎著噴火的爐子走去，就像夜間向光的昆蟲見到火光那樣被吸了過去。一聲可怕的撞擊，在這一剎那間，芙洛兒不由跳了起來，像拳擊手在做最後進攻，一下子彈了起來。她想抱住巨獸的頭，把對方摔倒。芙洛兒的頭正好撞在車燈上，車燈被撞滅了。

一小時之後，才有人來替芙洛兒收屍。當時火車司機看到有一個高大的白色身影向機車衝來。燈光下，司機發現來人長相很可怕，然後車燈突然熄滅，車前一片黑暗。列車轟鳴著繼續前進，司機感到像是行進在死亡線上，不由打起哆嗦來，一出隧道，司機大聲告訴隧道看守，說出了事故。到了巴朗唐火車站，司機才向公司報告，說撞死了一個人，可能是一名女性，因為車燈玻璃上黏有長髮和頭骨碎片。尋找屍體的人發現屍體後十分震驚，因為屍體十分蒼白，如同大理石一樣。屍體躺在上行線上，是撞死後被拋到那裡去的，腦袋碎裂，但四肢完好。屍體半裸著前胸，長相漂亮，純潔健康。他們把屍體裹起，他們認識她，以為她害怕承擔撞車責任，嚇瘋了，只好去尋短見。

從子夜起，芙洛兒的屍體就放在自家小屋母親遺體旁邊，躺在草墊子上。兩具屍體中間點著蠟燭。法齊側著身，歪著嘴，露出一絲可怕的笑意，瞪著眼睛注視著女兒。在孤獨和冷寂中傳來低沉的聲響，是米薩爾又在尋找那筆錢。一趟趟列車正點通過那裡，南來北往。交通已恢復正常，列車無情無意，來來往往，顯得無比強大。而對身邊的一齣齣悲劇和罪惡行徑，它們毫無察覺，無動於衷。陌生的乘客在旅途中死掉或被車輪軋死，那有什麼關係！運走屍體，揩淨血跡，它們又出發了，奔向未來和前程！

第十一章

在德莫法十字架住宅的寬大臥室裡，床上掛著紅色錦緞帷幕，兩扇大窗子對著鐵路，離路軌只有幾米遠。一張筒式舊床衝窗放著，在床上就能看見來往的列車。多少年以來，那裏的家什從來沒有人移動過，一切都是老樣子。

塞芙麗娜讓他們把昏迷中的雅克抬進這間臥室，把亨利．多韋涅安頓在樓下小臥室裡。她自己住在樓梯坪台對面的房間，同雅克住得很近。由於那裏應有盡有，衣櫃裏掛著備用衣物，所以安頓工作只用了兩個小時。塞芙麗娜發電報告訴丈夫不必等她，她可能要在德莫法十字架小住幾天，以照料幾個傷員。她在衣裙外繫了一條圍裙，打扮成護士模樣。

翌日，醫生說，他擔保八天後雅克就可以下床。這眞是奇蹟，司機雅克只受了一點輕微的內傷，但醫生囑咐要精心護理，讓病人躺在床上，不得亂動。雅克睜開眼睛後，守候在一旁的塞芙麗娜像對孩子那樣，要雅克乖乖聽話，一切聽她指揮。雅克身體虛弱，點頭答應了。雅克心裡明白，他發現這間臥室正是那夜塞芙麗娜對他提起過的那間紅房子。就在這裏，塞芙麗娜從十六歲半起就開始遭受董事長的蹂躪。他們也是睡這張床，不用抬頭就可以看到列車。而列車一來，整座房屋就會跳動起來。

對雅克來講，這所房子並不陌生，他經常看見它，每次開車經過這裏都能看到它。它斜立鐵路旁，一派冷落衰敗模樣，沒人居住，百葉窗一年到頭總是關著。自從盧博決定將它賣掉之後，用大字寫成的大招牌又爲它增添了淒涼氣氛，使它顯得更加昏暗，那荊叢遍地的花園更叫人憂傷。雅克忽然想到，他每次路過這裏時都會感到憂慮和不快，似乎這所宅子是他一生不幸的象徵。今天，他病臥在這裡，他認爲自己一定會死在這裡，別無其他出路。

塞芙麗娜發現雅克可以聽見自己說話，便迫不及待地安慰他，替他蓋好被子，在他耳邊悄聲說：「別擔心，我從你口袋裡把懷錶取走了。」

「懷錶？啊，對，對，那塊懷錶！」

「我擔心他們對你搜身，所以把懷錶同我的東西放在了一起，你不必害怕。」

雅克握住塞芙麗娜的手。他一抬頭，見他那把刀子放在桌子上。刀子不用藏匿，因爲那是一把普通刀子。

從第二天起，雅克感覺好多了，不必再擔心死在那裡了。令他高興的是，他發現卡布希也在那裏。卡布希走來走去，巨人般的腳步沉重地落在地板上。自從出事以來，卡布希一直沒有離開塞芙麗娜。似乎他迷上了她，在用行動向她表示忠心。他丟下自家的事情，每天上午來幫塞芙麗娜操勞家務，像條忠實走狗，甘願爲主子效勞。他總用眼睛盯著塞芙麗娜的眼睛。他沒有料到，長相柔弱嬌嫩的塞芙麗娜卻非常的能幹。她主動爲別人效勞，難道他卡布希不應該爲她做點事情嗎？雅克和塞芙麗娜不再迴避他，在他面前卿卿我我，甚至擁抱接吻也不感到窘迫。卡布希則總是悄悄走開，儘量不露面。

塞芙麗娜經常不在身邊，叫雅克感到奇怪。第一天，遵照醫生的勸告，塞芙麗娜沒有說出亨利住在樓下一事。讓雅克感到那裏只有他們二人，他會愉快一些。

「這裡就我們二人，對吧？」

「對，只有我們倆，你就靜靜養傷吧！」

但塞芙麗娜經常下樓，第二天雅克又聽到樓下有走動聲和竊竊私語的聲音。後來，雅克還聽到有壓抑的笑聲和清脆的笑聲，像是兩個年輕姑娘在說笑。

「這是怎麼回事兒？誰在說笑？妳不是說這裡只有咱們倆嗎？」

「噢，親愛的，樓下，就在你的臥室下面還住著一個傷員，也是我收留的。」

「啊！他是誰呀？」

「亨利，你認識，他是列車長。」

「亨利……啊！」

「上午，他兩個妹妹來看他。你聽見的正是她們倆說笑個不停。亨利好些了，加上她們父親離不開她們，今晚她們還要回去，而亨利還要再過兩、三天才能康復。你想，他從車頂上跳下來，但並不見外傷，只是嚇呆了。現在他已經恢復了常態。」

雅克沒有吱聲，久久地望著塞芙麗娜。塞芙麗娜忙補充說：「你該明白，要是不讓他住在這裡，外人就會對我們說三道四。只要我們不是單獨住在一起，我丈夫就無話可講，我就可以藉口留在你身邊，你懂了嗎？」

「我懂，我懂，這樣做很好。」

晚上，雅克一直聽到多韋涅小姐的笑聲消失。他想起那夜在巴黎，他也聽到過這種笑聲，就在他上樓梯準備進屋時。就在那裡，塞芙麗娜在他懷裡懺悔了自己的過去。樓下安靜了，雅克見塞芙麗娜輕手輕腳下樓到另一位傷員那裡去了。樓下傳來關門聲，住宅裡一派寂靜。有兩次，雅克口乾舌燥，只好用椅子敲打地板，叫塞芙麗娜上來。她一進來就笑容滿面，神色匆匆，忙解釋說她正在爲亨利敷冰袋。

第四天，雅克就可以起床了，可以在衝窗子的扶手椅上坐兩個小時。他一低頭就可以看到下面的小花園，鐵路將花園一分爲二。周圍是低矮的圍牆。花園裡盛開著白色薔薇花。雅克想到，那天夜裏，他曾踮著腳尖隔牆向那裏張望，房子另一側的院子似乎大一些，周圍有綠籬環繞。他越過籬笆，在那裡遇見了芙洛兒。那時芙洛兒正在倒塌的暖房門口解繩子。啊，那個罪惡的夜晚！那一夜，他舊病復發，鬧得很兇。現在，自他恢復知覺以來，芙洛兒的影子一直在他眼前閃動，她那高大的身材、靈活的腰身、滿頭的金髮。他總感到拳擊手一般的芙洛兒在用明亮的眼睛盯著他。最初，雅克沒有打聽火車撞車一事，別人也沒有對他提及那件事情。但發生車禍的各個細節，他記得一清二楚，他把它們聯繫到一起，認眞地一再思索。現在，他端坐窗前，專心致志尋找蛛絲馬跡，尋找肇事者到底是誰。喲，怎麼看不到芙洛兒？她沒有手拿小旗站在道口？雅克沒敢多問，他擔心那會增加臥室的淒涼氣氛，會叫他不安，他感到臥室裡到處都是幽靈。

有一天上午，卡布希又來幫塞芙麗娜幹活兒，雅克決定問問那件事兒：「芙洛兒呢？難道她生病了？」卡布希不由一驚。他沒有明白塞芙麗娜打手勢的用意，以爲她是要他開口。

「可憐的芙洛兒，她已經死了！」

雅克望著他倆，周身發抖。應該把這事全告訴他！卡布希和塞芙麗娜就把芙洛兒自殺的經過講了一遍。她是在隧道裡被火車軋死的。爲了讓母女一起入土，法齊姑媽的葬禮推遲到了晚上。母女一起並排埋進杜安維爾小公墓裡。同先死去的小女兒，溫順可憐的路易塞特葬在一起。路易塞特也是被暴力奪走了生命，她死的時候，滿身是血和污泥。三個悲慘的女人，都死在了人生旅途上，同那些被壓死的人一樣，被列車掀起的暴風刮走了。

雅克輕聲說：「她們死了，天哪！可憐的法齊姑媽、芙洛兒和路易塞特！」

正在幫助塞芙麗娜抬床的卡布希聽到路易塞特的名字，本能地抬頭望了塞芙麗娜一眼。他想到幸福的往事，感到有些茫然。卡布希對塞芙麗娜的感情越來越深，已不能自拔。他在她面前十分溫順聽話，像小狗見到主人，總是搖頭擺尾。塞芙麗娜了解到卡布希的愛情悲劇之後顯得很嚴肅，同情地望著他。對此，卡布希十分感動，在遞送枕頭時，他無意中碰到了她的手。卡布希當時很激動，一時說不出話來。

雅克問道：「難道有人指控她是肇事者？」

卡布希結巴著回答：「不，沒有。但她這是失職行爲，您明白了嗎？」

卡布希斷斷續續講出了他所知道的一切。他說當時他什麼也沒有看見，馬車停在路軌上時，他正在米薩爾家裡。對此，卡布希十分內疚，司法部門的人士狠狠批評了他一頓，批評他不該離開馬車。要是他守在馬車旁，就不會發生這起事故。調查的結論是，芙洛兒工作上失職。由於芙洛兒已經悲慘地死去，事情只好告一段落。米薩爾也未被調離，他一副卑躬屈膝的樣子，把一切責任統統推到了芙洛兒身上。他說芙洛兒生性倔強，我行我素，他只好經常去替她放下攔路橫杆。經調查，公司也沒有發現米薩爾那天有什麼失誤的行爲。在米薩爾找到續弦之前，公司同意他暫時從當地雇一位老太太看守道口。老太太名叫杜克盧絲，曾在旅店當過女招待，現在靠過去掙來的不義之財生活。

卡布希離開之後，雅克要塞芙麗娜留下。他臉色蒼白，對塞芙麗娜說：「妳知道，是芙洛兒攔住了馬匹，讓巨石撞上了列車！」

「親愛的，你胡說什麼呀？你在發高燒，該休息了！」

「不，這不是信口開河！聽我說，這是我親眼所見呀！她攔住了馬匹，用強而有力的手拉住了馬車。」

塞芙麗娜一聽，體力不支，跌倒在椅子上，眼前又閃現出那一堆殘肢斷腿。

「天哪！太可怕了！太可怕！我恐怕又不能入睡了！」

雅克又說：「事情很清楚，她是想把我們一起殺死。她很早就在偷偷愛著我，所以又十分嫉妒妳。她可能為此而精神失常，一怒之下就動了殺機。她一下子殺死了那麼多人，使許多旅客倒在了血泊之中。啊，這個女人呀！」

雅克睜大眼睛，嘴唇痙攣似地抽檣著。他沒有再說什麼，同塞芙麗娜對視良久，足有1分多鐘。雅克從可怕的幻覺中清醒後，低聲說：「啊，她死了！那就是她的英靈再現。自恢復知覺以來，我總感到她在眼前閃動。今天上午依舊是如此，我轉身時還以為她站在床邊上呢！她死了，我還活著，願她別再來找我報仇！」

塞芙麗娜不由戰慄了一下，「別說了，快別說了！你要把我嚇瘋了！」

她轉身下樓，雅克聽見她到亨利那裡去了。雅克佇立窗前，呆呆地望著鐵軌、路口看守的小屋和院裡那口水井和矮小的木板房。米薩爾就在小木屋裡幹著單調的苦差事，由於工作乏味，他一上班就想打瞌睡。雅克望著這一切，一望就是好幾個小時。他在尋找那個答案，他雖無力解決那個問題，但它卻與他的生命攸關。

雅克不厭其煩地望著米薩爾。他身體瘦弱，長相善良，臉色蒼白，輕咳不停，但他卻敢於毒死妻子。他貪得無饜，像食肉的昆蟲把健壯的法齊姑媽折磨死了。多少年來，不管黑夜還是白天，他每次值班都不會忘記那件事兒。電鈴一響，說明列車已到，米薩爾就吹號；列車通過之後，他先按一個電鈕，通知下一個值班房，列車馬上就到；他再按另一個電鈕告訴上一個值班房，列車已經通過。這種工作簡單又單調，猶如機器在工作。

久而久之，他自己也就變成了植物人，這些動作成了他的習慣動作。米薩爾神態遲鈍，大字不識，從不看報。在空閒時間，他就目光恍惚地擺動雙臂。他一天天總待在值班房裡，那裡沒有可供消遣的東西，他就把吃飯時間儘量拉長，細嚼慢嚥。飯後他又會感到腦袋空空，精神倦怠。他什麼也不想，什麼也不考慮，總是昏昏沉沉，似睡非睡。有時他還睜著眼睛打瞌睡。晚上，他不敢睡倒，只好站起來走動一下，形同醉漢，蹣蹣跚跚。爲了一千法郎，他同妻子明爭暗鬥，這成了他的唯一想法。這場鬥爭進行了數月，誰堅持到最後，那一千法郎就歸誰所有。米薩爾天天吹號、發信號，像機器一般保護著旅客的安全，但下班之後，他就考慮如何毒死妻子。在休息時，他無事可幹，睡眼微閉，腦子裡也在想著如何下毒的事情。他要先毒死妻子，再去尋找那一千法郎，他相信一定能夠找到那筆錢。

這天，雅克發現米薩爾同往日一樣，他感到奇怪。米薩爾把妻子毒死，難道他思想上就毫無震動？他仍是一如既往，在狂熱地尋找那一千法郎。後來，米薩爾似乎又恢復了冷漠的神態，顯得脆弱溫和，不敢頂撞他人。其實，他毒死妻子後，什麼也沒有撈著。最後還是法齊勝利，米薩爾失敗了。米薩爾把房子裡裡外外翻了個遍，但毫無所獲，連一分錢都沒有找到。他那灰白的臉，那賊頭賊腦的憂鬱目光說明他心頭不安。他總看見亡妻的大眼睛和那譏諷的嘴唇，她似乎在說：「找吧！你找呀！」他只好不停地找，不敢讓腦子有空閒的時候。他苦思冥想，尋找藏錢地點，探查埋錢的地方。他每想到一處新地方，就會重新燃起希望之火，會放下一切，迫不及待地跑去尋找，但每次都是白費力氣。

時間一長，他就感到苦惱，感到無法忍受，復仇的烈火在熬煎著他。他開始失眠，終日睡不好，懵懵懂懂。在那種想法的支配下，他無法駕馭馳騁的思路。在吹號時他也在考慮，在按動電鈕或聽電鈴時，他也忘不了那件事兒。他不停地想，不斷地思考。白天，在長時間的等候間隙裡，他感到無所事事；晚上，他困頓難熬，在廣袤的田野上，他感到自己是被流放在天涯海角的苦役犯。新來的道口看守杜克盧絲一心想嫁給他，對他關懷備至。她見他從不睡覺，替他擔憂。

雅克可以走動了。一天夜裡，他走進窗口，發現米薩爾家有盞燈籠晃來晃去，那肯定是米薩爾又在尋找那一千法郎。第二天夜裡，當雅克再次張望時，他奇怪地發現卡布希站在塞芙麗娜的窗下，雅克不明白為什麼。他沒有生氣，而是感到憐憫和憂鬱。又是一位不幸者，一個野人，他像頭瘋狂又忠實的畜生守候在那裡。塞芙麗娜身腰苗條，乍一看並不十分漂亮，但實際上，她十分迷人。那墨黑的秀髮和那青蓮色的眼睛，這兩件東西就足以使孤陋寡聞的卡布希神魂顛倒，使他像發抖的小男孩，站在她門前過夜。雅克又想到，卡布希總是主動幫塞芙麗娜幹活兒，總用卑恭的目光看著她，看來卡布希一定是愛上了塞芙麗娜，想占有她。

次日，雅克十分留意卡布希。在塞芙麗娜鋪床時，一枚髮夾掉在地上，卡布希把髮夾檢起，沒有還給塞芙麗娜。看到這種情況，雅克不由又苦惱起來，他想到自己過去所受的情慾折磨，也想到了身體欠佳而帶來的不安和恐懼。

又過了兩天，一個星期已經過去。如醫生所料，雅克很快就可以工作了。一天早上，雅克在窗前看見佩克站在一台嶄新的機車上從窗前馳過去。佩克向他揮手致意，似乎在向他打招呼，但雅克並不急著去上班，他既興奮又擔憂，在等待應該發生的事情。

就在同一天，樓下又傳來年輕姑娘的笑聲，使死氣沉沉的住宅馬上歡樂起來，就像寄讀學校的課間休息。雅克聽出是多韋涅姊妹的笑聲。他沒有問塞芙麗娜，因為一整天，她也未能在他身邊待上五分鐘。晚上，宅子裡又恢復了死寂。塞芙麗娜走回來，神色呆痴，臉色蒼白。雅克盯著她，問道：「怎麼，他走了？他妹妹把他領走了？」

塞芙麗娜簡單地回答：「對。」

「那，這裏只有妳和我兩個人了？」

「對，只有我們了。明天，我們也該走了，回勒阿弗爾，在這荒漠裡的日子結束了。」

雅克微微一笑，神態拘謹。他下定決定問道：「他走了，妳感到遺憾，對不對？」

塞芙麗娜哆嗦著想解釋幾句，雅克連忙止住她：「我無意同妳爭吵，妳也知道我從不嫉妒他人。妳曾說過，要是妳欺騙我，就叫我殺死妳，妳是不是講過這句話？當然我是不會殺死自己情婦的，但妳捨不得樓下那位，這是事實。妳連一分鐘都不肯在我身邊多待，我想起妳丈夫說過的一句話。他說妳遲早會陪亨利睡一次，但妳並非愛他，而僅僅是爲了幹那種事兒。」

塞芙麗娜不再辯解，只是重複說：「幹那種事兒，幹那種事兒……」

然後，她顯得很激動、難以控制，直率地說：「好吧！聽我說，這是實情。在我們之間，可以無話不談，因爲連結我們的東西太多了。近幾個月來，這個人一直在追求我。他知道我已屬於你，認爲我照常也可以屬於他。我一下樓，他就纏住我不放。他說他愛我，愛得要死。對我給予他的照料，他感激涕零。他溫柔可親，我也曾想去愛他，這是實情，想再開始那種美好甜蜜的事情。當然，也許那種事情並無快樂可言，但至少可以叫我安靜一下。」

塞芙麗娜閉上嘴，猶豫片刻，繼續說：「因爲我們的前程已經堵死，不可能遠走高飛了。我們曾幻想私奔，希望到美國去發財，去過幸福生活。這一切又全取決於你，現在已無此可能。既然你不能……喔，我無意抱怨你，事情沒有幹成也許更好，但我希望你明白，我和你在一起已沒有什麼可期待的了。明天會同昨天一樣，同樣的煩惱，同樣的痛苦。」

雅克讓她講完，然後他才問：「就爲了這個，妳就去陪他睡覺？」

塞芙麗娜在房間走動幾步，又回到原地。她一聳肩頭說：「不，我沒有陪他睡覺。我這麼講，相信你會相信我的，因爲在你我之間不應該再說謊了。是的，我沒有那麼做，就像你沒有幹成那件事情一樣。你說是不是？我是個女人，我權衡過利弊，感到那樣做對我有好處，但我並沒有那樣做。這可能會叫你吃驚，但我並沒有想那麼遠。對你和我丈夫，對你們的要求，我一向是有求必應。因爲你們那麼愛我，我應毫不猶豫地叫你們高興一下。但同他，我沒有那樣做。他只吻過我的手，連我的嘴都沒吻過，這我願對天發誓。他去巴黎等我，我見他可憐，不願意叫他失望。」

塞芙麗娜所講全是肺腑之言。雅克相信，相信她沒有撒謊。雅克想到這裡只有他和她，心頭的慾火又熊熊燃燒起來。慾念的增長叫雅克心煩意亂，他想躲開她，於是大聲說：「可是，還有一位，他也是個情種，就是卡布希！」

塞芙麗娜挪了一下身子說：「啊，你也看到了，知道了？對，這也是實情。還有卡布希！我不明白他們都是怎麼想的。他從來沒有向我吐露過一個字，但當咱倆擁抱時，我發現他也會把胳膊彎曲；他見咱們『你我』相稱，他也偷偷抹過眼淚。他還總拿我的東西，手套、手帕，他都拿。把它們視爲寶物，帶回他的小石屋裡去。但是，你總不相信我會委身於這個野漢子吧？他太粗魯，叫我害怕。況且，他從來沒有提出過任何要求。是的，別看他粗魯，但他很害羞。他這種人，即使因相思而丟掉性命，也不會開口直接提出。你就是讓他同我在一起生活一個月，他也不會動我一根毫毛。我敢擔保，他根本沒有碰過路易塞特。」

提起那件事兒，他倆面面相覷，沉默了片刻。一幕幕往事又閃現在眼前；他們在魯昂預審法官辦公室相遇，他們第一次去巴黎，那次旅行多麼甜美！他們又想到在勒阿弗爾的偷情經過等等。總之，他們想到了所有美好的事情，也想到了一切可怕的往事。塞芙麗娜走到雅克身邊，雅克感到了她呼出的熱氣。

「不，我同這位的關係還不及同那一位的關係密切。請聽我說，我沒有同其他人來往過，因爲我不能那樣做。你想了解原因嗎？我看得出你是這麼想的，原因就是因爲你已經占據了我的整個身心。正是這句話，你占據了我的身心，就像你用雙手把它們捧走了，它們已經屬於你，你可以隨時隨地使用。在你之前，我沒有愛過任何人，所以不管我們是否樂意，我現在屬於你，將來也屬於你。對這一點，我很難解釋明白，我們算是有緣分吧！至於別人，他們叫我害怕，叫我生厭。只有同你幹那種事兒，我才感到甜美、快樂，似乎是老天賜給我的幸福。啊！我只愛你一人，也只能愛你一人！」

塞芙麗娜想伸手抱住雅克，肩靠著肩地同他親吻，但雅克卻抓住她的雙手，攔住了她。雅克感到茫然，他感到四肢抖動，熱血上湧。他擔心舊病復發，心裏十分驚恐。他像過去犯病時那樣，感到耳邊嗡響，似錘聲，又似人歡馬叫。近來，他不敢在白天，也不敢在燈光下擁抱塞芙麗娜。假如他看著自己同她擁抱，他擔心會發瘋。燈光照著他倆，雅克發抖，是因爲他看到敞開的睡衣下她那豐腴的乳房。塞芙麗娜的酥胸從睡衣領口裸露了出來。

塞芙麗娜迫不及待地懇求說：「我們的幸福白白流走了，活該吧！雖然我不能再對你抱什麼希望，雖然我明白明天將同今日一樣煩惱，但這都無所謂。我別無選擇，只能和你一起吃苦，一起度日如年。我們還得返回勒阿弗爾，只好聽天由命。只要我能經常同你幽會個把小時，我也就知足了。我已有三夜沒有闔眼了，在樓梯台對面臥室裡翻來覆去，總想來會你，但你身受重傷，神色憂鬱，我不敢過來。請你答應我，今晚讓我留下吧！我一定聽話，我會縮成一團，絕不會妨礙你休息。況且你也知道，這是咱們在這裡的最後一夜了，我們在這裡的生活就要結束了。你聽，四下沒有任何聲息，說明周圍沒有別人，沒有人到這裡來，這兒只有你和我，千眞萬確。即使我們抱在一起死掉，別人也不會知道。」

雅克心頭殺機再起。塞芙麗娜的溫柔撫摸，對他更是火上澆油。雅克身邊沒有武器，伸手準備去拾塞芙麗娜。她卻出於條件反射，轉身吹熄了蠟燭。雅克抱住情婦，一起倒在床上。這是他們最爲激奮的一次愛情生活，是他們一起渡過的最爲美好的一夜。他們感到兩個身軀併成了一體，一個融化到另一個裡面去了。他們極度興奮，飄飄欲仙，不知身在何處。他們並未睡著，而是緊緊摟抱在一起，就像在巴黎，她對他吐露眞情那夜一樣。在巴黎那夜，他們是睡在維克圖瓦大嬸家裏。雅克一言不發，仔細聽著。塞芙麗娜把嘴貼近他的耳邊，悄聲地沒完沒了地講述著，似乎她已感到死神即將降臨到她身上。

以前，每當她撲在情夫懷裡時，雖然雅克隨時都可能對她行兇，但她並無察覺，總是笑吟吟的。而今天，她卻打了個冷顫，一種難以解釋的恐懼感使她更爲用力地摟住情夫，希冀得到情夫的保護。她那輕輕的呼吸就如同把自己的一顆心奉獻給了對方。

「喔，親愛的，假如你能幹成那件事兒，我們到那邊去生活，那該多好啊！我無意強你所難，只是美夢未能實現，我有些遺憾！剛才，我一度感到恐懼，但說不明白爲什麼，似乎有什麼東西在威脅著我的安全。這可能是一種幼稚病，我總擔心被人殺死，需要不時回頭張望一下。親愛的，現在我只有依靠你的保護。我的一切歡樂全是你給的，我是爲你才活在人世。」

雅克沒有吱聲，把情婦摟得更緊。這表明他很激動，眞心實意想叫她高興，是她激起了他的性慾。可是這天晚上，雅克仍想殺死塞芙麗娜，要是剛才她不把蠟燭吹滅，他準會指死她。看來雅克的病是難以治癒了，遇有偶然因素就可能復發。他找不出發病的因素，更無法追尋得病的原因。所以這天晚上，雅克發現塞芙麗娜仍舊忠於自己，他的性慾更爲旺盛，對她更加信賴。這是爲什麼呢？難道他越愛她，越想占有她，他那雄性的愚昧心理就越認爲應該殺死她？像占有一塊沒有生命的土地那樣去占有她！

「喂，親愛的，我爲什麼會害怕呢？你知道嗎？難道眞有什麼東西在威脅著我？」

「不，沒有，沒有東西威脅妳，安靜些吧！」

「我有時會不由自主地發抖，似乎身後有什麼危險。我雖然看不見，但可以感覺到。我爲什麼會感到害怕呢？」

「妳身後什麼也沒有，妳不要怕。我愛妳，絕不允許別人加害於妳。瞧，我們這麼抱在一起是多麼幸福！」

一陣令人心醉的沉默。

塞芙麗娜悄聲細語，繼續說道：「啊，親愛的，但願能有更多的夜晚像今宵這樣幸福！我們你貪我戀，摟抱在一起，如同一個人。願這樣的夜永無盡頭！你知道嗎？我要賣掉這所房子，帶著這筆錢去美國找你的朋友，他不是還在等候你的回信嗎？每晚躺在床上，我都想著到那裡之後如何安排我們的生活。你摟著我，我把身體送給你，我們就這樣進入夢鄉，但我明白你做不到。我這樣講不是要難爲你，而是心裏鬱悶，不得不講出這些肺腑之言。」

雅克腦海裏經常翻滾的那個想法又閃現出來。他要殺死盧博，而不能殺死塞芙麗娜。同歷次一樣，雅克相信自己決心已下，絕不動搖。

雅克喃喃地說：「上次我沒能幹成，但這次我一定能成功，我不是向妳下過保證了嗎？」

塞芙麗娜悄悄表示異議：「不，請不要許諾。一旦你再失去勇氣，那我們將會大病一場，況且那樣做太嚇人。不，不，別幹了，別幹了！」

「不，要幹！妳知道我必須幹。正是因爲必須幹，我才又充滿了勇氣。我本想早一些同妳商量，現在我們既然睡在一起，那就商量一下吧！這裡只有我倆，什麼話都可以講。」

塞芙麗娜沒有再爭辯，但她十分不安，心口怦跳，連雅克都能感覺到。

「喔，天哪！在沒有可能時，我催你去辦。現在一旦認眞對待起來，我又有些後悔。」

他們沒有再說話，又是一陣沉默，這是下定決心之後的沉重感。他們忽然感到四周太冷清，感到那個陌生地方太荒涼。他們感到身上太熱，四肢冒汗，兩個身體摟抱著融化在一起了。

接著，雅克開始親吻情婦的頸子和下巴。

塞芙麗娜悄聲說：「應設法把他騙到這裡來，我可以設法叫他來。用什麼藉口，我還沒有想好，這以後再說。你在這裡藏起來等著他，你看怎麼樣？你一個人就可以幹掉他，因爲他不會料到這裡有人暗算他。這樣可以吧！嗯？」

雅克在吻塞芙麗娜的酥胸，他簡單順從地回答：「可以，可以！」

塞芙麗娜善於思考，她還要仔細斟酌各個細節，使作案方案更爲完善。

「親愛的，我們必須謹慎，否則那就太愚蠢了。要是第二天就被抓走，那我寧願像現在這樣生活，而不去殺他。我記不清在什麼地方讀到過一句話，肯定是在一本小說上讀到的。那句話的意思就是要設法讓別人相信死者是自殺。長久以來，他行爲乖僻，精神失常，情緒低沉憂鬱。如果他跑到這裡來自殺，別人就不會感到意外。現在我們得找個好辦法，要做到天衣無縫，叫別人確信他是自殺。你說對嗎？」

「對，應該如此！」

塞芙麗娜在思考著，感到透不過氣來。因爲雅克的嘴壓在她胸部，想吻她的乳房。

「唉，能把刀痕掩蓋住就好了……對，你看這樣行不行！先給他脖子上來一刀，然後我們把他拖到鐵軌上。你懂了嗎？把他的脖子放在鐵軌上，火車一過，他就屍首兩分。他被壓爛之後，他們才會來調查，但刀口已經看不到了，什麼痕跡也沒有了！你看怎麼樣？」

「行，這樣很好。」

他倆又興奮了。塞芙麗娜感到自豪，因爲她的想像力十分豐富。在對方強烈的撫摸下，塞芙麗娜又戰慄了一下。

「別……放開我，再等一下！親愛的，我正在思考，我認爲這樣做，恐怕是不行。假如我們兩人都待在這兒，自殺之說就容易引起別人懷疑。你應該離開，懂了嗎？你明天就走開，而且需當著卡布希和米薩爾的面離開這裡，以便將來需要他們可以作見證。你去巴朗唐乘火車，找個藉山到魯昂下車。天黑之後，你再悄悄返回來。我為你打開後門。路程只有四公里，三個小時就夠了。這樣問題就解決了。你要是沒有意見，咱們就這樣決定了。」

「好，我同意，一言為定。」

現在該雅克思考了，他不再吻情婦，神色呆滯地思索著。他們摟抱著，不動，也不說話。似乎作案計畫已經擬定好。為將來的行動，他們已累得精疲力竭。後來他們慢慢清醒過來，氣喘吁吁地抱在一起。

塞芙麗娜突然鬆開手，說：「可是用什麼理由把他騙來呢？他只能在下班之後坐晚上八點的車，十點鐘之前，他趕不到這裡，這樣正合適。不，就說米薩爾為房子找到了買主，對方要在後天上午來看房子……對，起床後，我就給丈夫發一份電報，要求他無論如何來一下。明天晚上，他就可以趕來。你下午離開，在他到來之前再返回來。現在晚上沒有月亮，天色很黑，不會有人發現，我們定能如願以償。」

「對，一定會萬事如意！」

他們這次愛得深沉，愛得忘情，幾乎昏厥過去。後來他們摟抱著，平靜地睡著了。那時天色還沒有亮，夜幕如同一件黑色大衣把他們包裹住，但似乎已有一絲黎明的曙光透過夜霧。雅克一直睡到十點。他睡得很香，也沒有做夢。雅克睜眼一看，床上只剩他一人了，塞芙麗娜正在樓梯平台另一側她的臥室裏穿衣服。一縷明亮的陽光從窗縫照進來，照著紅布床帷和紅漆牆壁，室內紅光一片。一列火車通過，屋子在輕輕抖動，可能是列車把他吵醒了。雅克感到眼花撩亂，望著太陽和紅彤彤的房間。他突然想起，作案方案已經決定，等這圓圓的太陽落山之後，在下一個夜晚，他就要殺死盧博。

白天，一切照塞芙麗娜的計畫進行，十分順利。午飯前，塞芙麗娜就請米薩爾把電報送到杜安維爾發走了。下午三點左右，雅克當著卡布希的面動身離開那裡，他要去巴朗唐坐4點14分的列車。卡布希願陪他走走，因爲一則卡布希無事可幹；二則同雅克在一起可以使他想到塞芙麗娜。4點40，雅克到達魯昂，住在火車站附近一家小旅店裡。店主人是他的同鄉。他說要在第二天拜訪幾位同事，他還說，過高地估計了自己的體力，感到十分疲勞。剛六點，他就回屋睡覺去了。他要求住在底層，窗子正對一條十分僻靜的小路。十分鐘後，雅克就跳窗而出，準備向德莫法十字架走去。他悄悄把百葉窗放下，以便回來時還從那裡進屋。

九點一刻，雅克才來到那所荒涼孤單的宅子前。夜色濃重，門窗緊閉，屋內不見一絲光亮。雅克心裡激動、緊張，十分憂傷，預感到一場災難已經不可避免。照塞芙麗娜約定的辦法，他向紅色臥室的百葉窗投去三塊石子，然後走到屋後。後門輕輕打開，雅克隨手關上門，悄悄跟著塞芙麗娜的腳步聲上樓。來到樓上，那裡點著一盞大燈。燈光下，雅克發現床鋪凌亂，塞芙麗娜的衣裙扔在椅子上。她只穿著一件襯衣，赤裸著大腿，一副夜間裝束。她濃髮高高盤在頭上，潔白的頸項露在襯衣外面。雅克不由一驚，忙收住腳步。

「怎麼，妳已經睡下了？」

「當然，這樣做不是更好嗎？這是你走後，我想到的主意。你知道，他來之後，我這樣去開門不會叫他生疑。我就說我得了偏頭疼症，米薩爾已經知道我病了。這樣，一旦明天，別人在鐵道上發現他的屍體，我就可以說我從未離開過臥室。」

雅克身上發顫，氣沖沖地說：「不，不行，妳快穿上衣服！妳不該站起來，該躺下！」

塞芙麗娜吃驚地一笑：「親愛的，那是爲什麼呢？別擔心，我一點也不冷，而且很熱！」

塞芙麗娜溫柔地走近雅克，想用赤條條的手臂去勾住他。她的襯衣下滑，豐滿的胸部裸露出來。雅克更爲生氣，步步後退。

塞芙麗娜只好說：「別生氣，我馬上鑽回被窩裡，不用擔心，我不會病倒。」

塞芙麗娜躺在床上，用毯子蓋住下巴。這時雅克也平靜下來。塞芙麗娜平靜地說著，解釋作案時的注意事項。

「他一敲門，我就下樓。我原想把他引到這裡，你就躲在這兒。但將來搬運屍體就費勁兒了。況且臥室是木板地面，而門廳則是瓷片地面，有血跡容易擦洗。我剛才脫衣服時想起一本小說，書上說一位男子在殺人時，把衣服全脫光，那樣不僅行動方便，完事之後洗起來也簡單，不必擔心衣服上有血跡。你也脫光吧！咱們把襯衣也脫掉，嗯？」

雅克驚愕地望著塞芙麗娜。她臉色溫和，眼睛像少女的眼睛那麼明亮，正在一心一意想把事情辦好。她把所有細節都仔細考慮了一遍。雅克一想到他們一絲不掛的肉體，想到鮮紅的血跡，不由舊病復發，渾身打起哆嗦來。

「不，不行！那不跟野人一個樣了嗎？那為什麼不去吃他的心肝？難道妳真恨他？」

塞芙麗娜的臉色一下子陰沉下來。本來她像主婦那樣把一切的一切都已準備停當，可是雅克這麼一問，她也感到害怕了。她淚如雨下，哭著說：「數月以來，我一直十分痛苦。我對他已毫無感情。我對你重複過上百遍，只要讓我離開他，我什麼事情也願意幹。你的話有道理，這樣做很可怕，我們必須有同甘共苦的意識才行。別說了，我們摸黑下樓去吧！你躲在門後。我開門後，他一進來，你想怎麼辦就怎麼辦！我之所以插手，是想助你一臂之力，是為了替你分擔一些恐懼，我做到了盡己所能。」

雅克站在桌子前，看見了那把尖刀，是盧博用過的那把刀子。那是塞芙麗娜專門放在那裡的，以便叫雅克用它去殺盧博。刀子已經打開，在燈光下寒光閃閃。既然雅克握刀在手，那也就不必再叮囑他什麼了。當雅克又把刀子放下後，塞芙麗娜才說：「親愛的，我並沒有逼迫你，對不對？要是你不想幹，那就快走，時間還來得及。」

但雅克猛一甩手，固執地說：「妳認爲我是膽小鬼？這次我幹定了，我發誓！」

此時，一列火車隆隆而來，震動著房舍，閃電一般飛了過去，像是從臥室裏穿了過去。

雅克補充說：「他乘坐的巴黎直快列車馬上就到，他在巴朗唐下車，半小時之後就能趕到這裡。」

他倆沒有再說什麼，一陣長時間的沉默。他們似乎發現在漆黑的夜色裡，在狹窄的小路上有個人影走來──雅克機械般地在房間走來走去，似乎在推算另一個人的速度。那人正在一步步靠近這裏。一步、兩步、三步……當那人走近時，雅克就埋伏到門廳的大門後，對方一進門，他就舉起尖刀，刺進對方咽喉。塞芙麗娜把毯子蓋到下巴上，一雙大眼睛盯著雅克。隨著雅克的腳步聲，塞芙麗娜的腦海也翻騰起來，她感到雅克的腳步聲是遠方那位腳步聲的回響。一步又一步，任何力量也無法阻止這種腳步聲。到一定時候，她就得下床，赤著腳，摸著黑去樓下開門：「是我，朋友！請進吧，我已經睡下了！」對方來不及回答就會吃上一刀，倒在黑暗之中。

又一列火車到來，這是下行的慢車，差五分鐘就可以在這裏同那列快車錯車。雅克吃驚地收住腳，怎麼才剛過去五分鐘呀？還要等半小時，那得等到什麼時候呢？他感到應該活動活動，開始從臥室一端走到另一端，像是男子漢剛剛出了事故，正在捫心自問。他能這麼幹嗎？他了解自己思想鬥爭的全部過程，他反覆問過十多次。一開始，他堅定不移，決心殺掉盧博；接著他感到胸口發悶，手腳發涼；最後他感到身體難以支持，肌肉懶散，不聽指揮。爲尋找鼓勁的道理，他一再重複這句話：爲了自己的利益，他必須殺死對方。他要去美國發財，他要占有自己喜愛的女性。糟糕的是，當雅克看見塞芙麗娜袒胸露臂的身體時，曾一度擔心這次又要失敗。因爲一旦舊病復發，他就會身不由己地去幹自己不想幹的事情。那個念頭一度使他發抖，他盯著桌面上的刀子。而現在，他又躍躍欲試，相信此舉定能成功。他從門口走到窗口，繼續等候盧博。在經過床頭時，他不敢往床上看，但又不得不看一眼。

這張床，就是昨夜他們相親相愛的那張床。塞芙麗娜躺在那裡，靜靜地望著雅克走來走去。她擔心，擔心雅克不敢下手。塞芙麗娜希望及早結束這一切，以便重新開始生活。她是個多情女子，千方百計討雅克喜歡。而對盧博，她一向就不喜歡他，對他根本沒有感情。既然盧博成了絆腳石，那就幹掉他，這不是很自然嗎？但對罪惡行為，塞芙麗娜似乎沒有多加考慮。一旦血淋淋的場面過後，一旦令人擔憂的複雜形勢過後，她又會恢復平靜的笑臉，恢復成無辜、溫順又馴服的樣子。她自以為十分了解雅克，現在卻感到吃驚。雅克長相英俊，圓腦袋、捲頭髮、黑鬍鬚、棕眼球放著豪光。但雅克下頷突出，總像在同人吵架，這使他的小臉有些走形。雅克每次經過床前，總會身不由己地望情婦一眼，眼球上似乎會閃過一道橙黃色的光亮，身體悄悄往後退縮一下。他這是要迴避什麼呢？難道他又洩氣了？

最近，塞芙麗娜同雅克待在一起時並沒有感到有什麼危險在威脅自己，但有一種莫名其妙的恐懼感。她本能地感到他倆的關係有可能突然破裂。她忽然想到，假如雅克這次又不敢下手，那他很可能遠走高飛，再也不回來見她。於是，塞芙麗娜決定敦促雅克下手，必要時她願意助他一臂之力。此時，又有一列火車通過，是一列長長的貨車，沒完沒了地轟隆著。塞芙麗娜用胳肘摩擦著身體，等候暴風雨般的轟鳴聲消失在沉睡的田野裡。

雅克大聲說：「還有一刻鐘。他已經越過了貝庫爾森林，走完了一半的路程。啊！這到底要等多久啊！」當雅克轉身來到窗前時，見塞芙麗娜穿著襯衣站在那裡。

塞芙麗娜說：「我們帶著燈下去一趟吧！你看看地方躲起來，我表演一下如何開門，以及到時你該怎麼辦……」雅克身上發抖，忙往後退：「不，不要燈光！」

「聽我解釋一下，回頭我們再把燈藏起來，但我們總應該先去看看地方吧！」

「不，不行！妳快回去躺下！」

塞芙麗娜不聽，卻朝雅克走去。她信心十足，面帶微笑，她深知肉體是女人的看家本領。一旦把對方抱到懷裏，他就會任妳擺布。她要說服雅克，柔聲細語地說：「瞧，親愛的，你這是怎麼了？你似乎很怕我，我一靠近，你就躲開。你該明白，現在我是多麼希望能靠在你身上呀！我要知道你正等在這裡，我們倆觀點一致，永遠一致。你聽見了嗎？」

塞芙麗娜把雅克堵在桌子前面，雅克再也無處躲閃了。明亮的燈光照耀著塞芙麗娜，她敞著襯衣前襟，黑髮高盤，袒胸露臂，脖頸和乳房都露在外面。雅克從來沒見過她如此裝束，不由熱血上湧，周身發顫。雅克氣喘吁吁，壓抑著心頭的衝動，感到頭暈目眩。他忽然想到身後桌子上有一把尖刀。刀子就在那裏，伸手可及。

雅克努力克制著，結巴著說：「我求求妳，快回到床上裏吧！」

但塞芙麗娜認爲雅克周身抖動是情慾在他心頭蠕動的結果，是貪憑她的肉體。爲此，她感到自豪。他想占有她，她也願意，那她幹嘛還要回床上去呢？她靈巧地走過去，靠近雅克，站在他面前說：「來親親我吧！既然你如此愛我，那就用力來擁抱我吧！這樣會給你增添力量！對，這可以給你力量，我們都需要勇氣和力量！我們的愛情應有別於他人，應比別人愛得更深沉。這樣，我們才有勇氣完成下一步工作，用你整個身心來吻我吧！」

雅克感到胸部發悶，透不過氣來。腦袋嗡的一聲，他就什麼也聽不見了。他感到身後似乎被火燒焦了，燒穿頭顱，進而又燒到四肢，似乎那股烈火要把他的靈魂趕出自己的軀體，另一個他占據了他的軀體。在塞芙麗娜半裸露的肉體前，雅克像個醉漢，雙手已不受大腦的支配。對方袒露的乳房壓在他身上，赤條條的脖頸伸長，那麼白細嬌柔，令人難以自制。加上塞芙麗娜身上的強烈熱氣，雅克終於陶醉了。恍惚之中，雅克的意識徹底崩潰了，變成泡影，消失了。

「親愛的，來擁抱我吧！我們還有一點時間。你知道，他快到了，要是他走得快一些，隨時都可能來叩門。既然你不願意和我下樓，那你一定要記住，我去開門，你躲在門後，動作要快，不能猶豫。嗯，要馬上幹掉他……我如此愛你，我們將來一定十分幸福！他是個壞蛋，讓我吃盡了苦頭！他是我們走向幸福的唯一絆腳石。吻我一下吧！喔，用點勁！就像要把我吞下去那樣。現在除了你，我是一無所有了！」

雅克沒有轉身，右手向後一伸，抓起那把尖刀。他攥住刀子停了一下。難道他又想報仇？這種仇恨是從遠古時代留下來的，是人類在穴居時，男性第一次受騙後對女性產生的仇恨，一代代積傳至今。雅克盯著塞芙麗娜，似乎發瘋了。他心頭只有一個念頭，把對方殺死，扛在肩上，就像從別人手中奪來的一頭獵物。通向死亡的恐怖之門已經打開，雅克決心殺死眼前這位女性，以便永久地占有她。

「擁抱我！摟住我！」

塞芙麗娜仰起頭，神態溫順、懇切。她的白脖頸裸露在外，再往下就是令人心動的酥胸。雅克一見這潔白如玉的肌體，猶如看到一片火光，不由舉起了手中的尖刀。

塞芙麗娜一見亮光閃閃的刀刃，連連後退。她驚訝、恐懼地張開嘴巴：「雅克，雅克……是我！天哪，你要幹什麼呀？」

雅克咬緊牙關，沒有吱聲。他追上她，經過一場短暫的搏鬥，他把她抓到床邊。塞芙麗娜驚恐萬狀一，繼續後退，但她無力自衛，襯衣已被撕爛。

「這是爲什麼？天哪，你這是怎麼了？」

雅克手起刀落，尖刀刺進塞芙麗娜咽喉，她不再吱聲了。不知爲什麼，雅克又用手將尖刀轉動一下，意思是說：和盧博殺格朗莫蘭時一樣，也是這麼一刀，捅在同一個部位，用同樣殘忍的手段。塞芙麗娜呼叫了嗎？雅克不知道，他將來也無法知道。因爲就在那一瞬間，巴黎的快車正好通過，車速很快，連地板都震得發抖。塞芙麗娜死了，似乎是被暴風雨的雷電擊斃的。

雅克默默望著塞芙麗娜。她陳屍在他眼前的床頭旁。火車開了過去。在沉寂的紅色臥室裡，雅克痴痴盯著屍體。那裡一片血紅，紅色的窗簾，紅色的血液。一股鮮血從塞芙麗娜乳頭中間湧出，流到腹部，流向臀部，從腿上一滴一滴流到鑲木地板上，她的襯衣已被撕破，被鮮血染成了殷紅。雅克沒有料到塞芙麗娜會有那麼多的血！令雅克留步和不安的是，漂亮、溫柔、順從的塞芙麗娜的臉上罩著一層嚇人的恐怖。她的黑髮豎起，像一頂嚇人的帽子，陰森可怕；她那青蓮色的眼睛瞪得很大，十分嚇人，似乎在責問雅克爲什麼要殺她。他爲什麼要殺她呢？在這起不幸的兇殺案件中，塞芙麗娜無辜被殺，不明不白地死掉了。她被迫從生活的淤泥中推進血泊裡。臨死，她依舊是溫柔和無辜的。

雅克聽到動物的喘息聲，似野豬嚎叫，又像猛獅怒吼，他大吃一驚。原來是他自己在喘粗氣。雅克恢復了平靜。他終於殺死了一個人，夙願以償，滿意了，欣喜若狂。雅克感到十分自豪，感到了雄性主宰一切的至高無上的權利。這個女人，他占有了她，又殺死了她。他早就想占有她，徹底占有她，甚至把她毀掉。現在她已不復存在，別人永遠不能再去占有她了。此時，雅克又想起那件事兒，那個被殺死的人。

在那個可怕的夜間，在五百米之外，他看到的格朗莫蘭董事長的屍體。眼前這具屍體柔嫩、潔白，沾滿了血跡。但這也是一堆被軋爛的肉體，一個被打碎的玩偶、一個軟弱無能之輩。一把小刀就叫一個女人變成了這副模樣！是的，他就這樣殺死了她，同另一位被害者一樣，她也躺在地上。只是她是雙腿叉開，左臂彎向肋部，右臂彎曲抓著肩頭。昨晚，他不是激動地發過誓，發誓他也敢殺人嗎？難道不正是董事長那起案件使他產生了殺人的慾念嗎？啊，雅克不是膽小鬼，他要使自己的殺人慾得到滿足，把尖刀插了進去！殺人的慾念早就在他心頭生根發芽，只是他本人並未察覺。一年來，他每時每刻都在朝這個方向發展，所以今天這種結果是不可避免的。甚至可以說，他是在摟著這個女人親吻時滿足了自己的慾望。把這兩起兇殺案一對照，難道這次兇殺不正是上起兇殺案的必然結果嗎？

雅克正望著女屍沉吟，被一陣轟隆聲驚醒了。他以爲是什麼倒塌了，感到地板也在震動。難道房門被撞開，有人來抓他了！他看看周圍，四下一片寂靜。

喔，對，原來是列車的隆隆聲！盧博即將來叩門。雅克應該殺死的本是盧博，可是現在他早把盧博忘在了腦後。雅克雖然沒有什麼好遺憾的，但他開始咒罵自己是個笨蛋。這是怎麼了？到底發生了什麼事情？他衷心喜歡的女子現在躺在地上，喉嚨被桶了一刀！而女子的丈夫，阻礙雅克得到幸福的絆腳石卻還活著，正在一步一步朝這裏走來。

數月以來，雅克所接受的教育使他顧慮重重，他多多少少接受過人道思想的影響，所以不忍心去殺盧博。他沒有等到盧博進來，就在遺傳因素的支配之下，違背了自己的利益，殺死了情婦。這是遠古時代人同野獸一樣互相殘殺的再現。是呀！行兇殺人難道一定要有理由嗎？一個人，在他熱血上湧和精神衝動時就會行兇殺人。這是遠古時代人類互相殘殺習性的殘餘。在遠古，互相殘殺是人類生存的需要，殺死弱者是強者的一種娛樂。

雅克終於心滿意足了。現在他感到疲勞，感到害怕，想弄明白這到底是怎麼一回事兒。他發現除去殺人慾念得以滿足之外，他沒有得到任何別的東西，只留下驚訝和無限的愁思。

死者仍在望著他，神色驚恐，似在詢問他，這叫雅克感到難以忍受。他想把臉轉過去，但似乎有一張慘白的面孔從床腳下站起來。難道死者有分身術？他定睛一望，原來是芙洛兒。雅克殺死了塞芙麗娜，正在心神不定之際，芙洛兒卻閃現在他面前。看來芙洛兒勝利了，她終於報了仇。雅克感到驚恐，身子涼了半截。他還留在那裡幹什麼？他行兇殺人，喝飽了罪惡之酒，變成了醉漢。那把尖刀扔在了地上，不小心一腳踩了上去。他撒腿就往外跑，急匆匆奔下樓去，順手打開台階下的大門，似乎側門太窄小。

雅克在漆黑的夜裡瘋狂地奔跑，消失在黑暗之中，連頭也沒敢回一下。那所建在鐵路邊的斜房子，那座可疑的宅子，敞著大門，顯得蕭條、荒涼、死寂。

這晚，卡布希像往日一樣越過籬笆牆，來到塞芙麗娜窗前漫步。他知道今晚盧博要來，所以對百葉窗上的燈光沒有生疑。後來他突然看見有個人從門台上跳下來，如野獸一般跑走，消失在野外。卡布希不由大吃一驚，他忙收住腳步。去追逃跑者爲時已晚，卡布希感到驚慌失措。他站在敞開的大門前，望著黑咕隆咚的門庭。他非常擔心，猶豫不決，出了什麼事兒？他該不該進去看看？周圍一派死寂，不聞任何聲息，可是樓上的燈還亮著。卡布希深感不安，十分憂慮。

最後，卡布希打定主意，摸黑走上樓梯。臥室開著門，他停下來，藉著靜止的燈光發現床前似乎有一堆衣裙。看來塞芙麗娜肯定已經脫衣入睡。卡布希心頭怦跳，不安地輕輕呼叫對方的名字。接著他看到地板上似乎有灘紅色血跡。卡布希恍然大悟。他從撕裂的心口發出一聲可怕的呼叫，一個箭步衝了進去。

天啊！她被人殺死了，屍體扔在那裡，赤條條一絲不掛！卡布希以爲死者還有氣。他望著她赤身露體，奄奄一息的樣子，心裏感到失望、痛苦又羞澀。

他溫柔地抓住屍體，用雙臂把她抱起，放在床上，然後抽下床單把屍體蓋住。這是卡布希第一次接觸塞芙麗娜的肉體，也是唯一的一次。這一來他的手和前胸都沾滿了血跡，這是塞芙麗娜的血液。

無巧不成書，偏在此時，盧博和米薩爾進來了。他們也是剛剛決定上樓來看一看，因爲他們奇怪地發現所有的門都開著，盧博因同道口看守米薩爾聊天，所以來遲了。米薩爾陪他一起走過來，邊走邊聊。他們見卡布希兩手鮮血淋淋，像個屠夫，不由驚呆了。

米薩爾檢查了一下塞芙麗娜的傷口，他說：「跟董事長身上的刀口一模一樣。」

盧博只是點了一下頭，沒有吱聲。但他的眼睛一直沒有離開塞芙麗娜那張可怕又恐怖的臉。她的黑髮掛在額前，一雙藍眼睛睜得很大，似乎在詢問爲什麼要殺她。

第十二章

三個月之後，在六月份❷一個溫和的夜晚，6點30分，雅克駕駛著從巴黎開往勒阿弗爾的快車出發了。這是一台新機車，車號608。雅克說它像童男一樣嶄新，他對這台機車已有所了解。它脾氣倔強，不易駕馭，反覆無常，猶如剛上套的馬，必須先殺殺牠的銳氣，否則牠不會習慣身上的鞍轡。雅克爲失去利松號深感遺憾，多次咒罵這台新機車。他必須多加小心，手不敢離開變速杆。由於那天夜裡天氣溫和舒適，雅克顯得很寬容，讓機車自由奔馳，他自己則興高采烈地大口呼吸著清新的空氣。他感到身體健康，勝過以往。他不感到內疚，而是感到輕鬆、悠閒。

過去，雅克開車時從不講話，但這天他卻同佩克開起了玩笑，佩克仍舊給他當司爐。

「您怎麼啦？眼睛睜得那麼大，像是不會喝酒的人喝了酒。」

這晚佩克的確有些反常。他神色憂鬱，似乎沒有吃飯。

他冷冷地回答：「要想看得清楚，就必須睜大眼睛！」

雅克不信任地望了佩克一眼。雅克感到慚愧，因爲上週，佩克的情婦，可怕的菲洛梅內曾把他摟在懷裡。長久以來，菲洛梅內一直像發情的母貓對雅克擠眉弄眼，暗送秋波。其實雅克和她同床只是想試驗一下自己的病是否已經痊癒，因爲他的殺人慾已經得到滿足。他想看看自己能否占有女性，而無意在她胸部插上一刀。他和菲洛梅內已同床兩次，毫無特殊感，既無不適感，也

---

❷此處應是七月份。——譯者註

沒有打哆嗦。雅克已經變成正常人。他感到幸福、快樂，所以歡悅之情會不由自主地顯露出來。

佩克打開爐門準備加煤，雅克忙攔住他：「別加，別加，它跑得很好，別再催它了！」

佩克破口大罵：「喔，呀呸！好吧，漂亮又輕浮的傢伙，標緻的下流貨！我想到從前那台機車，它是多麼聽話呀！可這台騷貨機車，我眞想在它屁股上踢一腳。」

雅克壓壓火氣，沒有吱聲，但他明白，他們的三口之家已不復存在。自從利松號毀掉之後，他、佩克和機車之間的深厚友誼已經煙消雲散。現在，他倆常爲些許小事爭吵不休。如螺絲釘上得太緊，加煤沒有加到地方等會引起爭吵。爲此，雅克一再告誡自己，同菲洛梅內來往時要倍加小心，以免在這前進中的狹窄鐵板上同佩克公開爭鬥。過去，佩克十分感激雅克，從不搗亂。路上，雅克常讓他打盹休息，還常把自己的飯食送給佩克。那時，佩克像條忠實的走狗，爲了向雅克效忠，他甚至敢去行兇殺人。他倆像親兄弟一般，同甘共苦，同舟共濟，他們不開口就知道對方在想什麼。司機和司爐天天並肩戰鬥在一起，吃在一起，要是他們合不來，那可眞像生活在地獄裡一樣煎熬。

上週就爲這種事情，鐵路公司只好把瑟堡快車上的司機和司爐調開，因爲他倆爲一名女子爭風吃醋，鬧得不可開交。司機虐待司爐，司爐不吃這一套，於是二人在全速飛馳的機車上大打出手，置列車的安危和乘客的生命於一顧。

珮克已有兩次不聽雅克指揮，打開爐門拼命加煤，似乎在故意挑釁。雅克佯裝沒有看見，集中精力開車，並小心打開排氣閥放氣，以降低壓力。那夜天氣溫和，在炎熱的七月之夜，迎面吹來陣陣涼風，叫人感到愜意！11點5分，快車抵達勒阿弗爾，雅克同佩克像過去一樣，同心協力把機車沖刷了一遍。他們正準備去弗朗索瓦－馬澤利娜大街休息，有人叫住他們：「你們幹嘛這麼急？進來坐坐吧！」

原來是菲洛梅內。她站在哥哥家的門檻上，盯著雅克。她見佩克也在場，心裏老大不高興，只好把二人都叫住。她想同新朋友好好聊聊，即使老朋友在場，那也無妨。

佩克生氣地說：「喂，別叫人討厭了！看見妳，我們心煩，我們睏了！」

菲洛梅內高興地說：「瞧人家雅克多客氣，他可不像你。他還要喝上一杯呢！對吧！雅克先生？」

雅克出於謹慎想婉言謝絕，但佩克卻答應了。佩克是想藉機監視他倆，把他倆的關係調查明白。他們走進廚房，坐在桌子旁。菲洛梅內擺好酒杯，放上了一瓶酒。她悄聲說：「別大聲喧嘩！我哥在樓上睡覺，不喜歡我往家裡領人。」

菲洛梅內邊斟酒，邊說：「你們聽說了嗎？勒布樂太太今天上午死了。喔，這在我預料之中。我早就說過，讓她搬進後邊牢房式的屋子裡，她很快就會完蛋。她又堅持了四個月，天天對著錫皮屋頂生悶氣。後來她就離不開椅子了，當然也就不能再去窺伺人家紀杏小姐了，這是她很久以來養成的習慣。這樣，勒布樂太太也就完了。她一直未能發現人家的隱情，氣得她發瘋發狂，這也是她死亡的一個原因。」

菲洛梅內停下來，喝了一杯酒，笑著說：「他們倆肯定睡在一起，但他們很狡猾，神不知鬼不覺。不過，我認為小個子穆蘭太太肯定撞見過他們，但她不肯講。因為她太蠢，況且她那位副站長丈夫……」

菲洛梅內又停了一下，大聲說：「喂，聽說下週要在魯昂審理盧博夫婦一案啦！」

雅克和佩克一直在聽著，沒有插話。佩克發現這晚菲洛梅內的話很多，她同他在一起時從來沒有講過這麼多的話。佩克盯著兩位，他發現情婦在雅克面前如此興奮，不由醋意大發。

雅克平靜地說：「對，我已收到了傳票。」

菲洛梅內移近雅克，她高高興興地說：「我也收到了傳票，我也是證人之一。啊，雅克先生，假如法官想了解您和那位可憐太太的關係，假如他們問到我，我是否可以說：『先生，他非常愛她，所以他不會傷害她！』我親眼看見過你們倆在一起，所以我最有資格這樣講。」

雅克毫無表情地說：「喔，我不擔心，我可以把我在那天每小時都幹了些什麼一一告訴他們。鐵路公司繼續留用我，就是因爲他們找不出我的毛病。」

他們不再講話，慢慢喝著悶酒。

菲洛梅內說：「眞叫人害怕！被抓走的那個卡布希像頭野獸。他身上沾滿了那位苦命太太的血跡！世上竟有這種白痴，爲占有女性竟狠心將人家殺死！以爲殺死人家就能占有她了。你們知道嗎？是科希到月台上逮捕了盧博，這件事兒我一輩子也忘不了！我當時正在那裏。案發後第八天，盧博就被抓走了。他埋掉妻子，第二天就若無其事地去上班。科希拍著盧博的肩頭說他奉命來抓他。你們想，他倆是形影不離的朋友，整夜在一起賭博。一幹上監督這一行，就會六親不認，敢把親生老子送上斷頭台，你們說對不對？這是他們的職業要求，科希先生可不在乎這些。現在我有時還看見他去『商人咖啡店』玩牌。他像土耳其皇帝，對自己的朋友毫無憐憫之心！」

佩克咬著牙，生氣地在桌子上猛擊一拳說：「天殺的！盧博這個王八眞冤枉！你和他老婆睡覺，另一位又把他老婆殺死，可他卻被送上了法……不，我要是他，一定會氣死的！」

菲洛梅內高聲說：「你這個笨蛋，有人指控他唆使卡布希殺死了他老婆！這是眞的，據說是爲了一筆錢，我哪兒能了解得那麼詳細！似乎在卡布希家發現了格朗莫蘭董事長那塊懷錶。你們還記得嗎？格朗莫蘭就是十八個月之前被人殺死在火車上的那位老先生。於是，法官便把這兩件事兒聯繫到一起。這眞是一件奇案，一鍋糊塗粥！我也說不大清楚，但報紙上登了滿滿兩欄！」

雅克有些心不在焉，甚至可以說他根本就沒有聽。他喃喃地說：「何必去傷這份腦筋呢？這與我們何干？要是連法院都查不清楚，我們就更無法弄明白了。」

佩克臉色蒼白，望著遠處說：「在這個案件中，只有那個女人太可憐！啊，可憐的女人！」最後，佩克生氣地說：「我的老婆，要是別人敢動她指頭，我就把他們倆一塊掐死！那樣做，即使被砍下腦殼，我也在所不惜。」

又是一陣沉默。菲洛梅內再次把酒杯倒滿酒，說句笑話。其實她心裡十分不安，斜眼瞥了佩克一眼。維克圖瓦大嬸骨折致殘，只好放棄打掃廁所的工作，住進了濟貧院。自此以後，佩克就邋遢起來，衣著襤褸，十分髒污。過去，大嬸對他十分寬容，慈母一般對待佩克，總悄悄給他零用錢，不讓住在勒阿弗爾的這位女性指責她沒有照料好丈夫。可是現在，大嬸不在家，無人照料他了。而雅克長相英俊，又乾淨俐落，對菲洛梅內頗有吸引力，她現在已經討厭起佩克來了

菲洛梅內大著膽子問：「你要掐死你在巴黎的老婆嗎？她呀，她是不會有人要的！」

佩克嘟噥著回答：「那一位或另外一位！」

菲洛梅內玩笑似地舉起酒杯：「喂，祝你健康！請你把衣服拿來，我給你縫補一下。說實話，你不能為我們增光，不管是為她還是為我……雅克先生，也祝您健康！」

雅克似乎從沉思中驚醒，戰慄了一下。雅克並非內疚，他殺人之後，心裡輕鬆，身體也很好。當然有時塞芙麗娜的影子還會閃現在他眼前，會喚起他的良知，會叫他流下憐憫的淚水。雅克為掩飾心頭的不安，玩笑似地說：「聽說了嗎？很快就要打仗了！」

菲洛梅內說：「根本不可能，同誰打呢？」

「同普魯士人吧！他們有位親王要當西班牙的國王，昨天議會專門討論過這個問題。」

菲洛梅內一聽，感到懊喪。她說：「原來如此！真荒唐！他們搞什麼選舉，公民投票，還有在巴黎出現的騷亂，這些已經夠我們受的了！要是再打起仗來，那，你們說，是不是所有的男人

都得去當兵?」

「噢,我們不會去,總不能連鐵路也不要了吧?只是我們的工作可能會受到干擾,得去運送士兵和各種補給!一句話,一旦打起來,我們就得去盡公民義務。」

雅克發現菲洛梅內的腿插在他的腿中間,趕忙站了起來。佩克也發現了這一點,他不由怒火上升,用力撐緊了拳頭。

佩克說:「時候不早了,睡覺吧!」

雅克結巴著說:「對,該睡覺了!」

雅克用力抓住菲洛梅內的手腕,似乎要把它捏斷。菲洛梅內忍著痛沒有吱聲。她見佩克正在發狂地喝酒,悄聲對雅克說:「當心!他一旦喝多了酒,就會眞正變成野人!」

此時,菲洛梅內聽見樓梯上傳來沉重的腳步聲,不由慌了神:「我哥來了,你們快走!」

雅克和佩克剛走開二十步,就聽見有打耳光的聲音,繼而是叫喊聲。菲洛梅內像偷吃罐頭的小姑娘被當場抓住,被哥哥狠狠揍了一頓,被打得鼻青臉腫。雅克站住,想回去救菲洛梅內。佩克攔住他說:「這干您什麼事兒?啊,臭婊子!要是打死她,那才好呢!」

雅克同佩克回到弗朗索瓦—馬澤利娜大街。他倆誰也沒有吱聲,倒頭躺下。由於房間窄小,兩張床幾乎挨在了一起。他們睜著眼睛,聽著對方的呼吸聲,久久不能入睡。

星期四要在魯昂開庭審理盧博案件。預審法官德尼澤爲此名聲大震,司法界經常有人贊揚他,說他對這件複雜的案件處理得法;有人稱這起案件是他精闢分析和推理的傑作。他用邏輯推理使眞相大白,這是一個創舉。

塞芙麗娜被殺後數小時,德尼澤就趕到了出事的德莫法十字架,他馬上下令逮捕卡布希。許多跡象表明卡布希就是兇手。他身上的血跡,加上盧博和米薩爾的證詞。他倆詳細敘述了他們是如何發現卡布希痴呆呆地站在屍體旁邊的。在盤問卡布希爲什麼闖入塞芙麗娜的臥室時，他結結巴巴，說得前言不搭後語。法官一聳肩頭，認爲他的故事編得太幼稚，是罪犯們慣用的伎倆，這在法官預料之中。眞兇手總是捏造一個假兇手，說假兇手乘夜色逃之夭夭，早已跑得無蹤無影，難以尋覓了，是不是？在問卡布希在大黑天去人家住宅前幹什麼時，卡布希慌了神兒，不知所措，不肯回答，最後他才說是去那裡散步。這個回答幼稚可笑，法官怎會相信？況且，哪裡會有這種人，行兇殺人後連房門也不關就跑走？他連室內的家具都沒有動一下，連一塊手帕也沒有偷。這種兇手，他從何處來？他爲什麼要殺人？法官的調查稍一深入，就發現了雅克同被害人的關係。於是法官對雅克那天的行動起了疑心。但卡布希說是他送雅克去巴朗唐乘坐4點40分的火車；魯昂那家旅店的老板發誓說，那天雅克吃過晚飯就睡覺了，次日早上七點才從房間走出。況且從道理上講，雅克也不會平白無故殺死自己心愛的情婦，沒有人發現他和死者爭吵過，所以認爲雅克是兇手與理不通。對，雅克不會是兇手。那兇手只能是這位慣犯卡布希了。他雙手沾滿血跡，屠刀就在他腳下。這個愚蠢的野漢子還對法官杜撰了一個天方夜譚式的故事。

德尼澤這麼認爲，而且堅信不疑，他相信自己嗅覺敏銳。他說他的嗅覺往往勝過證據。但他仍然有些侷促不安。因爲第一次派人搜查卡布希的小屋時，沒有發現任何可疑之物，既然不是因盜殺人，那就必須另找原因。一次法官在盤審米薩爾時，了解到了一條線索。米薩爾說他曾在夜間發現卡布希在窗口偷看塞芙麗娜睡覺。在盤問雅克時，他平靜地回答說，卡布希一直在偷偷愛著塞芙麗娜，在死死追求她，在她左右爲她效勞……現在問題已經明白，這就是卡布希在獸慾煎熬之下姦殺人命。法官估計事情的經過是：卡布希帶有樓房大門的鑰匙，他進去時忘了關門，接著是搏鬥，最後卡布希殺人姦屍。盧博進去之後，這一切才告結束。但還有一事不明，既然卡布希知道盧博那晚要去，他爲什麼偏偏在那個時候進去呢？經過仔細考慮，這並不能減輕被告的罪行，也不能爲他提供申辯理由，這說明罪犯肉慾強烈，難以忍耐。假如不趁盧博尚未趕到的短暫時機，以後他就沒有機會了，因爲受害人第二天就要離開德莫法十字架。因此，德尼澤堅信自己判斷正確，決心不再動搖。

卡布希一次又一次被傳訊，法官巧妙地一遍又一遍向他提出一系列問題，但卡布希對法官的圈套毫不在意，一直堅持自己最初的說法。他說自己去路邊呼吸新鮮空氣，突然發現有個人從他身邊跑走。由於天色太黑，那人到底往什麼地方跑去，卡布希沒有看清楚。於是，他感到擔心，便朝那所宅子的方向一看，發現大門開著。他決定上樓看個究竟，結果就發現了女屍。屍體還沒有變冷，睜著眼睛望著他。他以爲那人還活著，便把她抱在床上，故而沾了兩手血。他就知道這麼多，反過來倒過去總是這幾句話，像在背誦故事，一字不差。法官設法叫他離開這份老口供，卡布希有些發慌，閉口不言。裝作沒有聽懂對方的問題。當德尼澤問他是否希冀占有被害者身體時，卡布希滿臉通紅，像首次偷情被人抓住的小青年一樣。他斷然否認，否認自己希冀同塞芙麗娜偷情。他認爲那是下賤的，不可告人的行爲。同樣他也認爲那是微妙的、神秘的事情，只能深深埋在自己心頭，不可言傳。不，他說根本不愛她，也無意占有她。現在她已死去，卡布希永遠不會把這種褻瀆神靈的想法告訴別人。儘管卡布希矢口否認，但證人都肯定他愛慕塞芙麗娜的美色。當然，照起訴書上所說，不承認對女方懷有慾念對罪犯大有好處，可以此來否定因姦殺人一說。法官把全部證據匯集到一起，準備給罪犯致命的一擊。他把殺人和強姦的證據都擺了出來，以此來套卡布希的口實，但卡布希卻發怒了，瘋狂地提出抗議。他說他一向十分尊重塞芙麗娜，像對待神靈那樣敬重她。對這樣的人，他怎會爲了占有她而殺死她呢？卡布希一氣之下，揚言要把法院這幫人統統殺死。這時，法官只好叫憲兵來制伏他。總之，卡布希像個兇狠的無賴，陰險狡猾，但他這一發怒就等於承認了自己的罪行。

預審工作只好暫停，被告怒氣沖沖，大嚷大叫說兇手是別人，是逃走的那個神秘人物。每一次審問，一問到兇殺情況，他都這麼說。在此期間，德尼澤又有新發現，改變了事態的進程，並且使案件的重要性猛增十倍。用他的話來說，是他嗅到了眞相。他憑著自己的預感，並親自到卡布希家搜查了一遍，終於在房樑後找到了幾樣東西．幾塊手帕和女用手套，手套下還有一塊金殼懷錶。德尼澤一眼就認出那正是格朗莫蘭的懷錶。錶上刻有格朗莫蘭姓名的頭兩個字母，錶盤正中是出廠號2516，德尼澤不由喜出望外，這眞是柳暗花明又一村。一切均已明白，包括那件案子同這件案子的眞相都已清清楚楚。法官馬上用邏輯推理把兩個案子聯繫在一起，心裡當然十分高興。由於此事後果很重要，法官先不問懷錶的來歷，而是問卡布希，手帕和手套的來歷。卡布希本想實話實說，說自己偷偷愛著塞芙麗娜，貪戀她的美色，偷偷吻過她的衣裙，撿拾她的東西，如鞋帶、別針、髮夾等，但他又感到羞躁，感到難以啓齒。

當法官把懷錶放到他面前時，他驚得目瞪口呆。他忽然想起，懷錶是包在手絹裡的，是他無意中從塞芙麗娜的長枕下發現的。他像撿到了戰利品，悄悄帶回家中。他一時未想出如何交還給她更合適，就暫時把它放在了家中。但講這些又有什麼用，那還得解釋其他東西的來歷，像女用裝飾品、黑香女內衣，這些東西講出去會叫他羞臊難忍，無地自容。況且，法官早已不再相信他的話了，現在卡布希自己也有些糊塗起來。他本來就頭腦簡單，現在自己也弄不清是怎麼一回事了，像是在做噩夢。所以後來法官再指責他殺人時，他不再發怒，變得十分遲鈍，他總是回答不知道。關於手帕和手套的來歷，他不知道；關於那塊懷錶，他還是不知道。他只是說這樣的審問惹他煩惱，他希望讓他安靜一下，要求馬上去斷頭台。

第二天，德尼澤就下令逮捕了盧博。法官有這種至高無上的權力，他是憑靈感簽發的逮捕證。他相信自己的靈感，相信自己有洞察秋毫的本領。在簽發逮捕證時，他並沒有掌握足夠的證據。儘管尚有不少缺點，但德尼澤認爲盧博應是兩起兇殺案的關鍵人物和主謀。後來他在公證人科蘭律師那裏查到了一份文件，這是塞芙麗娜在繼承德莫法十字架房產之後第八天，她同盧博在公證處簽訂的文件。根據文件內容，他們夫妻誰活到最後，那片房產就歸誰所有。看到這份文件，德尼澤信心更足。他把前因後果一聯繫，對自己的判斷更是深信不疑。他草擬的起訴書有理有據，難以駁倒。他認爲眞相本身存在不少非邏輯和非理性的東西，遠不及他的想像眞實可信。

德尼澤認爲盧博是個膽小鬼，兩次行兇他都不敢下手，而是借用猛獸卡布希之手。第一次，盧博想及早把遺產弄到手，他早已知道遺囑內容，也知道卡布希同格朗莫蘭有仇，便把殺人的刀子塞在卡布希手裡，讓卡布希在魯昂站鑽進董事長的包廂裡，然後他們把那一萬法郎平分掉。假如不是第二起兇殺案，盧博也許就不會再同卡布希見面了。在這一個分析過程中，德尼澤顯露了他在犯罪心理學方面的深厚功底，因而博得衆人的稱頌。這天上午他公開宣布，他一直沒有放鬆對卡布希的監視工作，他早就料到第一起兇殺案肯定還會導致第二起兇殺案，僅僅十八個月的時間，他的估計就應驗了。盧博夫婦反目，丈夫在賭場輸掉了那五千法郎，妻子則找了個情夫消遣。估計妻子不同意賣掉德莫法十字架的房產，擔心那筆錢又被丈夫輸掉。當然在夫妻爭吵時，妻子也許威脅過丈夫，揚言要把他送交法庭。

總之，許多證詞都證明盧博夫婦不和，這是事實，於是就出現了第二起兇殺案。盧博爲了永遠占有德莫法十字架的房產，先送掉格朗莫蘭的老命，現在又把殺人的刀子交給卡布希。卡布希爲滿足自己的獸慾，再次拿起了屠刀。很顯然，這就是事情眞相，許多跡象都證明了這一點。懷錶藏在卡布希家，兩具屍體是被同一隻手，同一把刀，用同樣的方式殺死的。但在兇器上還有一個小疑點，刺死董事長的刀子似乎短一些，但更爲鋒利。

開始時，盧博只是懵懂懶散地回答是或不是。憲兵逮捕他，他並不感到驚訝，他已經變得玩世不恭，對什麼都感到無所謂。爲設法套取盧博的口供，法官專爲他派了一名專職看守，讓他從早到晚同看守打牌。對此，盧博十分高興。盧博堅信卡布希有罪，認爲只有他才會殺害塞芙麗娜。在法官問他有關雅克的情況時，盧博聳肩笑了一下，表示他知道雅克同塞芙麗娜的關係。但當德尼澤經過試探，要照自己的設想把盧博說成是同謀，逼盧博招供時，盧博開始擔心，怕暴露眞相，變得十分謹愼。法官都對盧博講了些什麼呢？法官說，殺害董事長和塞芙麗娜的兇手不是他，而是卡布希，但他是兩起兇殺案的主犯，因爲卡布希是替他行兇殺人。

聽到這裡，盧博驚得目瞪口呆，再也不相信法官的話，他認爲這是法官的圈套，在套他的口實，讓他承認自己是第一起兇殺案的兇手。在被捕時，盧博就想到可能是舊案重提。在讓他同卡布希對質時，盧博說他不認識卡布希，但那夜也看見這人滿身血跡，正準備強姦他妻子。卡布希一聽不由火冒三丈，大發雷霆，大鬧公堂，這使案情變得更爲複雜了。三天又過去了，法官反覆審訊他倆，因爲法官堅信他倆訂有攻守同盟，故意爲難法官。盧博感到煩倦，打定主意，閉口不言。後來，盧博實在難以忍受，決定及早了結此事。數月以來，他一直閉口不講，現在卻退卻了，吐露了眞情，全部的眞情——

這天，德尼澤在辦公室巧妙地審訊盧博。他眯縫著厚眼皮，蠕動著兩張薄嘴唇，他邊觀察對方的神態，邊滔滔不絕地講個不停。盧博則是一身灰黃的肥肉，長相笨拙，但他也很狡猾。法官同案犯巧妙地周旋了一個小時，問得對方精疲力竭。他採用步步緊逼和四面包圍的戰術，最後終於使案犯落入了圈套。盧博做了個忍無可忍的手勢，大叫他已無法忍受，情願坦白，以免再受折磨。盧博承認說，既然法官認爲他有罪，他承認第一起殺人案是他所幹。盧博把事情的經過敘述了一遍：他妻子在少女時受到格朗莫蘭的糟蹋，他得知這一情況後，醋意大發，勃然大怒。他又講到如何殺死董事長，如何拿走那一萬法郎。聽到這裡，德尼澤不由抬起上眼皮，滿腹狐疑地皺起了眉頭，一種難以掩飾的不信任感（這是他的職業病）使他把嘴唇抿了起來，似在嘲笑對方。

盧博剛講完，德尼澤就笑了起來，他認爲對手比他想像得更厲害。盧博承認自己是第一起殺人案的兇手，但又把它說成是單純的情殺案，以此掩蓋預謀偷盜罪行和參與第二起兇案的罪行。這可眞是一種大膽技倆，這說明盧博智慧超群，毅力非凡。可惜他講的這一切根本站不住腳。

「得了，盧博先生，別把我當三歲的娃娃來耍！您說什麼醋意大發，難道您是嫉妒殺人？」

「當然是！」

「假如這一說法可信，那，難道您在結婚時絲毫不知道您妻子和董事長的關係？這可能嗎？我認爲恰恰相反，處在您的地位，您對送上門的買賣肯定會經過三思後才答應的。人家把她當小姐一樣對待，讓她上學，把這樣的女人送給您，還陪送了一大筆嫁妝，而且您妻子的保護人也就成了您的靠山，您還知道董事長在遺囑中爲您妻子留下一幢鄉間別墅。這，您怎麼能說什麼也不知道，又毫無疑心呢？得了，這一切您早就很清楚，否則您的婚事是解釋不通的。我指出一個事實就可以叫您啞口無言。您並不是個愛嫉妒的人，可是您卻口口聲聲說自己是嫉妒殺人。」

「我說的是實話，我是在嫉妒之下殺了人。」

「就爲那麼一件由您憑空揑造的莫須有的事件，您就敢殺死董事長？那請您解釋，您爲什麼又允許您妻子找情夫？這是事實，情夫就是雅克．朗蒂埃，一位結實健壯的小伙子！很多人對我提到過他倆那種關係。您也知道他倆的關係，卻又允許他們自由來往，這又是爲什麼？」

盧博神色沮喪，目光呆滯，凝視著屋頂，說不出個所以然來。最後他才結巴著說：「我不知道……第一個是我殺死的，但我沒有殺第二個。」

「嫉妒殺人！別用這一套來哄騙我們了，我希望您在陪審團面前別再重複這些話，以免得叫他們恥笑您。請相信我的話，您應該端正態度，說出實情，這才是您的唯一出路。」

從此，盧博越是固執地重複眞相，德尼澤就越認爲他是撒謊，事態對盧博十分不利。他首次受盤問時所講的那些話本來可以證實他後來所說屬實，因爲他當時揭露了卡布希，但現在法官卻認爲那些話是他同卡布希訂立同盟的憑證。法官從對本職工作的熱愛出發，從心理學角度去分析案情。他說對人的本性認識從來沒有像現在這樣深刻，他更多是靠占卜而不是依靠觀察。德尼澤洋洋自得，自詡是有威懾力的直觀派法官，一眼就能看穿對方的心靈。至於證據，十分充足，有一大串令人心悅誠服的證詞。他認爲預審的基礎十分堅實，眞相已像陽光那樣清楚明亮。

德尼澤這是一箭雙雕，秘密又耐心地把兩起兇殺案全解決了，他倍感榮耀。自從公民投票暫時獲勝以後，一股狂熱力量在衝擊著國家，叫人暈眩，這是一場巨大災難降臨的徵兆。帝國即將崩潰，在政界，特別是在新聞界，陰雲密佈，到處都是激奮的叫嚷聲。在這種情況下，連歡樂也染上了病態，變得十分狂熱。在塞芙麗娜被殺之後，在預審法官巧妙地查清格朗莫蘭被殺一案並將兩起案件聯繫到一起之際，反對派報紙發出了勝利的歡呼聲，有的甚至還用那個所謂的傳奇式兇手開玩笑，說那是警方杜撰的人物，目的在於掩飾上層有關人士的荒淫行徑。

這次審判結果意義重大，不僅將兇犯和同謀逮捕歸案，格朗莫蘭董事長的清白名聲也將得到恢復。兩派爭論再度出現，在魯昂和巴黎，群情激昂，而且有增無減。除少數想像力較爲豐富的人認爲案情尚有疑點外，多數人認爲案情已經眞相大白，認爲這有助於國家的安定。在一週之內，各家報紙詳細報導了整個事件的始末情節。

德尼澤被召到巴黎，來到羅歇大街司法部秘書長卡米．拉莫特先生官邸。秘書長站在氣氛莊嚴的書房裡，他面頰清瘦，神態倦怠，愁容滿面，憂心忡忡，表明他雖處顯位，但已預感到他爲之效勞的政權即將崩潰。兩天來，秘書長內心鬥爭十分激烈，不知該如何處置塞芙麗娜那封短信。他一直保留著那封信，那封信雄辯地證明盧博所說完全屬實，將會動搖德尼澤起訴書上的一系列結論。這封信無人知曉，秘書長本可以把它銷毀，但前一天皇帝告訴他，這次要讓司法部門獨立斷案，別人不予干涉，即使結果對政府不利，皇帝也在所不惜。皇帝這樣做是出於迷信，是出於正義的呼聲。他知道國內群情激昂，稍有不慎就可能斷送政府的性命。秘書長把人間萬物都視爲簡單的機械關係，所以他並不感到良心上有什麼不安，但他卻對皇帝陛下的命令深感不安。他在考慮爲了更好地保護主子，他是否應該拒絕執行這一命令。

德尼澤興高采烈，忙說：「您瞧，我的嗅覺沒有錯吧！殺死董事長的兇手正是卡布希。當然，我雖確認卡布希就是兇手，但也沒有忘記另一條線索，我一直感到盧博行跡可疑。現在可好了，他們倆都被我們抓住了。」

卡米·拉莫特目光無神，死死地盯住對方說：「那麼，卷宗中所列的事實都已查到了證據，您確信無疑了？」

「對，這是毫無疑問的，一切的一切都已串連到一起。過去我經手的案件有些也很複雜，但不論哪一起都不像這次這麼合乎邏輯，這麼順利就能推斷出來。」

「可是盧博不認賬呀！他只承認是第一起兇殺案的兇手。他說他妻子被騙失身，他一時醋意大發，憤怒中殺死了董事長，反對派報紙都這麼說的。」

「喔，反對派報紙是長舌婦，善於說東道西，這些事情他們自己也不相信。盧博常爲他妻子很及情夫來往提供方便，他怎麼還會醋意大發？噢，在法庭上盧博可以重複他這陳詞濫調，但不會釀成什麼醜聞。要是他能拿出證據來，那才能有說服力，但他什麼證據也拿不出來。他一再重複，說他曾讓妻子寫過一封短信，可能壓在董事長的文件堆裡。那些文件是秘書長您親自清理的，要是真有此信，您應該發現呀？」

卡米·拉莫特沒有吱聲。是這樣的，照法官的作法，那件醜聞將永遠被埋葬，沒有人會相信盧博的話，董事長的名聲也會被洗刷乾淨。帝國一門望族得以恢復名譽，這對帝國十分有利。況且，既然盧博承認自己有罪，那不論以哪種罪名判刑，從法律角度來講又有什麼關係呢！至於卡布希，就算他同第一起殺人案無關，但他似乎是第二起兇殺案的主犯。天哪！正義，這只是人類的一種幻想而已！當眞理被荊叢覆蓋住，你卻要裝出公正的樣子，那豈不等於耍陰謀？識時務者爲俊傑，還是努力支撐一下這形將崩潰的沒落社會吧！

德尼澤又問：「您沒有發現那封信吧，嗯？」

卡米．拉莫特又抬頭望著法官。他是唯一可以左右形勢的人物，他曾感到內疚，他的內疚心理可能會使皇帝擔憂。他平靜地說：「沒有，我沒有發現那封信。」

然後，秘書長面帶笑容，溫和地對德尼澤大加讚揚，但他的嘴唇微微上翹，似乎帶有某種難以掩飾的嘲弄神態。他說，以往的預審工作都不及這次徹底，上層已經決定，等德尼澤休完假，就調他來巴黎當推事，最後秘書長還把法官一直送到樓梯平台上。

「這個案子只有您看得最準，令人佩服。是呀！一旦眞相大白，這是任何力量也無法阻攔的，不管是誰，即使拿出國家最高利益也難以阻擋。您就繼續幹下去，別擔心後果，任其自然發展吧！」

「查清眞相是法官的義務，我義不容辭。」德尼澤先生說罷，打個招呼，得意洋洋地走了。

卡米．拉莫特回到書房，點上蠟燭，從抽屜裏掏出塞芙麗娜那封信。燭光明亮，他打開信想再看一遍，他眼前突然閃現出青蓮色眼球的嬌弱女人，她的友好神態和柔情曾叫秘書長大人動過心，現在她已埋入地下，秘書長似乎又看見了她死時的慘狀。誰知她死時帶走了多少秘密呢！對呀，什麼眞理，什麼正義，這全是幻影。現在，那位迷人的陌生女性留給他的只有那短暫的慾念了，可惜他未能滿足她的要求。秘書長把信紙靠近蠟燭，信紙燃燒起來。秘書長感到憂心忡忡，似乎預感到會出什麼不幸。要是命運注定帝國將被推翻，就如同他手中的紙灰這樣完蛋，那毀掉這份證據又有什麼用呢？這只能使他良心受到譴責。

不到一週，德尼澤就完成了預審工作。鐵路公司全力配合他的工作，不管需要什麼文件，也不管需要哪位證人，鐵路公司是有求必應，因爲鐵路公司也希望及早了結此案。這一醜聞是由公司一位職員引起的，它在龐大的公司機構內蔓延，幾乎動搖公司的董事會，所以應該馬上把生瘡的職工清理出去。於是，勒阿弗爾火車站職工又一次輪番到法官辦公室去作證。達巴迪、穆蘭等人詳細介紹了盧博的劣跡事項；巴朗唐站長貝西埃和魯昂站的幾位職工也提供了證詞，他們的證詞對查清第一起兇殺案的眞相意義重大；然後是巴黎站站長旺多爾普。巡道工米薩爾和列車長亨利．多韋涅也來作證。米薩爾和亨利說，盧博對妻子根本不加管束。亨利還說他在德莫法十字架養傷時曾發現盧博同卡布希在晚上商量過什麼事情。這一點很重要，兩名被告曾說他們素不相識，亨利的話駁倒了他們的供詞。在鐵路公司員工中，衆人紛紛譴責罪犯，他們同情和可憐受害者。他們認爲塞芙麗娜與人通姦情有可原，値得同情。他們也認爲格朗莫蘭老人一向受人尊敬，對他的誹謗言詞今日才得以洗刷，他也値得同情。

但複審前案一事在格朗莫蘭家族中引起了強烈反彈。在這一方面，雖說德尼澤可以得到該家族的有力支持，但爲維護預審工作的一致性，他又不得不進行一些鬥爭。德拉什納耶夫婦高叫他們勝利了，因爲他們一直認爲盧博是兇手，認爲盧博想及早得到德莫法十字架的房產，所以德拉什納耶夫婦認爲現在是廢除遺囑的好機會。但要想廢除遺囑，就必須說明塞芙麗娜道德敗壞和忘恩負義。爲此，他們同意盧博所說他妻子是同謀這一觀點，但德拉什納耶認爲塞芙麗娜幫助丈夫行兇殺人根本不是要報所謂的被姦污之仇，而是想及早把遺產弄到手。結果，德拉什納耶夫婦同德尼澤發生矛盾。特別是貝爾特，她對兒時的朋友十分刻薄，爲對方羅織了許多罪名。德尼澤則替塞芙麗娜辯護，誰敢觸動他的結論，即他用邏輯推理得出的結論，他就會火冒三丈。他驕傲地說，他的邏輯推理系統嚴密，只要抽去一磚一瓦，整個推理大廈就可能倒塌。

就這件事兒，德拉什納耶夫婦同博納翁太太在法官辦公室發生爭執。過去博納翁太太一直替盧博夫婦辯護，現在她只好放棄盧博，但仍爲塞芙麗娜辯護。在感情上她無法接受對塞芙麗娜的攻擊。她喜歡塞芙麗娜的如花容貌，對她的作風問題顯得十分寬容，對傳奇式的血案悲劇倍感驚訝。博納翁夫人態度明朗，她說她十分蔑視金錢，姪女又來糾纏遺產問題，難道就不感到害臊嗎？要是說塞芙麗娜有罪，那不就等於完全贊同盧博的供詞了嗎？董事長的清白名聲不是又要受到玷污嗎？即使預審時未能全部查出眞相，但爲了家族的榮譽，至少也應杜撰一個故事。博納翁太太不無淒楚地談到魯昂的社交界。她現在已不能左右那裏的形勢，這一案件在那裡引起了極大轟動。現在她年老色衰，失去了當年金髮美女那豐腴的身段，現在她的交際花地位已被勒布克推事的夫人奪去。勒布克夫人是位婷婷玉立的棕髮女郎。前一天，有人還悄悄在勒布克家議論董事長生前的放蕩行爲，路易塞特之死以及那些惡意誹謗的傳聞。

此時，德尼澤先生插口說，勒布克先生將以陪審員的身分參加下次審判大會。德拉什納耶夫婦這才不再吱聲，有些擔心，準備讓步。博納翁太太忙安慰姪女，說法院定會盡職盡責，審判長是她的老朋友德巴澤耶先生。德巴澤耶先生因患關節炎，很久不到博納翁家去了。她說第二位陪審員是肖梅特先生，他是受博納翁太太保護的年輕代理檢察長之父，所以博納翁太太心頭踏實。在提到肖梅特先生的名字時，她嘴角露出了一絲苦笑，因爲近來這位年輕的代理檢察長常去勒布克家。但這是博納翁太太的主意，說是怕影響年輕人的前程。

在這起喧赫一時的案件開庭之日，關於法國要打仗的傳聞紛至沓來，全國處於動亂之中，大大削弱了這場法庭辯論的重要性，但魯昂城照舊熱鬧了三天。法院裡門庭若市，保留的席位全被城裡的太太們占去了。諾曼第公爵的府邸自改成法院以來，從來沒有如此熱鬧過。時值七月盛夏，下午天氣十分炎熱，陽光照在橡木護牆板和白色耶穌石雕像上，也照在路易十二時代的天花板上。大廳後部飾有石雕，那裡掛著蜜蜂圖案帷幕，二層飾有許多雕花木板，有用柔和的金色漆成的小隔間。開庭前，衆人就感到悶得喘不過氣來。婦女爭相站起，望著證據桌上格朗莫蘭那塊懷錶、塞芙麗娜那沾滿血跡的襯衣、兩名兇手使用過的刀子。從巴黎來的一位律師很引人注目，他是卡布希的辯護人。在陪審團席位上並排坐著十二位魯昂人，他們都穿著莊重可體的黑色禮服。庭長宣布開庭，站席上的觀衆發出一陣擁擠聲，庭長只好威嚇把他們趕出去。

辯論開始前，陪審員首先宣誓，然後傳呼證人。此時，觀衆席上又傳來一陣騷動。在提到博納翁太太和德拉什納耶先生的名字時，大廳裡人頭鑽動。女士們對雅克特別感興趣，不停地望著他。兩名被告在四名憲兵押送下走進法庭，衆人的目光就馬上集中到他倆身上，並悄聲議論。衆人感到他倆相貌兇狠、下流，一副強盜相。盧博身穿深色上衣，領帶歪斜，像個不修邊幅的人。他那蒼老的神態、遲鈍的面孔，和他那一身肥肉，叫人吃驚。

至於卡布希，如大家想像的那樣，身穿肥大的藍色工作服，拳頭很大，是典型的殺人犯形象。他長著一個食肉動物的下巴，一看就知道是那種常在森林裡幹壞事的傢伙。審訊證實了衆人的推想，卡布希有些回答引起台下一陣陣騷動。對庭長的提問，卡布希一概回答說不知道。他不知道懷錶怎麼跑到了他家；不知道他爲什麼放跑了所謂的兇手。卡布希一直堅持自己最初的說法，一位神秘的陌生人趁夜色跑走了，他聽見了那人的腳步聲。當問他爲什麼想要姦屍時，卡布希結結巴巴，說不出話來，並且勃然大怒，憲兵只好用力按住他的胳膊。不，不對，他根本不愛塞芙麗娜，也無意占有她，說他想姦屍純係謠言。塞芙麗娜是貴婦人，而他長相粗野，又坐過牢，那豈不是癩蛤蟆想吃天鵝肉！後來卡布希平靜下來，顯得異常沉默，只偶爾吐出幾個單音節的字詞。對法庭如何判決，他毫不在意。

盧博也是如此，堅持起訴書中提到的觀點。他介紹殺害格朗莫蘭的經過，否認妻子與此案有關，但盧博講話時斷時續，目光迷離，聲音變調，似乎邊講邊尋找或捏造某些細節。審判長一再敦促他老實交待，並不時點出他話語中的紕漏之處。後來盧博一聳肩，乾脆不再開口。既然你們認爲謬誤就是眞理，那我去談眞實情況還有什麼用？盧博這樣做是蔑視法庭，對他十分不利。衆人發現兩個被告互不理睬，而且相互怒目而視，認爲他倆事先已經串通一氣，並可能訂有攻守同盟。他們說他倆根本互不相識，並互相指控對罵，看來他們是有意把審判工作引入歧途。審判長巧妙地牽著被告的鼻子，讓他們往事先設好的圈套裡鑽。直到審判結束，宣布判決結果後，盧博才鬆了一口氣。那天還請了幾位次要證人出庭，由於天氣太熱，有兩位女士在五點左右暈倒了。

次日，幾位證人的證詞又引起一陣強烈騷動。博納翁夫人的證詞十分引人注目，她的證詞十分注意分寸。大家又興致勃勃地聽取了鐵路公司員工們的證詞，其中有旺多爾普、貝西埃和達巴迪等人。科希先生作了冗長的發言，介紹他如何同盧博在「商人咖啡店」打牌，如何同盧博相識和熟悉的經過。亨利．多韋涅重複了過去的證詞，他基本可以肯定他因高燒而昏睡時聽到過兩名被告在一起密謀。在問到他有關塞芙麗娜的情況時，亨利十分謹愼，暗示他偷偷愛過她，但當他知道她已屬他人，就主動躲開了。所以當另一位插足者雅克出庭時，旁聽席上傳來一陣騷動，許多人紛紛站起，想瞧瞧雅克是個什麼人物。陪審團中也有人頗有興趣地盯著雅克。雅克十分冷靜，習慣地將雙手扶在證人席的欄杆上，同他平時開車時的姿勢一樣。本來出席作證是叫人驚慌的事情，但雅克十分沉著清醒，似乎此案與他毫不相干，他是作爲無辜的局外人來作證的。

殺死塞芙麗娜之後，他沒有打過哆嗦，連想也沒有再去想這件事兒，似乎早已忘懷了。他身心平衡，健康狀況良好。現在雅克站在欄杆裡，既無內疚，又無其他顧忌，似乎尚未意識到那裡就是法庭。他用明亮的眼睛瞟了盧博和卡布希一眼。他知道盧博有罪，輕輕對盧博一點頭，又謹愼地打了個招呼。他似乎並沒有意識到自己是以塞芙麗娜情夫的身分站在那裏的。然後雅克又對卡布希一笑，他知道卡布希無辜，卡布希現在的位子本該是他雅克的。卡布希雖然長相兇野，實則心地純善慇厚。雅克看見過他如何勞動，同他握過手，知道他是個健壯的好小伙子。雅克悠然自得，用清晰簡短的話回答審判長的提問。審判長一再追問他同塞芙麗娜的關係，並問他案發前數小時是如何離開德莫法十字架的，如何去巴朗唐乘火車和如何在魯昂過的夜。

卡布希和盧博仔細聽著。他們的目光說明雅克所講屬實。此刻，他們三人都十分憂傷，難以描述。大廳裏一片死寂，陪審員們不知爲什麼突然感到胸口一收，似乎眞理從那裏悄悄溜走了。審判長問雅克，卡布希說有位陌生人在夜色裏逃走了，他有什麼想法。雅克搖搖頭，表示他無意加重被告的罪行。這時發生了一件使聽衆大嘩的事情，雅克突然大哭起來，淚水沖刷著面頰。他似乎看見了塞芙麗娜，看到了冤死的情婦。塞芙麗娜睜大著藍眼睛，黑髮披在額頭，猶如一頂黑色帽子。雅克仍在愛著她，憐憫之心油然生起，不由失聲慟哭，但他並未感到自己有罪，也忘記了自己是在什麼地方。有些女士對雅克深表同情，也抽噎起來。衆人被情夫的眞情所感動，而死者丈夫卻站在一旁無動於衷。審判長問辯護律師是否有話要問證人，律師表示感謝。兩名被告痴痴望著雅克，雅克在一片同情聲中回到了自己的座位上。

第三次開庭全部用來聽取皇家檢察長的起訴書和律師的辯護詞。開庭後，庭長簡要介紹了一下案情，裝出法庭絕對公正，稱犯人的罪行比預料的還要嚴重。皇家檢察長出庭，他似乎並未使出渾身解數，因爲平時他神態自信，善於雄辯，但那天在法庭上，他的陳述卻顯得空洞乏味。有人認爲是天氣太熱的緣故。那天天氣也的確有些熱，熱得嚇人，可是卡布希的辯護人，那位從巴黎來的律師卻口若懸河，頗引人注目，可惜他並未能辯贏。盧博的辯護人是魯昂律師界一位頗有名望的律師，他竭力爲犯人開脫。檢察長太累，也懶得反駁。在陪審團到審議廳磋商時，已是下午六點鐘。陽光從十扇窗子射進來，天色還十分明亮，夕陽的餘輝照在飾有諾曼第城市紋章的窗櫺上。在古色古香的金色天花板下，衆人吵吵嚷嚷，不耐煩地晃動著旁聽席前的柵欄。陪審員和法官再度出現後，大廳裡才恢復了平靜，判決書認爲有減刑理由，決定判處兩名被告終身勞役。這一判決大出聽衆所料，人群中立即響起一片嘈雜聲，有幾個人甚至吹了口哨，似乎是在看戲。

當晚，整座魯昂城對這一判決議論紛紛，都認爲這是博納翁太太和德拉什納耶夫婦的一次失敗。只有將兩名犯人處死，他們一家人才會滿意。估計是同他們對立的勢力從中起了作用，有人私下提到勒布克太太，因爲陪審團裡有三、四位是她的忠實朋友。勒布克先生是陪審團成員，但未發現他有什麼不公正的地方。但有人發現另一名陪審員肖梅特以及陪審團團長德巴澤耶先生，他們似乎未能像自己希冀的那樣控制住辯論局式。或許陪審團有所顧慮，承認有減刑理由，在衆人的疑慮面前讓步了。眞相被人用偷樑換柱的方式換走了。總之，這是預審法官德尼澤先生的一個勝利，任何力量都未能改變他對此案所下的結論。格朗莫蘭家族失去了不少同情和支持，據傳聞，德拉什納耶爲收回德莫法十字架的房產，竟違犯法律準則，不顧立囑人已死這一事實，揚言要起訴，以廢除遺囑有關內容，他這樣做叫法官們大吃一驚。

雅克離開法院，被菲洛梅內追上，她剛才也被留下作證。菲洛梅內纏住雅克，不放他走，要和他在魯昂過夜。雅克第二天才上班，便同菲洛梅內去車站旅店吃晚飯，但他不答應在那裡過夜。那家旅店就是雅克作案那夜居住的那家。雅克說他必須乘晚上12點50分的列車返回巴黎。

菲洛梅內挽著雅克的胳膊走向旅店，她說：「你知道嗎？剛才我似乎看見了一位熟人，可是佩克說過，他不會來魯昂旁聽。但我轉身時，看見有個人擠到人群裡去了，從背影看是他……」

雅克一聳肩，打斷菲洛梅內說：「現在佩克正在巴黎，正在花天酒地享受呢！由於我請假，他也沾光休息，他十分高興。」

「這也可能。不過關係不大，我們小心些就是了。他這個人一旦動起怒來，可是什麼事也幹得出來哦！」

菲洛梅內靠近雅克，悄悄朝身後望了一眼。她問：「跟在我們身後的那位，你認識嗎？」

「別怕，我認識他。他大概找我有什麼事。」

那人原來是米薩爾，他從猶太街一直跟在雅克身後。在出庭作證時，米薩爾像是昏睡不醒，後來他就留下在雅克左右轉來轉去，似乎有話要講，但又不便啓齒。雅克走進旅店，米薩爾也跟了進去，並要了一杯酒。

雅克大聲說：「噢，是米薩爾呀！怎麼，同新妻子在一起，一切都順心吧？」

米薩爾低聲說：「好，好！喔，這個臭娘們騙了我，您上次來的時候，我對您講過了吧？」

雅克對此事很有興趣。杜克盧絲原是女招待，行跡可疑。米薩爾留她看護道口，她見米薩爾總是鬼鬼祟祟在找什麼東西，她便估計到法齊死後可能留下一筆財產。爲了要米薩爾娶她，杜克盧絲就暗示她知道那筆財寶在什麼地方。開始，米薩爾本想把杜克盧絲也掐死，但他又一想，掐死杜克盧絲之後，他仍無法弄到那一千法郎。爲弄到那筆錢，他變得十分溫和，十分客氣。但杜克盧絲不讓他近身，甚至不肯讓他撫摸一下。對，只要把她娶過來，他就得到一切，包括她和那筆錢。於是，米薩爾便娶了杜克盧絲。她嘲笑他，說他太輕信別人的話了。最可笑的是，杜克盧絲了解眞相之後也同丈夫一起積極尋找起來。哎，難以尋覓的一千法郎呀！他們兩人一起找，相信會找到的。他們找呀找，一直找下去。

雅克譏諷地問：「怎麼，仍是一無所獲嗎？杜克盧絲不肯幫您找了？」

「請問，要是您知道它在什麼地方，請告訴我！」

雅克生氣地說：「我是一無所知，法齊姑媽什麼也沒有留給我。您總不會認為是我偷去了吧！」

「喔，她什麼也沒有留給您，這點毫無疑問。可是，這事快把我急死了，要是您知道它們藏在哪兒，請告訴我吧！」

「啊，那您就去找找吧！可別怪我多嘴，您去鹽罐裡找找吧！」

米薩爾一聽，老臉蒼白，目光灼熱，凝視著雅克，但他似乎有所醒悟了。

「鹽罐子，對，抽屜下頭有個地方，我還沒有搜查過。」

米薩爾付罷酒錢，急忙跑到車站，看看是否還能趕得上7點10分的列車。他要回去繼續找。

晚飯後，雅克等候12點50分的列車，菲洛梅內想領他穿過黑暗的胡同到野外去走走。盛夏七月，夜間天氣十分炎熱，不見月光。菲洛梅內喉乾氣喘，臉蛋貼著雅克的脖子。她有兩次聽到身後似有腳步聲，但回頭一看並沒有發現有人。也許是因為天色太黑的緣故吧！在這種暴風雨即將來臨的夜晚，雅克感到周身不適。殺人之後，雅克的身體一直很好，但剛才在飯桌上，菲洛梅內碰到他時，過去那種不適感又出現了。雅克認為這是疲勞所致，是空氣沉悶引起的不適。現在，菲洛梅內緊緊貼著他的身子，他似乎感到有一絲恐懼，那種對肉慾感的恐懼似乎死而復甦。可是，自己的病不是已經痊癒了嗎？雅克作過試驗，和菲洛梅內同過床，感到自己的肌體反應正常。而現在，他又不安了，要不是天黑看不清，他很可能舊病復發。他忙從她懷裡掙脫出來。在這以前，即使在他犯病的日子裡，不看清對方的肌體，他也不會動殺機。當他們來到一個斜坡草坪附近時，菲洛梅內突然把雅克拉過去，她自己則順勢倒了下去。雅克突然感到殺人的慾念又湧現在心頭，瘋狂地在草叢中尋求兇器（如石塊之類），以便砸爛菲洛梅內的頭顱。接著雅克站起身，瘋狂地跑走了，身後傳來男子的咒罵聲和打鬥聲。

「妳這個臭婊子！我一直在盯著你們，這才叫眼見爲實呢！」

「不，放開我，我們沒有幹那種事兒！」

「好，妳還不承認！他雖然跑了，但我知道他是哪位。我能抓到他！臭婊子，妳還敢賴？」

雅克聽出是佩克的聲音，但他跑走了不是要躲避佩克，而是要在極度痛苦中躲避自己。怎麼，殺死一個還不夠？塞芙麗娜之死還不能治癒自己的疾病嗎？可是在今天上午，他還認爲自己的病已經痊癒了呢！但現在他又舊病復發，又想殺人，要一個接一個地殺下去！殺死一位，他擔驚受怕，但數週之後，一遇機會，他的殺人慾又會復甦，要不斷地用女性的生命來滿足他的殺人慾念。現在他並沒有看見對方挑逗的肉體，但仍舊會犯病。只要把對方摟在懷裡，他就會萌發殺人的念頭，如同雄性一見到雌性，就想挑開對方的腹腔那樣，難以克制。雅克感到生命已經結束，前面是深沉的茫茫夜色，只有無窮的絕望。

數日後，雅克又上班了，但總有意躲避同事。他又變得同過去一樣，心事重重。議會經過一場大辯論，終於在不久前正式向普魯士宣戰，在這之前已經發生過兩次前哨戰了。據說這是一件好事。一個星期以來，爲運送兵員，鐵路公司的員工都累得疲憊不堪。正常的客運被打亂，由於加車很多，造成許多車次晚點，優秀司機會被派去運送兵員。就這樣，一天晚上，雅克從勒阿弗爾駕車出發了，但這不是他那輛快車，而是一輛運送兵員的大長列車，總共掛著十八節車廂。

這晚，佩克醉醺醺地來到車場。他在魯昂撞見菲洛梅內和雅克的第二天，就又登上608號機車，仍作雅克的司爐。他沒有對雅克暗示那天晚上的事情，但顯得死氣沉沉，從不正眼去看雅克。雅克感到司爐越來越不聽話，一再拒絕執行他的命令。無論讓他幹什麼，佩克總要嘀咕幾句，後來他們乾脆互不理睬了。過去，他倆在這塊運動著的鋼板上，在這片狹小的天地裡，一起隨機車奔馳，團結一致，精誠合作。而現在，這塊小天地成了他們爭風吃醋的鬥爭場所。他們互相仇視，恨不得把對方一口吞下肚去。他們工作的地方十分狹窄，稍不留意就可能跌下機車。這晚，雅克發現佩克一副醉態，便十分小心。因爲他知道佩克爲人陰險，平時他不會發火，一旦多喝幾杯酒，他就會兇相畢露。

列車本該六點發車，但推遲了一些時間。當士兵們像羊群那樣擠上拉運牲畜的車廂後，天色已經暗下來。車廂裡只有木板條凳，士兵是按班分配車廂，拼命往裡塞，有的人甚至坐在別人腿上。站著的士兵也是一個挨一個，連胳膊都動彈不得。到巴黎後，就由另一列火車把他們運到萊茵河畔。由於上車前匆匆趕路，士兵們都很疲勞，但由於他們可以喝酒，有些士兵還趁機同初入交際界的少女玩耍了一通，所以他們都很興奮。他們顯得粗魯、快樂，滿面紅光，雙目圓睜。列車啓動後，他們就高興地大喊大唱。

雅克抬頭一望天空，發現烏雲遮住了星光，是暴風雨即將來臨的徵兆。空氣熾熱，夜色十分濃重，連開車後迎面撲來的風似乎也是熱的。視野一片漆黑，除去閃爍著的信號燈，不見其他任何光亮。雅克加大馬力穿過聖·羅曼的阿爾勒弗爾陡坡。

數週以來，雅克一直細心研究全新的608機車，但他並未能很好地掌握它。這台機車反覆無常，像小青年那樣不肯走正道，叫雅克感到吃驚。特別是今晚，雅克感到機車脾氣倔強、性格古怪，多加一點煤塊，它就想超速。因此，雅克手握變速桿，眼睛卻盯著爐火，對佩克的舉動頗爲擔心。一盞小燈照著鍋爐裡的水位，駕駛艙裡十分昏暗，只有紅紅的爐膛泛著淡紫色的光亮。雅克無法看清佩克的動作，但他曾兩次感到腿上有碰撞的感覺，像是有人在用手抓他。雅克認爲是醉鬼佩克無意撞了他兩下。雅克聽見佩克高聲冷笑，並用錘子亂敲煤塊，又拿鏟子出氣。佩克每分鐘都要打開一次爐門，並且加上許多煤塊。

雅克說：「夠了！」

佩克佯裝沒有聽見，繼續加煤，雅克只好抓住他的手臂，佩克馬上回過身，威脅雅克。佩克酒後盛怒，一直在尋釁找碴，現在終於找到了爭吵鬥毆的機會。

「別碰我！不然我就揍你！我願意這麼幹，想讓列車跑快點兒！」

列車奔馳在博爾貝克同莫特維爾之間的高原上，中途不停車。除加水時需做短暫技術停留之外，它將一直開到巴黎。十八節車廂塞滿了士兵，行進在漆黑的田野，不停地隆隆作響。車上的士兵要去前線屠殺別人，他們又叫又唱，聲嘶力竭。他們的叫唱聲壓倒了車輪的滾動聲。

雅克用腳把爐門關上，他努力壓著怒火，說：「火太旺！您要是醉了，就去休息吧！」

佩克馬上打開爐門，拼命往裡面加煤，似乎想把機車燒炸。他這是故意搗亂，有意抗命不遵，把一列車乘客的性命當兒戲。雅克彎腰放低爐膛架，以減少通風。恰在此時，佩克突然把他攔腰抱住，想把雅克推到路軌上去。

「無賴，您原來是打這個主意呀！您以爲可以把我推下去，是不是？陰險的傢伙！」

雅克抓住煤水車的車幫沿，兩人一起倒了下去，在狹窄的過道上滾翻打鬥。列車在前進，過道鋼板不停地抖動。他們咬著牙關，誰也不吱聲，想方設法從狹窄的缺口衝出去。那裡只有一根欄杆，在急馳的列車上，要想從那裡衝出去確非易事。列車越過巴朗唐火車站，衝入馬洛內隧道。他倆仍舊扭打在一起，在煤堆上滾打。他們用頭頂住蓄水池下沿，以躲開火紅的爐門，若稍不留意，腿腳就會被爐門燙得絲絲作響。

雅克想站起身去關控制器，並大聲呼救，叫人把醉鬼佩克趕走，但雅克身材矮小，體力不支，被打倒在地，推不開對方，這叫他感到絕望。他想到自己將被扔到車下，心頭十分恐懼。他使出平生力氣，用手到處亂摸。佩克明白他的意圖，便一挺身，像舉小孩似地把雅克舉到空中。

「喔，您還想煞車呀？去您的吧！您奪走了我的老婆，我要您滾！滾，滾下去吧！」

列車仍在奔馳，帶著震耳欲聾的轟隆聲衝出隧道，行進在空曠、漆黑的田野上。馬洛內車站一閃而過。由於車速太快，在站台值班的副站長並未發現機車上有人在廝打。

佩克運足力氣想把雅克拋下車去。雅克感到身體懸空，便死死勾住佩克的脖子不肯放手，所以把佩克也帶了下去。他倆同時尖叫一聲便一起滾了下去。這對一直像兄弟一樣親密合作的夥伴一起跌到車下，被高速奔馳的列車捲到車輪底下，被軋死、壓碎，血肉模糊了。當有人找到他們的屍體時，發現他們的頭和腳早已不知去向，只有兩具血淋淋的軀幹仍摟抱在一起，似乎還在想勒死對方。

無人駕駛的列車繼續奔馳，這台倔強、古怪的機車煥發了青春的活力，像從牧馬人手中逃脫的一匹馬，自由自在地馳騁在不平的原野上。由於鍋爐裡加滿了水，爐膛裡填滿了煤，火勢熊熊。所以在最初半小時之內，壓力迅速上升，車速快得驚人。列車長可能累得睡著了。士兵們擁擠在車廂裡，在飛奔的列車上如醉如痴，興高采烈，叫唱得更兇。列車閃電般通過了馬羅默火車站。列車在遇見信號燈或通過車站時既不鳴笛也不減速。它像一頭猛獸，勇往直前。遇到障礙，它就把頭一低，一聲不響地衝過去。它似乎被刺耳的蒸氣聲所激怒，跑得更快。

列車原計畫在魯昂加水，但魯昂站的員工一見這狂怒的列車飛奔而來，嚇得直冒冷汗。機車上既不見司機，也不見司爐，它噴煙吐霧，一陣風似地衝了過去。車廂裡塞滿了士兵，他們在高唱愛國歌曲，他們要奔赴前線，認爲車速如此快，是爲了讓他們及早抵達萊茵河畔。車站員工揮臂高呼，他們擔心列車到索特維爾出事兒，因爲那裏經常調車，軌道經常被堵，到處停放著機車和車廂，亞賽一座大型車場。他們忙去發電報，把這一情況通知對方。偏巧那裏眞有一列貨車停在軌道上。對方剛把貨車推到備用線路上，就聽到了這頭怪物的轟叫聲。無人駕駛的列車穿過魯昂附近的兩條隧道，瘋狂地奔向索特維爾，來勢兇猛，任何力量也難以阻擋。它在索特維爾沒有停車就衝了過去，穿過障礙，什麼也沒有撞著。列車消失在夜幕裡，聲音也漸漸遠去了。

鐵路線上的所有電報機都卡卡響起來，都知道有列魔鬼列車通過了魯昂和索特維爾。眾人感到十分害怕，心口怦跳不止。他們知道有列快車正在魔鬼列車前面行駛，肯定會被魔鬼列車撞上。魔鬼列車猶如森林中的一頭大野豬，橫衝直撞，既不理睬紅色信號燈，也不怕槍聲恫嚇。它在瓦賽勒，幾乎把一台試驗機車撞翻。在蓬德拉爾希橋上，它也沒有減速，真叫人擔憂。它又一次鑽進茫茫黑夜，不知跑到什麼地方去了。

壓死幾名行人，它毫不在乎，照舊向前奔跑，對灑在路基下的鮮血，它根本不聞不問。無人駕駛的列車在夜色下急速奔馳，像一隻既瞎又聾的野獸奔向死神王國。列車上坐滿了去充當炮灰的士兵。士兵們都十分疲勞，神智遲鈍，一個個醉醺醺地扯開嗓子高聲叫唱……

〈全書終〉

國家圖書館出版品預行編目資料

人面獸心 / 左拉 / 著 -- 二版 -- 新北市：
新潮社文化事業有限公司，2021.04
面；　公分
譯自：La bête humaine
ISBN 978-986-316-792-1（平裝）

876.57　　110000966

人面獸心

左拉／著

【策　劃】林郁
【翻　譯】張繼双、蔣阿華
【制　作】天蠍座文創
【出　版】新潮社文化事業有限公司
電話：(02) 8666-5711
傳真：(02) 8666-5833
E-mail：service@xcsbook.com.tw

【總經銷】創智文化有限公司
新北市土城區忠承路 89 號 6F（永寧科技園區）
電話：2268-3469
傳真：2269-6560

印前作業　菩薩蠻、東豪印刷事業有限公司

二版一刷　2021 年 09 月